Matthias Keidtel

Geht doch!

Ein Holm-Roman

GOLDMANN

MIX
Papier aus verantwortungsvollen Quellen
FSC® C014496

Verlagsgruppe Random House FSC-DEU-0100
Das FSC®-zertifizierte Papier *Holmen Book Cream* für dieses Buch liefert Holmen Paper, Hallstavik, Schweden.

1. Auflage
Taschenbuchausgabe April 2012

Umschlaggestaltung: UNO Werbeagentur München
Umschlagfoto: © Getty Images / Thomas Schweizer
BH · Herstellung: Str.
Druck und Bindung: GGP Media GmbH, Pößneck
Printed in Germany
ISBN: 978-3-442-47667-1

www.goldmann-verlag.de

Für Stef

TEIL EINS

1

Holm stand früh auf an diesem Tag, denn das KaDeWe feierte seinen hundertsten Geburtstag. *Zum Tortenanschnitt mit dem Regierenden Bürgermeister. Eröffnen Sie mit uns die Jubiläumsfeierlichkeiten mit einem Stück aus der sechs Meter hohen Geburtstagstorte*, so war es seit Tagen in Zeitungen annonciert und an Litfaßsäulen im gesamten Stadtgebiet zu lesen gewesen.

Mit Sie war zweifellos auch Holm gemeint, ja Holm fühlte sich, seit er im Besitz einer Kundenkarte war, sogar persönlich verpflichtet, der Einladung zu folgen und pünktlich um elf Uhr im Foyer des Kaufhauses zu erscheinen. Natürlich in angemessener Garderobe, einer Hundertjährigen trat man schließlich nicht in salopper Alltagskleidung gegenüber. Außerdem durfte man ruhig erkennen lassen, dass man dazugehörte und nicht rein zufällig vorbeigekommen war. Vielleicht kam es sogar zu einer Begegnung mit dem Regierenden Bürgermeister höchstpersönlich.

Holm liebte die Welt der Waren. Er liebte Warenhäuser und ganz besonders liebte er das KaDeWe. Er mochte es, durch die Etagen zu streifen, sündhaft teure Kleider oder TV-Geräte zu berühren und sich von den Thementagen in der Feinschmeckeretage inspirieren zu lassen. Wurden zum Beispiel dänische Produkte angeboten, stellte sich Holm vor, wie er nach Dänemark reiste und die bekanntesten Sehenswürdigkeiten des Landes besuchte. Kopenhagen und die kleine Meerjungfrau. Legoland und die weiten Strände der Ostseeküste. Während er mit einem landestypischen Produkt in der Hand durch die sechste Etage schlenderte, war es für ihn, als würde er durch Dänemark reisen.

Vor gut sechs Wochen hatte er nämlich beschlossen, das Leben nur noch zu genießen. Analyse und Interpretation, kurz geistige Durchdringung, konnten ihn auf Dauer einfach nicht glücklich machen. Denn wenn man eine Sache geistig durchdrungen hatte, verlor sie schnell jenen Reiz, der die Welt überhaupt erst genießbar machte. Holm wollte gar nicht mehr so genau wissen, was die Welt im Innersten zusammenhielt, er wollte nicht wissen, aus welchen Substanzen die Welt bestand und wie das Leben entstanden war. Holm hatte sich fest vorgenommen, sich vom Leben nur noch bezaubern zu lassen.

Aus diesem Grund hatte Holm die tägliche Lektüre des *Tagesspiegel* aufgegeben und sich der *Morgenpost* zugewandt. Vom Intellektuellenblatt mit Anspruch zum Unterhaltungsblatt mit Niveau. Bunte Bilder statt grauer Trostlosigkeit. Holm hatte festgestellt, dass es sich viel angenehmer lebte, wenn man die Welt nicht verstand. Die Welt war wie eine große Wohnküche, in der man es sich gemütlich machen konnte.

Seit einem knappen halben Jahr lebte Holm wieder bei seinen Eltern im heimatlichen Rudow. Das jähe Ende seiner Karriere als Türsteher und der Rauswurf aus Sabines Wohnung hatten den Weg zurück in sein Kinderzimmer schließlich unumgänglich gemacht. Trotzdem war er gar nicht so unglücklich, denn die Reise in den Osten Berlins hatte ihm nicht nur einen Freund namens Elie beschert, sondern auch die Erfüllung eines langgehegten Traumes: den Besuch eines Reinhard-Mey-Konzerts. Dieses Konzert war zweifellos ein Höhepunkt seines Lebens gewesen. Der kleine Mann allein mit seiner Gitarre auf einer gewaltigen Bühne. Wie er das Publikum nur mit seiner Stimme und einigen Akkorden erobert hatte. Fast drei Stunden lang hatte Holm starr neben Sylvia Röschmann und Elie Glick gesessen und jeden Ton, jedes Wort und jede Geste gierig in sich aufgenommen. Am Ende waren ihm sogar die Tränen gekommen. Lange hatte er sich dagegen gewehrt. Die letzten zwanzig Minuten war er hauptsächlich damit beschäftigt gewesen, seine Tränen zu unterdrücken, und hatte dabei einige

Lieder vollständig verpasst, weil er sich einige sehr ernste Gedanken überlegt hatte, die er, sobald es feucht wurde in seinen Augen, sofort und mit aller Entschiedenheit denken wollte. Zum Beispiel hatte er sich vorgestellt, nicht mehr in sein Elternhaus zurückkehren zu können, weil es zwischenzeitlich abgerissen worden war. Vor kurzem hatte sich noch ein anderer Gedanke zu diesem Horrorszenario hinzugesellt: sein vierzigster Geburtstag. In einem halben Jahr vollendete Holm das vierzigste Lebensjahr, was nichts anderes bedeutete, als dass sein Leben zur Hälfte bereits wieder vorbei war. Eben hatte er noch in der Schule gesessen, da wurde er auch schon vierzig!

Als Reinhard Mey dann aber sein unwiderruflich letztes Lied ankündigte und die ersten Takte von »Gute Nacht, Freunde« erklangen, war es um Holm geschehen, und die Tränen schossen ihm nur so übers Gesicht. Und nicht nur das, aus unerfindlichen Gründen drangen die Tränen auch in seine Nase und verstopften die Löcher derart, dass an eine gleichmäßige Atmung nicht mehr zu denken war. Es war sogar an fast überhaupt keine Atmung mehr zu denken, sodass Holm begann, durch den Mund zu atmen, um, in diesem Fall neben Sylvia Röschmann, nicht als Weichling dazusitzen. Allerdings ging etwas Beunruhigendes von einem Mann aus, der mit halbgeöffnetem Mund einem Konzert lauschte, als würde er den Inhalt der Texte nicht vollständig begreifen. Letztlich gab es nur eine Möglichkeit, die Tränen wieder aus seiner Nase herauszubekommen: Er musste einmal kurz hochziehen. Als er endlich nach langem Hin und Her am Anfang eines Refrains die Nase hochzog, bemerkte er, wie Sylvia Röschmann kurz den Kopf drehte, worauf sich Holm, einem plötzlichen Impuls folgend, ebenfalls zu ihr drehte und dabei feststellen musste, dass auch Sylvia Röschmann in Tränen aufgelöst war. Und als sie im selben Moment auch noch gemeinsam die Nase hochzogen, deutete sich eine emotionale Nähe an, die nach dem Konzert dazu führte, dass Frau Röschmann Holm ihre Visitenkarte mit der Bemerkung überreichte, man könne sich ja mal zu einer Tasse Kaffee treffen. Da Holm keine Visitenkarten besaß, blieb es bei dieser einseitigen Geste, und man verabschiedete sich. Erst später wurde ihm klar, dass Sylvia Röschmann, genauer Dr. Sylvia Röschmann, offenbar ein ernstes Interesse an Holm nicht nur als Reinhard-Mey-Fan hatte, sondern womöglich in erster Linie als Mann. Und es war nicht auszuschließen, dass es bei einer Tasse Kaffee nicht bleiben würde. Denn ein Mann, der weint, kann schließlich kein ganz schlechter Mann sein. Obwohl Holm sich schon fragte, ob ein in aller Öffentlichkeit weinender Mann noch als richtiger Mann bezeichnet werden konnte oder ob da Entwicklungen im Gange waren, die zu einer schleichenden Entmännlichung führten. Die entscheidende Frage lautete: Suchte Dr. Sylvia Röschmann eine männliche Freundin?

Allerdings hatte Holm erst mal genug von Frauen. Seitdem ihm Sabine unmissverständlich klargemacht hatte, dass sie ihn nicht liebte, du bist ein netter Kerl, Holm, aber deshalb werde ich dich sicher nicht heiraten, war er für neue Anläufe einfach noch nicht wieder bereit. Ob er überhaupt noch mal etwas in diese Richtung unternahm, blieb monatelang unentschieden. Denn Holm wollte sich nicht noch einmal einseitig in eine Frau verlieben. Solange er nicht hundertprozentig sicher war, dass die Frau mit denselben Gefühlen an den Start ging wie er, verzichtete er lieber ganz auf eine Beziehung. Bis dahin genoss er die sichere Liebe seiner Mutter. Sie liebte ihn, ohne dass Holm das Geringste dafür zu tun brauchte.

Ein wenig getrübt wurde diese Beziehung jedoch durch die Ankündigung seiner Eltern, sein Kinderzimmer in absehbarer Zeit in ein Gästezimmer umwandeln zu wollen. Dabei hatten seine Eltern gar keine Gäste, jedenfalls keine, die für eine Übernachtung infrage gekommen wären. Außer seinen Großeltern mütterlicherseits, die insgesamt zweimal aus ihrem niedersächsischen Wohnort Walsrode in den Rudower Klettenweg gereist waren und nun schon seit dreizehn beziehungsweise siebzehn Jahren tot waren, hatte noch nie jemand bei ihnen übernachtet.

Und nun sollte auf einmal ein Gästezimmer her, als erwarteten seine Eltern in den kommenden Jahren einen nicht abreißenden Strom von Besuchern, die alle bei ihnen übernachten wollten. Holm wurde den Verdacht nicht los, dass seine Eltern das »Gästezimmer« nur als Vorwand nahmen, um ihren Sohn elegant aus ihrem Haus zu vertreiben.

Das endgültige Ende seiner Kindheit schien also nur noch eine Frage der Zeit zu sein, und während Holm immer noch damit beschäftigt war, seinen Platz im Leben zu finden, bereiteten sich seine Eltern bereits auf ein Leben ohne ihren Sohn vor.

Nachdem Holm eingesehen hatte, dass man mit Geldverdienen alleine nicht automatisch auch sinnvoll lebte, suchte er jetzt nach Tätigkeitsfeldern, die ihn seelisch ausfüllen und geistig befriedigen sollten. Mit anderen Worten, Holm suchte nach einer schlecht bezahlten Arbeit, die gesellschaftliche Anerkennung genoss. Solange er aber kein sinnvolles Leben führte, wollte er sich zumindest schon einmal geschichtlich verewigen. Es durfte nicht der geringste Zweifel aufkommen, dass Holm trotz allem gelebt hatte und Teil dieser Gesellschaft gewesen war. Ein kleiner Teil zwar, ein winziges Zahnrädchen im großen Getriebe des Lebens, aber eben doch ein Zahnrädchen, das dazu beigetragen hatte, dass die Welt nicht zum Stillstand kam. Wenige Monate vor seinem vierzigsten Geburtstag schien es langsam an der Zeit zu sein, die Welt darauf hinzuweisen, dass auch ein Mann namens Holm mit von der Partie war.

Aus diesem Grund nahm er seit einiger Zeit verstärkt am öffentlichen Leben seiner Heimatstadt teil. Holm ließ kaum eine Gelegenheit aus, Einkaufszentren, Museen und sogar Supermärkte mit einzuweihen. Wenn in der Zeitung die feierliche Eröffnung eines neuen Shoppingcenters angekündigt wurde, fuhr Holm pünktlich zu angegebener Uhrzeit dorthin, um sich von den zahlreich angereisten Lokalreportern fotografieren zu lassen. Manchmal gab er sogar Interviews und erklärte den verblüfften Journalisten, weshalb er das Shoppingcenter, das Museum oder den Supermarkt überaus gelungen fand und wiederkommen würde. Holm fand nämlich das meiste überaus gelungen, und bald tauchte er regelmäßig in Zeitungen und in der Abendschau auf als der Mann, der Berlin sein unverwechselbares Eröffnungsgesicht gab.

Die Zeitungsausschnitte klebte er in eigens dafür angeschaffte Fotoalben und notierte Ort, Datum und die jeweilige Wetterlage. So entstand im Laufe der Monate eine beachtliche Sammlung von Schnappschüssen, die Holms Leben in dieser Stadt auch für die nachfolgenden Generationen dokumentierte.

Seine Eltern nahmen Holms neues Projekt allerdings mit gemischten Gefühlen auf. Während sein Vater die ganze Geschichte für reinen Schwachsinn hielt, wie sollte es ihn beruflich in irgendeiner Weise weiterbringen, vor Supermärkten Interviews mit der Lokalpresse zu führen, glaubte seine Mutter darin einen künstlerisch wertvollen Ausdruck von Holms Persönlichkeit zu erkennen. Er solle damit ruhig bei Kunstgalerien vorstellig werden, meinte sie aufmunternd, womöglich stecke ja ein großer Künstler in ihm, unter keinen Umständen dürfe er sich jedoch unter Wert verkaufen, und ob sie ihn vorsichtshalber begleiten solle. Doch weder sein Vater noch seine Mutter verstanden, was er eigentlich damit bezweckte. Sie hatten einfach nicht die geringste Ahnung, dass ihr Sohn am Scheitelpunkt seines Lebens immer noch das Gefühl hatte, im Leben nicht vollständig integriert zu sein.

Mehr noch als die Neueröffnung von Einkaufszentren bot der hundertste Geburtstag seines Lieblingskaufhauses die Gelegenheit, sich in die Annalen der Stadtgeschichte unwiderruflich einzuschreiben. Ein Ereignis von beinahe nationaler Bedeutung stand an, und bald würde er nicht nur in der Lokalpresse, sondern vielleicht auch in den überregionalen Blättern auftauchen.

Holm kleidete sich wie zu einem Staatsempfang. Keine rote Pudelmütze, die er mitunter trug, um bei den Vertretern der Presse aufzufallen, Schlips und Anzug waren angesagt, und als ihn seine Eltern an diesem Morgen beim Frühstück sahen, reagierten sie verblüfft bis erschrocken. Was ihr Sohn denn nun diesmal wieder vorhabe. Man war ja schon einiges gewohnt und bis zu einem gewissen Grad sogar abgestumpft. Aber jetzt schien er eine neue Stufe seiner Entwicklung erreicht zu haben. Sein Vater, der Holm im Grunde längst aufgegeben hatte, flüchtete sich wie so oft in sarkastische Kommentare, um das menschliche Desaster in Gestalt seines Sohnes nicht zu nah an sich herankommen zu lassen. Ob er seine Pudelmütze nicht vergessen habe, sagte er kurz von seinem Frühstücksbrötchen aufblickend. Mutter dagegen schöpfte wie immer, wenn Holm noch vor dem Mittagessen unten auftauchte, ein wenig Hoffnung und wünschte ihm viel Erfolg bei seiner Arbeit. Dabei hielt sie die Daumen festgedrückt in die Höhe und machte ein derart entschlossenes Gesicht, als ginge es diesmal wirklich ums Ganze. Seine Mutter war schon eine irre Person.

Vor dem Haupteingang des KaDeWe hatte sich bereits um zehn Uhr eine beachtliche Menschenmenge versammelt, die am roten Teppich Spalier stand und auf das Eintreffen der Ehrengäste wartete. Leicht irritiert bemerkte Holm, dass sich niemand fein gemacht hatte für diesen großen Tag, an dem immerhin auch der Regierende Bürgermeister erwartet wurde. In seinem dunkelblauen Anzug fühlte sich Holm inmitten der jeanstragenden Bevölkerung plötzlich sehr fremd. Mit diesen Leuten wollte Holm den Tag jedenfalls nicht begehen. Als er ein wenig missmutig den roten Teppich betrachtete, kam ihm auf einmal eine großartige, wenn auch ziemlich waghalsige Idee. Wieso konnte er eigentlich nicht auch als Ehrengast über den roten Teppich schreiten? Hatte er sich nicht durch jahrelanges Einkaufen in diesem Kaufhaustempel längst dafür qualifiziert? War es nicht Holm, der trotz Wiedervereinigung am Standort West-Berlin festgehalten und sein Geld nicht in die neuen Konsummeilen in Ostberlin getragen hatte? Gebührte nicht auch ihm ein Platz auf dem roten Teppich und im Blitzlichtgewitter der internationalen Presse? Holm winkend in der *Süddeutschen Zeitung* unter der Rubrik »Vermischtes«. Und was seine Eltern wohl sagen würden, wenn sie ihren Sohn in der *Süddeutschen Zeitung* gleich hinter dem Regierenden Bürgermeister entdeckten? Unsere Erziehung war anscheinend doch nicht umsonst! Leider lasen seine Eltern die *Süddeutsche Zeitung* nicht, und angesichts der vielen Sicherheitsleute, die aufmerksam darauf achteten, dass niemand Unbefugtes die Absperrungen überwand, sah es zunächst auch nicht danach aus, als würde Holm jemals in der Rubrik »Vermischtes« der *Süddeutschen Zeitung* auftauchen.

Bislang hatte ihn keiner der Sicherheitsleute bemerkt. Holm kam demnach also weiter als Ehrengast infrage. Und solange er nicht zu den üblichen Zaungästen zählte, die überall warteten, wo es etwas umsonst gab, hatte er noch eine realistische Chance.

Neben dem Eingang war ein langes Büfett aufgebaut, darauf lange Reihen mit Sektgläsern, die jetzt mit wachsender Hektik von jungen Damen in feschen Kostümen aufgefüllt wurden. War dies ein Zeichen, dass es bald losging?

Holm dachte nach. Er dachte sehr lange nach. Und wie so oft, wenn er sehr lange nachdachte, entfernte er sich immer weiter von einer konkreten Lösung des Problems. Er kam vom Hundertsten ins Tausendste, vom Tausendsten ins Millionste und vergaß schließlich minutenlang, weshalb er überhaupt hier war.

Nachdem Holm endlich aufgehört hatte, nachzudenken, fiel ihm schlagartig die Lösung ein. Es war immer wieder erstaunlich, wie wenig man eigentlich zu denken brauchte, um im Leben voranzukommen. Holm müsste nur ein Taxi nehmen und vorfahren. Die Idee erschien ihm so einfach, dass auch die schlicht gestrickten Sicherheitsleute sofort davon überzeugt sein würden.

Augenblicklich ging Holm zurück zur Nürnberger Straße, wo gewöhnlich Taxis auf Kundschaft warteten. Er zog seinen Schlips noch einmal gerade, wischte sich die Schuppen von der Schulter und stieg in das erste Taxi. Der Fahrer hatte den neuen Kunden offensichtlich nicht bemerkt, denn ohne sich nach ihm umzudrehen, aß er weiter seelenruhig seinen Hamburger. Der Mann hatte langes, fettiges Haar, an den Händen trug er schwere Silberringe, die er notfalls auch als Waffe einsetzen konnte. Auf dem Nebensitz lag ein weiterer Hamburger, dazu eine große Tüte Pommes frites und eine Dose Cola. Im ganzen Taxi roch es nach Fett und Zigarettenrauch. Es war nicht auszuschließen, dass er sich erst nach Beendigung seines Frühstücks der Kundschaft widmete. Dann wäre es jedoch aller Wahrscheinlichkeit nach zu spät für den roten Teppich. Oder wartete der Mann nur darauf, dass sich Holm zu seinem Fahrtziel äußerte? Holm war nämlich noch nie alleine in einem Taxi gefahren. Zuletzt hatte er seine Tante Hedwig Rossmann auf eine Beerdigung begleitet. Dies war jetzt aber schon gute dreizehn Jahre her, und er konnte sich einfach nicht mehr erinnern, ob nun die Tante oder der Fahrer zuerst über das Fahrtziel gesprochen hatte. Er wollte keinesfalls aufdringlich wirken, zumal er den Fahrer auch noch bei seinem sicherlich wohlverdienten Frühstück störte.

Ganze vier Minuten saß Holm still hinter dem Fahrer, während der auch den zweiten Hamburger und die große Tüte Pommes frites vertilgte. Sollte nicht in absehbarer Zeit etwas passieren, beschloss Holm, würde er ohne ein Wort einfach wieder aussteigen. In diesem Augenblick, der Mann hatte das zerknüllte Pommespapier gerade aus dem Fenster geworfen, was eigentlich für eine grundsätzliche Diskussion über Umweltverschmutzung und die Verantwortung des Bürgers im öffentlichen Raum ausgereicht hätte, drehte er sich, kurz aufstoßend, zu Holm um.

Wohin soll es denn nun gehen?, fragte er beinahe schon unfreundlich drängend, als hätte er tatsächlich die ganze Zeit nur auf eine klare Ansage gewartet. Kein Wort zu der Umweltverschmutzung.

Kurzstrecke, sagte Holm, er versuchte locker zu wirken, was ihm angesichts der Schlagringe allerdings nicht leichtfiel.

Wenn du mir jetzt noch das Ziel verrätst, sagte der Fahrer in einem Ton, den Holm keinesfalls tolerieren wollte, sag ick dir, ob das 'ne Kurzstrecke wird oder nicht.

Kannte man sich eigentlich näher? War man sich schon mal irgendwo begegnet und hatte nach einem langen, intensiven Gespräch bei einem Glas Rotwein beschlossen, sich zu duzen? Holm war von einer solchen Begegnung nichts bekannt. Dass er von allen möglichen Leuten, die er noch nie gesehen hatte, dauernd geduzt wurde, gehörte zu seinen wunden Punkten. Holm wurde von den meisten ganz einfach unterschätzt. Man nahm ihn nicht ernst und glaubte ihn wie ein Kind behandeln zu dürfen.

Aber Holm war durchaus bereit, sein Ziel zu verraten. Und wenn der Mann erfuhr, wie kurz die Strecke war, würde er sicher schnell wieder von seinem hohen Ross heruntersteigen.

Holm ließ sich Zeit, rutschte sogar noch etwas tiefer in den Sitz und sagte dann völlig entspannt und ohne Häme in der Stimme: Zum KaDeWe bitte.

Der Fahrer schien seinen Ohren nicht recht zu trauen, jedenfalls wirkte er nicht gerade zufrieden mit dieser Antwort.

Zum KaDeWe?, fragte er vorsichtshalber noch einmal nach.

Holm nickte.

Willst du mich verarschen?

Das sei ja wohl eine Kurzstrecke, beharrte Holm, der es nicht fassen konnte, welche Vokabeln hier im Umlauf waren. Vielleicht sollte er sich beim Fahrgastverband beschweren oder gleich ein anderes Taxi nehmen, am besten mit einem ausländischen Fahrer. Der würde tun, was man sagte, schon um die Arbeitserlaubnis nicht zu verlieren.

Ich begleite dich gerne die zehn Meter zu Fuß, wenn du willst, sagte der Mann. Es war nicht ganz klar, ob er das ernst meinte.

Wie lang denn die Kurzstrecke in etwa sein müsse, damit er den Auftrag annehme, fragte Holm. Er war verblüfft, wie schnippisch er sein konnte.

Eine Kurzstrecke sind zwei Kilometer, belehrte ihn der Fahrer, aber die kommt für dich sowieso nicht infrage.

Wieso denn nicht?, fragte Holm.

Ganz einfach, sagte der Mann, weil der Kurzstreckentarif nur für Taxis gilt, die du heranwinkst. Capito?!

Holm blickte einen Moment ratlos aus dem Fenster.

Ich müsste Sie also heranwinken?, fragte er.

Richtig, sagte der Mann, aber für die paar Meter … Er schüttelte stumm den Kopf. Dann sah er Holm an, als hätte er eine Eingebung. Weißt du, was ich glaube?

Holm zog die Augenbrauen hoch. Er wusste es nicht. Er hatte nicht die geringste Ahnung, was dieser Mann dachte oder glaubte.

Ich glaube, du spinnst.

Holm rührte sich nicht. Er ärgerte sich, und gleichzeitig war er tief verletzt. Er ärgerte sich, weil er nicht sofort heftig darauf reagierte, und er war tief verletzt, weil er offenbar immer noch zu den Menschen gehörte, die man ohne weiteres beleidigen konnte. Holm war wieder der kleine Junge, den seine Mitschüler hänselten und zum Gespött der ganzen Klasse machten. Doch während er früher zu seiner Mutter rennen konnte, war er heute auf sich allein gestellt. Holm merkte auf einmal, dass er ganz allein auf der Welt war und dass es niemals wieder einen Menschen geben würde, zu dem er hinrennen und sich ausweinen konnte.

Okay, sagte Holm. Er war zwar allein, aber er war immerhin ein Mann. Okay, sagte er, als wäre er im Besitz von gewissen Informationen, die der Karriere des Taxifahrers erheblich schaden konnten.

Sie fahren mich jetzt einmal um den Block, und ich gebe Ihnen zehn Euro, wenn Sie mich vor dem KaDeWe absetzen.

Der Mann schüttelte erneut den Kopf. Du spinnst wirklich, sagte er, und während er sich herumdrehte und den Wagen startete: Die Leute sind heute komplett verrückt, ich schwöre es, komplett wahnsinnig!

Sie fuhren los. Doch trotz der versprochenen zehn Euro hatte der Taxifahrer keine Eile. Er fuhr so langsam, dass sie bald auch von Fahrradfahrern überholt wurden, die dem Mann einen Vogel zeigten, weil er den ganzen Verkehr behinderte. Es war nicht auszuschließen, dass er das extra machte.

Eine viertel Stunde später näherten sie sich im Schritttempo dem Haupteingang.

Und da soll ich dich wirklich absetzen?, fragte der Taxifahrer.

Holm drückte ihm die zehn Euro in die Hand. Ja, sagte Holm, du kannst mich am roten Teppich rauslassen. Er hatte den Widerstand inzwischen aufgegeben. In Zukunft würde er solche Typen gleich zurückduzen.

Tatsächlich hielten sie direkt vor dem roten Teppich. Erst als einer der Sicherheitsleute die Tür aufriss, merkte Holm, dass er auf der falschen Seite saß. Einen Augenblick befürchtete er, damit als Ehrengast disqualifiziert zu sein. Hinter dem Fahrer zu sitzen deutete an, dass man noch nicht sehr oft irgendwo vorgefahren war.

Umständlich quälte er sich über die Sitzbank zur geöffneten Tür, doch als er ausstieg, empfing ihn sofort ein freundliches Nicken. Holm nickte ernst zurück und schritt rasch über den Teppich zum Eingang, als wollte er sichergehen, nicht im letzten Moment doch noch zurückgepfiffen zu werden. Vielleicht war er ein bisschen zu schnell gelaufen, denn enttäuscht stellte er fest, dass er für die Weltpresse offenbar völlig uninteressant war. Nicht eine einzige Kameralinse war auf ihn gerichtet. Und auch als er abrupt stehen blieb und in die Menge sah, seinen Blick über die Köpfe der Zaungäste schweifen ließ, wie er es von den Prominenten aus dem Fernsehen kannte, blieben die Kameras stumm. Womöglich wurde er als Einzelperson gar nicht wahrgenommen. Wie er dort in der Mitte des roten Teppichs stand und sich ein wenig hilflos umschaute, wirkte er einfach nicht prominent genug. Holm war immer der Mann in der Menge. Er war der Mann, bei dem man ständig annahm, dass die eigentliche Hauptperson noch kommen musste.

Während er die Gesichter überflog, jedes einzelne schien sich zu fragen, wer dieser Mann in dem dunkelblauen Anzug war, einigen schien es sogar vollkommen unbegreiflich zu sein, dass jemand, den man weder aus dem Fernsehen noch aus der Klatschpresse kannte, überhaupt hier und dann noch so lange auf dem roten Teppich stehen durfte, während Holm also die Gesichter überflog, erkannte er auf einmal seinen alten Lateinlehrer Heinrich Görtemaker. Heinrich Görtemaker war inzwischen wirklich alt geworden, und Holm fragte sich besorgt, ob sein Lateinlehrer dasselbe wohl auch über ihn dachte. Holm war nie ein guter Schüler gewesen, aber beim Lateinunterricht hatte er gänzlich versagt. Er hatte nie begriffen, wieso eine tote Sprache die menschliche Kommunikation erleichtern sollte. Dies hatte er Heinrich Görtemaker einmal sogar vor versammelter Klasse gesagt, worauf sein Lateinlehrer erklärte, dass er es mit dieser Einstellung im Leben nie zu etwas bringen würde. Doch Holm hatte es auch ohne die geringsten Lateinkenntnisse auf den roten Teppich geschafft, während sein Lateinlehrer in der zweiten Reihe stand und alt aussah.

Plötzlich kam Bewegung in die Menge. Hinter sich hörte er Türenschlagen und das gefräßige Klicken der Kameras. Als er sich umdrehte, sah er, wie der Regierende Bürgermeister, nach allen Seiten jovial grüßend, auf Holm zukam. Ja, es sah so aus, als steuerte der Regierende Bürgermeister direkt auf jenen Mann zu, den er offenbar für den Direktor des Hauses hielt. Holm stand zu einer Salzsäule erstarrt neben dem Eingang. Jeden Augenblick würde ihn das Stadtoberhaupt begrüßen und Holm stellvertretend für das hundertjährige Geburtstagskind beglückwünschen. Irgendetwas musste unternommen werden, denn spätestens in dem Moment, wo Holm die Hand des Regierenden ergriff, würde die ganze Geschichte auffliegen. Und was dann alles auf ihn zukam, wollte er sich gar nicht so genau ausmalen.

Doch es war zu spät, sich jetzt einfach abzuwenden. Er musste das Spiel, so gut es eben ging, mitspielen, wollte er seinen Landesvater nicht vor der nationalen Presse blamieren. Holm machte sich locker, er lächelte, drückte die Brust nach vorne, steh gerade, hörte er die Stimme seiner Mutter, und er stand gerade, kerzengerade sogar. Rasch wischte er noch seine feuchte Hand an der Hose ab und hielt sie griffbereit neben dem Bein. Er versuchte aufgeräumt auszusehen, so wie man eben aussah, wenn man es im Leben zu etwas gebracht hatte und stolz auf seine eigene Leistung war. Ein Gefühl, das ihm allerdings völlig fremd war.

In diesem Moment, Holm hob bereits seinen Arm und streckte die Hand zitternd vor, er wollte ihm ein Stück entgegenkommen, schritt der Regierende einen halben Meter an ihm vorbei und ergriff die Hand eines dicht neben ihm stehenden Mannes, den Holm erst in dem Moment bemerkte. Offenbar handelte es sich um den eigentlichen Direktor, und als sich beide umdrehten, damit die laut fordernde Presse endlich zu ihrem Recht kam, befand sich Holm, seinen Arm immer noch auf halb drei, plötzlich Schulter an Schulter mit dem Regierenden Bürgermeister und wurde von einem Dutzend Fotografen mindestens dreihundert Mal fotografiert. Auf einmal spürte Holm den Mantel der Geschichte. Er spürte, Teil eines historischen Ereignisses zu sein. Und wenn diese drei Männer längst unter der Erde ruhten, würde das Foto noch immer von diesem besonderen Augenblick künden. Was dieses Foto jedoch nicht erklärte, war, was dieser Mann in dem zerknitterten dunkelblauen Anzug und dem fragwürdig erhobenen Arm eigentlich neben einem sozialdemokratischen Stadtoberhaupt zu suchen hatte.

Während Holm hinter dem Direktor und dem Regierenden Bürgermeister in die Halle mit der siebenstöckigen Geburtstagstorte ging, fragte er sich, ob ihm seine neugewonnene Anerkennung irgendetwas brachte. Er fragte sich, ob es ihm auf dem beschwerlichen Weg ins Leben half, wenn er auf einem Foto an der Seite des Regierenden Bürgermeisters zu sehen war. Ob sich etwas spürbar geändert hatte, weil er über den roten Teppich gelaufen war.

Holm dachte an die Gattinnen der Bundespräsidenten, die ihre plötzliche Prominenz dazu nutzten, seltene Krankheiten ans Licht der Öffentlichkeit zu bringen und Geld für deren Erforschung und Bekämpfung zu sammeln. Vielleicht sollte sich auch Holm auf diesem wichtigen Feld betätigen. Möglicherweise gab es noch seltenere Krankheiten, Krankheiten, an denen bundesweit nur zehn oder zwanzig Personen erkrankt waren. Die könnte er dann besuchen und sie in ihrem Lebenswillen bestärken.

Um die gewaltige Geburtstagstorte, die Teig- und Sahnemassen türmten sich bis hoch unter die Decke, wuselten dutzende Bäcker mit weißen Bäckermützen und bereiteten die Ausgabe von je einem Stück Torte an die Geburtstagsgäste vor. Rote Kordeln schufen ein ausgeklügeltes Wegelabyrinth, um den Andrang in sichere Bahnen zu lenken. Auf einem langen Büfett waren Hunderte von Sektgläsern kunstvoll übereinandergestapelt. Junge Damen führten mechanisch Sektflaschen darüber hinweg, sodass sich die Gläser von einer Lage zur nächsten nach und nach füllten. Neben der Torte stand ein Kranwagen mit einem kleinen Lastkorb für maximal zwei Personen. Und dorthin strebten nun Direktor und Regierender Bürgermeister, um sich, in weiße Kittel gehüllt, an die Tortenspitze heben zu lassen.

Holm war derweil am Sektbüfett zurückgeblieben, um den bedeutenden Moment mit einem Glas Sekt angemessen zu würdigen. Leider war es inzwischen so voll geworden, dass ein angemessener Genuss gar nicht mehr möglich war. Die Leute drängelten sich vor zur Tortenausgabestelle, als wäre es die letzte Gelegenheit, dieses Jahr noch ein Stück Torte zu essen.

Wie immer, wenn Holm sich vorgenommen hatte, den Augenblick zu genießen, schien er ihn um wenige Sekunden zu verfehlen. Meist merkte er erst hinterher, dass er einen schönen Augenblick verpasst hatte, und weil er praktisch ständig mit schönen Augenblicken rechnete, wurde er so nervös, dass er sich nicht mehr richtig konzentrieren konnte.

Inzwischen waren die beiden Männer knapp unter der Hallendecke angekommen, und der Regierende Bürgermeister fing an, mit einem langen Messer im siebten Tortenstockwerk herumzustochern. Offensichtlich hatte er in dieser Höhe noch nie eine Torte angeschnitten. Der Direktor stand unterdessen mit einem Pappteller daneben und erläuterte dem staunenden, zunehmend aber ungeduldiger werdenden Publikum über ein Mikrofon den Fortschritt der Operation. Auch Holm, der inzwischen zwei Gläser Sekt getrunken hatte und die ersten Anzeichen eines Schwipses bemerkte, bekam vom dauernden Hochstarren einen steifen Nacken. Lange würde er sich das jedenfalls nicht mehr ansehen. Als er kurz nach unten blickte, sah er ein kleines Mädchen mit blondem Pferdeschwanz, wie sie interessiert die vielen übereinandergestapelten Gläser betrachtete. Fünf oder sechs Jahre alt mochte sie sein, so genau konnte man das bei so jungen Menschen nie sagen. Genauso wie Holm nie wusste, wann Kinder anfingen zu laufen und zu sprechen, ob sie etwa einen Fuß vor den anderen setzen konnten und dabei schon das eine oder andere Wort sagten. Er glaubte sich aber zu erinnern, dass laufende Kinder meist auch irgendetwas zu sagen hatten. Dass man erst sprechen konnte, wenn man auch lief, empfand er als ein pädagogisches Druckmittel, das er Mutter Natur übel nahm.

Leicht besorgt erkannte Holm, dass dieses Mädchen offensichtlich alleine war. Dabei sorgte er sich weniger um das Mädchen, irgendeine Mutter würde sich immer finden lassen, als um die vielen Sektgläser, die auf das Mädchen eine starke Anziehungskraft auszuüben schienen. Holm sorgte sich um den reibungslosen Ablauf des Festes, das jeden Augenblick seinen feierlichen Höhepunkt erreichte. Doch während der Regierende Bürgermeister unter starkem Blitzlichtgewitter das erste Stück Torte über den Abgrund auf den Pappteller des Direktors balancierte, konnte Holm seinen Blick nur noch schwer von diesem Mädchen abwenden. Was, wenn es nun plötzlich auf die Idee käme, ein Glas herauszuziehen und die gesamte

Konstruktion damit zum Einsturz brachte? Nicht mehr Holm wäre dann neben dem Regierenden Bürgermeister in der *Süddeutschen Zeitung*« zu sehen gewesen, sondern nur noch das zerstörte Sektgläserbüfett. Das ganze Land würde sich über diese Blamage amüsieren. Holm fühlte sich persönlich gefordert, seine Stadt vor diesem Gläser-GAU zu bewahren.

Vorsichtig, jede hektische Bewegung vermeidend, näherte er sich dem Mädchen. Es durfte keinesfalls zu früh merken, dass Holm ihre Absichten durchschaut hatte. Aber wie sollte er sich überhaupt bemerkbar machen? Was sollte er zu dem Mädchen sagen? Wie sprach man eigentlich zu fünf- oder sechsjährigen Menschen, die entschlossen waren, den Festakt zum hundertjährigen Bestehen des bekanntesten deutschen Kaufhauses durch die gezielte Entwendung eines Sektglases nachhaltig zu stören? Wie sprach man zu potenziellen Attentätern, die der deutschen Sprache vermutlich nur sehr beschränkt mächtig waren? Bot man ihnen ein Stück Torte aus der Hand des Regierenden Bürgermeisters an?

In diesem Moment, Holm wollte gerade mit dem Tortenvorschlag an sie herantreten, passierte es. Ohne Vorwarnung griff das Mädchen in die untere Reihe und zog blitzschnell ein Sektglas heraus. Zunächst rührte sich gar nichts, sekundenlang verharrte die Konstruktion im Zustand des Gleichgewichts, als würde sie diese dramatische Wende einfach nicht wahrhaben wollen. Für einen kurzen Moment schien es wirklich so auszusehen, als wären die Gesetze der Schwerkraft auf einmal ungültig. Holm und das Mädchen starrten gebannt auf die Lücke, da kippte das erste Glas, und wie in einem Strudel zog es die anderen Gläser klirrend und splitternd mit in die Tiefe.

Augenblicklich verstummte das Gerede, und auch die Kommentare des Direktors blieben mit einem Mal aus. Erschrocken und irgendwie ratlos, was nun genau passiert war, blickte man um sich, und als das Mädchen nach kurzem Zögern anfing zu weinen, richteten sich alle Blicke zuerst auf sie, und weil Holm zufällig daneben stand, sehr rasch auch auf ihn. Die ganze

Halle einschließlich des Regierenden Bürgermeisters und des Direktors schien plötzlich vorwurfsvoll zu dem Mann im dunkelblauen Anzug zu blicken, als wäre er für dieses Desaster mitverantwortlich, weil er seiner Aufsichtspflicht nicht sorgfältig genug nachgekommen war. Dabei fühlte sich Holm nicht verpflichtet, fremde Personen zu beaufsichtigen, auch dann nicht, wenn sie deutlich unter achtzehn Jahre alt waren. Er wollte nicht für etwas zur Verantwortung gezogen werden, was ihn von Natur aus überhaupt nichts anging. Holm hatte lediglich den gut gemeinten Versuch unternommen, die Katastrophe im letzten Moment zu verhindern.

Ob das seine Tochter sei, wurde er kurz darauf von einem streng dreinblickenden Herrn im schwarzen Anzug gefragt. Ihm hing eine Nudel am Ohr, anscheinend gehörte er zum Sicherheitspersonal.

Holm schüttelte sofort energisch den Kopf und sah mit größtmöglicher Empörung auf die kleine Unruhestifterin herab, als könne er den Vorfall selbst noch gar nicht richtig begreifen. Unglücklicherweise suchte das weinende Mädchen in diesem Moment Holms Nähe, sodass er eine Beziehung nicht mehr vollständig leugnen konnte. Es fehlte eigentlich nur noch, dass sie sich an ihn drückte, womöglich ihr tränenverschmiertes Gesicht an seinem Anzug abwischte.

Und er kenne das Mädchen wirklich nicht, fragte der Sicherheitsbeamte sicherheitshalber noch einmal nach.

Das Mädchen sah hilflos zu Holm, und nun streckte es sogar seine Arme nach ihm aus.

Nein, wiederholte er, er habe dieses Kind zuvor noch nie gesehen.

Aha, machte der Mann, und seinem Gesichtsausdruck nach zu urteilen war es kein sehr überzeugtes Aha. Holm war außerordentlich beunruhigt.

Würden Sie bitte mal mitkommen, erklärte er freundlich, aber bestimmt. Es klang fast so, als wäre Holm auf frischer Tat bei einem Diebstahl erwischt worden. Die anderen Leute schienen das ganz ähnlich zu sehen. Sie verfolgten ihn mit kopfschüttelnder Häme.

Zwar hatte der Mann nur Holm gebeten, ihm zu folgen, doch als er sich umdrehte, sah er, dass auch das Mädchen hinter ihnen herlief. Dass ihm wildfremde Kinder auf einmal nachliefen, war Holm vollkommen unverständlich, hatte er sich in seinem bisherigen Leben doch keineswegs kinderfreundlich gezeigt. Doch ebenso, wie er eine unerklärliche Wirkung auf Hunde besaß, die er beinahe noch weniger mochte, schienen ihn auch Kinder irgendwie sympathisch zu finden.

Beim Durchqueren der Halle erkannte Holm seinen Lateinlehrer Heinrich Görtemaker. Er nickte ernst, als fühlte er sich in seiner alten Prophezeiung bestätigt.

Sie wurden in einen nüchternen Raum geführt, an den Wänden hingen Baupläne und Fotos der Umbauarbeiten im Haus, und setzten sich an einen langen Tisch. Das Mädchen natürlich direkt neben Holm, was seine Lage zusätzlich erschwerte. Er beschloss, das Kind einfach zu ignorieren.

Sie kennen das Kind also nicht, fragte der Mann mit einem ironischen Unterton, den Holm in diesem Zusammenhang nicht verstand. Ob es doch besser wäre, es zu kennen?

Nein, antwortete er schließlich nach einer kurzen Pause.

Und du, fragte der Mann das Mädchen übertrieben freundlich, hast du diesen Mann schon mal gesehen?

Holm war sofort klar, dass er versuchte, das Mädchen auf seine Seite zu ziehen, um ihm belastende Aussagen zu entlocken. Wieso er dasselbe nicht bei Holm versuchte, war im Grunde nicht nachzuvollziehen. Denn Holm hätte das Kind ohne weiteres schwer belasten können.

Inzwischen hatte es aufgehört zu weinen, kämpfte aber immer noch mit den Nachwirkungen. Ein kaum beschreibbarer Rotz hing ihm unter der Nase, und Holm entfernte vorsichtshalber seinen Arm von der Armlehne, damit es nicht auf dumme Gedanken kam. Wider Erwarten schüttelte das Mädchen heftig den Kopf und zog den Rotz durch die Nase.

Holm lächelte zufrieden.

Bist du denn ganz alleine hier?, fragte der Mann mit gespieltem Erstaunen, als halte er diese Möglichkeit tatsächlich nicht für gänzlich abwegig. Offenbar glaubte er dem Mädchen nicht und versuchte auf diese provozierende Weise an mögliche Drahtzieher zu kommen. Holm erkannte jetzt glasklar, dass er ihn als Hauptdrahtzieher verdächtigte. Nervös wartete er, wie sie darauf reagierte.

Doch das Mädchen schüttelte erneut den Kopf.

Triumphierend sah Holm zu dem Mann.

Hast du denn gar keine Mutter?, fragte er auf einmal sehr ernst, dabei blickte er kurz zu Holm, als würde er ihn insgeheim für diesen skandalösen Zustand verantwortlich machen. Glaubte er vielleicht, Holm habe das Kind entführt und mit Süßigkeiten und falschen Versprechungen hörig gemacht? Hielt er ihn am Ende gar für pädophil?

Es war empörend. Es war so empörend, dass er kurz davor war, aufzuspringen und den Raum zu verlassen. Aus irgendeinem Grund blieb er aber wie erstarrt sitzen, als hätte ihn die Empörung jeglicher Körperbeherrschung beraubt.

Das Mädchen sah Holm mit glasigem Blick ein wenig verwundert an. Offenbar bemerkte es jetzt erst, dass Holm gar nicht seine Mutter war. Immerhin das konnte hier mit einiger Sicherheit festgestellt werden.

Während es langsam wieder zu sich zu kommen schien, wie es sich danach verhielt, war noch völlig ungewiss, stand der Mann auf und verließ mit dem knappen Hinweis, gleich wiederzukommen, den Raum.

Holm und das Mädchen saßen wortlos Seite an Seite und starrten auf die Baupläne an der Wand. Er hoffte inständig, dass das Mädchen nicht gerade jetzt zu sich kam und womöglich laut anfing, nach seiner Mutter zu schreien. Es ist ein Fehler gewesen, hierherzukommen, dachte Holm. Man blieb besser im Bett liegen und wartete stumm darauf, von der Erdoberfläche wieder zu verschwinden.

Holm bewegte sich nicht. Man bewegte sich besser gar nicht, um alles nicht noch schlimmer zu machen. Nichts tun, dachte er, damit sie später nicht behaupten kann, ich habe sie unsittlich berührt. Vielleicht zogen sie eine Psychologin zu Rate, unter deren Aufsicht das Kind diese Situation nachmalen musste. Spätestens bei der Interpretation kämen dann die unglaublichsten Dinge ans Licht.

Wer bist du eigentlich?

Holm meinte, plötzlich etwas gehört zu haben. Hatte das Kind etwa zu ihm gesprochen? Er starrte weiter an die Wand und tat, als hätte er nichts gehört.

Hallo du!, sagte das Kind. Kannst du denn nicht sprechen?

Auf einmal spürte er ein leichtes Zupfen an seinem Ärmel. Holm rührte sich noch immer nicht. Hier durften jetzt keine Fehler gemacht werden.

Wurden sie eigentlich beobachtet? Gab es in einem der Baupläne ein Guckloch, hinter dem diese Psychologin mit Schwerpunkt Kindesmissbrauch stand und überprüfte, ob dieser Mann in ihr Fachgebiet fiel oder nicht? Womöglich hatte sie sich bereits ein Urteil gebildet. Machte sich ein Mann, der sich hartnäckig weigerte, harmlose Kinderfragen zu beantworten, nicht automatisch verdächtig?

Wie heißt du denn?, fragte das Mädchen, weiter an seinem Ärmel zupfend.

Felix, sagte Holm schließlich nachgebend. Dabei achtete er jedoch darauf, kalt und unnahbar zu wirken, damit es später nicht hieß, er habe sich anbiedern wollen.

Ich heiße Zarah, sagte das Mädchen. Und was machst du hier?

Jetzt nur die Ruhe bewahren, dachte Holm, schließlich hatte sie von ganz alleine ihren Vornamen genannt. Daraus konnte ihm selbst die Psychologin noch keinen Strick drehen.

Am besten war es, sachlich zu antworten, um jegliche Interpretationsmöglichkeit zu vereiteln.

Ich warte, sagte Holm. Das war eindeutig und bot keinerlei Angriffsfläche.

Und worauf wartest du? Das Mädchen begann ihre Knie gegen den Tisch zu stemmen und mit dem Stuhl zu kippeln. Anscheinend machte ihr diese Fragerei zunehmend Spaß. Besorgt beobachtete Holm, wie sie mit dem Stuhl halb in der Luft hing. Wenn sie jetzt umkippt, dachte er, werden sie mich verantwortlich machen. Aber was sollte er tun? Schließlich konnte er sie ja nicht zwingen, die Kippelei zu beenden. Und was würde die Psychologin hinter dem Guckloch dazu sagen, wenn er ein fremdes Kind einfach maßregelte?

Er musste sie irgendwie ablenken.

Ich warte darauf, dass ich gehen kann, sagte er, ohne sich von der Wand abzuwenden. Und du?

Einen Augenblick verharrte sie in der Schwebe. Sie schien intensiv darüber nachzudenken, was sie hier gerade machte. Vielleicht fiel ihr in diesem Zusammenhang auch wieder ein, dass sie sich mit einem wildfremden Mann alleine in einem Raum befand. Und sollte sie sich einen Rest kindlicher Ängste bewahrt haben, würde ihr spätestens jetzt klarwerden, dass sie ihre Mutter bereits eine geraume Zeit nicht gesehen hatte.

Ich warte auch, sagte das Mädchen jedoch völlig unbesorgt und kippelte weiter mit dem Stuhl.

Wenn sie umfällt, beschloss Holm, dem das Guckloch samt Psychologin auf einmal egal war, werde ich sie jedenfalls nicht wieder aufheben. Man konnte den Kindern die Erkenntnis leider nicht ersparen, dass das Leben kein Karussell war.

Und worauf wartest du?, fragte Holm.

Das Mädchen hörte erneut auf zu kippeln und sah eine Weile nachdenklich in die Luft. Dann wandte sie sich zu Holm und sagte entschlossen: Ich warte darauf, dass ich gehen kann.

Holm atmete sehr ruhig ein und sehr ruhig wieder aus. Langsam glaubte er, dass sich das Kind über ihn lustig machte. Es hatte den Ernst der Lage nicht nur nicht erkannt, es nahm die ganze Sache auch noch auf die leichte Schulter und ärgerte Menschen, die kurz davorstanden, eine Strafanzeige zu bekommen. Womöglich durfte er für Monate nicht mehr ins KaDeWe.

Nun war endgültig Schluss mit dem Fragespiel. Holm hatte keine Lust mehr, seine wertvolle Zeit mit unerzogenen Kindern zu verbringen, die jeden Respekt vor Erwachsenen vermissen ließen. Seinetwegen konnte das Mädchen ruhig vom Stuhl fallen und sich den Arm brechen. Ihn würde das ab sofort nichts mehr angehen.

Und wohin gehen wir dann?, fragte es nach einer kurzen Bedenkpause. Es schien auf einmal erkannt zu haben, dass man auch ein Ziel benötigte, wenn man vorhatte, wegzugehen. Holm würde sich dazu jetzt aber nicht mehr äußern. Und wohin er ging, war ganz allein seine Angelegenheit.

Hatte es eben nicht von wir gesprochen? Es war unfassbar! Plante dieses kleine freche Zopfmädchen etwa mit ihm durchzubrennen?

Holm starrte auf die Baupläne. Sollte es tatsächlich eine Psychologin geben, müsste ihr spätestens in diesem Augenblick klarwerden, dass von Holm keine perversen Übergriffe zu befürchten waren. Hier musste einmal deutlich gesagt werden, dass nicht nur Männer fragwürdige Absichten hegten, sondern ebenso gut konnten auch Frauen, in diesem Fall sogar äußerst junge Frauen, unschuldige Herren in zweifelhafte Abenteuer stürzen. Nicht nur die Frau, auch der Mann war ein Opfer, nur durfte man das leider nicht offen aussprechen.

Wir gehen nirgendwo hin, kleines Frollein, sagte Holm, was er jedoch sofort wieder bereute, denn auf diesen Augenblick schien das Mädchen nur gewartet zu haben.

Was ist ein kleines Frollein? Sie rutschte vom Stuhl und stellte sich dicht neben Holm.

Holm trat der Schweiß auf die Stirn. Wenn der Sicherheitsbeamte in diesem Augenblick zur Tür hereinkam, war alles verloren. Er bemühte sich, jede Berührung zu vermeiden, was allerdings kaum noch zu verhindern war, denn das Mädchen fasste ihn plötzlich an die Krawatte.

Ein Frollein, antwortete Holm, den Rücken fest gegen die Lehne gepresst, ist ein unerzogenes Kind wie du.

Dieser schwerwiegende Vorwurf schien das Mädchen jedoch überhaupt nicht zu treffen. Unbeirrt zog es an seiner Krawatte, als hätte es dergleichen noch nie gesehen.

Wozu ist das gut?, fragte es abrupt das Thema wechselnd und blickte Holm ratlos an. Holm hatte auch keine Ahnung, wozu eine Krawatte gut war. Solche Fragen stellte man sich am besten gar nicht erst, sonst kam man am Ende zu dem Ergebnis, dass das Leben im Grunde zu gar nichts gut war.

Holm hatte auf einmal den bösen Verdacht, dass dieses Kind womöglich keinen Vater hatte. Deshalb kannte es auch keine Krawatte. Nun wurde ihm einiges klar. Es fehlte die strenge Hand eines Mannes, der das Kind auf den richtigen Weg brachte. Stattdessen störte es Geburtstagsfeiern und vergriff sich an fremden Krawatten.

Hast du denn gar keinen Vater?, fragte Holm.

In diesem Moment ließ das Mädchen von ihm ab und schüttelte traurig den Kopf. Nein.

Vor ihm stand eine menschliche Tragödie. Offenbar lebte das Kind in zerrütteten Familienverhältnissen, den Vater hatte es nie gesehen, und die Mutter lag zuhause im Bett und trank. War ihr Griff zum Sektglas vielleicht ein heimlicher Protest gegen den Alkoholismus ihrer Mutter?

Und deine Mama?, fragte Holm, hast du denn auch keine Mama? Er wollte dieser Tragödie sofort auf den Grund gehen, um dem Sicherheitsdienst später einige harte Fakten präsentieren zu können, die seine Unschuld an der Zerstörung der Gläser zweifelsfrei bestätigten.

Doch, sagte das Mädchen und nickte.

Aber deine Mama kümmert sich nicht sehr um dich, oder?

Jetzt hatte er sie. Gleich würde die Wahrheit ans Licht kommen. Es war zu hoffen, dass die Psychologin hinter dem Guckloch nicht gerade auf der Toilette war.

Und du?, fragte das Mädchen. Hast du eine Mama?

Holm sah es einen Moment verwirrt an. Natürlich, sagte er dann.

Haben auch alte Leute eine Mama?

Anscheinend hält es mich für steinalt, dachte er. Es war nicht zu leugnen, dass sich Holm inzwischen in einem Alter befand, in dem Eltern nicht mehr selbstverständlich waren.

Jeder hat eine Mama, sagte er, auch alte Menschen, solange sie nicht zu alt sind.

Und ab wann sind Menschen zu alt?

Plötzlich ging die Tür auf, und der Mann von der Sicherheit kehrte zurück.

So, sagte er entschlossen zu Holm blickend, wir haben ihre Mutter gefunden.

Holm fuhr zusammen. Einen Moment glaubte er, sie hätten seine Mutter gefunden, bis ihm klar wurde, dass nicht seine eigene Mutter, sondern die Mutter des Mädchens gemeint war.

Erleichtert sah er auf. Das werde nun auch langsam Zeit, erklärte Holm und blickte beleidigt zur Wand. Dabei trommelte er nervös auf die Tischplatte, als habe er noch wichtige Termine zu erledigen. Und wenn er einen dieser Termine verpasste, würde er sich die Mutter vorknöpfen und ihr ein paar Takte über Kindererziehung erzählen. Dass es nämlich nicht genügte, ein Kind in die Welt zu setzen, man musste es auch begleiten, notfalls bis ins Erwachsenenleben hinein, sonst würde aus ihm gar nichts werden.

Kurz darauf ging wieder die Tür auf. Holm wollte sich gerade in Szene setzen, als er sah, wer da zur Tür hereinkam. Niemand anderes als Dr. Sylvia Röschmann, die Frau, der er seine Reinhard-Mey-Karte verkauft hatte. Es war unfassbar, welche Überraschungen das Leben manchmal bereithielt. Und es war eigentlich kaum zu glauben, dass nicht doch irgendjemand dahintersteckte.

Sylvia Röschmann wirkte aufgelöst, ihr Gesicht war vor Aufregung stark gerötet. Als sie ihre Tochter sah, die ihre Mutter freudig und ohne ein Zeichen von Schuld begrüßte, überschüttete sie sie mit heftigen Vorwürfen. Was sie sich bloß dabei gedacht habe, sie so zu erschrecken. Ein unmögliches Verhalten sei das, und wie sie überhaupt auf die Idee gekommen sei.

Holm war ganz ihrer Meinung. Allerdings fragte er sich, wo die Mutter im entscheidenden Moment gewesen war.

Zarah, die den Wutausbruch ihrer Mutter nicht zu begreifen schien, fing sofort an zu weinen, wobei sie sich auf Holms Knie setzte und ihn damit quasi zum Mitschuldigen machte. Erst in diesem Augenblick erkannte ihn Sylvia Röschmann.

Sie?!, rief sie, und es klang fast, als könne sie es nicht glauben, dass er mit ihrer Tochter unter einer Decke steckte.

Nein, rief Holm, instinktiv jede Mittäterschaft von sich weisend, während er gleichzeitig versuchte, Zarah auf möglichst dezente Weise wieder loszuwerden, was ihm jedoch nicht gelang. Denn Zarah stemmte sich mit ganzer Kraft dagegen, was alles nur noch schlimmer machte.

Glücklicherweise meldete sich in diesem Moment der Sicherheitsbeamte zu Wort und erläuterte der aufgebrachten und angesichts der heiklen Situation zunehmend auch empörten Mutter den genauen Tathergang.

Daraufhin beruhigte sich Sylvia Röschmann ein wenig. Es tue ihr leid, meinte sie, dass Zarah ihm solche Probleme bereitet habe. Sie hätte ihn gerne unter anderen Umständen wiedergesehen, aber auch als sorgende Mutter könne man seine Augen eben nicht überall haben.

Es reicht schon, dachte Holm, dem auf einmal ganz flau im Magen war, wenn sie ihre Augen auf ihre Tochter richtet. Die ganze Aufregung bekam ihm einfach nicht. Einen Moment befürchtete er sogar, ohnmächtig zu werden.

Nachdem sich die Situation entspannt hatte und alle Fragen des Versicherungsschutzes geklärt waren, durften sie das Haus über einen Nebenausgang verlassen.

Auf der Straße wandte sich Sylvia Röschmann zu Holm.

Ich weiß gar nicht, wie ich das wiedergutmachen kann.

Holm zuckte mit den Schultern. Er wusste es auch nicht. Der Tag war für ihn in jedem Fall gelaufen.

Darf ich Sie zu einer Tasse Kaffee einladen?, fragte sie. Nach dem Konzert haben wir uns ja schnell aus den Augen verloren, vielleicht können wir uns ein bisschen darüber unterhalten. Ich bin Ihnen heute noch so dankbar für die Karte, fügte sie mit einem warmen Lächeln hinzu.

Holm sah sie irritiert an. Das Konzert lag Monate zurück, alles Wesentliche hatte er bereits mit seiner Mutter besprochen, und Kaffee trank er üblicherweise nur zum Frühstück, außer es war Nachmittag und es gab ein Stück Kuchen dazu.

Leider hab ich gerade überhaupt keine Zeit, sagte er und blickte auf seine Uhr. Der ganze Tag war dermaßen verdorben, dass er sich auf eine lockere Plauderei nicht mehr konzentrieren konnte.

Das ist aber schade, sagte sie sichtlich betrübt. Vielleicht ein anderes Mal?

Sie überreichte ihre Visitenkarte, die er bereits kannte, aus irgendeinem Grund aber verloren oder weggeworfen hatte.

Ich würde Sie wirklich gerne wiedersehen, bekräftigte Sylvia Röschmann noch einmal ihren offenbar seit dem Konzert anhaltenden Wunsch nach einer Aussprache.

Ja, sagte Holm, vielleicht ein anderes Mal. Er steckte die Visitenkarte in seine Jacketttasche.

Und wohin gehen wir dann?, fragte Zarah plötzlich. Sie warf Holm einen neugierigen Blick zu und zupfte ihn ungeduldig am Ärmel.

2

Dass Holm alt wurde, merkte er daran, dass er anfing, sich für die *Apotheken Umschau* zu interessieren. Zwar kannte er sie bereits durch seine Mutter, die seit Jahrzehnten eine treue Umschau-Leserin war, Holm hatte aber erst vor kurzem relevante Themen auch für sich entdeckt. Noch beunruhigender war allerdings, dass Holm auch nichtrelevante Themen mit durchaus wachsendem Interesse studierte. Es war nämlich nicht mehr zu leugnen, dass sich sein Körper seit einiger Zeit unangenehm in den Vordergrund drängte und Holm auf die eine oder andere Weise mitteilte, dass es nicht ewig so mit ihnen weitergehen konnte. Und diese Mitteilungen vom Kniegelenk oder den Lungenflügeln bedeuteten nichts anderes, als dass das Leben auch für einen Mann wie Holm in absehbarer Zeit zu Ende gehen würde.

Diese Tatsache schockierte ihn nachhaltig, denn trotz allem lebte Holm eigentlich ganz gerne. Und je mehr er im Laufe der Zeit vom Leben mitbekam, desto stärker wurde sein Wunsch, noch viel mehr zu erfahren. Doch langsam ahnte er, dass die Zeit einfach nicht ausreichte, alles vom Leben zu erfahren. Vielleicht war das Leben auch nur deshalb endlich, weil man die Menschen nicht vollständig hinter die Kulissen schauen lassen wollte, und das ärgerte Holm irgendwie, denn er hätte gerne die ganze Wahrheit gewusst.

Doch wie sollte er das Leben noch genießen können, während seine Lungenflügel bereits das große Finale einrasselten?

In dieser schweren Krise holte er sich Trost von der *Apotheken Umschau*. Holm holte sich Trost von einer Frau wie Natalie Bartels, die mit achtzehn Jahren die »schlimme Diagnose« erhalten hatte, in naher Zukunft zu erblinden. Retinitis pigmentosa hieß die Krankheit, an der Zehntausende in Deutschland litten. Doch anstatt zu verzweifeln, studierte Frau Bartels an der Musikhochschule in Köln Trompete und war heute Leiterin ihrer eigenen Musikschule im oberpfälzischen Amberg.

Oder Susanne Menke, der als Kind dauernd das Geschirr aus der Hand fiel und die von der Mutter wegen ihrer vermeintlichen Ungeschicklichkeit beschimpft wurde, bis man an ihr schließlich das Janz-Syndrom diagnostizierte. Frau Menke war Epileptikerin, doch inzwischen konnte sie selbstbewusst sagen: »Die Epilepsie gehört nun mal zu mir.«

Aber Holm schöpfte nicht nur Mut aus diesen lebensnah geschilderten Beispielen, er fragte sich auch immer öfter, wann es wohl ihn erwischte. Und es war keine Frage, ob er an etwas erkrankte, sondern nur noch, welches Körperteil als Erstes zu Schaden kam. In letzter Zeit verdichteten sich die Anzeichen, dass es mit seinem Schultergelenk nicht mehr so reibungslos lief wie in den vergangenen neununddreißig Jahren. Prompt las er in der »Apotheken Umschau« einen Bericht über die nur acht Jahre ältere Yvonne Prötzel, deren Schulterschmerzen ihr es schließlich kaum mehr ermöglichten, die Arme zu heben.

»Gleiten die Gelenkflächen nicht mehr sauber aufeinander, setzt ein Teufelskreis ein«, hieß es, »der Knorpel raut weiter auf und entzündet sich.« Dieser Prozess könne das Gelenk massiv schädigen, und letztlich müsse es durch ein künstliches ersetzt werden. Und weil die »Vielseitigkeit« das Schultergelenk besonders anfällig für Störungen und Schmerzen mache, war Holm inzwischen fest davon überzeugt, nur noch wenige Jahre von einem künstlichen Schultergelenk entfernt zu sein.

Ebenso meinte er eines Tages, an einer schweren Diabetes zu leiden. Als er las, dass Zuckerkranke besonders auf ihre Füße Acht geben sollten und etwa Kribbeln, Ameisenlaufen und Taubheitsgefühle Symptome waren, spürte er schon wenige Stunden später Kribbeln, Ameisenlaufen und Taubheitsgefühle in seinen Füßen. Holm rannte sofort zur nächsten Apotheke und besorgte sich den Testsieger aller Blutzuckermessgeräte, denn nicht nur seine Füße konnten betroffen sein, wie in dem Artikel unmissverständlich zu lesen war, sondern auch innere Organe, mit möglichen Folgen wie Erkrankungen des Herzens und der Augen bis hin zur völligen Erblindung. Und weil Holm nicht als Trompeter in einer oberpfälzischen Kleinstadt enden wollte, beschloss er, noch vor dem Abendbrot den entscheidenden Selbsttest durchzuführen. Leider benötigte man dafür eigenes Blut, und da er nicht wusste, wie er sich schmerzfrei Blut abzapfen sollte, saß er geraume Zeit tatenlos im Badezimmer auf der Toilette und dachte nach. Schließlich entschied er sich für Mutters Nagelschere, die er vorher zur Sicherheit einige

Minuten unter heißem Leitungswasser desinfizierte. Denn obwohl er inzwischen fest annahm, an einer unheilbaren Diabetes erkrankt zu sein, wollte er nicht zusätzlich noch Fußpilz bekommen, wobei nicht geklärt war, ob und wie Fußpilz sich an der Hand auswirken konnte. Die Blutmenge hätte ausgereicht, um sich bei vierzig Blutzuckermessgeräten parallel testen zu lassen. Leider stellte sich sehr bald heraus, dass er doch keine Diabetes hatte, denn nun meinte er plötzlich, das Kribbeln und Ameisenlaufen in seinen Füßen seien Zeichen einer weit gefährlicheren Erkrankung: Holm war fest davon überzeugt, dass in seinem Kopf ein wahrscheinlich inoperabler Tumor heranwuchs, der ihn sehr bald bereits in den Rollstuhl zwingen würde.

Bei Durchsicht der *Apotheken Umschau* fiel ihm auf, dass es in den Berichten hauptsächlich um Frauen ging, und auch in den Werbeanzeigen waren vorwiegend Frauen abgebildet, als würden nicht auch Männer erblinden, an Blasenschwäche oder an Blähungen leiden. »Jetzt besser keine Blähungen«, hieß es in einer Anzeige mit dem Foto einer sympathischen jungen Frau, die von ihrem Mann oder Freund gerade von hinten umarmt wurde. Wieso gab es vergleichbare Anzeigen eigentlich nicht auch für Männer, fragte sich Holm. Männer, die genauso hofften, nicht von Blähungen heimgesucht zu werden, wenn einen die Frau oder Freundin von hinten umarmte. Denn obwohl Holm seit frühester Jugend mit Blähungen zu kämpfen hatte, fühlte er sich als Mann nicht wirklich ernst genommen. Durfte man denn im Alter nicht auch ein wenig öffentlich leiden?

Während Holm also täglich in sich hineinhorchte, kleinste Unregelmäßigkeiten die schlimmsten Befürchtungen auslösten und seine Lebensfreude für Stunden, manchmal sogar für Tage lähmten, entdeckte er in der *Umschau* einen Artikel, der für beide Geschlechter gleichermaßen zu gelten schien.

»Lassen Sie sich nicht von negativen Gedanken bestimmen«, wurde von einer Psychologin aus Linz gefordert, »bauen Sie einen Grübelstopper ein.«

»Dieser Tag wird zur Katastrophe!« Mit dieser Einstellung

bringe man sich selbst auf ein negatives Gleis. Stattdessen könne man ebenso gut denken: »Nachdem heute so viel schieflief, ist es unwahrscheinlich, dass es morgen in dieser Art weitergeht.« Und dann erklärte sie noch, dass es hilfreich sei, vor dem inneren Auge ein rotes Stoppschild aufleuchten zu lassen.

Dieses Stoppschild leuchtete auch Holm ein, und er nahm sich fest vor, seine Lebens- und Alterskrise durch den vermehrten Einsatz roter Grübelstoppschilder etwas zu mildern und nicht dauernd über mögliche Krankheiten nachzudenken.

Vor seinem vierzigsten Geburtstag wollte Holm jedoch lieber nichts Großes mehr unternehmen und beschloss, zunächst abzuwarten, ob und in welcher Form sich das Alter bei ihm bemerkbar machte.

Weil er aber nicht ständig zuhause auf das Eintreffen des Alters warten wollte, vielleicht wartete er jahrelang vergebens, nutzte Holm die Gelegenheit und stellte sich in der Zwischenzeit für Konzert- und Theaterkarten an. Wo immer es eine Premiere gab, gehörte Holm zu den Ersten, die sich beim Vorverkaufsstart anstellten. Dabei war es völlig egal, ob es sich um ein klassisches Konzert handelte, ein Rock- oder Popkonzert, ein Musical, eine italienische Oper oder eine griechische Tragödie. Was zählte, war das Anstehen an sich. Die drei großen Opernhäuser, die Staatstheater und die Philharmonie gehörten zu den festen Größen, die ihn zuverlässig mit Terminen versorgten. Insbesondere die Philharmonie bot monatlich einen fast zweitägigen Anstehmarathon. Um an die begehrten Karten der Berliner Philharmoniker zu kommen, musste man sich spätestens Samstagmittag auf einer Liste eintragen lassen, die von mehreren älteren Herren, die vermutlich auch nicht dauernd zuhause auf etwas warten wollten, derart ernst und gewissenhaft verwaltet wurde, als handelte es sich um das noch geheime Schattenkabinett der nächsten Bundesregierung. Abends wurde man einzeln aufgerufen und auf der Liste abgehakt, erst dann war man berechtigt, sich am folgenden Morgen um halb sieben persönlich einen Bon aus der Hand des zu dieser Stunde meist ein wenig verwahrlost wirkenden Chefs der Organisation abzuholen. Mit diesem Bon durfte man sich dann ab neun Uhr in die nun straff aufgereihte Schlange vor der Philharmoniekasse stellen. Wer erst jetzt kam und sich ohne Bon einfach anstellen wollte, wurde von den strengen, mitunter sogar böse auffahrenden Organisatoren gemaßregelt und angewiesen, sich an die Ordnung der selbst ernannten Anstehergilde zu halten.

Während Holm dort stand und wartete, die Karten verkaufte er später wieder zum selben Preis vor der Abendkasse, lernte er eine Menge Menschen kennen. Er lernte so viele Menschen kennen, wie er in den neununddreißig Jahren zuvor nicht kennen gelernt hatte. Wenn er mit zwanzig angefangen hätte, sich für Karten anzustellen, hätte er heute einen unüberschaubaren Freundeskreis.

Holm lernte Hans-Günter Schulz kennen, einen Mann mit fast kahl geschorenem Kopf und einer Ledertasche über der Schulter, aus der er immer wieder Zeitungsausschnitte, Bücher und Notizen hervorholte, um alles Mögliche zu beweisen. Denn Hans-Günter Schulz sagte nie etwas, das sich nicht irgendwo belegen ließe. Nur bei seiner Herkunft blieb er vage, er komme zwar aus Thüringen, meinte er einmal zu Holm, fühle sich im Grunde aber als Franke.

Meistens lernte Holm jedoch Frauen kennen, was umso erstaunlicher war, da er nichts unternahm, um mit ihnen ins Gespräch zu kommen. Insbesondere ältere Frauen, Frauen um die fünfzig, schienen sich zu Holms stillem Wesen hingezogen zu fühlen. Obwohl Damen im fortgeschrittenen Alter eigentlich nicht in sein Ressort fielen, brachten diese Frauen Holm plötzlich großes Interesse entgegen, und das war so ungewohnt, dass er sich ohne weiteres zu Kaffee und Kuchen einladen ließ. Heidemarie Lenze zum Beispiel, eine Frau mit grauer Mähne und einer Lesebrille um den Hals. An den Handgelenken trug sie mindestens zweihundert Armreifen, die bei der kleinsten Bewegung laut rasselten, dass Holm jedes Mal erschrocken zusammenfuhr. Ob er denn auch ein Liebhaber des italienischen

Faches sei, hatte ihn Heidemarie Lenze gleich zu Beginn gefragt. Sie hatte Holm schon eine ganze Weile über den Kulturteil des *Tagesspiegel* hinweg beobachtet. Zunächst verstand er die Frage überhaupt nicht, denn wer seit zwei Stunden vor der Deutschen Oper für eine Premierenkarte von »La Traviata« anstand, dem konnte das italienische Fach nicht völlig gleichgültig sein. Heidemarie Lenze studierte ihn neugierig durch ihre große Lesebrille, das vergoldete Brillengestell war mit Brillantherzen verziert, während sie auf eine Antwort wartete. Nach kurzer Bedenkzeit bejahte er vorsichtig, ließ jedoch durchblicken, dass er nicht nur italienische Opern schätzte, um nachher nicht auf dieses Fach festgelegt zu werden. Ein Fehler, wie sich bald herausstellte, Frau Lenze musste da etwas falsch verstanden haben, denn später erwartete sie, mit Holm zusammen in einer Loge zu sitzen, und lud ihn nach dem erfolgreichen Kartenkauf in ein nahe gelegenes italienisches Restaurant ein. Giovanni, der Inhaber des Restaurants, überschüttete Frau Lenze fortwährend mit Komplimenten. Offenbar kannte man sich schon von früheren Besuchen, Holm dagegen bemerkte er kaum, obwohl es Giovanni klar sein musste, dass es letztlich der Mann, also Holm, war, der die Rechnung bezahlte und Trinkgeld gab. Allerdings war noch nicht geklärt, ob er wirklich bezahlen musste, wenn ihn Frau Lenze vorab ausdrücklich zum Essen eingeladen hatte.

Heidemarie Lenze ließ sich von den Komplimenten des Geschäftsinhabers jedoch nicht im Geringsten beeindrucken. Grazie, sagte sie mehrmals so lässig, als beherrsche sie auch die kleinsten Nuancen der italienischen Sprache.

Da sich Giovanni praktisch ununterbrochen um das Wohlbefinden seiner zu dieser frühen Mittagsstunde ersten und einzigen Gäste kümmerte, war an ein ungestörtes Gespräch zwischen Holm und Heidemarie nicht zu denken. Gleich beim ersten Glas Wein hatte sie ihm rasch das Du angeboten, sie sei schließlich älter als er und halte prinzipiell nichts davon, lange um den heißen Brei herumzureden. Welchen Brei sie damit genau meinte, blieb Holm leider verborgen.

Der Altersunterschied war wirklich nicht unerheblich, mindestens zwölf Jahre trennten die beiden, und das war eine lange Zeit. In dieser Zeit konnte eine Menge passieren. Ein ganzes Land konnte in zwölf Jahren zugrunde gerichtet werden. Genauso gut konnte aber auch gar nichts oder nur sehr wenig passieren. In jedem Fall wurde man älter und begann das eine oder andere zu vergessen. Bei Holm etwa war in zwölf Jahren eigentlich nichts Nennenswertes geschehen, wobei er nicht genau sagen konnte, ob er das meiste davon wieder vergessen hatte oder ob tatsächlich so wenig passiert war.

Sie habe übrigens nichts gegen jüngere Männer, erklärte Heidemarie schließlich völlig überraschend beim Dessert und setzte demonstrativ ihre Brille ab, nachdem Holm bei dem Thema »Leidenschaft und Ehebruch in der italienischen Oper«, mit dem sie sich offenbar schon sehr lange beschäftigte, weitgehend geschwiegen hatte. Vor ihm saß eine Frau, die kurz vorm erotischen Verlöschen noch einmal hell entflammt war und mit Holm ihren heißen Herbst erleben wollte. Holm fühlte sich plötzlich wie zwanzig und brachte kein Wort mehr heraus. Und das war auch besser so, denn jedes weitere Wort hätte Heidemarie in ihrem gegenwärtigen Zustand nur missverstehen können. Als Holm die Rechnung verlangte, zahlte er sicherheitshalber nur seinen Teil, und da schien auch Heidemarie zu begreifen, dass der heiße Herbst ohne Holm stattfinden würde.

Eines Tages las er in der Zeitung, dass eine gewisse Marilyn Manson ihr einziges Deutschland-Konzert in der Hauptstadt gebe, der Vorverkauf beginne morgen, und es werde mit großem Andrang gerechnet. Ein Foto zeigte jedoch überraschend einen Mann mit weiß geschminktem Gesicht, schwarz umrandeten Augen und roten Lippen. Holm hielt ihn zunächst für jenen Gewaltverbrecher, der Amerika in den sechziger Jahren in Angst und Schrecken versetzt hatte. Vielleicht, dachte er, ist er im Gefängnis zum Musiker gereift und versucht, nach seiner Freilassung wieder Fuß in der Gesellschaft zu fassen. Dass er sich dafür ausgerechnet Berlin ausgesucht hatte, warf allerdings kein gutes Licht auf die Stadt. Hatten sich die Kreuzberger Mai-Krawalle inzwischen bis in amerikanische Gefängnisse herumgesprochen? Ging man deshalb von genügend gewaltbereiten Anhängern aus, die auch eine große Konzertarena füllten?

Versorgt mit diversen Käse-, Wurst- und Quarkstullen sowie einer Thermoskanne Kaffee, machte sich Holm morgens um halb sieben mit zwiespältigen Gefühlen auf den Weg zur Vorverkaufsstelle am Potsdamer Platz.

Noch immer wunderte er sich, dass er einfach so alleine weggehen durfte, ohne jemanden um Erlaubnis zu fragen. Erwachsen zu sein war wie ein Abenteuer, und insgeheim befürchtete er, irgendwann dafür bestraft zu werden.

Am Schalter standen bereits ein gutes Dutzend Manson-Fans, die es offensichtlich kaum noch erwarten konnten, ihrem Idol endlich leibhaftig zu begegnen. Erstaunt bemerkte Holm, dass sie genauso aussahen wie dieser Verbrecher, blass, schwarz gekleidet und ausgemergelt, als wären sie selber erst vor kurzem aus dem Gefängnis entlassen worden. Einige trugen Hundehalsbänder und martialische Patronengürtel, die jedem klarmachen sollten, dass Gewalt kein Fremdwort für sie war. Holm dagegen wirkte wie ein Schlagermusik-Anhänger, und es hätte ihn nicht gewundert, wenn man ihn kurzerhand davongejagt hätte. Stattdessen nahmen sie ihn nicht einmal zur Kenntnis. Und noch etwas wirkte befremdlich: Diese Fans schienen sich einer klaren geschlechtlichen Zuordnung zu entziehen. Standen hier nun mehr männliche oder weibliche Fans herum, oder handelte es sich grundsätzlich nur um männliche oder weibliche Anhänger? Holm fühlte sich nicht nur alt, sondern irgendwie auch behindert, als hätte die eindeutige Zugehörigkeit zu einem Geschlecht etwas Krankhaftes. Waren die Geschlechter ein Auslaufmodell, gehörte dem Zwitter bald die Zukunft? Dann bräuchte man sich auch keine Gedanken mehr über Männer und Frauen zu machen, man bräuchte sich im Grunde genommen überhaupt keine Gedanken mehr zu machen. Strudel-,

Saug- und Ringelwürmer machten sich auch längst keine Gedanken mehr und befruchteten sich entspannt einfach selber.

Bis es so weit war, vergingen aber noch einige Jahrmillionen, und man musste sich mit seiner Behinderung so gut es eben ging arrangieren.

Holm packte ruhig seine Stullen aus und schenkte sich Kaffee ein, während die Manson-Anhänger nervös auf der Stelle traten und sich immer wieder umblickten, als würden sie etwas Verbotenes tun. Es war gleich zu erkennen, dass sie es nicht gewohnt waren, sich so lange im öffentlichen Raum zu bewegen. Wenigstens beachteten sie das Vermummungsverbot. Holm fühlte sich ihnen jetzt sogar in gewisser Weise überlegen, da er nichts zu befürchten hatte und mit beiden Beinen fest auf dem Boden der bundesdeutschen Verfassung stand. Und in diesem Rahmen wartete es sich auf einmal sehr leicht und angenehm, denn er konnte genau das tun, was ihm von Natur aus am meisten lag: herumstehen und in die Gegend starren.

Ob er auch schon die neue Singleauskopplung »Heart-Shaped Glasses« kenne, wurde Holm plötzlich von dem Manson-Anhänger vor ihm gefragt. Holm reagierte erst nicht darauf und tat, als hätte er ihn gar nicht bemerkt. Fragen von potenziellen Gewalttätern beantwortete er schon aus prinzipiellen Erwägungen nicht. Diese Leute durften ruhig mitbekommen, dass ihre destruktive Einstellung in dieser Gesellschaft keinerlei Rückhalt fand. Außerdem wusste Holm nicht, was mit »Singleauskopplung« gemeint war, und ehe er sich vor Kriminellen auch noch lächerlich machte, aß er lieber weiter an seiner Quarkstulle.

Den Manson-Anhänger schien das jedoch nicht zu beeindrucken. Er blickte fast penetrant zu Holm und wartete auf eine Antwort. Nach fünf Minuten, Holm hatte sich inzwischen alles angesehen, was man sich von diesem Platz aus überhaupt ansehen konnte, konnte er ihn nicht mehr länger ignorieren. Er sah ihn irritiert an. Holm versuchte herauszufinden, ob es sich um einen Mann oder eine Frau handelte. Wenn er schon mit diesem seltsamen Wesen sprechen musste, sollte vorab wenigstens die geschlechtliche Zuordnung geklärt sein. Vorsichtig wanderte sein Blick abwärts, ob irgendwo Erhebungen oder Ausbeulungen zu erkennen waren. Doch weder im Brustbereich noch im Schritt herrschten eindeutige Verhältnisse. Seine Beine erinnerten ihn an Storchenbeine, die ganze Person wirkte nicht nur dünn, sondern regelrecht ausgemergelt, die zahlreichen Ketten, Ringe und Gürtel bewahrten seinen Körper anscheinend vor dem endgültigen Auseinanderfallen.

Es war auch nicht völlig auszuschließen, dass es sich hier um ein Kind handelte, was wiederum die Schwierigkeiten bei der geschlechtlichen Zuordnung erklären würde. Vielleicht waren sogar alle Kinder. Dreizehnjährige Jungen und Mädchen, die vom Weg abgekommen waren und ihr Heil nun bei einem amerikanischen Schwerverbrecher suchten.

Holm warf dem Manson-Anhänger einen empörten Blick zu und verneinte die Frage mit einem energischen Kopfschütteln.

Nicht?!, sagte der Manson-Anhänger und sah Holm fassungslos an. Das sei doch der geilste Song, den Marilyn seit langem geschrieben habe!

Offenbar kannte man sich auch noch persönlich.

Aha, machte Holm. Sein gesamtes Desinteresse lag in diesem Aha.

Wenn das ganze Album so werde, fuhr er sichtlich erregt fort, sei das bereits jetzt sein *favourite*.

Holm nickte, und zwar so, wie man einem Menschen zunickte, den man möglichst schnell wieder loswerden wollte. Leider war daran in den nächsten Stunden kaum zu denken. Einen Moment überlegte er, auf die Manson-Karte zu verzichten und sich zukünftig wieder mehr der klassischen Musik zuzuwenden. Weil er nun aber schon eine Stunde wartete, konnte er die Aktion nicht so einfach wieder abbrechen.

Obwohl Holm alles tat, um nicht entgegenkommend oder freundlich zu wirken, schien der Manson-Anhänger langsam Gefallen an ihm zu finden. Vielleicht war es sogar gerade

Holms kühle Haltung, die ihm das warme Gefühl eigener Unterlegenheit vermittelte. Wenn Holm jetzt freundliches Interesse signalisierte, hätte dies womöglich unkalkulierbare Folgen. Hier durfte man keinen Fehler begehen.

Ob er denn alleine zu dem Konzert gehe, wollte der Manson-Anhänger auf einmal von ihm wissen. Dabei strich er sich die öligen schwarzen Haare in einer Weise aus dem Gesicht, dass Holm annehmen musste, es stecke weit mehr als bloßes Gefallen dahinter. Übte Holms eindeutiges Geschlecht gar einen perversen Reiz auf ihn aus? Sehnte er sich am Ende doch nach klaren Verhältnissen unter der Gürtellinie?

Holm zögerte. Unter keinen Umständen durften falsche Signale ausgesendet werden. Für eine exotische Beziehung stand Holm nicht zur Verfügung. Am besten, man signalisierte gar nichts und sah einfach stumm über ihn hinweg. Dabei wäre es ein Leichtes gewesen, sein Geschlecht herauszufinden. Holm bräuchte lediglich nach dem Namen zu fragen. Aber er traute sich nicht, weil es missverstanden worden wäre.

Stattdessen ging Holm jetzt völlig überraschend in die Offensive. Um die Lage ein wenig zu entspannen und weitere intime Fragen vor der Kulisse der sich minütlich vergrößernden Schlange zu verhindern, schlug Holm vor, später in ein nahe gelegenes Eiscafé zu gehen, wo man, wie er sich verblüfft sagen hörte, das Thema noch ein bisschen vertiefen könne. Zu Holms Erstaunen und auch Erschrecken nahm der Manson-Anhänger sofort die Einladung an und setzte ein tranceartig entrücktes Lächeln auf, dass Holm schon um seine Zurechnungsfähigkeit fürchtete. Hoffentlich entglitten ihm seine Gesichtszüge nachher nicht vollends.

Zwei Stunden später, Holm war Besitzer einer Manson-Karte, saßen sie in dem italienischen Eiscafé im Einkaufszentrum und aßen beide Pistazieneis. Inzwischen hatte Holm herausgefunden, dass der amerikanische Gewaltverbrecher Charles und nicht Marilyn hieß und noch immer im Gefängnis saß, was ihn allerdings nur vorübergehend beruhigte.

Um das Partnerschaftliche nicht zu übertreiben, ließ Holm die Hälfte des Eisbechers unberührt stehen, worauf der Manson-Anhänger seinen Eisbecher jedoch ebenfalls stehenließ, als würde er damit irgendetwas ausdrücken wollen. Dies ging Holm nun entschieden zu weit, zumal an den Nachbartischen einige Gäste bereits neugierige Blicke auf sie warfen und sich zu fragen schienen, wie dieser eigentlich ganz sympathisch wirkende Mann zu so einem seltsamen Vogel gekommen war. Holm meinte sogar etwas Vorwurfsvolles in den Blicken zu erkennen, und diese Vorwürfe trafen niemand anderen als ihn selbst. Als würde man Holm beschuldigen, in aller Öffentlichkeit seinen offensichtlich fehlgeleiteten sexuellen Vorlieben nachzugehen. Dabei saßen hier nur zwei Menschen zusammen, die zufällig dieselbe Vorliebe für Pistazieneis hatten. Von nachgehen konnte gar keine Rede sein. Holm wusste nicht einmal, wem oder was er genau nachgehen sollte. Da gab es noch erheblichen Klärungsbedarf.

Hast du eigentlich Angst vor dem Tod?, fragte ihn der Manson-Anhänger mitten in diese angespannte Lage hinein.

Holm bemühte sich um einen geschäftsmäßigen Gesichtsausdruck. Er versuchte ernst und mitfühlend zu wirken, als handelte es sich hier in Wirklichkeit um eine mobile psychologische Beratung. Dr. Felix Holm berät auch außerhalb der Praxisräume Menschen, die dringend seiner Hilfe bedurften. Nebenan waren die anderen nämlich längst hellhörig geworden und stocherten alarmiert in ihren italienischen Eisbechern. Fand da ein Gespräch zwischen Satanisten statt? Wurde hier bei Pistazieneis über einen Opfermord debattiert?

Ja, Holm hatte Angst vor dem Tod. Er hatte sogar panische Angst davor. Die Vorstellung, irgendwann einfach auf Nimmerwiedersehen zu verschwinden, von einer Sekunde zur nächsten nicht mehr zu atmen, zu sehen, zu hören und zu denken, alles aufzugeben und zurückzulassen, die Reinhard-Mey-Plattensammlung genauso wie den gemütlichen Lesesessel, aber auch schöne Erinnerungen an das Leben, an das man sich dann nicht mehr erinnern konnte, die Vorstellung, nichts mitnehmen zu können, war für Holm dermaßen unerträglich, dass es ihm kaum möglich war, das Leben auch nur halbwegs zu genießen. Und dass er immer älter wurde und bald seinen vierzigsten Geburtstag feierte, verschärfte die Situation natürlich erheblich. Seit kurzem blieb er sogar vor Bestattungsinstituten stehen und sah sich die Urnen und Sargmodelle an. Dass die Bestattungsinstitute meist abseits der großen Geschäftsstraßen lagen, als wären sie an Kunden gar nicht interessiert, war für Holm ein weiterer Grund zur Besorgnis. Diese Leute waren sich ihrer Sache einfach zu sicher. Ein Bestattungsinstitut auf dem Kurfürstendamm, zwischen Coffeeshops und Schuhgeschäften, hätte die Lage sicherlich etwas entkrampft.

Was Holm jedoch am meisten belastete, war, dass er nicht wusste, was nach seinem Ableben mit der Plattensammlung geschah. Immerhin hatte er zwanzig Jahre an ihrer Vervollständigung gearbeitet, und es war ihm im Grunde nicht recht, sie später in fremden Händen zu wissen, wo er seine Platten doch schon zu Lebzeiten nicht ausleihen mochte. Die Frage musste nämlich eigentlich lauten: Wer bekam nachher seine Plattensammlung? Bei Gelegenheit würde Holm in ein Bestattungsinstitut gehen und sich darüber informieren, ob es eine Möglichkeit gab, diese Sammlung zusammen mit anderen Dingen, die ihm im Laufe seines Lebens ans Herz gewachsen waren, irgendwo zwischenzulagern. Denn sollte es einmal zu einer Wiedergeburt kommen, und völlig auszuschließen war das nicht, würde er die Sachen einfach wieder abholen.

Nein, sagte Holm zu dem immer noch geduldig wartenden Manson-Anhänger, an so etwas wie den Tod denke er eigentlich überhaupt nicht. Jedenfalls könne er sich nicht mehr daran erinnern, wann er das letzte Mal daran gedacht habe. Es müsse wohl zuletzt in seiner Kindheit gewesen sein. Aber auch da sei er sich nicht hundertprozentig sicher.

Er müsse ständig daran denken, sagte der Manson-Anhänger und schaute ernst und mit tiefsinnigem Blick in den Eisbecher.

Und nach einer kurzen Pause, die auch Holm für einen Blick in den Eisbecher nutzte, erklärte er mit einem angeekelten Gesichtsausdruck: Irgendwie sei es ihm peinlich, seinen Körper anderen zu überlassen, man könne schließlich nie genau wissen, was damit passiere.

So weit war Holm noch gar nicht gekommen. Dass nicht nur seine Plattensammlung, sondern auch sein Körper kurzzeitig in fremde Hände fiel, empfand er als schwere Demütigung. Bisher war es ihm nur peinlich gewesen zu leben. Das Leben an sich war ihm seit frühester Jugend ein Quell andauernder Peinlichkeit, weil sein Körper ununterbrochen Forderungen an ihn stellte, die er nicht verstand. Die Natur hatte den Fehler begangen, den menschlichen Körper mit einem ihm weit überlegenen Geist auszustatten. Auf Dauer konnte das einfach nicht gutgehen.

Holm ahnte jetzt, weshalb dieser Mensch so dünn war. Er wollte langsam von dieser Welt verschwinden, damit am Ende nichts von ihm übrig blieb, das in fremde Hände gelangen konnte.

Holm starrte auf das geschmolzene Pistazieneis und wurde mit einem Mal neidisch. Er wurde neidisch auf das Pistazieneis, weil es sich so ohne weiteres auflöste und dünn wurde wie Wasser. Und er musste an die Strudel-, Saug- und Ringelwürmer denken, dass sie sich, ohne nachzudenken, selbst befruchteten, und da erhob er sich und verließ überstürzt das Café, ohne sich von dem Manson-Anhänger zu verabschieden.

Vor dem historischen Ampelturm aus den zwanziger Jahren blieb er stehen und beobachtete eine Weile das Umspringen der Farben, die hier schon lange keinen Verkehr mehr regelten. Trotzdem blinkte die Ampel unentwegt weiter und tat so, als würde der Verkehr ohne sie sofort zusammenbrechen. Und in diesem Augenblick erkannte Holm, dass er im Grunde auch nur noch so tat, als würde er leben, während das Leben selbst an ihm vorbeirauschte. Unter dem Ampelturm wurde ihm klar, dass er nicht stehen bleiben durfte, um darauf zu warten, dass etwas passierte.

Holm musste weitergehen, er musste voranschreiten, er musste für sich und seinen Körper eine sinnvolle Aufgabe finden. Es war nicht mehr zu leugnen, dass ihn das viele Nachdenken bisher nicht allzu weit gebracht hatte. War es in diesem Zusammenhang vielleicht doch notwendig, mehr auf seinen Körper zu hören? War es sinnvoll, in sich hineinzuhorchen, ob von dort eine wichtige Mitteilung kam, die er einfach befolgen konnte?

Während er dort stand, verspürte er auf einmal das Bedürfnis zu laufen. Zwar wurde nicht klar gesagt, wohin er laufen sollte, aber immerhin wurde deutlich, dass er nicht die öffentlichen Verkehrsmittel benutzen durfte.

Holm rannte los. Er lief die Potsdamer Straße entlang Richtung Kulturforum, ohne auch nur einen Augenblick daran zu denken, wohin es ihn führte. An der Neuen Nationalgalerie bog er nach rechts und lief am Landwehrkanal bis zur CDU-Parteizentrale, die er rechts liegen ließ, um weiter auf der Schillstraße zur Urania zu marschieren. Dort schwenkte er erneut nach rechts, eilte über den Wittenbergplatz am KaDeWe vorbei, hetzte den Tauentzien entlang bis zur Gedächtniskirche, überquerte die Straße und rannte dann gegen den Strom den Kurfürstendamm hinunter. Vor dem Cinema Paris, Ecke Uhlandstraße, blieb er abrupt stehen und blickte hoch zu der Anzeige, wo unter anderem ein Film mit dem Titel »Rhythm is it« angekündigt war. Minutenlang starrte er auf den Titel, den er mit »Rhythmus ist es« beziehungsweise »Der Rhythmus macht es« übersetzte, und fragte sich die ganze Zeit, welcher Rhythmus hier wohl gemeint sein könnte. Und weil weitere Nachrichten aus seinem Körper ausblieben und er nichts anderes vorhatte, beschloss er spontan, in die Mittagsvorstellung zu gehen, um sich über diesen Rhythmus informieren zu lassen.

Kein Mensch war da, als Holm den altmodisch gemütlichen Saal betrat, und auch zwei Minuten vor Beginn der Vorstellung blieb er der einzige Zuschauer, was ihm auf einmal sehr unangenehm war. Dass der Vorführer wegen einer einzigen Person den gesamten Film abspielen würde, kam Holm ziemlich unwahrscheinlich vor. Womöglich ärgerte er sich sogar, weil er nun wegen Holm nicht Mittag essen konnte. Einen Moment überlegte er, ob er dem Mann anbieten sollte, den Film im Schnelldurchlauf zu zeigen.

Dann ging aber doch pünktlich das Licht aus, und weil Holm tatsächlich alleine war, entschied er sich gegen seine Gewohnheit vom Rand in die Mitte der Sitzreihe zu wechseln. Fast hätte er laut aufgelacht, so viel Wagemut war ihm selbst ein bisschen unheimlich.

Bei dem Film handelte es sich um einen Dokumentarfilm über eine Gruppe Schüler, die für ein Tanzprojekt gewonnen werden sollten, wie Holm schon bald missmutig erkannte. Er mochte keine Tanzfilme, auch wenn es ein Dokumentarfilm war und die Berliner Philharmoniker mitspielten. Am liebsten hätte er das Kino sofort wieder verlassen. Aber das konnte er dem Vorführer einfach nicht antun. Unbemerkt den Saal zu verlassen, während er dort oben weiter in seinem stickigen Raum saß und seiner Pflicht nachkam. Auch Holm spürte jetzt nämlich seine Pflicht als zahlender Zuschauer. Die Pflicht, auszuharren und damit die Arbeit des Kinovorführers zu respektieren. Denn eins war sicher: Ohne Pflichtbewusstsein würde man nicht nur im Kino bald in völliger Dunkelheit sitzen.

Doch Holms Missmut löste sich schnell in unerwartetes Interesse auf. Zunehmend gebannt verfolgte er die Anstrengungen der Schüler, die meist aus einfachen Verhältnissen stammten und mit klassischer Musik bislang nicht viel zu tun gehabt hatten. Wie sie ihre Schwierigkeiten langsam überwanden und sich für das Projekt erwärmten, schließlich sogar begeisterten. Jeder habe das Recht, alle Sorgen und Probleme hinter sich zu lassen, meinte der Tanzlehrer einmal zu seinen Schülern, als er merkte, dass sie innerlich noch nicht bereit waren, über ihren Schatten zu springen. Holm brauchte eine Weile, bis er begriff, dass auch er damit gemeint war. Auch Holm hatte offenbar das Recht, seine Sorgen und Probleme hinter sich zu lassen. Diese Erkenntnis kam etwas überraschend, hatte er doch jahrelang geglaubt, Probleme erst lösen zu müssen, bevor man sie vergessen konnte. Dass man sie jetzt gleich vergessen durfte, war beinahe schockierend. Aber der Tanzlehrer schien zu wissen, was er sagte, und der Erfolg seiner Lehrmethode gab ihm zweifellos Recht. Waren die Schüler anfangs noch unwillig, sich ihren Gefühlen hinzugeben und ihren Körpern zu vertrauen, wurden sie nun immer lockerer. Ihre Körper waren nicht mehr unüberwindliche Hindernisse auf dem Weg zu sich selber, sie wurden auf einmal zu unverzichtbaren Hilfsmitteln. Und als ein junger Mann namens Martin, der dem ganzen Projekt zunächst sehr skeptisch gegenübergestanden hatte, schließlich nachdenklich erklärte, er merke, dass sich etwas in ihm bewege, bemerkte Holm in seinem Kinosessel erstaunlicherweise das Gleiche. Auch in ihm bewegte sich etwas. Es war ganz deutlich zu spüren, dass sich irgendetwas bewegte, obwohl er ja eigentlich ganz ruhig dasaß. In seinem Körper schien es auf einmal zuzugehen wie in einem Güterbahnhof, wo lange Zeit alles stillgestanden hatte und jetzt plötzlich sämtliche Güter gleichzeitig in Bewegung waren und von A nach B verschoben wurden.

Während der Tanzlehrer vor jeder neuen Tanzfigur laut »Focus!« rief, um die Aufmerksamkeit auf jene Tanzfigur zu lenken, wünschte sich Holm, dass er sich auch einmal auf etwas fokussieren konnte. Er wollte sich genauso auf etwas konzentrieren und dabei alles um sich herum vergessen. Leider fiel ihm nichts ein, was dafür infrage kam.

Als er wieder draußen im hellen Nachmittagslicht stand und die vorbeihastenden Passanten auf dem Kurfürstendamm sah, kam es ihm vor, als gehörte er zu den wenigen Menschen, die noch nichts Genaues im Blick hatten. Dass ausgerechnet Holm zu dieser traurigen Minderheit gehören sollte, war im Grunde nicht akzeptabel. Besorgt fragte er sich, mit was er sich den ganzen Tag über beschäftigen sollte, wenn er alle seine Sorgen und Probleme tatsächlich hinter sich gelassen hatte. Holm würde dann quasi vor dem Nichts stehen, und das schien ihm doch etwas wenig zu sein.

Weil er hier nicht weiter tatenlos herumstehen konnte und er keine Lust hatte, dauernd nach der Uhrzeit oder dem Weg gefragt zu werden, beschloss er in die Bar des nahe gelegenen Savoy Hotels in der Fasanenstraße zu gehen, um bei einer guten Zigarre über seine weitere Vorgehensweise nachzudenken. Die Bar hatte er erst neulich entdeckt, und da ihm die gediegene Atmosphäre mit den Ledersesseln, den holzgetäfelten Wänden, an denen Fotos prominenter Gäste hingen, und dem schwungvollen Fünfziger-Jahre-Tresen gefiel, hatte er sie kurzerhand zu seinem Stammlokal erklärt. Die Bar gab ihm das angenehme Gefühl, erwachsen zu sein.

Sein Stammplatz gleich links am Fenster war noch frei, als er in das Lokal trat. Wie üblich bestellte er eine Bolivar Belicosos und eine Tasse Kaffee, dazu ein Glas Leitungswasser mit einem Spritzer Zitrone.

Während der Rauch aufstieg, blickte er hinüber zu dem gläsernen Hochhausriegel mit den dutzendfach übereinandergestapelten Bürowaben, in denen fleißige Arbeitermenschen Gedanken in nützliche Produkte verwandelten. Holm hatte in seinem ganzen Leben noch keinen einzigen Gedanken in ein nützliches Produkt verwandelt. Stattdessen produzierten seine Gedanken ständig neue Gedanken, endlose und zumeist sinnlose Wurmfortsatzgedanken und Sackgassengedanken, Umwegsgedanken und Schleichwegegedanken. Nur sehr selten hatte er mal einen Hauptstraßengedanken, der sich allerdings rasch wieder in zahllose Nebenwegsgedanken verlor. Holm bewunderte Menschen, deren Gedanken Anfang und Ende hatten. Und weil seine Gedanken nirgends anzufangen schienen und nie endeten, glaubte er, dass sie schon lange vor ihm da waren und auch nach seinem Tod unbeirrt weiterexistierten. Er hatte die Idee, dass er als Mensch in einen Gedankenfluss hineingeboren worden war und mit Gedanken und Vorstellungen konfrontiert wurde, die er aus eigener Initiative niemals gedacht hätte. Und da er nun ständig diese fremden Gedanken weiterdenken musste, kam er nie zu einem ihn selbst zufriedenstellenden Ergebnis.

Während er so nachdachte, fiel sein Blick auf ein geparktes Auto auf der anderen Straßenseite. »Institut für Altern mit Würde – Unterhaltung im Alter e.V.« stand dort groß an der Wagentür, und Holm fragte sich sofort, ob er schon in einem würdigen Alter war, wo er sich von einem eingetragenen Verein unterhalten lassen durfte. Vielleicht gab es dort Gesprächsgruppen mit Menschen, die auch nie etwas zu Ende dachten, und man konnte sich ein wenig austauschen und kam dabei auf ganz neue Gedanken, die womöglich sogar zu einem nützlichen Ergebnis führten.

Holm spürte auf einmal einen heftigen Ruck. Er spürte, dass er ein Ziel hatte, das er fokussieren konnte. Und für einen kurzen Moment vergaß er sogar alles um sich herum. Doch schnell kamen ihm wieder Zweifel, ob es überhaupt sinnvoll war, sich mit Leuten auszutauschen, die er nicht kannte. Vielleicht wurde er in Gedankenwelten von Menschen hineingezogen, die er nicht mochte, und verlor sich am Ende in lauter unsympathischen Vorstellungen. Oder er kehrte völlig verwandelt zurück und erkannte sich selbst nicht mehr! Und was würden seine Eltern dazu sagen, wenn sie ihren eigenen Sohn nicht mehr wiedererkannten?

So dachte Holm immer weiter, und seine Gedanken verzweigten sich in immer kleinere Sorgengedanken und Bedenkengedanken, bis er vor sich plötzlich ein Stoppschild erkannte: Es war das große rote Grübelstoppschild.

3

Holm hatte sich die Adresse des Instituts notiert, und schon am folgenden Tag machte er sich auf den Weg nach Alt-Moabit.

Als er an der Turmstraße ausstieg und sich einen Überblick verschaffte, wusste er gleich, dass er in dieser Gegend ungern altern würde. Es war nur schwer vorstellbar, wie man sich zwischen Imbissbuden, Elektronikdiscountmärkten und Spielhallen würdevoll unterhalten lassen konnte. Auch die vielen jungen Männer in Jeans und Bomberjacken versprachen keinen heiteren Ausklang des Lebens. In dieser Straße galten die Gesetze des Dschungels, und Holm sah sich ohne nennenswerte Ausrüstung auf einer Expedition, deren Ausgang ihm zunehmend ungewiss erschien. Nur ein paar Kilometer von seinem Elternhaus entfernt existierte eine Welt, die mit seiner nicht das Geringste zu tun hatte, und es kam ihm ein wenig unheimlich vor, dass man heutzutage schon mit der U-Bahn ins Ausland reisen konnte.

Am besten man schreitet zügig voran und kümmert sich gar nicht um seine Umgebung, dachte Holm. Doch das war so einfach dahingesagt, wenn man aus dem Staunen praktisch gar nicht wieder herauskam. Zum Beispiel staunte er über einen Laden, der ausschließlich Armeebekleidung führte, als erwartete man in naher Zukunft einen Kriegseintritt Moabits. Ein anderer Laden hatte sich auf Pokale der Schachmeisterschaften Berlin-Wedding aus den Jahren achtundsechzig bis sechsundneunzig spezialisiert. Wie man sich in Moabit mit dem Verkauf von Weddinger Schachmeisterschaftspokalen über Wasser halten konnte, war Holm ein Rätsel.

Das »Institut für Altern mit Würde« befand sich im Souterrain eines gewöhnlichen Mietshauses, an dem Holm bereits mehrmals vorbeigelaufen war. Zunächst hatte er die Hausnummer nicht entdeckt, dann hatte er die Hausnummer gesehen, aber trotz Hinweistafel keinen Eingang gefunden, bis er auf der Tafel schließlich einen kleinen Pfeil entdeckte, der zum Seiteneingang wies und damit offensichtlich direkt zu den Mülltonnen führte. Einen Moment lang zögerte er und fragte sich, ob dies wohl der richtige Rahmen für seine zweite Lebenshälfte war. So ein Institut hatte er sich irgendwie gediegener vorgestellt. Ein altes, verwunschenes Haus mit Efeuberankung, aus einem leicht angelehnten Fenster drang die c-Moll-Sinfonie von Beethoven. Doch in diesem Haus würde man vermutlich nur Volksmusik zu hören bekommen.

Weil er nun aber schon mal da war, gab er sich einen Ruck und schritt die Stufen hinunter.

Kommen Sie doch rein!, rief eine weibliche Stimme, als Holm an die einzig infrage kommende Tür geklopft hatte.

Vorsichtig öffnete er die Kellertür, und schon stand er in einem erstaunlich großen, schlauchartigen Raum. In der Mitte ein ovaler Tisch mit sechs Stühlen, an der Wand ein langes Bücherregal. Hinten zum Hof hin ein weiterer Raum mit Computer und Kopierapparat. Über dem Schreibtisch hing ein Berliner Stadtplan, im Zentrum steckte ein Nadelkissen roter Fähnchen.

Hallo, ich bin die Moni, sagte die freundliche junge Frau, obwohl Holm sich noch gar nicht vorgestellt hatte. Anscheinend sah er nicht aus wie ein Einbrecher, und das beruhigte ihn irgendwie. Moni trug ein T-Shirt mit einem traurig blickenden Eisbären darauf und reichte Holm sofort zutraulich die Hand.

Was kann ich denn für dich tun?

Holm lächelte verunsichert, er war es nicht gewohnt, von wildfremden Menschen geduzt zu werden. Außerdem beschäftigte ihn der traurige Eisbärenblick. Ob Tiere überhaupt zu so etwas wie Trauer fähig waren? Denn wer nicht lachen konnte, der konnte auch nicht traurig sein. Und ein lachender Eisbär war nun wirklich das Allerletzte!

Falls du jemanden aufnehmen lassen willst, sagte Moni, muss ich dir leider sagen, dass wir im Moment ziemlich voll sind. Vielleicht fragst du in einem halben Jahr noch mal nach.

Sie sah jetzt ein bisschen aus wie der Eisbär.

Aber ich kann natürlich deinen Namen notieren und dich dann anrufen, wenn etwas frei wird, sagte sie wieder zuversichtlicher.

Es ist kein Notfall, sagte Holm, der ein wenig überrascht war, dass offenbar doch so viele Menschen ein Bedürfnis nach würdevoller Unterhaltung hatten. Das war auch kein Wunder, wenn man sich die Fernsehprogramme ansah. Entweder wurde scharf geschossen oder es wurden Witze gemacht. Mittlerweile wurde im Fernsehen sogar gekocht, und es war nur noch eine Frage der Zeit, wann der erste Zuschauer vor dem Bildschirm verhungerte. Die Suche nach dem passenden Unterhaltungsprogramm war inzwischen eine Wissenschaft für sich, denn schließlich wollte sich niemand falsch unterhalten lassen und dabei womöglich verrückt werden.

Es muss nicht heute sein, ergänzte Holm, in einem halben Jahr werde ich vierzig, bis dahin habe ich sowieso noch einiges zu tun.

Das war natürlich gelogen, denn viel zu tun hatte er im Grunde nicht mehr. Aber man musste ja nicht gleich in der ersten Minute durchblicken lassen, dass man vor Langeweile jetzt schon nicht mehr ein noch aus wusste.

Ich wollte mich nur erkundigen, fuhr er fort, wie so eine Unterhaltung im Alter, wie ich mir so was vorstellen muss. Kann man zwischen verschiedenen Programmen wählen, oder nimmt man einfach, was kommt? Ich meine, es gibt ja auch noch ältere Leute.

Moni sah ihn prüfend an. Sie schien sich zu fragen, ob sie sich nicht verhört hatte.

Also, wenn ich dich richtig verstehe, sagte sie, willst du, dass wir dich unterhalten, ja?

Was war so schlimm daran, sich professionell unterhalten zu lassen? Holm nickte.

Eigentlich, sagte Moni, sie war auf einmal sehr ernst, richten sich unsere Angebote eher an ältere Menschen. Menschen, die ganz alleine sind und niemanden haben, der sich um sie kümmert. Auch kranke Menschen, die den ganzen Tag im Bett liegen müssen, oder Menschen, die ganz einfach auf fremde Hilfe angewiesen sind. Und ehrlich gesagt kann ich mir nicht vorstellen, erklärte sie mit hochgezogenen Augenbrauen, dass auf dich irgendeiner dieser Punkte zutrifft.

Holm zog nun ebenfalls die Augenbrauen hoch, allerdings aus einem völlig anderen Grund. Denn langsam begriff er, dass er etwas falsch verstanden hatte. Dieser Verein unterhielt ganz offensichtlich nicht jeden, sondern nur Menschen ab einem gewissen Alter. Dabei fühlte er sich von dem einen oder anderen Punkt durchaus angesprochen. Er war zwar nicht krank, und er musste nicht unbedingt den ganzen Tag im Bett liegen, aber fremder Hilfe war er keineswegs abgeneigt, zumal sich auch um ihn niemand so recht kümmerte, von seiner Mutter einmal abgesehen. Musste man denn erst achtzig werden und im Rollstuhl sitzen, bevor man in den Genuss würdevoller Unterhaltung kam? Moni schien sich tatsächlich nicht vorstellen zu können, dass auch Menschen in mittleren Jahren ohne ausgeprägte Krankheiten mitunter fremder Hilfe bedurften.

Kannst du Auto fahren?, fragte Moni plötzlich, sie blickte ihn an, als habe sie wider Erwarten eine Möglichkeit gefunden, wie er doch noch zu seinem Unterhaltungsprogramm kam.

Holm hatte einen Führerschein, aber er konnte nicht Auto fahren, jedenfalls nicht so gut, dass ein normaler Verkehrsfluss gewährleistet werden konnte. Gab es das mobile Unterhaltungsprogramm für Menschen, die viel Zeit im Auto verbrachten?

Holm bejahte. Hier musste einfach ein klares Ja ausgesprochen werden.

Sehr gut, sagte Moni, willst du nicht reinkommen und dich setzen, ich hätte da vielleicht was für dich.

Dass er immer noch im Türrahmen stand, hatte er völlig vergessen. Manchmal vergaß er alles um sich herum, das waren oft die schönsten Momente.

Holm setzte sich an den ovalen Tisch und sah sich im Raum um, während Moni etwas aus dem Büro holte. Hier unten war es eigentlich gar nicht so schlecht. Die niedrige Decke verlieh dem Raum etwas Höhlenartiges. Trotzdem war es noch hell genug, dass man auch ohne Licht bequem eine Zeitung lesen konnte. Und die Welt draußen vor dem Fenster war auf einmal viel einfacher. Man sah nur noch die Hälfte vom Leben, Beine und Reifen anstatt ganzer Menschen und Autos. Holm fühlte sich gleich viel entspannter, und er fragte sich, ob es nicht grundsätzlich besser war, wenn man nicht alles vom Leben wusste.

Da!, sagte Moni und drückte Holm eine Broschüre ihres Instituts in die Hand. Auf dem Titelblatt sah man fröhliche Rentner, wie sie in einer Sitzgruppe saßen und amüsiert jemandem zu lauschen schienen, von dem jedoch nur die Knie zu erkennen waren.

Holm war nicht ganz klar, was er mit dieser Broschüre sollte. Er überflog rasch die Seiten. »Haben Sie auch schon an Ihre Eltern gedacht?«, las er und »Können Sie sich vorstellen, dass das Leben ein Berg ist, den man im Alter nur noch mit Unterstützung bewältigen kann?« Auf der Rückseite schließlich stand in großen Buchstaben, die auch für stark sehbehinderte Menschen gut zu entziffern waren: »Das Alter in Würde erleben – Helfen Sie mit!« Eine Kontoverbindung der Berliner Volksbank deutete an, in welcher Form diese Mithilfe erwünscht war.

Holm dachte eigentlich ständig an seine Eltern. Wenn er es sich recht überlegte, tauchten Vater und Mutter dauernd in irgendwelchen Zusammenhängen auf. Selbst bei Themen, die überhaupt nichts mit seinen Eltern zu tun hatten, tauchte wie aus dem Nichts im gedanklichen Hintergrund plötzlich seine Mutter auf und trat sozusagen heftig winkend aus dem Unterholz ins Feld, wobei sie die Hauptgedanken regelmäßig so nachhaltig verscheuchte, dass Holm noch Stunden später auf ihre Rückkehr wartete. Sollte man später einmal sämtliche gedachte Gedanken aus Holms Gehirn extrahieren können, würden Hella und Hans Günther Holm die Liste der meistgebrauchten Begriffe zweifellos anführen.

Ganz neu war dagegen die Vorstellung vom Leben als Berg und dass man auch im Alter immer weiter nach oben steigen musste. Bis vor kurzem hatte Holm noch gemeint, den Gipfel fast schon erreicht zu haben und in wenigen Monaten wieder gen Tal schreiten zu müssen. Dass nun der Aufstieg gar nicht mehr aufhören sollte, war natürlich eine völlig neue Ausgangslage. Wie sollte man sein Leben unter dieser Voraussetzung jemals ganz überblicken können?

Ich weiß ja nicht genau, was du so machst, sagte Moni mitten in seine Überlegungen hinein. Sie stand direkt hinter ihm, sodass er das Gefühl hatte, sie könne ihm beim Denken zusehen, worauf Holm seine Gedankentätigkeit sofort einstellte.

Aber hast du schon mal daran gedacht, in dieser Branche zu arbeiten? Wir können engagierte junge Leute immer gebrauchen.

Obwohl Holm an nichts dachte, wurde ihm relativ schnell klar, dass Moni ihm gerade ein Jobangebot gemacht hatte. Das war nicht nur dreist, es war im Grunde ungeheuerlich. Was die »engagierten jungen Leute« betraf, musste sogar von einer dreisten Provokation gesprochen werden. Denn Holm war schließlich nicht mehr jung, und ob er engagiert war, konnte sie von ihrem Standpunkt aus überhaupt nicht beurteilen. Wie kommt sie eigentlich auf die Idee, fing Holm nun wieder zaghaft an zu denken, dass ich Zeit und Lust habe, alte Menschen zu unterhalten, womöglich sogar zum Lachen oder Schmunzeln zu bringen? Holm war schließlich kaum in der Lage, sich selbst zu unterhalten, geschweige denn zum Lachen zu bringen, wie sollte er da Menschen unterhalten, die zusätzlich noch schlecht hörten? Natürlich könnte man leicht annehmen, dass ein Mann, der werktags ein »Institut für Altern in Würde« aufsuchte, keiner geregelten Arbeit nachging. Daraus jedoch automatisch zu schließen, dass er für eine berufliche Tätigkeit in der Unterhaltungsbranche infrage kam, war vollkommen abwegig.

Allerdings, sagte Moni, inzwischen war sie um den Tisch herumgegangen und hatte sich Holm gegenüber gesetzt, als befinde man sich bereits in Beitrittsverhandlungen, wovon jedoch überhaupt keine Rede sein konnte, allerdings können wir dir nicht viel zahlen, sagte sie mit sichtlichem Bedauern. Wie du vielleicht gesehen hast, finanzieren wir uns hauptsächlich über Spenden. Es reicht gerade für unser kleines Büro und vier Mitarbeiter. Eigentlich grenzt es schon an Selbstausbeutung, aber die Kollegen sind so leidenschaftlich bei der Sache, dass sie wahrscheinlich auch umsonst arbeiten würden. Aber von irgendetwas muss der Mensch ja leben, nicht? Sie lachte, als wäre ihr die Tatsache, dass man Geld verdienen musste, peinlich. Daraufhin lachte auch Holm kurz auf, als wäre ihm das Geldverdienen schon immer merkwürdig vorgekommen.

Für uns, fuhr sie fort, ist Hobby und Beruf dasselbe. Und das sollte es auch sein, finde ich, wenn man so einen Job macht, sonst wird man schnell unglücklich.

Sie faltete ihre Hände und blickte Holm ernst an. Könntest du dir vorstellen, bei uns mitzumachen?

Holm konnte sich prinzipiell alles Mögliche vorstellen. Zum Beispiel konnte er sich vorstellen, den Rest seines Lebens stumm vor dem Fernseher zu verbringen oder von morgens bis abends durch die Straßen zu laufen, um sich jedes Haus seiner Heimatstadt einzeln anzusehen. Weiterhin konnte er sich vorstellen, sich nie wieder irgendetwas anzusehen, weder im Fernsehen noch in seiner Heimatstadt, sondern stattdessen zuhause in seinem Zimmer zu sitzen und sich selbst ununterbrochen alles zu erzählen, was ihm durch den Kopf ging, und zwar so lange, bis er ausgedacht war, um endlich zur inneren Ruhe zu finden. Holm konnte sich von allem auch das Gegenteil vorstellen, und das war vielleicht das größte Problem in seinem Leben.

Hmm, machte er und nickte mehrmals, während er Moni fixierte, als bedachte er gerade intensiv das Für und Wider einer Mitwirkung. In Wahrheit befand er sich gedanklich noch auf einer viel grundsätzlicheren Ebene. Holm fragte sich nämlich, ob es prinzipiell auch für ihn möglich war, Hobby und Beruf miteinander zu verbinden. Schon lange hatte er sich gewünscht, etwas zu tun, was ihn leidenschaftlich begeisterte und gleichzeitig sein Einkommen sicherte. Mit der Frédérik-Mey-Rose war er nicht weit gekommen beziehungsweise in eine völlig unbekannte Gegend geraten und hatte sich dort relativ leidenschaftslos als Türsteher versucht. Aber vielleicht gab es doch ein Hobby, an das er bislang noch gar nicht gedacht hatte.

Hmm, machte Holm wieder, diesmal nickte er nicht, und weil es seltsam ausgesehen hätte, ein drittes Mal folgenlos »Hmm«

zu machen, raffte er sich zu einer Gegenfrage auf, die allerdings fast schon als Antwort verstanden werden konnte, wie er leider zu spät erkannte.

Wann würde es denn ungefähr losgehen?

Moni lächelte und rieb sich in ziemlich eindeutiger Weise die Hände.

Ab sofort, sagte sie triumphierend. Uns ist nämlich gerade ein Mitarbeiter verloren gegangen, und zu dritt würden wir das alles überhaupt nicht schaffen.

Verloren gegangen? Holm sah sie beunruhigt an. Er befürchtete, dass der Mitarbeiter von einem Einsatz nicht mehr zurückgekehrt war und seitdem vermisst wurde. Ob es gefährlich war, mit alten Menschen zu arbeiten? Jahrelang saßen sie still vor sich hinbrütend auf dem Sofa, und dann standen sie plötzlich mit dem Küchenmesser vor einem.

Na ja, sagte Moni, ihr war die Angelegenheit offenbar unangenehm, er hat sich beruflich umorientiert, das kam für uns ziemlich überraschend. Aber jeder muss sehen, wie er glücklich wird, und jetzt fehlt uns eben ein Mann in der Gruppe. Einige unserer weiblichen Klienten bevorzugen nämlich männliche Betreuung, und diesen Wunsch möchten wir natürlich gerne erfüllen.

Sie grinste, wie Holm meinte, zweideutig, und das machte ihm etwas Sorge. Ging die Betreuung mitunter über die bloße Unterhaltung hinaus? Gab es besondere Dienstleistungen für Frauen, die nicht vorhatten, würdig zu altern, und ein Zusatzprogramm erwarteten? Wurde deshalb »Leidenschaft in der Sache« verlangt, um auch Sonderwünsche befriedigen zu können? Holm war alarmiert. Bevor es hier zu Vertragsunterzeichnungen kam, wollte er schon etwas mehr über die Art der Betreuung erfahren.

Wie oft, sagte er und zögerte einen Moment, ich meine, was genau müsste ich, also müsste man, denn da so machen?

Er merkte, wie er rot anlief, als drohte gleich die detaillierte Beschreibung fragwürdiger Praktiken.

Moni sah ihn entspannt an, sie schien sich seiner Mitwirkung bereits sicher zu sein.

Du würdest zwei- oder dreimal die Woche, das müssten wir dann noch konkret besprechen, für jeweils einige Stunden drei oder vier Klienten betreuen.

Für einige Stunden?, fragte Holm. Das kam ihm für reines Unterhalten doch ein wenig lang vor.

Wir legen Wert darauf, sagte Moni, Zeit für die Menschen zu haben. Das unterscheidet uns von den anderen Organisationen, die ihre Leute schnell abarbeiten müssen. Unser Konzept ist die Intensivbetreuung, deshalb hat jeder Mitarbeiter auch nur wenige Klienten. Die Menschen sollen sich von uns persönlich betreut fühlen, und das kostet nun mal Zeit.

Ah ja, sagte Holm. Es waren einfach zu viele Informationen auf einmal, und um nichts Falsches zu sagen, sagte er eben lieber »Ah ja« und blickte angemessen interessiert. Er hätte auch gar nicht gewusst, wo er jetzt ansetzen und nachfragen sollte. Stattdessen wartete er auf eine glasklare Einzelinformation, auf die er dann zügig reagieren wollte.

Moni indes schien ihre Hauptaussage bereits getätigt zu haben und wartete nun ihrerseits auf eine Reaktion von Holm. Die Lage sah für beide also nicht gerade günstig aus.

Nach einer Weile, glücklicherweise ehe der Gesprächsfaden verloren ging und man wieder von vorne beginnen musste, bemerkte Holm, dass Moni seine Ursprungsfrage im Grunde gar nicht beantwortet hatte. Wie diese Intensivbetreuung genau aussehen sollte, war nicht einmal ansatzweise geklärt.

Was würde ich denn mit diesen Leuten während dieser Zeit im Allgemeinen so machen?, fragte Holm. Gibt es bestimmte Vorgaben, oder darf man vor Ort frei entscheiden?

Unsere Klienten, sagte Moni, sind erst einmal froh, dass jemand da ist. Was du genau mit ihnen machst, hängt natürlich von ihren persönlichen Wünschen ab.

Holm lächelte gezwungen. Könnte ich auch ablehnen, etwas zu tun?, fragte er beiläufig nach. Er versuchte unbesorgt zu wirken, klang aber so, als ginge es um den möglichen Einsatz von Schusswaffen.

Wichtig ist, dass du auf sie eingehst, sagte Moni.

Es genügt also nicht, einfach nur dazusitzen?, hakte er nach.

Du solltest dir schon ein wenig Mühe geben, belehrte ihn Moni streng, immerhin werden wir dafür bezahlt!

Holm dachte an das Foto mit den lachenden Rentnern. Ob er ihnen wohl dauernd Witze erzählen musste? In seinem ganzen Leben hatte er noch keinen einzigen Witz erzählt. Dass man trotzdem hin und wieder über ihn lachte, gehörte zu den ungelösten Rätseln seiner Existenz.

Moni musste schon etwas konkreter werden, schließlich hatte er bisher keinerlei Erfahrungen mit der Unterhaltung alter Menschen sammeln können. Vielleicht gab es Themen, die man besser nicht behandelte. Alte Menschen gehörten für Holm zu einem fremden Volksstamm, deren Rituale ihm größtenteils exotisch vorkamen. Irritierenderweise wurden seine Mitglieder von Jahr zu Jahr zahlreicher.

Wie würde man denn ungefähr auf sie eingehen?, fragte Holm.

Moni sah ihn erstaunt an. Wie würdest du auf jemanden eingehen, der den ganzen Tag alleine zuhause ist?

Der Gedanke, den ganzen Tag alleine zuhause zu sein, war Holm keineswegs unsympathisch. Niemand, der von ihm verlangte, sein Zimmer aufzuräumen oder im Supermarkt Klopapier und Nahrungsmittel einzukaufen. Es gab sogar Tage, an denen er sich danach sehnte, in einer einsamen Holzhütte in Nordschweden zu leben, und er hätte jedem die Tür gewiesen, der dort auf ihn eingehen wollte.

Holm zuckte mit den Schultern.

Wie wäre es zum Beispiel mit reden?, sagte Moni.

Reden?, fragte Holm entsetzt.

Ja, sagte sie, einfach nur reden.

Er konnte sich kaum vorstellen, dass jemand für bloßes Reden bereit war, viel Geld auszugeben. Andererseits war es leicht verdientes Geld, denn so schwer konnte es ja nicht sein, mit diesen Leuten zu reden. Vermutlich verstanden sie ohnehin nur die Hälfte, und den Rest der Zeit würde er damit verbringen, ihnen die andere Hälfte noch einmal zu erzählen.

Über alles Mögliche?, fragte Holm vorsichtshalber noch mal nach.

Was immer euch einfällt, sagte Moni.

Und wenn uns nichts mehr einfällt?, fragte Holm. Einige Stunden waren eine lange Zeit, da konnte es Engpässe geben.

Dann liest du ihnen eben irgendetwas vor, sagte sie bereits leicht gereizt und ließ sich zurück gegen die Stuhllehne fallen. Als ob man von Natur aus wissen müsste, wie man mit alten Leuten umgeht, dachte Holm, dem ihre Reaktion gar nicht behagte. Er wollte später schließlich auch nicht irgendetwas vorgelesen bekommen, wenn man nicht mehr wusste, über was man sich unterhalten sollte. Hier konnte man durchaus ein wenig Respekt verlangen.

Und was wäre das dann in etwa?, fragte Holm.

Moni fuhr sich mit der Hand durchs Haar und sah aus dem Fenster, wo gerade ein halbes Dutzend Beine vorbeiliefen. Die Art, wie sie aus dem Fenster sah und schwieg, verhieß nichts Gutes. Dabei hatte er eine vollkommen harmlose Frage gestellt.

Okay, sagte sie, nachdem sie lange genug aus dem Fenster gesehen hatte, ich glaube, du weißt jetzt ungefähr, was dich erwartet. Ich biete dir diesen Job an, wenn du Interesse hast, sprechen wir gerne weiter, ansonsten denke ich, setzen wir einen Schlusspunkt.

Holm blickte sie überrascht an. Das kam nun doch etwas plötzlich, zumal die Frage nach der adäquaten Lektüre noch gar nicht beantwortet war. Und auch wenn es kleinlich erschien, aber es durfte hier ruhig der eine oder andere Autorenname fallen. Immerhin war es nicht gleichgültig, ob man Tolstoi vortrug oder Gedichte von Ringelnatz.

Ich bin interessiert, sagte Holm einlenkend, um sich das weitere Gespräch nicht zu verbauen, aber ich würde gerne erst sehen, ob mir die Arbeit überhaupt liegt.

Sowieso, sagte Moni und seufzte erleichtert. Dann sprang sie vom Stuhl auf. Jede Minute müsste Sandra kommen, eine Mitarbeiterin von uns, bei der kannst du gleich mitfahren.

Sie wandte sich zur Wand, wo ein großer Plan mit Tabellen und Spalten in vier verschiedenen Farben hing, und fuhr mit dem Finger die gelbe Spalte hinauf.

Elfriede Schlemm, sagte sie und drehte sich um. Eine nette Dame in den Siebzigern, sie kommt ursprünglich aus Stettin und hat nie geheiratet, soweit ich weiß. Tragisch eigentlich, muss früher eine schöne Frau gewesen sein. Aber du musst aufpassen, sie hob ihren Finger, als käme gleich eine wichtige Information über eine nicht ungefährliche Eigenart Elfriede Schlemms, sie kann stundenlang von ihrer alten Heimat erzählen, frag also lieber nicht nach, sonst verbringst du die ganze Nacht bei ihr. Moni kicherte, als wäre das schon öfter passiert.

So viel war Holm klar: Stettin durfte mit keiner Silbe erwähnt werden. Auch die alten Ostgebiete erwähnte man besser nicht. Am besten man sprach überhaupt nicht über den Osten, nicht mal über Ostern, und wandte den Blick gleich nach Westen, nach Paris oder Sevilla oder zur Sicherheit nach New York und wanderte danach gedanklich runter nach Mexiko und blieb schließlich ganz in Südamerika, in Chile oder Argentinien. Oder man verschwieg auch den Westen, denn wer Westen sagte, der musste irgendwann auch Osten sagen, und dann war man schnell in Stettin. Vielleicht sollte man Menschen und Orte sogar vollständig ignorieren und die Aufmerksamkeit aufs Tierreich richten. Nicht auf Vögel natürlich, die häufig auch Zugvögel waren und vom Osten in den Westen flogen, sondern auf Kleinstlebewesen, die gerne dort blieben, wo sie einmal waren, Milben zum Beispiel, die in Matratzen lebten und ihr ganzes Leben praktisch im Bett verbrachten. Man würde also stundenlang über Milben reden und hoffen, dass dieses Thema ausreichend Gesprächsstoff bot.

Kurz darauf erschien eine junge Frau. Sie trug einen Rucksack und hatte einen geflochtenen blonden Zopf. Ihr pausbäckiges Gesicht strahlte eine fröhliche Unbekümmertheit aus, die allen mitzuteilen schien, dass sie dem Leben im Wesentlichen positiv gegenüberstand. So eine Frau konnte nur Sandra heißen. Holm blickte sie fassungslos an.

Das ist übrigens unser neuer Mitarbeiter Felix Holm, stellte Moni ihn vor, worauf Sandra sofort ihre Hand ausstreckte.

Ich bin die Sandra, sagte Sandra erwartungsgemäß. Holm bekam ihre Hand gerade noch zu fassen.

Wenig später saßen sie in einem winzigen Auto, die Motorhaube schien nur wenige Zentimeter über Holms Bauch hinauszuragen, und fuhren zu Elfriede Schlemm.

Du willst also bei uns anfangen, sagte Sandra, während sie im halsbrecherischen Tempo durch die Stadt jagte. Holm hatte sich am Türgriff festgeklammert und starrte besorgt auf die Straße. Bei einem Frontalzusammenstoß wären Mensch und Maschine nicht mehr auseinanderzuhalten gewesen.

Ja, sagte er knapp. Er fragte sich, ob er dem Leben ähnlich positiv gegenüberstehen sollte, um auch einmal die Verkehrsregeln missachten zu können.

Finde ich echt super, sagte Sandra, dann wären wir wieder komplett.

Ja, sagte Holm. Er rutschte tiefer in den Sitz hinein, damit ihn niemand erkannte. Allerdings kannte ihn in dieser Gegend ohnehin niemand.

Hast du schon mal mit alten Menschen gearbeitet?, fragte Sandra und zündete sich eine Zigarette an. Es war zu hoffen, dass die letzte freie Hand für das Lenkrad reserviert blieb.

Nein, sagte er, obwohl das Zusammenleben mit seinen Eltern manchmal durchaus als Arbeit bezeichnet werden konnte.

Eine Weile sagte sie gar nichts, was Holm angesichts der Verkehrslage nur recht war. Stattdessen zog sie hektisch an ihrer Zigarette, als wäre es für sie nur schwer erträglich, gar nichts zu sagen.

Du redest nicht gerade viel, oder?, fragte Sandra schließlich, als sie über die Otto-Suhr-Allee rasten.

Nein, sagte Holm. Wie sollte man bei dieser Geschwindigkeit auch ein vernünftiges Gespräch aufbauen.

Ich hoffe, du sagst nachher etwas mehr, sagte Sandra und blickte ihn skeptisch von der Seite an. Immerhin ist das ein Teil unseres Jobs, mit den Menschen zu reden, verstehst du?

Aber nicht über Stettin, sagte Holm, während die Kuppel von Schloss Charlottenburg langsam hinter der Straße auftauchte. Zum ersten Mal bemerkte er, dass die Otto-Suhr-Allee über eine leichte Anhöhe führte. Offenbar musste er erst halb liegend in einem winzigen Auto sitzen, um zu erkennen, dass Charlottenburg hügelig war.

Stettin?, fragte Sandra.

Ja, antwortete Holm, ich möchte bei dieser Schlemm nämlich nicht übernachten!

Elfriede Schlemm wohnte in einem stuckreichen Jahrhundertwendegebäude schräg gegenüber vom Rathaus Charlottenburg. Als Sandra an der Haustür klingelte, dauerte es keine fünf Sekunden, bis der Summer ging.

Sie wartet immer an der Tür, erklärte Sandra mit einem spöttischen Grinsen, deshalb sei bitte immer pünktlich, sie kann nicht mehr so lange stehen.

Hoffentlich, dachte Holm, habe ich später nicht auch Eigenarten, über die man sich schon vor dem Haus amüsiert.

Ein klappriger Fahrstuhl brachte sie in die zweite Etage. Holm hielt die Luft an, als befürchtete er, dass der Fahrstuhl durchs ständige Ein- und Ausatmen abstürzen könnte. Als sie ausstiegen, hatte er das Gefühl, sich erst einmal setzen zu müssen.

Hin und wieder musst du auch für sie einkaufen, erklärte ihm Sandra noch rasch, obwohl das normalerweise die Zivis machen sollten. Aber lehne auf keinen Fall etwas ab, sonst beschwert sie sich wieder beim Arbeiter-Samariter-Bund. Manchmal verwechselt sie uns nämlich.

Habe ich eigentlich überhaupt irgendwelche Rechte vor diesen Leuten?, fragte Holm, aber da ging bereits die Wohnungstür auf, und eine kleine, weißhaarige Frau mit gelber Bluse und einem Medaillon aus Bernstein um den Hals tauchte im Türrahmen auf und blickte erstaunt zu ihm hoch.

Ich habe Herrn Martin erwartet, sagte sie und musterte Holm enttäuscht, als würde sie einen anderen als Herrn Martin unter gar keinen Umständen in die Wohnung lassen.

Martin arbeitet leider nicht mehr bei uns, rief Sandra so laut, dass es im ganzen Treppenhaus widerhallte.

Was?, sagte Elfriede Schlemm.

Das ist Herr Felix Holm!, rief Sandra und zeigte mit dem Finger auf Holm, um anzudeuten, dass dieser Mann nicht nur zufällig hier stand. Er wird jetzt immer für Sie da sein.

Frau Schlemm starrte ihn beleidigt an, als könnte er etwas dafür, dass sie sich in ihrem Alter an jemand Neues gewöhnen musste.

Herr Felix?, fragte sie, offenbar konnte sie sich nur noch Vornamen merken.

Holm wollte ihr gerade die Hand reichen, aber da drehte sie sich entschlossen um und ging vorsichtig an der Wand entlangbalancierend zurück in den Flur.

Mach dir nichts draus, sagte Sandra, während sie eintraten, sie kann auch ganz nett sein.

In der Wohnung roch es süßlich. Nach Essen, dachte Holm, und er fragte sich, wieso es in den Wohnungen alter Leute so oft nach Essen roch, genauer gesagt nach reifen Früchten und Rhabarberkompott. Roch das Alter nach reifen Früchten und Rhabarberkompott?

Das Wohnzimmer schien seit mindestens fünfzig Jahren nicht mehr wesentlich verändert worden zu sein. Braune Polstersofas, Perserteppiche, ein massiver Bücherschrank, darin zahllose vergilbte Buchrücken und ein schwerer Esstisch mit vier Renaissancestühlen. An den Wänden goldgerahmte Gemälde, so genannte Ölschinken, auf denen anscheinend immer dieselbe Stadt dargestellt war. Panoramen mit Fluss und Kirchenkuppeln, einzelne Kirchen und Stadttore, in die Pferdewagen hinein- und wieder hinausfuhren, dazwischen Stiche und Stadtpläne, ein Wappen zeigte einen züngelnden Adler mit Königskrone, über der in altdeutscher Schrift Stettin zu lesen stand. Unter diesem Wappen saß oder vielmehr thronte Elfriede Schlemm in einem grünsamtenen Ohrensessel und blickte immer noch beleidigt an die Decke, als hätte sie beschlossen, ihren neuen Betreuer einfach zu ignorieren.

Was haben Sie denn heute so alles gemacht?, fragte Sandra, während sie zwei Renaissancestühle rüber zum Ohrensessel schleppte. Frau Schlemm hatte die gewaltsame Veränderung der Wohnzimmereinrichtung zwar durchaus bemerkt, sah aber weiterhin zur Decke, weil ausgerechnet zwischen Ohrensessel und Esstisch ihr neuer Betreuer Holm stand, den sie keinesfalls eines Blickes würdigen wollte. Da sie das Stühlerücken nicht vollkommen ignorieren konnte, die beleidigte Haltung aber auch nicht aufgeben mochte, verwandelte sich ihr Gesicht zunehmend in ein Schlachtfeld gegensätzlicher Empfindungen. Sie starrte nach oben und presste die Lippen so fest aufeinander, als versuchte sie krampfhaft, einen wütenden Kommentar zu unterdrücken. Dabei musste sie jedoch durch die Nase ein- und ausatmen, was bald ein besorgniserregendes Röcheln verursachte. Ihr ganzer Körper hob und senkte sich bedrohlich, und sie krallte ihre Finger in die Armlehnen, als bekäme sie keine Luft mehr.

Sandra indes schien von dieser sich zuspitzenden Lage überhaupt nichts mitzubekommen, jedenfalls setzte sie sich auf den Renaissancestuhl, schlug locker ein Bein übers andere und machte ein ausgesprochen fröhliches Gesicht, was Holm gar nicht begreifen konnte. Wie angewurzelt stand er immer noch da und fragte sich, ob er Sandra dezent auf die dramatische Entwicklung im Ohrensessel hinweisen sollte.

Vielleicht war es aber auch Teil eines Spiels, dessen Regeln ihm fremd waren, und er löste durch eine unbedachte Bemerkung eine Katastrophe aus. Womöglich brauchte Frau Schlemm ganz einfach diese kleinen Alltagsdramen, um vom großen Unglück des Alterns ein wenig abgelenkt zu werden.

Sie wollen uns also nicht erzählen, was Sie diese Woche gemacht haben? Sandra blickte sie herausfordernd an, und einen Augenblick später fügte sie keck hinzu: Dann können wir ja auch wieder gehen!

Auf diesen Moment schien Elfriede Schlemm nur gewartet zu haben. Mit einer blitzschnellen Bewegung, die Holm nicht für möglich gehalten hatte, wandte sie sich zu Sandra und erklärte bissig: Ich glaube kaum, dass Sie mein Tagesablauf interessiert. Daraufhin lachte Sandra kurz auf und sagte, Frau Schlemm, Frau Schlemm, Sie haben sich wirklich nicht verändert, was Elfriede Schlemm mit den Worten, und das ist auch gut so, kommentierte. Ich frage Sie schließlich auch nicht nach Ihrem Tagesablauf, sagte sie ungehalten den Kopf schüttelnd.

Schön, dass es Ihnen so gutgeht, sagte Sandra völlig unbeeindruckt von ihrer harschen Reaktion.

Mir soll es gutgehen?, fragte Elfriede Schlemm mit gespielter Überraschung.

Etwa nicht?, gab Sandra nun ihrerseits die Überraschte.

Elfriede Schlemm blickte eine Weile nachdenklich in die Ferne. Dann fixierte sie wieder Sandra und sagte sehr ernst: Glauben Sie, dass es lustig ist, jeden Tag auf den Tod zu warten?

Sandras Gesichtszüge vereisten. Damit hatte sie offensichtlich nicht gerechnet. Eine Zeitlang sah es so aus, als sei sie mit ihrem Latein am Ende. Dann raffte sie sich endlich auf und erklärte mit fester Stimme, aber unruhig flackerndem Blick: In Ihrem Alter brauchen Sie sich darüber doch noch keine Gedanken zu machen, gell?!

Das »gell« klang so übertrieben optimistisch, dass man sich schon deshalb über den Tod Gedanken zu machen begann.

Frau Schlemm hob ihr Kinn und sagte in einem Tonfall, den nur jahrzehntelange Erfahrung hervorbrachte: Gute Frau, ich bin jetzt siebenundsiebzig Jahre alt, verraten Sie mir bitte, wann ich ungefähr damit anfangen soll, an den Tod zu denken? Und weil Sandra daraufhin gar nichts mehr sagte, fügte sie rasch noch eine aktuelle Meldung hinzu: Und außerdem habe ich Halsschmerzen.

Fast dankbar über diese Wendung hin zu alltäglichen Beschwerden, lösten sich Sandras Gesichtszüge mit einem Mal, und auch Holm atmete erleichtert auf.

Leider währte die allgemeine Entspannung nur kurz, denn nun sprang Sandra von ihrem Stuhl hoch und sagte etwas, das Holm sofort in Panik versetzte.

Ich geh gleich mal runter zur Apotheke und hole Ihnen was gegen Halsschmerzen.

Sandra war drauf und dran, Holm mit Elfriede Schlemm alleine in der Wohnung zurückzulassen, und das erschien ihm für den Anfang doch ein wenig gewagt. Er wollte noch sagen, dass auch er zur Apotheke gehen könne, beziehungsweise fragen, ob er sie zur Apotheke begleiten solle, aber da hatte Sandra bereits ihren Mantel übergestreift und war mit den Worten »Ich nehme den Hausschlüssel mit« auf dem Weg nach draußen.

Als die Tür ins Schloss fiel, hatte Holm ein mulmiges Gefühl. Es war nicht viel anders, als mit einem Gewaltverbrecher alleine in einer Zelle eingeschlossen zu sein. Im Grunde rechnete er mit dem Schlimmsten.

So, sagte Frau Schlemm plötzlich ohne Vorwarnung, dass Holm unwillkürlich zusammenzuckte. Sie sind also mein neuer Betreuer. Es klang nicht vorwurfsvoll, eher wie eine sachliche Feststellung, und dabei musterte sie ihn von oben bis unten, als habe sie ihn eben erst bemerkt.

Ja, antwortete Holm. Mehr konnte man dazu gegenwärtig auch gar nicht sagen. Er überlegte, ob er sich jetzt hinsetzen sollte. Aber das hätte womöglich zu vertraulich ausgesehen. Hier durfte er keinen Fehler machen.

Wollen Sie sich nicht setzen, sagte Elfriede Schlemm, oder müssen Sie da stehen bleiben? Sie deutete auf den Stuhl und blickte ihn streng an, als wäre es keine Frage, sondern eine Anweisung, die man nicht ohne Konsequenzen ablehnte.

Holm setzte sich, vermied aber eine allzu lockere oder gar entspannte Haltung. Er musste auf einmal an Monis Worte denken, dass einige Klienten ausschließlich von Männern betreut werden wollten. Vielleicht gehörte auch Frau Schlemm zu diesem Personenkreis. Es war nicht ganz auszuschließen, dass sie die Halsschmerzen nur vorgetäuscht hatte, um mit ihm alleine zu sein.

Holm achtete sorgfältig darauf, dass sich ihre Knie nicht berührten. Sollte es hier zu Übergriffen kommen, würde er die Wohnung sofort verlassen.

Ich will Ihnen mal was sagen, sagte Elfriede Schlemm, während sie ihre Lippen mit der Zunge befeuchtete. Es sah gar nicht gut für ihn aus.

Im Prinzip bin ich mit eurem Verein ganz zufrieden, sie leckte sich wieder über die Lippen, als hätte sie Sorge, dass ihre Worte sonst daran kleben blieben.

Was ich aber nicht ausstehen kann, sie machte ein verärgertes Gesicht, wenn man mich wie eine alte Frau behandelt. Können Sie das verstehen, Herr Felix?

Holm wusste zunächst gar nicht, wie sie das meinte. Sie war doch eine alte Frau, und weshalb sollte man sie nun plötzlich wie eine junge Frau behandeln? Holm wurde ja auch nicht wie ein Gymnasiast behandelt, nur weil er äußerlich gewisse Ähnlichkeiten mit einem solchen aufwies. Meistens jedenfalls. Und wie sollte man sie stattdessen behandeln? Erwartete sie, dass man anzügliche Witze machte, zusammen Rockmusik hörte oder ins Kino ging?

Erst da wurden ihm die wahren Beweggründe ihrer Aussage bewusst. Elfriede Schlemm mochte zwar äußerlich wie eine alte Frau aussehen, innerlich fühlte sie sich jedoch offenbar wie eine Zwanzigjährige. Und was sie in diesem Zusammenhang noch alles fühlte, wollte sich Holm lieber gar nicht ausmalen. Ob er vorsichtshalber doch Stettin erwähnen sollte? Denn eins war

Holm jetzt sonnenklar: Frau Schlemm wollte von ihm in einem weitaus umfassenderen Sinn betreut werden, als es normalerweise erforderlich war.

Jaja, sagte Holm, er blickte sie nachdenklich an, wie um zu zeigen, dass er Frau Schlemms Nöte nicht nur verstand, sondern sogar nachempfinden konnte.

Jaja was?, fragte Elfriede Schlemm ungeduldig, ihr schien diese Reaktion keineswegs zu genügen.

Ich stimme Ihnen prinzipiell zu, dass …

Sie stimmen mir prinzipiell zu?!, fiel ihm Frau Schlemm ins Wort, während sie sichtlich erregt an den Rand des Ohrensessels rückte und mehrmals vergeblich versuchte aufzustehen. Hatte sie ihren weit nach vorne gebeugten Körper fast schon aus dem Sessel gehebelt, kippte sie jedes Mal im letzten Moment wieder zurück.

Holm tat derweil so, als würde er ihre Bemühungen gar nicht bemerken und studierte stattdessen das Wappentier von Stettin. Es durfte nicht der Eindruck entstehen, es wäre Holm ein inneres Bedürfnis, Frau Schlemm aus ihrer Notlage zu befreien.

Vielleicht reichen Sie mir mal Ihre Hand, sagte sie und warf Holm einen bösen Blick zu, den er jetzt nicht mehr ignorieren konnte. Holm stand auf und zog Frau Schlemm vorsichtig aus dem Sessel.

Na also, geht doch, sagte sie zufrieden, ein bisschen Zuvorkommenheit hat noch keinem Mann geschadet.

Dass sie nicht wie eine alte Frau behandelt werden wollte, gleichzeitig aber tatkräftige Unterstützung beim Aufstehen verlangte, schien sie nicht im Geringsten nachdenklich zu stimmen.

Kommen Sie, ich zeig Ihnen was, sagte Elfriede Schlemm, sie hielt immer noch seine Hand, es war nicht ganz unwahrscheinlich, dass sie die Hand inzwischen vergessen hatte. In ihrem Alter vergaß man eben das eine oder andere, warum nicht auch eine Hand. Holm versuchte zwar, ihre Hand wieder loszuwerden, indem er ihren Druck nicht erwiderte und hoffte, dass die Hand einfach herabfiel. Aber seine Finger hatten sich so unglücklich in Frau Schlemms Hand verkeilt, dass daran überhaupt nicht zu denken war. Und so tat Holm das Beste, was man in so einer Situation tun konnte: Er vergaß Elfriede Schlemms Hand ebenfalls.

Obwohl die Wohnung nicht groß war, konnte er auch nach zwei Minuten noch nicht mit Sicherheit sagen, wohin sie ihr gemeinsamer Weg führte. So viele Möglichkeiten konnte es eigentlich nicht geben. Klar war bislang nur, dass ihre Reise nicht in den Flur ging. Eine Weile sah es so aus, als würden sie die Grenzen des Wohnzimmers nicht überschreiten. Mit leichter Schlagseite, aber dennoch festen Schrittes schien Frau Schlemm direkten Kurs auf die Bücherwand zu nehmen. Vielleicht wollte sie ihm ein Buch über Stettin zeigen, Bilder einer untergegangenen Welt, und mit ihm über Heimat und Fremde plaudern. Doch im letzten Moment, praktisch schon in Griffnähe der Bücher, schwenkte sie plötzlich nach rechts und steuerte auf eine halbgeöffnete Tür zu, hinter der sich zu Holms gelindem Entsetzen das Schlafzimmer befand. Offenbar hatte Frau Schlemm keine Zeit mehr zu verlieren und nahm sich ihren neuen Betreuer gleich am ersten Tag zur Brust. Dass Holm bei Damen ab vierzig, die Altersskala schien nach oben offen zu sein, so große Erfolge erzielte, war ihm zwar nicht mehr ganz neu, trotzdem erstaunte es ihn immer wieder, dass gerade ältere Damen auf derart unvernünftige Gedanken kamen und sich in Abenteuer stürzten, deren Ausgang die meisten von ihnen womöglich gar nicht mehr erlebten. Von einer nachhaltigen Beziehung konnte hier jedenfalls nicht die Rede sein.

Holm wäre es gerne langsamer angegangen. Zum Beispiel hätte er gerne etwas über ihr früheres Leben erfahren. Er hätte gerne gewusst, welche Vorlieben sie beim Essen hatte, bevor er den Weg ins Schlafzimmer beschritt. Möglicherweise entdeckte man da einige Gemeinsamkeiten und kam sich auf dieser Ebene näher. Doch ein langsames Kennenlernen war durch Elfriede Schlemms überstürztes Handeln jetzt nicht mehr möglich.

Als sie ins Schlafzimmer kamen und Holm das Doppelbett mit gleich zwei bezogenen Betten in Marineblau sah, fing er sofort an zu schwitzen. Er war wieder der Schüler, der den Klausurfragen nicht gewachsen war. Wieso gab es im Leben eigentlich so viele Fragen, und weshalb hatte er dauernd das Gefühl, die meisten davon nie beantworten zu können?

Was ihm allerdings noch mehr Sorgen bereitete, war, dass Sandra, wenn sie jetzt zur Tür hereinkam, Holm und Elfriede Schlemm im Schlafzimmer überraschen würde. Dabei hatte ihm Sandra eingebläut, auf keinen Fall etwas abzulehnen, auch wenn der Arbeiter-Samariter-Bund dafür verantwortlich war. Wo blieb Sandra überhaupt so lange, und was passierte, wenn Holm es nun doch ablehnte, Arbeiten des Arbeiter-Samariter-Bundes zu übernehmen?

Leider blieb keine Zeit für die Beantwortung auch nur einer dieser drängenden Fragen, denn Frau Schlemm drängte nun ihrerseits und nötigte Holm – mitgehangen, mitgefangen –, sich neben sie auf die Bettkante zu setzen.

Wissen Sie, wer das ist?, fragte Elfriede Schlemm, sie deutete auf das Schwarz-Weiß-Foto eines pausbäckigen Herrn mit streng zurückgekämmten Haaren und hoher Stirn, das in einem viel zu großen Bilderrahmen auf dem Nachttisch stand.

Holm verneinte.

Das ist Karl, sagte sie sachlich, mein Mann. Er ist nun schon seit fünfunddreißig Jahren tot. Leberkrebs!

Karls Mundwinkel hatten etwas Verbittertes, während die hohe Stirn ratloses Erstaunen über die Zumutungen des Lebens ausdrückte. Ob er zu diesem Zeitpunkt bereits über seinen nahen Tod informiert war?

Er ist keine vierzig Jahre alt geworden, der Gute, sagte sie milde lächelnd zum Foto.

Holm erschrak. Karl Schlemm war nicht älter als Holm, als der Krebs ihm die Leber zerfraß. Auf einmal wurde ihm alles klar. Elfriede Schlemm sah in Holm offensichtlich ihren verstorbenen Mann. Und hatte Holm nicht sogar gewisse Ähnlichkeiten mit diesem Mann? Das pausbäckige Gesicht und die hohe Stirn mit den Geheimratsecken. Ein ratloses Staunen über die Zumutungen des Lebens war auch Holm nicht vollkommen fremd. Und wenn er nun noch die Haare zurückkämmte und dazu leicht verbittert aussah, stünde einer Fortführung der Ehe nichts mehr im Wege. Wahrscheinlich war es nur noch eine Frage der Zeit, wann sie ihn Karl nannte. Und wer Karl gesagt hatte, der sagte noch ganz andere Dinge.

Wissen Sie, wie es ist, sagte Elfriede Schlemm auf einmal genauso milde lächelnd zu Holm, wenn man fünfunddreißig Jahre alleine lebt und trotzdem jeden Morgen beim Aufwachen hofft, vielleicht liegt er ja doch neben dir. Wissen Sie, wie das ist?

Holm saß reglos neben ihr und versuchte einen adäquaten Gedanken zu fassen. Bei allem Respekt vor dieser beeindruckenden Lebensleistung konnte er sich einfach nicht vorstellen, wie man nach fünfunddreißig Jahren immer noch hoffen konnte, dass der tote Gatte eines Tages plötzlich neben einem lag. Obwohl die Hoffnung bekanntlich zuletzt starb, schien es Holm an der Zeit, der Hoffnung einen dezenten Hinweis auf die Tatsachen zu geben. Und man übertrieb nicht, wenn man behauptete, dass die Tatsachen nicht gerade für Karl Schlemm sprachen.

Das ist verdammt hart, antwortete Holm, etwas Besseres fiel ihm nicht ein.

Ja, sagte Frau Schlemm, deshalb ist auch immer sein Bett bezogen, für alle Fälle.

Für alle Fälle, dachte Holm besorgt. Wie meinte sie das? Hoffte sie inzwischen vielleicht nicht mehr nur auf ihren Mann, sondern auf irgendeinen Mann? Die Lage wurde langsam brenzlig.

Und wissen Sie, was das Furchtbare daran ist?, fragte sie, in diesem Moment bemerkte sie wieder seine Hand, die Holm längst vergessen hatte, und zog sie zwischen ihre Brüste.

Nein, sagte Holm entsetzt.

Es wird im Laufe der Jahre nicht besser, sondern immer schlimmer. Ist das nicht schrecklich?

Schrecklich war, sich vorstellen zu müssen, wie Sandra hereinkam und Holms Hand zwischen Elfriede Schlemms Brüsten entdeckte. Dass er nur die Arbeiten des Arbeiter-Samariter-Bundes übernommen hatte, konnte er ihr schwerlich erklären.

Komisch, sagte Elfriede Schlemm auf einmal mit veränderter Stimme. Sie blickte ihn irritiert an. Sie haben gewisse Ähnlichkeiten mit meinem Mann, das merke ich jetzt erst. Sie musterte sein Gesicht, und dabei verzogen sich ihre Mundwinkel zu einem warmen Lächeln, als habe ihr die Hoffnung gerade eine vielversprechende Mitteilung gemacht.

Ihr Mann kommt sicher auch aus Stettin!, rief Holm plötzlich dazwischen.

Stettin?, fragte Frau Schlemm verblüfft. Wie kommen Sie denn darauf?

Na ja, sagte er, Sie sollen ja auch aus Stettin stammen.

Elfriede Schlemm sah ihn an, als hätte sie von Stettin noch nie etwas gehört. Jedenfalls nicht in Verbindung mit ihrem Mann.

Mein Mann kommt aus Fulda, erwiderte sie beinahe empört, als wäre es undenkbar, dass außer ihr noch jemand aus Stettin kommen konnte.

Aber Holm gab sich noch nicht geschlagen. So weit liegt Fulda von Stettin nun auch nicht entfernt, sagte er.

Fulda, sagte Elfriede Schlemm weiterhin unbeirrt, liegt meines Wissens in Hessen.

Eben, antwortete Holm darauf unsinnigerweise.

Eben?, fragte Frau Schlemm. Dazwischen liegen mindestens sechshundert Kilometer!

Wenn man sich den indischen Subkontinent ansieht, ist das nicht viel, sagte Holm.

Waren Sie mal in Indien?, fragte sie.

Nein, sagte Holm, aber vor kurzem war ich indisch essen, und in der Menükarte stand, dass es vierzehn anerkannte Regionalsprachen gibt.

Mein Mann konnte Hessisch, das hab ich auch nie verstanden, sagte sie angewidert. Ein furchtbarer Dialekt!

Vielleicht, dachte Holm, reagiert sie heute einfach nicht auf Stettin. Vielleicht gab es Tage, an denen man nur Scht zu machen brauchte, und ihre Erinnerungen sprudelten nur so aus ihr heraus. An anderen Tagen konnte man dagegen dreimal kurz hintereinander Stettin sagen, und es passierte praktisch überhaupt nichts. Holm fürchtete das Alter, weil es unberechenbar wie Aprilwetter war.

Wissen Sie, was ich an Männern gar nicht leiden kann?, sagte sie. Ihr Zorn auf den hessischen Dialekt hatte sich gänzlich unerwartet mit ihrer Abneigung gegen bestimmte männliche Eigenarten verbündet. Die Lage drohte zu eskalieren, und seine Hand befand sich immer noch zwischen ihren Brüsten.

Wenn sie so lasch und unmotiviert sind wie dieser Dialekt.

Für einen Moment schöpfte Holm wieder Hoffnung, denn wenn es in einem Umkreis von zehn Quadratkilometern jemanden gab, auf den diese Beschreibung hundertprozentig zutraf, dann war es Holm. Das konnte auch Frau Schlemm nicht entgangen sein.

Zum Glück sind Sie ganz anders, sagte sie und drückte seine Hand noch fester an ihre Brust. Sie strahlen so eine Gradlinigkeit aus, ich bin mir sicher, Sie wussten schon sehr früh, was Sie einmal werden wollten.

Holm nickte.

Eben, sagte sie. Eine Frau spürt so etwas.

In diesem Augenblick kam Sandra ins Schlafzimmer.

Leider gab es nur Lutschbonbons, erklärte sie außer Atem. Holm und Elfriede Schlemm sahen überrascht zu ihr auf.

Später, als beide zurückfuhren, saßen sie lange schweigend nebeneinander im Auto. Sandra hielt sich an die Verkehrsregeln und fuhr nicht schneller als fünfzig, während Holm freihändig dasaß und ziellos aus dem Fenster starrte.

Auf der Turmstraße, kurz vorm Büro, wurde Sandra schließlich doch noch gesprächig.

Und, fragte sie, habt ihr euch gut über Stettin unterhalten?

Holm blickte sie vorwurfsvoll an. Nein, sagte er und sah wieder zur Straße.

Aber ihr seid euch sicher nähergekommen?, fragte Sandra.

Holm überlegte einen Moment, wie sie das meinte. Dann sagte er: Sie hält mich wahrscheinlich für ihren Mann.

Ihren Mann?, fragte Sandra erstaunt.

Ja, sagte Holm, Karl Schlemm. Er ist seit fünfunddreißig Jahren tot.

Und, hast du irgendwas unternommen, fragte sie, ich meine, hast du ihr gesagt, dass du nicht ihr Mann bist?

Holm zögerte. Nein, sagte er schließlich vollkommen ernst, das ist die Aufgabe des Arbeiter-Samariter-Bundes!

Abends stand Holm in der Küche seines Elternhauses und beobachtete seine Mutter dabei, wie sie Abendbrot machte. Seit fast vier Jahrzehnten schnitt sie jeden Abend sechs Brotscheiben ab, belegte sie mit Wurst und Käse, immer mit der gleichen Wurst und dem gleichen Käse, platzierte eine halbe Gewürzgurke auf dem Leberwurstbrot seines Vaters, viertelte Tomaten und verteilte Zwiebelringe, und bislang konnte Holm nicht die geringsten Ermüdungserscheinungen bei ihr erkennen. Ob sie wohl ahnte, dass es mit den Wurst- und Käsebroten niemals ein Ende nehmen würde?

Wusstest du eigentlich, fragte Holm seine Mutter, dass das Leben ein Berg ist?

Da Hella Holm an solche Fragen ihres Sohnes bereits gewöhnt war, sah sie sich nicht veranlasst, ihre Arbeit zu unterbrechen.

Das ist doch schön, sagte sie gut gelaunt, während sie die Schnitten an ihren vorläufigen Endpositionen auf den Tellern parkte. Wenn man oben angekommen ist, hat man bestimmt eine tolle Aussicht.

Holm wartete eine Minute, damit der folgende Satz seine volle Wirkung entfalten konnte. Dann erklärte er im sachlichen Ton einer wissenschaftlichen Erkenntnis: Nein, in Wahrheit kommt man nie oben an. Ist das nicht schrecklich?

Daraufhin drehte sich seine Mutter mit ernster Miene zu ihm um.

Könntest du bitte die Teller ins Wohnzimmer bringen, gleich fängt die Tagesschau an.

4

Seit gut drei Wochen hatte Holm endlich auch seine eigene Telefonnummer. Nun, da es so aussah, als würde er weiter in seinem Elternhaus wohnen bleiben, und wenn er ehrlich war, sah es sogar ganz danach aus, als würde er noch viel länger dort wohnen bleiben, ganz so, als verbrächte er den Lebensabend in seinem Kinderzimmer, weil er also aller Voraussicht nach noch geraume Zeit im Rudower Klettenweg wohnen bleiben würde, wollte er zumindest in elektronischer Hinsicht eine gewisse Eigenständigkeit erreichen. Holm wollte anrufen und angerufen werden, ohne dass seine Eltern etwas davon erfuhren. Die eigene Telefonnummer war nichts anderes als sein persönlicher Draht zur Welt, und diesen Draht nutzte er, sobald der Apparat freigeschaltet war, schon am ersten Tag weidlich aus.

Als Erstes rief Holm seine Tante Hedwig Rossmann an und erkundigte sich nach ihrem Wohlergehen. Seine Tante reagierte zunächst ein wenig zurückhaltend, ja fast schon reserviert, denn sie war es von Holm nicht gewohnt, dass er sich nach ihrem Befinden erkundigte. Sofort vermutete sie einen Hintergedanken, ob er was von ihr wolle, fragte sie skeptisch, worauf Holm nun seinerseits beleidigt war. Er habe sie lediglich anrufen und ein bisschen mit ihr plaudern wollen, sagte er, schließlich kenne man sich, und da sei es doch völlig normal, wenn man den Kontakt nicht abreißen lasse. Jaja, sagte seine Tante ein wenig zugänglicher, sie wisse es durchaus zu schätzen, wenn die Verwandtschaft zusammenhalte, aber ob er schon mal auf die Uhr gesehen habe?

Es war Viertel nach elf, und zu diesem Zeitpunkt befand sich die Tante in der Endplanung des Mittagessens. Holm hatte das natürlich nicht vergessen, und er wusste auch, dass sie im Wohnzimmer am Esstisch über den Einkaufszettel gebeugt saß und die letzten Zutaten notierte. Bei dieser Vorstellung wurde er etwas wehmütig, und er erinnerte sich an die Zeit, als er in die Planung des Mittagessens einbezogen worden war. Er erinnerte sich, wie er als Verantwortlicher für den Einkauf das erste Mal selbstständig, allerdings mit begrenztem Budget, einen Supermarkt aufgesucht hatte, um die Zutaten für die Kartoffelsuppe zu organisieren. Es kam ihm so vor, als wäre es erst gestern gewesen, dabei lag es schon anderthalb Jahre zurück. Die Zeit raste, als hätte sie selber keine Zeit und versuchte das menschliche Leben möglichst rasch hinter sich zu bringen. Dass einen im Alter öfter das Gefühl beschlich, Wesentliches verpasst zu haben, machte Holm zunehmend verdrießlicher, denn an der einen oder anderen Stelle hätte er gerne ein wenig länger verweilt, und so erschien ihm das Leben immer mehr wie das stramme Reiseprogramm japanischer Touristen »See Europe in five days«.

Welche Uhrzeit für sie denn am besten sei, fragte er die Tante leicht vorwurfsvoll. Die Tante erklärte daraufhin, dass sie unter der Woche morgens praktisch gar keine Zeit mehr habe, weil sie seit kurzem regelmäßig zum Yoga und zur Gymnastik gehe, und der Vormittag und Mittag seien nun mal fürs Einkaufen und Kochen vorgesehen. In ihrer Mittagsruhe wolle sie nicht telefonieren, und nachmittags sei sie entweder mit ihren Freundinnen zusammen oder treffe sich mit Horst in den Passagen. Wenn er sie unbedingt anrufen wolle, könne er es zwischen neunzehn und zwanzig Uhr probieren, aber keinesfalls später.

Horst?, fragte Holm erstaunt. Von einem Mann namens Horst hatte er noch nie gehört. Hatte die Tante womöglich einen Verehrer, und was machte sie mit Horst nachmittags in den Gropius-Passagen, wo sie derartige Einkaufszentren doch verabscheute? Kaufte ihr Horst etwa teure Kleider und edle

Schmuckwaren, ehe man sich nach zwanzig Uhr noch einmal in Tantes Privaträumen traf? War Horst vielleicht sogar für Holms Rausschmiss aus der Rossmann'schen Wohnung verantwortlich?

Horst, sagte die Tante in einem spitzen Ton, der bereits eine innere Abkühlung zu ihrem Neffen verriet, Horst sei ein guter Freund, mehr wolle sie dazu eigentlich nicht sagen.

Aber deshalb rufe er sie ja an, erwiderte Holm, damit sie sich austauschen könnten, er verfüge jetzt nämlich über eine eigene Telefonleitung, und sie brauche sich keine Sorgen zu machen, dass ihre Schwester Hella etwas davon erfahre. Die Tante wiederholte noch einmal, dass sie abends eine Stunde lang zur Verfügung stehe, was Holm aber unkommentiert ließ, weil er abends und speziell zwischen neunzehn und zwanzig Uhr meist so erschöpft war vom Tag, dass er keine Lust mehr hatte zu reden, geschweige denn leichthin zu plaudern oder sich auszutauschen. Die Tante kam also für seinen persönlichen Draht zur Welt nur noch sehr bedingt infrage, und er musste sich andere Kontaktpersonen suchen, mit denen er ungestört frei kommunizieren konnte.

Sehr viele Möglichkeiten hatte er leider nicht. Seit fast vierzig Jahren lebte Holm in derselben Stadt, und erst die eigene Telefonleitung machte ihm mit aller Härte bewusst, dass es unter fast vier Millionen Einwohnern praktisch nur drei Menschen gab, die er anrufen konnte.

Als Nächstes rief er seine ehemalige Arbeitskollegin Gesine Mugsch an. Nach der überraschenden Pleite des Zigarrenladens hatte ihm Gesine ihre Handynummer gegeben, falls man sich einmal spontan zusammenklingeln wolle, wie sie wortwörtlich gesagt hatte. Holm konnte sich deshalb noch so gut an ihre Worte erinnern, weil er in diesem Moment die kalte Klinke der Tür in der Hand gehabt hatte, und erst durch diese Berührung prägte sich ihm der Sinn der Worte nachhaltig ein.

Gesine war auch gleich am Apparat. Es hatte nur ein-, höchstens zweimal getutet, so schnell hatte er überhaupt nicht damit gerechnet, dass er zunächst vergaß, seinen Namen zu nennen und Gesine mehrmals Ja? und Hallo, wer ist denn da? rufen musste, bis er wieder seine Sprache fand und sich zu erkennen geben konnte. Er wolle nur hören, was sie so treibe, sagte er, und nach einer dramaturgischen Pause ergänzte er wie nebenbei, dass er jetzt endlich auch seine eigene Telefonnummer habe.

Sie arbeite seit einiger Zeit in einem Zigarrenladen am Ludwigkirchplatz, erklärte sie, ohne auf Holms eigene Telefonnummer irgendwie einzugehen, und ob er auch schon wieder etwas gefunden habe, er klinge so ungewöhnlich fröhlich.

Ob man nur fröhlich sein dürfe, wenn man etwas gefunden habe?, fragte Holm irritiert.

Das habe sie so nicht gemeint, sagte sie, aber eine eigene Telefonnummer weise ja schließlich in diese Richtung.

Auch ohne eigene Telefonnummer, sagte Holm, sei er nicht durchgängig missmutig gewesen, aber er habe in der Tat etwas gefunden, und zwar in der Altenbetreuung.

Was?!, rief Gesine Mugsch, wie er denn um alles in der Welt dazu komme?

Holm sagte daraufhin erst einmal gar nichts und überlegte, ob Gesine nun eher positiv überrascht oder überwiegend schockiert war über seine Hinwendung zu alten Menschen. Schließlich führte der Weg vom Zigarrenhandel nicht zwangsläufig in die Altenbetreuung. Vielleicht hatte er hier sogar Neuland betreten, und dieser Weg wurde schon bald nach seinem Erstbegeher Felix-Holm-Weg genannt.

Die Altenbetreuung, erwiderte Holm sachlich, sei ein ständig wachsender Markt, und er sei froh, hier frühzeitig eingestiegen zu sein.

Ein ständig wachsender Markt?, fragte Gesine Mugsch. Offenbar hatte sie von der Alterspyramide noch nie etwas gehört. Eine Pyramide, die zudem bald auf dem Kopf stehen würde, wenn die Entwicklung nicht in letzter Sekunde gestoppt wurde, was Holm jetzt allerdings wenig wünschenswert erschien.

Ja, sagte er, auch sie werde nicht dauerhaft fünfzig bleiben.

Wie sie das denn verstehen solle?, fragte Gesine eingeschnappt.

Wir sollten uns nichts vormachen, sagte Holm, in wenigen Jahren käme sie ins Rentenalter, und da säße sie schnell im Ohrensessel und hätte nichts mehr zu tun.

Das meine er ja wohl nicht im Ernst, sagte Gesine empört, außerdem besitze sie gar keinen Ohrensessel.

Der Ohrensessel, sagte er, sei nur noch eine Frage der Zeit, ob sie sich schon mal überlegt habe, sich professionell unterhalten zu lassen? Das Institut für Unterhaltung im Alter mit Sitz in Alt-Moabit habe da ein sehr interessantes Angebot für sie. Sie müsse sich nur rasch entscheiden, denn die Warteliste sei lang, und sie wolle schließlich nicht vereinsamen.

Sie habe nicht vor, erwiderte Gesine scharf, sich in Alt-Moabit unterhalten zu lassen, und wann sie sich auf welche Warteliste setzen lasse, würde sie beizeiten schon selbst entscheiden. Im Übrigen, erklärte sie abschließend, käme gerade Kundschaft herein, und sie müsse jetzt leider auflegen.

Damit war auch der zweite Kandidat für regelmäßigen Telefonverkehr über die eigene Leitung praktisch erledigt, und es hieß erst einmal, innezuhalten und genau nachzudenken, wer in seinem Bekanntenkreis noch für Anrufe infrage kam. Einen Moment überlegte er sogar, den Kontakt zu Frau Hallstein-Brökel zu aktivieren. Immerhin lebte sie ebenfalls alleine und war Holm seit ihrem ersten Treffen bei Tantes Damenkränzchen mehr als zugetan gewesen. Aber dann befürchtete er, sie könnte seine plötzliche Zuwendung missverstehen, und er wäre am Ende gezwungen, zwecks dauerhafter Intensivbetreuung in ihre Wohnung zu ziehen. Selbst seine ehemalige Freundin Ulrike Huber geisterte kurz als mögliche Kandidatin durch seinen Kopf, und Vera Bechstein, die Frau vom Literaturcafé. Letztlich musste er jedoch einsehen, dass im Grunde nur noch eine Person für seine Anrufe infrage kam. Und diese Person lebte keine zehn Meter Luftlinie von ihm entfernt im selben Haus und hieß Hella Holm.

Nachdem er seine Skrupel überwunden hatte, schließlich war es doch etwas ungewöhnlich, dass man sich über diese kurze Entfernung telefonisch verständigte, wählte er die Nummer seiner Eltern.

Leider war sein Vater am Apparat, der ihn zunächst nicht erkannte. Ob er vielleicht seinen Namen nennen könne, forderte ihn sein Vater verärgert auf, und was er überhaupt von ihm wolle? Als Holm erklärte, dass er mit seinem Sohn Felix spreche, hörte er eine Weile gar nichts, als dachte sein Vater intensiv darüber nach, ob er überhaupt einen Sohn namens Felix hatte. Nachdem er offenbar zu einem positiven Ergebnis gekommen war, fragte er schlecht gelaunt, wo er gerade sei und ob er wieder Geld von ihm wolle, was Holm sofort entschieden verneinte, er rufe von oben an und habe eigentlich seine Mutter sprechen wollen. Von oben?, fragte sein Vater erstaunt, von wo oben denn? Von hier oben, erwiderte Holm. Über dir! Über mir?, fragte sein Vater. Wieder hörte er einige Zeit nichts, das heißt, Holm hörte im Hintergrund einige seltsame Geräusche, Keuchen und Stöhnen, anscheinend befand sich sein Vater im Arbeitszimmer vor dem Computer. Wieso er mit ihnen telefoniere?, fragte sein Vater, und dann sagte er etwas, was sich in den Ohren eines fast vierzigjährigen Mannes nicht sehr schmeichelhaft anhörte, er sei ja schon wie seine Mutter, erklärte er vorwurfsvoll, die rede auch den ganzen Vormittag mit ihren Freundinnen. In diesem Augenblick verstummte das Keuchen. Er solle doch runterkommen, sagte sein Vater, wenn er mit seiner Mutter etwas zu besprechen habe. Er habe jedenfalls keine Zeit mehr und müsse noch wichtige Rechnungen schreiben. Damit war das Gespräch beendet. Holm starrte entsetzt auf den Hörer. Dass ihn sein eigener Vater ohne die geringste Unsicherheit in der Stimme anlog, schockierte Holm fast noch mehr als der Vorwurf, so zu sein wie seine Mutter. Denn sein Vater schrieb schon sehr lange keine Rechnungen mehr, und wenn er es sich genau überlegte, hatte er wahrscheinlich noch nie irgendwelche Rechnungen geschrieben. Es war, als hätte seine Lüge Holms einzige sichere Vertrauensbasis im Leben mit einem Mal zerstört, und er stellte erstaunt fest, dass er ganz alleine auf der Welt war.

Seitdem rief Holm nirgends mehr an und wartete lieber darauf, angerufen zu werden. Bei über achtzig Millionen Einwohnern musste einmal jemand dabei sein, der seine Nummer wählte. Ganz Deutschland telefonierte, nur an Holm schienen sämtliche Anrufe vorbeizugehen. Dabei eignete sich seine Nummer hervorragend zum Verwählen: sieben, sechs, fünf, vier, drei, zwei, eins, null. Denn wer nach den ersten Ziffern erst mal im Schwung des Herunterzählens war, der hörte nicht eher auf, bis er die Null gewählt hatte, auch wenn er stattdessen eine Vier oder Sieben hätte wählen müssen. Und bei der Null wäre niemand anderes als Holm am Apparat gewesen, und er hätte auch gar nicht verärgert reagiert, sondern sich und den anderen herzlich beglückwünscht, dass man den Kontakt zueinander gefunden hatte. War es nicht ein großes Wunder, dass man von einem Menschen nur seine Stimme kannte? Vor zweihundert Jahren wäre man für diese Behauptung ins Irrenhaus gekommen.

Mehr als drei Wochen wartete Holm auf den ersten Anruf. Schon wenn er morgens aufwachte, sah er als Erstes zum Telefon und fing prompt an zu warten. Nach dieser ersten Wartephase, die meist bis zum späten Vormittag anhielt, Holm war nämlich der festen Überzeugung, dass ihn die entscheidenden Anrufe morgens oder vormittags erreichten, erholte er sich über Mittag bei einem kurzen Beschäftigungsschub. Er aß zu Mittag, ging spazieren und tätigte kleine Erledigungen in Alt-Rudow, ehe er von nachmittags bis abends in leicht angespannter Wartehaltung mehr oder weniger durchhing, um das Warten kurz vor dem Abendbrot endgültig einzustellen. Wenn er nicht zuhause war, wartete er dagegen überhaupt nicht. Nur wenige Minuten vor der Rückkehr ins eigene Zimmer gab es einige heftige, beinahe drängende Wartemomente, weil er hoffte, dass jemand auf seinen Anrufbeantworter gesprochen hatte.

Dann, am vierundzwanzigsten Tag, geschah es endlich: Holms Telefon klingelte. Obwohl es später Nachmittag war, klingelte es ausgesprochen laut und bedeutend. Und weil Holm nun schon so lange auf ein Lebenszeichen von außen gewartet hatte, genoss er das Klingeln eine Weile. Er öffnete sogar rasch noch Tür und Fenster, damit seine Eltern und die Nachbarn hören konnten, dass in Holms Kinderzimmer gleich eine bedeutende und vielleicht entscheidende Nachricht übermittelt wurde. Die Welt verlangte nach einem Mann wie Holm, wenn auch erst am späten Nachmittag, dafür aber umso lauter und drängender. Wer das wohl sein mochte, fragte sich Holm. Ein reiner Plauderanruf seiner Tante war jetzt eigentlich kaum noch denkbar und, wenn er ehrlich war, auch nicht besonders wünschenswert.

Mit zitternder Hand hob er den Hörer ab. Ja?

Spreche ich mit Herrn Felix Holm?, fragte eine ernste Frauenstimme. Offenbar wollte sie sicher sein, nicht versehentlich seinen Vater am Apparat zu haben, wenn sie die Nachricht mitteilte. Holm zögerte einen Augenblick, bejahte dann aber schnell. Plötzlich rechnete er mit dem Schlimmsten. Die Diagnose lautete Krebs und dass er noch drei Monate zu leben habe. Holm hätte sich nie ein eigenes Telefon anschaffen sollen!

Ich rufe im Auftrag vom IMF an, hätten Sie fünf Minuten Zeit?

IMF?, dachte Holm. Stand das für Internationale Medizinische Forschung? War er bereits ein Fall für die Wissenschaft? Und wieso hatten sie jemand beauftragt, ihm die Nachricht zu übermitteln?

Fünf Minuten?, fragte er. Er sah auf die Uhr.

Ich mache es auch kurz, sagte die Frau. Es klang nicht sehr optimistisch.

In Ordnung, sagte Holm.

Wann stehen Sie morgens auf?, fragte sie.

Holm glaubte, sie zunächst nicht richtig verstanden zu haben. Wann ich morgens aufstehe?, wiederholte er die Frage. Ob das für die Länge seines Überlebens eine Rolle spielte?

Ich brauche nur eine ungefähre Zeit, also sechs Uhr, sieben Uhr usw.

Einen Moment bitte, sagte Holm. Er schloss rasch Tür und Fenster, es brauchte ja nicht jeder mitzubekommen, wann er morgens gewöhnlich aufstand.

Hören Sie?, sagte er, als er den Hörer wieder aufgenommen hatte.

Ich höre, sagte die Frau.

Holm fragte sich, ob es für die endgültige Diagnose günstiger war, vor acht Uhr aufzustehen. Womöglich verringerte ein späterer Zeitpunkt seine Überlebenschancen um mehrere Wochen. Tatsache war, dass Holm nicht zu den Frühaufstehern in diesem Lande gehörte. Lügen konnte er aber auch nicht, und so entschloss er sich für einen mittleren Wert, um sein Leben noch ein bisschen zu verlängern.

Zwischen halb neun und neun, antwortete er.

Also neun Uhr, stellte die Frau fest. Anscheinend wurden nur volle Stunden berechnet.

Frühstücken Sie morgens viel, wenig oder gar nicht?

Ein Brötchen mit Marmelade und Frühlingsquark, dazu eine Tasse Kaffee und sonntags auch mal ein Ei, sagte Holm wahrheitsgemäß. Es brachte ja nichts, das Ei zu verschweigen. Irgendwann hätte sie es sowieso herausgefunden.

Bitte antworten Sie nur auf meine Frage, sagte sie freundlich, aber bestimmt. Viel, wenig oder gar nicht?

Wahrscheinlich sitzt sie vor einem Computer, dachte Holm, und am Ende wertet er die Fragen automatisch aus. Ein Ei mehr oder weniger spielte dabei überhaupt keine Rolle.

Eigentlich eher wenig, sagte Holm. Im Vergleich zu seinem Vater, der zwei Brötchen, ein Croissant und hinterher noch einen Früchtejoghurt verzehrte, war es beinahe nichts. Sie hätte besser ihn gefragt, und zu welchem Ergebnis der Computer bei seinem Vater kam, wollte Holm gar nicht erst wissen.

Schreiben Sie lieber fast nichts, korrigierte sich Holm, vielleicht konnte er noch ein paar Stunden herausschinden.

Also wenig, sagte die Frau.

Mit Tendenz zu gar nicht, ergänzte Holm.

Das können wir hier leider nicht erfassen, erklärte sie bedauernd, das macht aber nichts, so genau muss es auch gar nicht sein.

Mein Vater isst zwei Brötchen, ein Croissant und hinterher einen Früchtejoghurt, das sollten Sie vielleicht noch wissen, sagte Holm.

Okay, sagte sie, ich versuche mir das zu merken.

Irgendwo hatte er gelesen, dass die Lebensumstände, und seine Eltern waren zweifellos ein wichtiger Teil dieser Umstände, Einfluss auf die individuelle Lebenszeit hatten. Das Frühstück seines Vaters konnte demnach bei der Auswertung eine gewisse Rolle spielen.

Duschen Sie morgens oder abends?

Morgens, antwortete Holm, abends bade ich meistens.

Sind Sie selbstständig, angestellt oder arbeitslos?

Auch diese Frage war nicht leicht zu beantworten. Denn seit kurzem war er drei Tage in der Woche angestellt, die übrige Zeit aber weitgehend arbeitslos, dabei jedoch keineswegs völlig unselbstständig.

Kann man auch alles ankreuzen?, fragte Holm.

Alles?, fragte die Frau. Wie meinen Sie das?

Ich meine es, wie ich es gesagt habe, sagte er.

Ausgeschlossen, sagte sie, Sie können ja nicht gleichzeitig angestellt und arbeitslos sein.

Ich kann aber, sagte Holm, gleichzeitig arbeitslos sein und trotzdem eine gewisse Selbstständigkeit bewahren.

Daraufhin verstummte sie. Auf solche Nuancen war das System offenbar nicht vorbereitet. Unter diesen Voraussetzungen war kein überzeugendes Ergebnis zu erwarten. Andererseits mochte er sie aber auch nicht in die Enge treiben, schließlich wollte er es sich mit ihr zukünftig nicht verderben.

Schreiben Sie meinetwegen selbstständig, gab Holm endlich nach. Und das war nicht einmal gelogen.

Gut, sagte sie hörbar aufatmend. Verdienen Sie unter tausend Euro im Monat, über tausend oder mehr als dreitausend?

Das war eine gute Frage. Er hätte es selber gerne gewusst. Danach hatte er noch gar nicht gefragt.

Über tausend, sagte Holm vorsichtshalber. Er wusste, dass Menschen, die an der Armutsgrenze lebten, meist auch nicht sonderlich alt wurden.

Sehen Sie fern?

Tagesschau und Tatort, antwortete er sofort wie aus der Pistole geschossen, manchmal auch eine Unterhaltungsshow.

Unter zwei Stunden oder mehr als vier Stunden täglich?

Ob jemand, der über zwei Stunden vor dem Fernseher verbrachte, automatisch auch mehr als vier Stunden fernsah? Ein dreistündiger Fernsehabend kam für die Forschung anscheinend nicht in Betracht.

Zwei Stunden kommen hin, sagte Holm. Ein selbstständiger Mensch, der über tausend Euro monatlich verdiente und dabei täglich drei Stunden fernsah, wurde vom System wahrscheinlich gar nicht erkannt. Nach wissenschaftlichen Kriterien existierte Holm vermutlich überhaupt nicht.

Hören Sie Radio? Langsam fand sie wieder in ihren professionellen Fragеton zurück. Den Schock über die selbstständige Arbeitslosigkeit schien sie inzwischen überwunden zu haben.

Ja, sagte Holm, morgens im Bad und wenn ich Auto fahre. Ich fahre aber nur selten Auto. Er überlegte noch, ob es bereits als vollwertiges Radiohören galt, wenn man irgendwo zwangsläufig mithören musste, in einem Friseursalon zum Beispiel oder in einer Kneipe. Oder wurde erzwungenes Hören, auch wenn man ganz gerne mal kurz mithörte, nicht erfasst?

Doch die Frau hatte für solche Details kein Ohr. Schon drängte sie zur nächsten Frage.

Wie lange hören Sie ungefähr Radio: unter eine Stunde, über eine Stunde oder mehr als zwei Stunden täglich?

Wenn man Kneipen und Friseursalons nicht dazurechnet, antwortete Holm, unter eine Stunde am Tag.

Und wann gehen Sie abends ins Bett: vor zehn Uhr, um elf oder nach Mitternacht?

Dass er auch mittags regelmäßig ins Bett ging, verschwieg er, am Ende wurde diese Zeit zur Nachtruhe hinzugerechnet, und es sah so aus, als würde er größtenteils schlafen.

Punkt elf Uhr ist das Licht aus, sagte er ungewöhnlich streng, als könnte er so am Endergebnis noch irgendetwas ändern.

Jetzt haben wir es fast geschafft, sagte die Frau, nur noch vier Fragen und Sie sind erlöst.

Woher weiß sie, dachte Holm, dass ich nach vier Fragen derart angenehme Gefühle haben werde? Kannte sie das Ergebnis schon?

Sind Sie ledig oder verheiratet?

Ledig!, rief Holm.

Haben Sie eine Freundin? Ihre Stimme klang plötzlich irgendwie anders, nicht mehr so kühl und sachlich wie zuvor. Ob sie das wohl immer noch im Auftrag fragte, oder spielten bereits private Gefühle hinein? Interessierte sie sich für ihn persönlich, weil sie auf ihrem Monitor las, dass er wider Erwarten noch vierzig Jahre zu leben hatte und körperlich fit war wie ein Zwanzigjähriger?

Im Augenblick nicht, sagte er. Dabei fiel ihm merkwürdigerweise Sylvia Röschmann ein und dass sie ihn aufgefordert hatte, bei ihr anzurufen. Es gab also doch jemand, den er noch anrufen konnte. Wenn er nur wüsste, wo ihre Visitenkarte war.

Wie alt sind Sie?, fragte sie, offenbar wollte sie es jetzt ganz genau wissen.

Was glauben Sie?, fragte Holm.

Na ja, sagte sie, das kann man schlecht schätzen. Ich würde sagen, sie klang leicht verunsichert, was Holm in Hinsicht auf das Endergebnis durchaus positiv bewertete, ich denke, so Mitte vierzig?

Mitte vierzig? Holm erschrak. Hörte sich seine Stimme etwa so viel älter an, als er in Wirklichkeit war? Führte seine Stimme seit Jahren ein Eigenleben als seriöser älterer Herr?

Neununddreißig, antwortete er knapp.

Dann lag ich ja nur knapp daneben, meinte sie fröhlich, als wären fünfeinhalb Jahre gar nicht der Rede wert. In fünfeinhalb Jahren konnte eine Menge passieren. In fünfeinhalb Jahren war er nur noch fünf Jahre von fünfzig entfernt. Was aber viel schlimmer war, in fünfeinhalb Jahren war er nur noch fünfzehn Jahre von sechzig entfernt. In fünfeinhalb plus fünfzehn Jahren war er Rentner!

Dann brauche ich nur noch Ihr Geschlecht, sagte sie.

Holm schoss die Hitze ins Gesicht. Gab es hier irgendwelche Zweifel? Hatte der Aufenthalt bei seiner Tante negative Folgen für seine Stimmbänder gehabt?

Ich vermute mal ganz stark, sagte sie in einem ironischen Ton, der Holm nicht behagte, dass Sie männlich sind.

Und welche Auswirkungen hat das nun auf meine Gesundheit?, fragte er zunehmend ungeduldiger. Er wollte jetzt endlich die Fakten wissen.

Auf Ihre Gesundheit?, fragte sie erstaunt. Eigentlich gar keine.

Aber unterm Strich ist alles in Ordnung mit mir, oder?

Ich denke ja, sagte sie. Wir sind ja nur ein Meinungsforschungsinstitut.

Und damit bedankte sie sich auch schon und wünschte ihm einen guten Tag, ehe Holm dazu kam, sie zu fragen, welche Meinung sie denn nun über ihn hatte.

Einen Moment lang blieb er sprachlos am Hörer zurück, als ihm plötzlich einfiel, wo die Visitenkarte war. In dem Jackett, das er zum hundertsten Geburtstag des KaDeWe getragen hatte. Glücklicherweise hatte es seine Mutter noch nicht in die Reinigung gegeben. Seine Mutter pflegte sein Jackett nämlich alle zwei Wochen reinigen zu lassen, ganz gleichgültig, ob er es getragen hatte oder nicht, als wollte sie verhindern, dass ihm ein Eigengeruch entströmte. Dabei hätte Holm seinen Eigengeruch gerne länger im Jackett bewahrt, denn wie sollte er eine persönliche Beziehung zu einem Kleidungsstück aufbauen, wenn es hauptsächlich nach Waschmitteln roch? Stattdessen trug er seine Unterwäsche oft so lange, dass er kurz davor war, ihr einen Namen zu geben.

Holm hielt die Visitenkarte wie einen Schatz zwischen den Fingern, sorgfältig darauf bedacht, Sylvias handschriftlich hinzugefügte Handynummer nicht zu berühren, um sie nicht aus Versehen zu verwischen. Eine unachtsame Bewegung und Holms einzig verbliebener Telefonkontakt wäre für immer verloren. Oder er stürzte, und die Karte zerriss so unglücklich, dass eine Zahl nicht mehr zu erkennen war. Auf dem Weg zum Telefon konnte eine Menge passieren, und es war verwunderlich, dass unter diesen Bedingungen überhaupt noch so viel telefoniert wurde.

Holm wollte gerade die Nummer wählen, als ihm klar wurde, dass er gar nicht wusste, worüber er sich mit Sylvia Röschmann unterhalten sollte. Im Grunde war es immer wieder das gleiche Problem: Was sagte man zu einem fremden Menschen, wenn man ihn nicht nach dem Weg oder nach der Uhrzeit fragen wollte? Dabei war ihm Sylvia ja nicht mehr völlig fremd, immerhin hatte man schon einmal nebeneinander gesessen und sogar gemeinsam feuchte Augen gehabt. Und dass ihn ihre kleine Tochter ohne eigenes Verschulden in schwere Bedrängnis gebracht hatte, konnte er notfalls auch noch einmal zur Sprache bringen. Ob es allerdings so klug war, das Gespräch gleich mit einem Vorwurf zu beginnen?

Tatsache war, dass Sylvia Röschmann ihn aufgefordert hatte, sie bei Gelegenheit einmal anzurufen. Und diese Gelegenheit war jetzt gekommen, und er brauchte eigentlich nur ein kurzes Hallo in den Hörer hineinzurufen und abzuwarten, was sie dazu zu sagen hatte.

Holm wählte im Stehen die Nummer, damit er sich nicht gleich zu gemütlich anhörte. Er war zwischen zwei Terminen eben am Telefon vorbeigekommen und hatte dort zufällig Dr. Sylvia Röschmanns Visitenkarte liegen sehen und laut zu sich selbst gesagt, die könnte man doch mal anrufen.

Nach kurzer Zeit meldete sich jemand mit einem zaghaften Ja, bitte?

Hallo, ich bin Holm!, rief Holm sofort überschwänglich in den Hörer. Ich habe hier gerade Ihre Visitenkarte …

Holm?, fragte eine Frau, als hätte sie diesen Namen in ihrem Leben noch nicht gehört. Und er hörte, wie sie sich wegdrehte und sagte: Hier ist irgendein Holm für dich, Sylvia, worauf sich Sylvia Röschmann mit einem zünftigen »Röschmann« meldete, was Holm für mehrere Sekunden die Sprache verschlug, ehe er neuerlich ansetzte und mit deutlich verringerter Schubkraft noch einmal seinen Namen wiederholte, dabei jedoch die Visitenkarte und damit die eigentliche Begründung seines Anrufs vergaß.

Herr Felix Holm?, rief Sylvia Röschmann nun ihrerseits schwungvoll, man konnte ihre Begeisterung förmlich am Hörer spüren. Ich habe ja fast nicht mehr mit Ihrem Anruf gerechnet, sagte sie, was Holm ein wenig peinlich war. Hätte er vorher gewusst, welche Wirkung er auf Sylvia Röschmann hatte, hätte er sich den Anruf noch einmal gut überlegt.

Ja, Holm, sagte er, ich bin nur eben am Telefon vorbei …

Wir sollten uns unbedingt mal treffen!, rief Frau Röschmann.

Ach so?, sagte Holm. Es ging alles ein bisschen schnell. Eigentlich hatte er erst einmal am Telefon mit ihr reden wollen, und nun merkte er, dass ihm die Sache langsam entglitt.

Ich hätte sogar heute noch Zeit!, rief Sylvia weiterhin unbeirrt begeistert in den Hörer.

Morgens, mittags oder abends?, fragte Holm überraschend sachlich, als wäre ein Treffen ursprünglich seine Idee gewesen.

Wie bitte?, fragte Sylvia.

Ich meine, erklärte er, treffen Sie sich lieber morgens, mittags oder abends?

Mittags wäre mir ganz recht, sagte sie, oder am frühen Abend. Das überlasse ich Ihnen.

Entweder mittags oder abends, beharrte Holm.

Dann vielleicht eher mittags, oder?, sagte sie leicht verunsichert.

Vor zwölf, um zwölf oder nach zwölf Uhr?

Darauf erwiderte sie zunächst gar nichts, dass Holm schon befürchtete, er habe ein wenig zu forsch gewirkt. Dabei wollte er sie überhaupt nicht treffen, und nun drohte bereits nach so kurzer Zeit eine persönliche Begegnung. Nicht, dass ihm ein Treffen gänzlich gegen den Strich gegangen wäre, aber es lief alles völlig anders als geplant.

Gut, sagte sie schließlich, dann gegen eins.

Also nach zwölf, sagte Holm.

Um eins zum Mittagessen, ergänzte sie. Kennen Sie das »Kanzlereck« am Karlplatz?

Heute um eins zum Mittagessen ist in genau einer Stunde und fünfunddreißig Minuten, dachte Holm bestürzt. Und das »Kanzlereck« am Karlplatz kannte er auch nicht. Er kannte nicht mal den Karlplatz. Außerdem gab es bei seiner Mutter heute Nudelauflauf zu Mittag, und Nudelauflauf gehörte seit seinem siebten Lebensjahr zu seinen Leibgerichten.

Heute um eins?, fragte Holm erneut nach. Er wollte sicher sein, sich nicht verhört zu haben. Zwischen Mann und Frau gab es schließlich immer wieder Verständigungsprobleme. Am Ende säße er mutterseelenallein und ohne Nudelauflauf im »Kanzlereck«.

Es sind nur fünf Minuten von meiner Arbeit, sagte Sylvia, ohne seine Frage zu beantworten, und das Lokal ist eigentlich ganz nett.

Heute um eins im »Kanzlereck«?, wiederholte Holm.

Am Karlplatz!, sagte Sylvia. Ich freue mich, Sie zu sehen. Und damit hatte sie aufgelegt.

Holm stand verwirrt mit dem Hörer in der Hand da und versuchte einen klaren Gedanken zu fassen. Doch zwanghaft stellte er sich immer wieder dieselbe Frage: War das Lokal nur nett, ganz nett oder sehr nett?

5

Holm war besorgt. Noch nie hatte er sich mit einer Frau in einem Lokal getroffen, das er nicht kannte. Und so stand er bereits dreißig Minuten früher, um halb eins, nervös auf dem Karlplatz und beobachtete aus sicherer Entfernung das »Kanzlereck«. Aus einer Distanz von über fünfzig Metern war aber leider nicht viel zu sehen. Das heißt, durch die Fenster waren lediglich Stühle und Tische zu erkennen, nicht jedoch, ob es sich um ein vornehmes oder eher einfaches Restaurant handelte. Näher heran wagte er sich auch nicht, hätte es den am Fenster sitzenden Gästen doch signalisieren können, dass hier ein Mann nicht Herr seiner Entscheidungen war. Vielleicht sah man in ihm sogar einen Bedürftigen, der hoffte, zum Mittagessen eingeladen zu werden.

Während er dort stand und die Minuten ungenutzt verstrichen, beobachtete er, wie Männer in dunklen Anzügen das Lokal betraten und es wieder verließen. Insgesamt mochten vielleicht zehn Männer hineingegangen und wieder herausgekommen sein, und kein Einziger hatte eine Kombination oder braune Schnürschuhe an. Das machte Holm doch ein wenig stutzig. Manche trugen sogar Aktentaschen oder Rollkoffer, als hätten sie etwas Wichtiges zu besprechen. Und selbst die Aktentaschen und Rollkoffer hatten nie eine andere Farbe als schwarz. So sahen Männer aus, die es im Leben zu etwas gebracht hatten. Holm in seiner mehrfarbigen Kombination, böse Mitmenschen hätten sie womöglich als bunt bezeichnet, und den braunen Schnürschuhen, Holm, der nicht einmal wusste, was er Sylvia Röschmann sagen sollte, wirkte dagegen wie ein Mann, der auf die schiefe Bahn geraten war. An so einem Ort musste er sofort auffallen.

Viel schlimmer als die Vorstellung, zwischen gestandenen Anzugträgern mit Parteiausweisen zu sitzen, war die Aussicht, keinen Tisch mehr zu bekommen. Unter den abschätzigen Blicken der Funktionäre, die sich natürlich fragten, was eine Frau Dr. Röschmann mit so einem Kerl überhaupt zu schaffen hatte, würden sie schließlich umkehren und das Lokal wieder verlassen.

Diese Schmach musste in jedem Fall verhindert werden. Und so beschloss Holm, bereits jetzt vor der verabredeten Zeit das Lokal zu betreten, damit sich die Funktionäre schon mal an seinen Anblick gewöhnen konnten. Das heißt, Holm ging nicht direkt auf den Eingang zu, sondern schlenderte, von der Seite kommend, mehrmals wie zufällig am Fenster vorbei, warf jedes Mal einen kurzen, ernsten, wiewohl nicht unfreundlichen, nach dem dritten Mal sogar zaghaft lächelnden Blick ins Restaurant, wurde jedoch selbst, als er schließlich strahlend das Fenster passierte, von niemandem wahrgenommen.

Nach dem fünften Mal betrat er endlich das Lokal. Wider Erwarten wurde er nicht abschätzig angesehen. Im Grunde sah man ihn gar nicht an, sondern ignorierte ihn vollständig. Erleichtert erkannte er an einem Tisch ein älteres Ehepaar, das nicht schwarz gekleidet war und auch keine Rollkoffer oder Aktentaschen bei sich hatte. Der Mann trug helle Gesundheitsschuhe und ein kariertes Holzfällerhemd, was Holms Stimmung sofort deutlich hob. Unter diesen Bedingungen wurde er gleich viel mutiger, und nach einigen Minuten gelang es ihm, eine der weiblichen Bedienungen auf sich aufmerksam zu machen. Ob sie wohl einen freien Tisch habe, fragte er höflich, aber mit klarer Aussprache. Die junge Frau, auf jedem Arm hatte sie zwei Teller mit Schnitzeln und Bratkartoffeln, wirkte leicht ungehalten und erklärte ein wenig barsch, dass noch genügend Platz vorhanden sei und er sich ruhig irgendwo hinsetzen könne.

Von genügend Platz und irgendwo hinsetzen konnte jedoch gar keine Rede sein. Im ganzen Lokal gab es nur noch einen einzigen freien Tisch, und der befand sich direkt neben dem älteren Ehepaar. Allerdings hatte sie auch nicht von genügend Plätzen gesprochen, sondern nur davon, dass es im Restaurant noch ausreichend Platz gab. Ob sie meinte, dass sich ein Mann mit einer mehrfarbigen Kombination und braunen Schnürschuhen auch auf den Boden setzen konnte, war so schnell nicht mehr zu klären.

Wenigstens würden sie nicht zwischen Lobbyisten sitzen, und als Holm auf der Bank neben dem Ehepaar Platz nahm, grüßte er kollegial zu ihnen herüber. Leider waren sie so mit ihren Rouladen beschäftigt, dass sie seine Grüße nicht bemerkten.

Bis die Bedienung erkannt hatte, dass er nicht irgendwo auf dem Boden saß, dauerte es fast sieben Minuten. Und selbst da vergingen noch mal ganze zwei Minuten, ehe die junge Frau eine Menükarte an seinen Tisch brachte und ihn ohne Vorwarnung sofort nach seinem Getränkewunsch fragte. Er kannte zwar nicht das genaue Angebot, aber er war froh, dass sie ihn überhaupt bediente, und weil es ihm günstig erschien, noch vor dem Eintreffen Sylvia Röschmanns eine geschäftliche Beziehung zu dem Lokal aufzubauen, bestellte er vorsorglich gleich zwei Mineralwasser, um anzudeuten, dass nicht nur die Männer in schwarzen Anzügen für die Umsätze zuständig waren.

Nachdem das geklärt war, hatte er Zeit, sich mit dem Inhalt der Karte zu beschäftigen. Eine souveräne Bestellung war das mindeste, was man von Holm erwarten konnte.

Als er die Karte aufschlug und die Angebote sichtete, ahnte er, dass ihm schwere politische Entscheidungen bevorstanden. Denn Holm hielt nichts Geringeres als die Kanzlerkarte der Bundesrepublik Deutschland in seinen Händen. Aufgelistet waren die Leibgerichte von Konrad Adenauer bis Angela Merkel, von Sauerbraten mit Reibekuchen bis Rinderroulade mit Schmorgemüse. Dazwischen Ochsenbrust, Schollenfilet und Saumagen. Hier bestellte man nicht einfach nur Schweinefilet und Spinatflädle, sondern Kurt Georg Kiesinger und die große Koalition. Wer gerne Kalbsschnitzel mit Bratkartoffeln aß, der sagte auch Ja zu Gerhard Schröder und zum Arbeitslosengeld zwei und trank gerne Rotwein aus dem Land, wo die Zitronen blühen. Der Sauerbratenliebhaber bekundete dagegen nicht allein seine Sympathie für den ersten Kanzler der Bundesrepublik Deutschland, sondern unterstützte gleichzeitig die deutsch-französische Verständigung als Kern einer politischen Einigung Europas und begrüßte die Eingliederung der Bundesrepublik in das westliche Bündnissystem. Aber auch Willy Brandts Schollenfilet mit Speckstippe war nicht ohne die grundsätzliche Zustimmung der Ostverträge und des Wandels durch Annäherung zu haben. Es war mit anderen Worten beinahe unmöglich, Essen und eine politische Aussage voneinander zu trennen.

Nun hatte Holm zwar zu den wenigen bekennenden Wählern Helmut Kohls gehört, allein die Tatsache, dass Kohl über Jahrzehnte jedes Jahr zur selben Zeit am österreichischen Wolfgangsee Urlaub gemacht hatte und sich immer wieder vor Ziegen und Ponys, vielleicht sogar vor immer denselben Ziegen und Ponys, gemeinsam mit seiner Frau Hannelore fotografieren ließ, machte ihn für Holm zum lebenden Beweis, dass man es mit Ausdauer und Hartnäckigkeit bei gleichzeitiger Ignoranz aller herrschenden Moden zu etwas bringen konnte. Helmut Kohl hatte bewiesen, dass Sitzfleisch wichtiger war als der Kopf. Was Holm ihm jedoch nie verziehen hatte, war der Parteispendenskandal. Dass er sich über Recht und Moral hinweggesetzt hatte und die Namen der Spender einfach verschwieg. Dass er, kurz gesagt, den Boden der Verfassung verlassen und den Weg eines gewöhnlichen Kriminellen eingeschlagen hatte. Wer jetzt also Saumagen an Rahmsauerkraut aß, der befand sich auf halbem Wege in den Sumpf krimineller Machenschaften. Diesen Eindruck galt es auf jeden Fall zu vermeiden.

Während Holm überlegte, was er essen könnte, ohne ein allzu deutliches politisches Bekenntnis abzulegen, beobachtete er das ältere Ehepaar nebenan, das stumm Angela Merkels Leibgericht verzehrte: Rinderroulade mit Schmorgemüse. Aber stand Angela Merkel nicht für die neuerliche Hinwendung zum großen Bruder, den Vereinigten Staaten von Amerika? Hatte sie nicht demonstrativ George W. Bush in Washington besucht, als

Kanzler Gerhard Schröder eine deutsche Beteiligung am Irak-Krieg vehement ablehnte? Stand Frau Merkel und damit auch die Rinderroulade letztlich nicht für den Einmarsch der Amerikaner in den Irak? Wer Rinderroulade aß, der hatte nichts dagegen, dass junge, hoffnungsvolle Männer und Frauen auf dem Altar des Kriegsgottes geopfert wurden. Diese beiden harmlos wirkenden älteren Fleischesser waren in Wirklichkeit gefährliche Kriegstreiber. Holm wollte sich gerade kopfschüttelnd abwenden, als er auf dem Tisch noch etwas anderes entdeckte: eine Flasche Weißwein. Keinen amerikanischen oder französischen Weißwein, sondern einen Oberwallufer Sonnenberg! Sie tranken Riesling aus dem deutschesten aller deutschen Anbaugebiete, dem Rheingau zwischen Wiesbaden und Rüdesheim. Das veränderte die politische Grundaussage ihres Mittagessens natürlich erheblich. Zwar hatte man Appetit auf eine Rinderroulade, deutete aber durch die Wahl des Getränkes an, dass man Angela Merkels Einsatz für den Irak-Krieg keinesfalls mittragen wollte.

Es war Punkt dreizehn Uhr, als Sylvia Röschmann plötzlich in der Tür auftauchte. Darauf war Holm nicht vorbereitet gewesen. Dass eine Frau pünktlich zum vereinbarten Termin erschien, hatte er in neununddreißig Jahren noch niemals erlebt. Im letzten Moment gelang es ihm, die Karte zuzuschlagen und so zu tun, als hätte er sich eben erst hingesetzt. Es durfte nicht so aussehen, als habe er viel Zeit zu verschenken.

Ach, Sie warten wohl schon länger, sagte Sylvia Röschmann und blickte überrascht auf die Mineralwasserfläschchen. Wir hatten doch dreizehn Uhr verabredet, oder täusche ich mich?

Das Wasser hatte er ganz vergessen. Als er aufstand, um Sylvia zu begrüßen, kam gerade die Bedienung vorbei, und mit der Hand, die eigentlich für Sylvia vorgesehen war, winkte er nun hektisch nach der jungen Frau, als hätte er das Wasser eben erst entdeckt, rief sogar mehrmals Frollein!, obwohl das Wort eigentlich nicht mehr gebräuchlich war.

Würden Sie bitte das Wasser mitnehmen, drängte Holm und,

vertraulich zu Sylvia gewandt, ergänzte er, dass es wohl noch von den Vorgängern stamme und offenbar vergessen wurde abzuräumen.

Aber Sie haben doch zwei Wasser ohne Kohlensäure bestellt!, erklärte die Bedienung giftig und sah Holm an, als würde sie ihm unter anderen Umständen gerne dazu ihre Meinung sagen. Allerdings fühlte sich Holm im Rahmen des »Kanzlerecks« vor Privatmeinungen des Dienstpersonals relativ sicher.

Darüber sprechen wir dann später in Ruhe, sagte er erstaunlich gefasst, worauf die junge Frau kommentarlos, wenn auch schulterzuckend die Wasserfläschchen wieder entfernte.

Manchmal muss man eben ein bisschen deutlicher werden, sagte Holm, während er sich wieder zurück auf die Bank setzte, sonst kommt man überhaupt nicht auf einen grünen Zweig.

Mein Reden, sagte Sylvia Röschmann, Deutlichkeit ist die Mutter des Fortschritts. Sie setzte sich Holm gegenüber auf den Stuhl.

Noch ehe er sich fragen konnte, wie dieser Satz wohl genau zu verstehen war, bemerkte er, dass er versäumt hatte, Sylvia die Bank anzubieten. Denn seit ewigen Zeiten lautete ein ungeschriebenes Gesetz, dass Frauen immer auf Sitzbänken zu sitzen hatten, wobei nicht geklärt war, woher diese Regelung stammte. Womöglich war es rein zufällig entstanden und wurde automatisch über Generationen weitergegeben, ohne den Sinn dieses Gesetzes einmal zu hinterfragen. War es nicht denkbar, dass Frauen vor tausend Jahren auf umgestürzten Bäumen auf die Rückkehr ihrer Männer gewartet hatten? Und vom Baumstamm zur Sitzbank war es dann nur noch ein kleiner Schritt.

Möchten Sie vielleicht auf der Bank sitzen?, fragte Holm und sah Sylvia besorgt an, als befürchtete er, sie könnte versehentlich vom Stuhl kippen.

Bloß keine Umstände, sagte Sylvia sofort abblockend, ich möchte Ihnen den Platz ja nicht wegnehmen.

Holm blickte sie fassungslos an. Dass eine Frau mal keine Umstände machte, war vollkommen neu für ihn. Angefangen bei seiner Mutter über Tante Hede bis hin zu seiner früheren Freundin Ulrike kannte er praktisch nur Frauen, die ständig irgendwelche Forderungen an ihn stellten. Manchmal hatte das zwar auch sein Gutes gehabt, denn wenn ihn seine Tante nicht zum Einkaufen gezwungen hätte, hätte Holm bis heute keinen Supermarkt von innen gesehen. Dagegen waren Ulrikes tägliche Forderungen eine psychische Dauerbelastung gewesen, von der er sich im Grunde noch immer erholte. Mit Sylvia Röschmann deutete sich aber nun etwas an, das die herkömmliche Geschlechterverteilung bald schon veraltet erscheinen ließ. Sollte Holm nämlich in Zukunft und dauerhaft die Sitzbank zugewiesen bekommen, war es nur noch eine Frage der Zeit, wann ihm auch in den Mantel geholfen und die Tür aufgehalten wurde. Holm spürte förmlich, dass dieser Moment nicht mehr allzu weit entfernt war, und er empfand es keinesfalls als unangenehm, sondern nach all den Jahren der einseitigen Hilfestellung als durchaus gerechtfertigt.

Dabei wirkte Sylvia Röschmann nicht besonders revolutionär. Sie trug eine altrosafarbene Strickjacke und darunter eine weiße Bluse. Die randlose Brille, wahrscheinlich ein Kassenmodell, verlieh ihrem Äußeren etwas Grundsolides. Eine Frau, die zum Umsturz der bestehenden Verhältnisse blies, sah jedenfalls anders aus. Aber hatte nicht auch Rosa Luxemburg etwas Hausbackenes an sich gehabt?

Wenn Sie natürlich lieber hier sitzen möchten …, sagte Sylvia, als sie sein erstauntes Schweigen bemerkte.

Nein, nein, das muss auch nicht sein, fiel Holm ihr ins Wort. Kommen Sie eigentlich öfter hierher?, fragte er rasch nach, um das Gespräch endlich in eine neue Richtung zu lenken. Bevor sie bestellten, wollte er herausfinden, ob sie in der Politik tätig war, damit er nichts Falsches aß.

Öfter kann man nicht sagen, sagte sie, vielleicht ein- bis zweimal die Woche. Eine der Politik nahestehende oder in der Politik arbeitende Frau, die nicht genau wusste, wie oft sie wöchentlich ins »Kanzlereck« ging, war Holm ein Rätsel. Er konnte sogar sagen, wie oft er in seinem bisherigen Leben ins Mövenpick gegangen war: vierhundertdreiundsiebzig Mal seit Beginn seiner Mövenpickrechnung. Allerdings war noch nicht sicher, ob sie überhaupt in der Politik arbeitete.

Sie gehen sicher zu Fuß hierher, oder?, fragte Holm, während er beiläufig die Menükarte aufklappte. Den Aktionsradius einkreisen, dachte er, bis ihr Arbeitsplatz gefunden ist.

Ich meine, man kann bestimmt auch zu Fuß hierherkommen, nicht?

In diesem Augenblick reichte die Bedienung Sylvia eine zweite Menükarte, was Holm, der mit ganz anderen Themen beschäftigt war, sofort unangenehm war.

Wir haben noch nicht gewählt, rief er der Frau gleich entgegen, um von seinem schlechten Benehmen abzulenken, fragte sich aber umgehend, wieso er sich schlecht benahm, wenn er als Erstes die Karte studierte, zumal sie bereits auf seiner Seite gelegen hatte.

Sauerbraten ist heute übrigens aus, sagte die Bedienung mit einem schnippischen Unterton, der ihr zweifellos nicht zustand, ehe sie wieder verschwand. Das nächste Mal werde ich sie doch wieder Frollein nennen, dachte Holm, den der Kleinkrieg mit dem Personal langsam zermürbte. Warum konnte man nicht einfach nur nett sitzen und sich emotionslos bedienen lassen?

Prinzipiell kann man überall zu Fuß hingehen, sagte Sylvia und zog dabei ihre Augenbrauen in einer Weise nach oben, dass Holm nicht sicher war, ob sie das ernst meinte oder nicht. Denn falls sie es ernst meinte, wäre er von einer Einkreisung ihres Arbeitsplatzes noch weit entfernt. Es konnte nämlich genauso gut bedeuten, dass sie in der City West arbeitete und jedes Mal zu Fuß zum »Kanzlereck« ging. Dies würde auch erklären, weshalb sie es nur ein- bis zweimal die Woche hierher schaffte.

Das ist wahr, sagte Holm, Laufen ist ja gegenwärtig ohnehin sehr populär. Denken Sie nur an den Jakobsweg!

Eine Freundin von mir ist vor kurzem den Jakobsweg gegangen, sagte Sylvia und schlug endlich die Menükarte auf.

Und?, fragte Holm.

Und was?, fragte Sylvia.

Na ja, sagte Holm, hat es ihr irgendwas gegeben?

Keine Ahnung, sagte Sylvia, danach ist sie erst mal in den Urlaub gefahren, war wohl ziemlich anstrengend.

Man kann auch in Berlin viel herumlaufen, sagte Holm. Im Prinzip könnte man tagelang durch die Stadt gehen, vielleicht sogar ein ganzes Leben lang.

Sylvia machte eine abwehrende Handbewegung. Um Gottes willen, sagte sie, ich laufe nicht gerne in der Stadt, die vielen Abgase machen mir Kopfschmerzen. Ich brauche Luft und Natur, eigentlich bin ich eher der Landtyp. Und Sie? Laufen Sie gerne in der Stadt?

Sylvia blinzelte ihn neugierig durch die Brille an, als wäre die richtige Antwort für den Verlauf des Gesprächs von entscheidender Bedeutung.

Zu diesem frühen Zeitpunkt wollte sich Holm aber noch nicht festlegen, sondern alles so weit wie möglich offenhalten, um sich später auch rückwirkend zu etwas bekennen zu können. War Sylvia am Ende gar eine Grüne? In diesem Fall wäre die Kanzlerkarte die falsche Lektüre. Ein Landtyp war Holm nie gewesen, wenngleich er das Land für einige Stunden durchaus zu schätzen wusste. Aber Luft gab es schließlich auch in der Stadt, und selbst im elterlichen Garten konnte man die Natur bewundern.

Man läuft ja automatisch immer wieder in der Stadt herum, gab sich Holm diplomatisch. Von der S-Bahn hierher braucht man zu Fuß zum Beispiel sieben Minuten, und zurück sind es dann wieder sieben Minuten. Man läuft also fast eine viertel Stunde durch die Stadt, obwohl man ursprünglich gar nicht vorhatte, in der Stadt herumzulaufen. Das ergibt sich eben so, und schwupps ist man eine Stunde unterwegs.

Auch das Wort schwupps war ihm bisher nie über die Lippen gekommen, obwohl es im Gegensatz zum Frollein noch immer in Gebrauch war. Vielleicht hatte diese ungewöhnliche Häufung neuer Wörter etwas mit seinem Platz auf der Bank zu tun.

Sind Sie eigentlich mit der S-Bahn da?, bohrte Holm vorsichtig weiter.

Sylvia wirkte ein wenig enttäuscht, als habe sie eine andere Antwort erwartet. Was genau sie erwartet hatte, blieb jedoch ihr Geheimnis.

Ich habe ein Auto, sagte sie, aber hierher bin ich natürlich zu Fuß gekommen.

Sehen Sie, sagte Holm, Sie laufen also auch durch die Stadt. Er blickte sie triumphierend an, als würde sie seiner Grundthese indirekt zustimmen.

Es wäre Quatsch, sagte Sylvia, die kurze Strecke von der Arbeit mit dem Auto zu fahren.

Damit fiel die City West als Arbeitsplatz schon mal weg. Sie arbeiten also hier in der Nähe?, hakte er nach.

Ja, sagte sie, gleich um die Ecke.

Die Frage lautete, um welche Ecke. Denn in dieser Gegend gab es sehr viele Ecken, und jede führte in eine andere Richtung.

Holm merkte, dass er nicht weiterkam. Und jede Ecke einzeln abzufragen, käme selbst Holm etwas seltsam vor. Wahrscheinlich war es besser, erst zu bestellen, vielleicht kam er ihr so auf die Spur.

Haben Sie bereits gewählt?, fragte er mit einem unerwarteten Sinn für Anspielungen, dass selbst Holm erstaunt war. Denn von einer Art Wahl konnte hier tatsächlich gesprochen werden.

Sylvia schien noch unschlüssig, was sie nehmen sollte. Vielleicht überlegte sie, wie sie ihre politischen Überzeugungen auf möglichst dezente Art mitteilen konnte, ohne ihn nachhaltig zu verstören. So viel war Holm nämlich inzwischen klargeworden: Sylvia Röschmann hatte sich nicht getroffen, um Fachgespräche mit ihm zu führen. Es musste sogar davon ausgegangen werden, dass sie ihn sympathisch fand. Ein Mann, der sich selbstlos, wenn auch zufällig, ihrer kleinen Tochter angenommen hatte, war ein Mann, den frau nicht aus den Augen verlieren durfte. Das hieß aber aller Wahrscheinlichkeit nach auch, dass sie nicht verheiratet war. Womöglich war sie geschieden und lebte seit Jahren als allein erziehende Mutter in einer Zwei-Zimmer-Wohnung am Stadtrand. Ihr Mann hatte sie zwei Jahre nach der Hochzeit wegen einer alten Jugendliebe verlassen. Seither wollte sie von Männern nichts mehr wissen und hatte sich ganz ihrem Beruf und der Erziehung ihrer Tochter gewidmet. Irgendwann fragte sie sich jedoch, ob ihr das Leben nicht mehr zu bieten hatte als Beruf und Tochter. Eines Morgens beim Duschen wurde ihr klar, dass sich etwas ändern musste, wenn sie ihre Zeit nicht weiter so herunterleben wollte wie in den vergangenen Jahren. Unter der Dusche wurde ihr sozusagen siedend heiß bewusst, dass ihr die ursprüngliche Freude am Leben abhandengekommen war. Ihr fehlte der über die berufliche Tätigkeit hinausreichende Kontakt zu Menschen. Ihr fehlten Freunde, ihr fehlte mit anderen Worten ein Mann. Und noch unter der Dusche fasste sie den Entschluss, wieder einmal in ein Konzert zu gehen. Und da traf sie nun zufällig auf einen Mann namens Holm, der zwar aus anderen Gründen, aber genauso entschlossen dort saß und sich einen lang gehegten Traum erfüllte. Zwei Menschen, denen etwas fehlte, hatten wie durch ein Wunder nebeneinander Platz gefunden. Holm fehlte zwar keine Frau, mit Frauen hatte er zunächst einmal abgeschlossen, stattdessen fehlte ihm eine Aufgabe, eine Lebensaufgabe, ihm fehlte ein klarer Auftrag für die restlichen vierzig Jahre seiner Existenz. Offenbar hatte Sylvia das gefühlt. Leider hatte sie haarscharf an seinen wahren Bedürfnissen vorbeigefühlt. Und nun saßen sie hier mit ihren unterschiedlichen Bedürfnissen im »Kanzlereck« und wussten nicht, was sie essen sollten.

Ich glaube, ich nehme Schweinefilet mit Spinatflädle, sagte Sylvia, und dazu eine Apfelsaftschorle.

Kurt Georg Kiesinger, dachte Holm, die große Koalition unter Leitung der CDU! Das hätte er sich ja fast denken können, dass sie eine große Koalition mit ihm anstrebte. Diese Aussage war an Deutlichkeit kaum zu überbieten. Aber Holm war nicht die SPD. Er wollte nicht das Schollenfilet in dieser Beziehung sein. Holm wusste auf einmal, welches Gericht in der Kanzlerkarte als Einziges für ihn infrage kam: Saumagen an Rahmsauerkraut. Helmut Kohl und dazu ein Glas italienischen Rotwein. Das konnte man unmöglich missverstehen.

Nachdem sie die Bestellung aufgegeben hatten, die Bedienung hatte sie lediglich mit einem kurzen Kopfnicken zur Kenntnis genommen, blickte ihn Sylvia Röschmann eine Weile lächelnd an, ohne etwas zu sagen, während Holm, unangenehm berührt, angestrengt in eine andere Richtung sah, um ihr Lächeln nicht erwidern zu müssen. Irgendwann wird sie schon damit aufhören, dachte er und betrachtete ausgiebig die zahlreichen Kanzlerfotos an den Wänden. Ihm gegenüber hing ein Foto, das Helmut Kohl händchenhaltend mit François Mitterand auf dem Bitburger Soldatenfriedhof zeigte. Holm konnte sich noch gut an den Moment erinnern, wie er beim Abendbrot nichtsahnend die Nachrichten sah, als Kohl plötzlich Mitterands Hand ergriff und beide sekundenlang, Holm traute sich nicht mal zu kauen, reglos vor der Gedenkstätte verharrten. Von Friedhof und Gedenkstätte war auf dem Foto allerdings kaum etwas zu erkennen. Sollte in fünfhundert Jahren nur noch dieses eine Foto von Helmut Kohl existieren, würden die Historiker vielleicht zu dem Schluss kommen, dass der Kanzler der Einheit ein Verhältnis mit dem französischen Staatspräsidenten hatte. Helmut Kohl, der erste homosexuelle Kanzler der Bundesrepublik Deutschland. Spekulationen würden ins Kraut schießen, wer nun wen verführt hatte und ob die deutsch-französische Verständigung, insbesondere die Eingliederung der Bundesrepublik in das westliche Bündnissystem, unter dem Gesichtspunkt homosexueller Neigungen ganz neu bewertet werden musste.

Besorgt fragte sich Holm, ob es auch von ihm fragwürdige Fotos gab, die in fünfhundert Jahren eine historische Neubewertung seiner Person notwendig erscheinen ließ. Er erinnerte sich an eine Aufnahme, wo er als Kind halbnackt mit einem Nachbarjungen beim Spielen im Sandkasten saß und Ritterburgen formte. Ob dies schon für eine historische Neubewertung ausreichte, konnte Holm aber zu diesem Zeitpunkt nicht beantworten.

Ist das nicht lustig, sagte Sylvia weiterhin unerbittlich lächelnd, dieses Lächeln hatte auf einmal etwas bedrohlich Zuversichtliches, wir essen die Leibgerichte von CDU-Kanzlern und dann auch noch beide vom Schwein. Sie strahlte übers ganze Gesicht, als wäre das Schwein die entscheidende Verbindung zwischen Sylvia Röschmann und Holm.

Kiesinger war eher ein schwacher Kanzler, sagte Holm, bemüht, doch noch Trennendes zu finden. Und lange regiert hat er auch nicht!

Holm hatte einen schweren Fehler gemacht, er hätte besser das Kabeljaufilet bestellen sollen.

Essen Sie gerne Saumagen?, fragte Sylvia und fixierte ihn neugierig. Holm wusste nicht, ob das eine politische Frage war. Sollte er sich öffentlich zum Saumagen bekennen?

Eigentlich esse ich fast alles, antwortete Holm ausweichend.

Ich eigentlich auch, sagte Sylvia. Sie blieb ihm dicht auf den Fersen. Aber Saumagen hört sich irgendwie eklig an. Der Magen vom Schwein! Sie verzog angewidert ihr Gesicht.

Holm stellte sich einen Schweinemagen vor, wie er aus dem Bauch gezogen wurde und direkt in der Bratpfanne landete. Bei dieser Vorstellung wurde ihm übel.

Das stört mich gar nicht, sagte er, wir essen ja auch Leber. Ein Rückzieher in dieser Phase wäre äußerst unklug gewesen, es hätte so ausgesehen, als wüsste er nicht einmal über seinen eigenen Geschmack Bescheid. Tatsache aber war, dass Holm kein Leibgericht hatte. Sollte er jemals Kanzler werden, würde auf der Kanzlerkarte neben seinem Namen nur ein Unbekannt, oder noch schlimmer, ein schlichtes Fragezeichen stehen. Von Kanzler Holm wusste man nicht viel mehr, als dass er aß. Seit neununddreißig Jahren stopfte Holm relativ leidenschaftslos Nahrungsmittel in sich hinein, und er konnte im Grunde bis heute nicht sicher sagen, ob ihm irgendetwas besonders gut schmeckte. Während sich die anderen durch persönliche Vorlieben im Leben fest einrichteten, lebte Holm immer noch zwischen gepackten Kisten.

Leber ist auch eklig, sagte Sylvia, überhaupt Eingeweide. Manchmal denke ich, ob es nicht besser ist, Vegetarier zu sein. Allein die ganzen Hormone im Fleisch. Das kann auf Dauer nicht gut sein.

Leider stimmte Holm vollkommen mit ihr überein. Es war beinahe so wie mit der Tante. Er hatte sich selbst schon einmal gefragt, welchen Einfluss die künstlich verabreichten Hormone im Fleisch auf seinen Körper hatten. War es nicht denkbar, dass seine im Laufe der Jahre zunehmende Empfindlichkeit von zu vielen weiblichen Hormonen herrührte? Konnte es nicht sein, dass der Verzehr von Schweinefleisch seine Neigung zur Weinerlichkeit verstärkt, wenn nicht sogar verursacht hatte? Hatte er sich als Junge noch mit halbwegs jungenhaften Tätigkeiten beschäftigt, so interessierte er sich dreißig Jahre später bereits für Blumenarrangements. Und sollte er sein Essverhalten nicht drastisch ändern, würde er in naher Zukunft ausschließlich Frauenmagazine lesen.

Holm sah dem Saumagen also äußerst skeptisch entgegen, und als er schließlich serviert wurde, betrachtete er den Teller mit einer Mischung aus Widerwillen und Unbehagen, versuchte aber dennoch eine gute Miene zu machen und schnitt energisch ins glücklicherweise in Scheiben gebratene und daher kaum als Magen erkennbare Leibgericht Helmut Kohls.

Ich finde, wir sollten uns duzen, sagte Sylvia in einem sachlichen Ton. Sie hatte gerade Spinatflädle auf ihrer Gabel und blickte ihn an, als wollte sie diesen Punkt noch rasch abgehakt wissen, ehe sie sich die Portion in den Mund steckte. Sie ging überhaupt recht zielstrebig vor, wie Holm irritiert bemerkte, fast schon wissenschaftlich, als gäbe es für die Annäherung zwischen Mann und Frau einen von der Fachwelt weithin anerkannten Leitfaden, dessen korrekter Gebrauch in fünfundneunzig Prozent aller Fälle zum Erfolg führte. Und eine Annäherung war hier zweifellos feststellbar, jedenfalls was die weibliche Seite betraf.

Holm häufte seine Gabel nun ebenfalls voll Rahmsauerkraut und versuchte dabei ebenso sachlich auszusehen wie Sylvia.

In Ordnung, sagte er und mit einem knappen Kopfnicken schoben beide ihre Gabeln in den Mund.

Wie geht es eigentlich deiner Tochter?, fragte Holm plötzlich noch während er kaute, es kam ihm fast ein wenig überstürzt vor, er wusste selbst nicht, wie ihm geschah, als eröffnete ihm das Du endlich die Gelegenheit, persönlich zu werden.

Dabei hatte er etwas ganz anderes fragen wollen, er hatte sie fragen wollen, ob sie öfter ins KaDeWe gehe, aber das Du war dermaßen überraschend gekommen, dass sich private Fragen praktisch automatisch stellten.

Zarah geht's prima, sagte Sylvia beinahe ebenso überrascht, aber gleichzeitig hocherfreut, dass gleich ihre Tochter zur Sprache kam. Sie rückte mit dem Stuhl näher an den Tisch und schob die Ärmel ihrer Strickjacke bis unter die Armbeugen, als käme man jetzt zum gemütlichen Teil des Treffens. Holm schob vorsichtshalber nichts nach oben und rückte auch nirgends näher heran.

Meine Urgroßmutter hieß auch Zarah, sagte Holm halb zu sich selbst und wunderte sich, dass manche Namen in Abständen immer wiederzukehren schienen. Vielleicht kehrten Menschen Jahre nach ihrem Ableben ebenfalls wieder auf die Erde zurück. Dann könnte Holm gleich mal nachsehen, welches Foto es noch von ihm gab und ob Helmut Kohl inzwischen als homosexueller Bundeskanzler gehandelt wurde. Er glaubte zwar nicht an eine Wiedergeburt, aber es kam ihm doch etwas seltsam vor, dass die Natur so verschwenderisch mit den Menschen umging. Er hätte es durchaus verstanden, wenn die Natur nach Ablauf einer bestimmten Frist bereits gebrauchte Menschen noch einmal wieder aufleben ließ und ihnen einen zweiten Durchgang gönnte. Denn selbst der Natur mussten ja einmal die Ideen ausgehen, und so war es nicht völlig ausgeschlossen, dass die kleine Zarah Holms wiedergeborene Urgroßmutter war. Bei Gelegenheit würde er sie fragen, ob sie sich an Heinrich Stolterfoht erinnerte, den Bruder seiner Urgroßmutter, der immer ein Monokel trug und nach Zigarre roch.

Sie hat übrigens nach dir gefragt, sagte Sylvia.

Ach was?!, sagte Holm.

Ja, ich glaube, sie mag dich ganz gern.

Holm sah sie erschrocken an.

Aber sie kennt mich doch kaum.

Eben, aber das bisschen hat offenbar gereicht. Eigentlich ist Zarah ein scheues Kind, was fremde Leute betrifft. Sie fremdelt gerne, aber bei dir scheint sie sich wohlgefühlt zu haben. Ist das nicht ein gutes Zeichen? Sylvia starrte ihn an, als erkannte sie daneben noch weitere Zeichen.

Dass Zarah ihn mochte, obwohl Holm dafür nicht das Geringste getan hatte, gab ihm zu denken. Es hieß, dass er seine Wirkung auf andere Menschen nicht kontrollieren konnte, dass er sozusagen vollkommen unkontrolliert in die Welt hinein wirkte und dabei auf Menschen traf, die er vielleicht gar nicht kennen lernen wollte. Und dass er nicht nur auf Zarah wirkte, sondern auch auf ihre Mutter, konnte inzwischen als erwiesen gelten.

Holm hatte schon wieder einen Fehler gemacht. Er hätte Zarah mit keinem Wort erwähnen dürfen. Er machte einen Fehler nach dem anderen, kam dabei jedoch zu seinem Erstaunen weiter, als wenn er alles richtig gemacht hätte.

Mein Mann ist vor drei Jahren gestorben, sagte Sylvia, das war ein ziemlicher Schock für sie.

Holm nickte bedächtig, er sagte besser überhaupt nichts mehr.

Für uns beide natürlich, ergänzte sie rasch, aber besonders für Zarah, sie hat sehr an ihrem Vater gehangen. Ich meine, ich wusste es ja schon länger, dass er sterben würde, Blasenkrebs im letzten Stadium, aber wir haben es Zarah vorher nicht erzählt. Deshalb war es ein Schlag für sie, als er plötzlich nicht mehr da war. Und wie soll man einem Kind erklären, dass sein Vater nie wiederkommt? Vielleicht hätten wir ihr doch etwas sagen sollen, damit sie sich an den Gedanken gewöhnt.

Holm kaute auf dem Saumagen. Einen Moment überlegte er, ob er Sylvia seine Gedanken zur Wiedergeburt darlegen sollte, ließ es dann aber sein, um hier nicht falsche Hoffnungen zu wecken.

Ein Mensch verschwindet einfach so, sagte Sylvia, sie stocherte gedankenverloren in den Spinatflädle, ist das nicht unglaublich?!

Diese grundsätzliche Frage konnte Holm kaum noch übergehen. Irgendetwas musste er jetzt sagen, nur wusste er leider nicht, was. Und weil ihm auch nach zwei Minuten nichts Passendes dazu einfiel, bestätigte er Sylvias Frage nur und erklärte genauso gedankenverloren, dass ihm das menschliche Verschwinden auch nicht recht einleuchten wolle.

Daraufhin blickte sie ihn dankbar an und stieß ein erschöpft klingendes Ach hervor. Ich glaube, sagte sie, du wärst ein guter Vater.

Holm blieb der Saumagen förmlich im Hals stecken. Dass er auf einmal als Vater gehandelt wurde, kam dann doch etwas plötzlich.

Was willst du damit andeuten?, fragte er sichtlich besorgt.

In meinem Alter deutet man nichts mehr an, sagte Sylvia und machte ein bedeutungsvolles Gesicht.

Ab ungefähr welchem Alter braucht man denn nichts mehr anzudeuten?, fragte Holm.

Sylvia lachte abrupt und stach mit derselben Bewegung ins Schweinefilet.

Er hatte die Frage durchaus ernst gemeint, schon vor Jahren war er nämlich zu der Überzeugung gelangt, dass einen zu viele Andeutungen im Leben nicht dahin führten, wo man eigentlich hinwollte. Nur hatte er sich dann auch nicht getraut, einfach gar nichts mehr anzudeuten, zumal er ja nie so genau wusste, wohin er wollte.

Das ist zwar geschickt gefragt, sagte sie, aber ich habe dich natürlich durchschaut.

Holm lächelte verschmitzt, hatte jedoch keine Ahnung, was sie damit meinte.

Also gut, sagte sie, nachdem sie das letzte Stück Schweinefilet aufgegessen hatte. Ich bin dreiundvierzig, jetzt weißt du's.

Dreiundvierzig?, fragte Holm. Er sah sie überrascht an. Mit dieser Antwort hatte er überhaupt nicht gerechnet.

Ist das ein Problem für dich?, fragte Sylvia. Sie wirkte verunsichert.

Gar nicht, sagte Holm. Wieso sollte ihr Alter auch ein Problem für ihn darstellen?

Darf ich raten, wie alt du bist?

Holm nickte.

Ich würde sagen, sagte sie und neigte den Kopf zur Seite, als würden sich dadurch ihre Ratechancen erhöhen, ich schätze dich so auf Mitte dreißig.

Holm lächelte wieder verschmitzt, irgendwie hatte er Gefallen daran gefunden, weil es seine Ahnungslosigkeit auf intelligente Weise verbarg.

Okay, sagte Sylvia, du bist also nicht Mitte dreißig?

Holm schüttelte den Kopf. Er mochte es, ein Geheimnis zu haben. Vielleicht würde er sich nie mehr konkret zu seinem Alter äußern. Vor niemandem! Denn weshalb sollten eigentlich nur Frauen das Privileg der Alterslosigkeit genießen?

Bist du etwa jünger?, fragte sie. Sie schien irritiert, was nun auch Holm irritierte.

Sollte er sein Geheimnis doch lüften?

Nein, nein, sagte er.

Also älter, sagte sie. Dann bist du Ende dreißig, maximal vierzig Jahre alt.

Holm zögerte. Er überlegte, ob er gleich vierzig sagen sollte. Aber in dem halben Jahr konnte noch eine Menge passieren, und das wollte er auf gar keinen Fall verpassen.

Neunundreißig ist richtig, sagte er trocken.

Stört es dich, fragte Sylvia, wenn dich die Leute jünger schätzen?

Woher weiß sie, dachte er, dass mich alle jünger schätzen? Dabei war es nicht zu leugnen, dass er äußerlich nicht mit seinem wahren Alter übereinstimmte. Aus diesem Grund war er sich seiner selbst auch nie ganz sicher gewesen. Der Schock, noch als Achtzehnjähriger für Kinofilme, die schon ab zwölf freigegeben waren, seinen Ausweis vorzeigen zu müssen, saß bis heute in seinen Knochen. Und bis er zum ersten Mal gesiezt wurde, hatte es fast vierundzwanzig Jahre gedauert.

Jetzt stört es mich nicht mehr, sagte Holm, vielleicht lebe ich sogar länger, wenn ich jünger eingeschätzt werde.

Auf diesen Gedanken war er eben erst gekommen, und er empfand ihn als durchaus überlegenswert.

Du bist ja ein richtiger Philosoph, bemerkte Sylvia.

Nein, sagte Holm, seit kurzem betreue ich alte Menschen.

Das musst du mir unbedingt mal erzählen, sagte sie neugierig, leider muss ich jetzt wieder zurück ins Institut. Sie sah nervös auf ihre Armbanduhr. Hast du nächsten Sonntag Zeit, dann könntest du zu mir zum Kaffee kommen?

Holm sah auch auf seine Uhr, erkannte aber zu spät, dass das in diesem Fall gar nichts brachte.

In Ordnung, sagte er, nur um nicht unlogisch zu erscheinen.

Sechzehn Uhr? Sylvia hatte bereits den passenden Betrag auf den Tisch gelegt und war im Begriff aufzustehen.

Sonntag sechzehn Uhr, wiederholte Holm, er hatte noch überlegt, sie einzuladen, war dann aber doch froh, stattdessen ihre Frage bestätigen zu können.

Händelallee fünf im Hansaviertel, sagte sie. Wir freuen uns auf dich!

Ja, sagte er, und während er sich hinter dem Tisch hervorarbeitete, fügte er noch hinzu, du arbeitest also gar nicht in der Politik.

In der Politik?, fragte Sylvia verblüfft. Nein, wieso sollte ich? Ich arbeite im Rheuma-Forschungszentrum der Charité.

Und damit verließ sie eilig das Restaurant.

Holm sah ihr dankbar lächelnd nach. Kurt Georg Kiesinger und die große Koalition ist demnach überhaupt nicht das Thema, dachte er. Einen Moment lang war er beruhigt, doch dann fragte er sich, weshalb sie eben von »wir« gesprochen hatte. Wir freuen uns auf dich! War ihre Tochter bereits über die Einladung informiert? Hatte Sylvia die ganze Sache etwa von Anfang an geplant?

Nachdem er gezahlt hatte, schrieb er noch schnell auf einen Zettel seine persönliche Telefonnummer und legte ihn auf den Tisch des älteren Ehepaars.

Falls Sie sich mal professionell unterhalten lassen wollen, erklärte Holm, rufen Sie einfach bei mir an.

Die beiden sahen erstaunt, aber nicht unfreundlich zu ihm auf.

Oh, thank you, sagte der Mann, but we don't speak German.

6

Von nun an hatte Holm wieder eine feste Aufgabe. Der Job in der Altenunterhaltung brachte nicht nur eine gewisse Struktur in sein Leben, er verschaffte ihm auch das ungewohnte Gefühl, gebraucht zu werden. Der Welt war es offenbar nicht ganz gleichgültig, ob ein Mann namens Felix Holm auf ihr wandelte, und das ließ in ihm zunehmend die Erkenntnis reifen, dass sein Leben womöglich doch einen Sinn hatte.

Glaubst du etwa, dass es mir egal ist, ob du oder jemand anderes da oben wohnt?!, rief seine Mutter in der Küche empört aus, als Holm ihr von seinem neuen Gefühl erzählte. Eine Sekunde lang dachte Holm wirklich darüber nach, ob es irgendeinen Unterschied machte, wenn nicht Felix, sondern ein Peter oder Hans unter dem Dach gehaust hätte. Wäre er als Hans besser mit dem Leben zurechtgekommen? Diese Frage beschäftigte ihn im Grunde seit sieben Jahren, als ihn sein Vater einmal beim Frühstück mit Michael angeredet hatte. Was da im Kopf seines Vaters vorgegangen sein mochte, konnte Holm bis heute nicht sicher klären. Klar war jedoch, dass ihn eine falsche Synapsenschaltung seines Vaters ohne weiteres einfach zum Michael gemacht hatte. Und man durfte eigentlich schon froh sein, dass dort oben nicht dauernd falsche Zusammenhänge hergestellt wurden. Eine falsche Synapsenschaltung und man erkannte womöglich seine Mutter nicht wieder. Daran musste Holm nun immer denken, wenn er nach Hause kam, und er bemühte sich seither, seinen Kopf nicht mehr ruckartig zu bewegen, um Fehlschaltungen nicht auch noch zu provozieren.

Nachdem Holms erster Einsatz bei Elfriede Schlemm seine Eignung als Unterhalter praktisch bewiesen hatte – einer Aussage Sandras zufolge hatte Frau Schlemm noch am selben Tag im Institut angerufen und den dringenden Wunsch geäußert, diesen Herrn Helm oder Halm in Zukunft doch lieber ganz für sich haben zu wollen, was unter den Mitarbeitern gleich zu johlenden Ahs und Ohs und frivolem Gelächter geführt hatte –, nach diesem erfolgreichen Unterhaltungseinsatz also wurde es ernst für Holm. Den nächsten Klienten, insgesamt hatte er drei wöchentlich zu betreuen, durfte er nun erstmals alleine ansteuern.

Dr. Heinz Jaletzke, ein pensionierter Zahnarzt hoch in den Siebzigern, den Titel dürfe er auf keinen Fall vergessen, wie ihm Moni zuvor mit auf den Weg gegeben hatte, wohnte in der Paulstraße nur wenige Autominuten vom Institut entfernt. Und weil Holm, kaum dass er in dem eiförmigen Kleinwagen saß und einmal in Fahrt gekommen war, den Eindruck hatte, noch eine Extrarunde einlegen zu müssen, um das sich schwach ankündigende Gefühl der Selbstständigkeit zu vertiefen, machte er einen kleinen Umweg über den Großen Stern. Einmal um die Siegessäule herumfahren, dachte er, zunehmend von sich selbst begeistert. Doch einmal in den Kreisverkehr eingeordnet, fand er so schnell nicht wieder heraus. Erst wurde er von einem aggressiv die Spur wechselnden Mercedesfahrer daran gehindert, dann klebte ein Mopedfahrer an seiner Seite, der sich auch durch wilde Handzeichen nicht von ihm verscheuchen ließ, und als beim dritten Versuch ein plötzlich von rechts herandrängender Lastwagen das Abbiegen wieder unmöglich machte, war Holm kurz davor aufzugeben. Mittlerweile war er der Verkehrsteilnehmer mit der höchsten Rundenzahl, sein gelber Kleinwagen gehörte fast schon zum gewohnten Bild am Großen Stern. Wenn er noch länger kreiste, würde er bald in Reiseführern auftauchen. Doch dann ergab sich mit einem Mal eine Lücke, allerdings nicht dort, wo er eigentlich hinwollte, aber das war ihm inzwischen egal. Statt in den Spreeweg bog er mit hoher Geschwindigkeit in die Straße des 17. Juni Richtung Brandenburger Tor, wo er aus einem unauffälligen Kombi heraus geblitzt wurde. Das Foto würde ihn mit hektischem Blick und zerzausten Haaren zeigen. Wenn ihn seine Arbeitgeber so sahen, würden sie die Anstellung womöglich noch einmal überdenken. Einen Moment dachte er daran, zurückzufahren, um die Angelegenheit gleich vor Ort zu regeln. Fünfzig Euro in die Hand und das Foto aus der Datei löschen. Leider war im Kombi niemand zu sehen gewesen, den er hätte ansprechen können. Vor Wut bog er bei der nächsten Gelegenheit links ab. Schon nach wenigen hundert Metern erkannte er vor sich das Kanzleramt. Rinderroulade mit Schmorgemüse, dachte Holm, als er an einer Ampel halten musste und sich beim Blick auf den weißen Betonkubus vorstellte, wie Kanzlerin Merkel in ihrem Arbeitszimmer über dampfende Rouladen gebeugt saß und stumm vor sich hinkauend darüber sinnierte, was sie heute noch alles regieren konnte. Holm fragte sich, was er wohl an ihrer Stelle getan hätte, kam aber relativ rasch zu der Erkenntnis, dass er für dieses Amt nicht infrage gekommen wäre. Denn schon beim Aufstehen hätte er nicht gewusst, was er den ganzen Tag über regieren sollte. Aus diesem Grund gab es wahrscheinlich Regierungsberater. Beim Frühstück schlugen sie der Kanzlerin diverse Regierungsthemen vor. Vielleicht hatte sie heute Lust, ein wenig in Baden-Württemberg hineinzuregieren. Oder ihr kam die Idee, das Dosenpfand zu erhöhen. Dabei stellte sich allerdings die Frage, wen man in diesem Fall anrufen musste, um eine Erhöhung des Dosenpfands überhaupt durchsetzen zu können. Existierte ein Kanzlerlexikon mit den wichtigsten Stichwörtern samt Telefonnummern? Bei D wie Dosenpfand waren mehrere Nummern angegeben: Erhöhung des Dosenpfands hat die Durchwahl drei, sieben, neun. Bei Senkung wählen Sie bitte die drei, sieben, acht. Morgens einfach im Kanzlerlexikon geblättert und einige Nummern gedrückt, und schon regierte sich das Land wie von selbst.

Holm passierte das Kanzleramt, überquerte eine Brücke und fuhr eine schnurgerade Straße hinunter, als er wie durch ein Wunder auf die Paulstraße stieß. Ganz zufällig, sozusagen aus dem Bauch heraus und ohne zu wissen, wo er sich gerade befand, hatte er den richtigen Weg gewählt und war sicher ans Ziel gelangt. Was passiert wäre, wenn er systematisch an die Sache herangegangen wäre, wollte er sich lieber nicht ausmalen.

Das Haus, in dem Dr. Jaletzke wohnte, stammte aus der Zeit unmittelbar nach dem Krieg und wirkte etwas verwahrlost. Wie ein breiter Gürtel zogen sich Graffiti-Schmierereien an der Hauswand entlang. Als er klingelte, dauerte es nicht lange und eine wütende Männerstimme bellte »Keine Werbung!« durch die Fernsprechanlage. Da Holm gar nicht vorhatte zu werben, starrte er eine Weile auf das Sprechgitter und überlegte, wie er das Dr. Jaletzke am besten beibrachte, kam aber, nach weiteren erfolglosen Versuchen, schnell zu einer negativen Lageeinschätzung, weil er nicht einmal die Gelegenheit bekam, sich zu artikulieren. Er beschloss daher, abzuwarten und es nach fünf Minuten erneut zu probieren. Denn so viele Werbewurfsendungen hintereinander konnte es ja unmöglich geben, und das musste auch Dr. Jaletzke irgendwann einsehen.

Während er im Hauseingang stand, fragte er sich, ob seine Vorgänger wohl mit ähnlichen Schwierigkeiten zu kämpfen gehabt hatten. Vielleicht gab es ein bestimmtes Klingelzeichen, das ihn klar als Institutsmitarbeiter auswies. Holm erinnerte sich an seine Großmutter, die nur nach dreimaligem Klingeln die Tür geöffnet hatte. Und weil Holm jetzt schon viel zu spät war, probierte er das spaßeshalber auch bei Dr. Jaletzke aus. Tatsächlich ging kurz darauf der Türsummer, als gehörte dreimaliges Klingeln für Menschen ab siebzig zum bundesweiten Standard. Weshalb dies der Werbung bislang verborgen geblieben war, war Holm allerdings unverständlich.

Im ersten Stock erwartete ihn bereits Heinz Jaletzke. Er trug einen Arztkittel und dazu Turnschuhe. Die Seitenhaare waren schwungvoll über die Glatze gekämmt, was ihm ein leicht cäsarisches Aussehen verlieh.

Sie sind zu spät!, rief er mürrisch und klopfte wie zum Beweis auf seine Armbanduhr. Ich erwarte pünktliches Erscheinen, schließlich habe ich noch andere Termine.

Holm entschuldigte sich vorsichtshalber, ließ jedoch nicht unerwähnt, dass er mehrmals geklingelt habe.

Sie werden verstehen, sagte Dr. Jaletzke, dass ich nicht jedem öffnen kann, der Andrang wäre einfach zu groß.

Holm nickte verständnisvoll. Er ahnte Schlimmes.

Seine Befürchtungen bestätigten sich, als er in die aus nur einem Zimmer bestehende Wohnung trat. Es war kaum zu übersehen, in welcher Branche Heinz Jaletzke früher gearbeitet hatte. Der Raum glich einem Museum für Zahnmedizin. An den Wänden Zeichnungen und Fotos von Zahnreihen und einzelnen Zähnen, ein gerahmtes Poster kündigte den »Internationalen Kongress für Zahntechnik und Zahnmedizin vom 2. bis 4. Mai 1978« in Konstanz an. Auf Tischen und Kommoden standen Zahnmodelle aus Kunststoff und Gips, ganze Gebisse mit und ohne Zahnspangen. Neben dem Schlafsofa stapelten sich Fachzeitschriften. Ein mitten im Raum stehender Sessel wurde von einem Teewagen flankiert, auf dem, ordentlich nebeneinander aufgereiht, zahntechnisches Besteck lag.

Holm war sofort stark beunruhigt, denn es sah ganz so aus, als wäre nicht Dr. Jaletzke der Bedürftige, sondern Holm. Musste er den Patienten geben, um Dr. Jaletzke die Illusion zu verschaffen, immer noch mitten im Arbeitsleben zu stehen? Davon hatte ihm Moni kein Wort gesagt.

Machen Sie mal den Mund auf, befahl Dr. Jaletzke, während er einen Zahnspiegel aus der Tasche zog.

Holm, zunächst mehr verblüfft als erschrocken, öffnete widerstandslos einen Spaltweit den Mund, vermied es jedoch, Heinz Jaletzke in die Augen zu sehen. Es war ihm unmöglich, Menschen dabei zuzusehen, wie sie das Innere seines Körpers studierten. Und weil er sie auch danach nur noch ungern ansah, hatte er seinen Hausarzt Hans-Jürgen Fohsel über Jahre lediglich bis zum Hals wahrgenommen.

Nun stellen Sie sich nicht so an, bellte Dr. Jaletzke ungeduldig, machen Sie Ihren Mund weit auf und legen Sie den Kopf in den Nacken.

Im selben Moment hebelte er Holms Mund mit dem Zahnspiegel unsanft auf und fuhr klickernd über die Zahnreihen.

Holm hielt seine Augen derweil fest geschlossen und dachte an die Zeit zurück, als er bei seiner Tante auf dem Sofa gelebt und der Welt nur als stiller Beobachter beigewohnt hatte. Zwar wäre ihm dabei das Erlebnis der Selbstständigkeit entgangen, dafür hätte er sich aber auch nicht den gewaltsamen Eingriffen pensionierter Zahnärzte unterziehen müssen. In dieser Form hatte er sich die Teilnahme am Leben jedenfalls nicht vorgestellt. Und wenn das so weitergeht, dachte er, während er den Atem von Dr. Jaletzke auf seinem Kinn spürte, werde ich bald wieder bei der Tante einziehen und den Rest meiner Tage auf dem Sofa verbringen.

Eine Mantelkrone auf der vierzehn und zwei Füllungen auf der siebenundzwanzig und sechsunddreißig, stellte Dr. Jaletzke sachlich fest. Sie haben leichten Zahnstein und Ansätze zur Parodontose. Wann waren Sie eigentlich das letzte Mal bei der Prophylaxe?, fragte er und zog den Zahnspiegel wieder aus dem Mund.

Holm dachte an seinen letzten Zahnarztbesuch bei Dr. Marion Moeglich, konnte sich an eine Prophylaxe jedoch nicht mehr erinnern. Eigentlich wollte er gar nicht so genau wissen, was in seiner Mundhöhle alles passierte. Ihm langte es schon, dass man in ihn reinsehen musste. Jedenfalls war er froh, dass sein Körper bislang weitgehend reibungslos funktionierte und ihm weitere Einblicke erspart blieben. Allerdings rechnete er im Alter mit Komplikationen, hoffte aber, bis dahin geistig so weit abgebaut zu haben, dass ihn ärztliche Eingriffe nicht mehr störten. Das war überhaupt seine größte Hoffnung: sein eigenes Alter aufgrund geistiger Verwirrung kaum noch wahrzunehmen. Alles andere wäre ihm unnötig grausam erschienen.

Holm zuckte mit den Schultern. Keine Ahnung, sagte er desinteressiert.

Sie wissen also nicht, wann bei Ihnen zuletzt eine Prophylaxe durchgeführt wurde?, fragte Dr. Jaletzke empört.

Nein, antwortete Holm.

Heinz Jaletzke sah ihn an, als könne er es nicht fassen, wen man ihm da ins Haus geschickt hatte. Dass man es gewagt hatte, ihm einen Mann vor die Nase zu setzen, dem der Zustand seiner Zähne offenkundig völlig gleichgültig war. Noch mehr: Er schien nicht einmal bereit zu kooperieren und beantwortete nur widerwillig Fragen, die zu einer sachgerechten ärztlichen Diagnose zweifellos notwendig waren. Sekundenlang sah Dr. Jaletzke Holm stumm an beziehungsweise er sah mit weit und zunehmend weiter vorgeschobenem Kinn auf ihn herab, während Holm innerlich und irgendwie auch äußerlich immer kleiner wurde und mit einem Mal Sorge hatte, seinen Job und damit seine erste eigene Selbstständigkeit wieder zu verlieren, wenn er nicht gleich etwas Einnehmendes, wenigstens aber Beschwichtigendes sagte. Doch bevor er diesen Gedanken zu Ende gedacht hatte, fing sich Heinz Jaletzke wieder und erklärte in einem gefassten, wiewohl scharfen Tonfall: Was wollen Sie eigentlich von mir?

In der Tat musste darüber nachgedacht werden, ob ein Mann, der sich offenbar weitgehend zufrieden in seiner Welt eingerichtet hatte, eine kostenpflichtige Betreuung benötigte. Vielleicht war es sinnvoller, arbeitslose Schauspieler zu engagieren, die in regelmäßigen Abständen den Patienten gaben.

Na ja, sagte Holm, er wollte Herrn Jaletzke nun auch nicht enttäuschen, ich komme wegen der Prophylaxe.

Heinz Jaletzke nickte zufrieden. Sehen Sie, sagte er, dann setzen Sie sich bitte auf den Stuhl.

Er deutete zum Sessel, auf dem ein gehäkeltes Sitzkissen mit der Aufschrift »Göttingen 1948« lag. Während Holm sich setzte, stieß Herr Jaletzke einen umgedrehten Pappkarton zum Sessel und schwang sich geübt darüber.

Parodontitis darf man nicht auf die leichte Schulter nehmen, sagte er, das Besteck auf dem Teewagen sortierend. Viele glauben ja, dass das keine ernstzunehmende Krankheit sei. Dabei handelt es sich um eine offene Entzündung, die den ganzen Körper schwächt und andere Erkrankungen hervorrufen kann.

Er griff nach einem gebogenen Zahnreiniger, den er ausgiebig an seinem Kittel säuberte.

Wenn das Zahnfleisch einmal entzündet ist, fuhr er belehrend fort, wird es zu einem lebenslangen Pflegefall.

Er hielt den Zahnreiniger prüfend in die Luft.

Sie hätten schon viel früher zu mir kommen müssen. Kommen Sie eigentlich auf Empfehlung?

Offensichtlich unzufrieden mit dem Ergebnis seiner Säuberung, hauchte er den Zahnreiniger kurz an und begann ihn am Ärmel zu polieren.

Holm saß derweil wie gelähmt im »Behandlungssessel« und starrte verzweifelt auf ein Foto an der Wand gegenüber, das das völlig zerfressene Zahnfleisch eines an sich gesund wirkenden Mannes zeigte.

Ja, antwortete Holm. Er überlegte, ob er einfach aufstehen und rausgehen sollte.

Gut, sagte Dr. Jaletzke, es spricht sich also langsam herum. Ich habe meine Praxis noch nicht lange hier im Haus.

Ach?, sagte Holm. Er war sich nicht ganz sicher, wie er das meinte.

Jaja!, rief Heinz Jaletzke und schien sich selbst ein wenig zu wundern. Eigentlich erst seit knapp zwei Jahren.

So, sagte Holm. Was er wohl die Jahre zuvor hier getrieben hatte, dachte er, traute sich aber nicht zu fragen.

Etwas ungewöhnlich ist es ja schon, ergänzte Herr Jaletzke und sah sich im Raum um, als dachte er gerade dasselbe. Holm befürchtete, Zeuge einer überraschenden Erkenntnis zu werden, die Heinz Jaletzkes heile Praxiswelt plötzlich zunichtemachen könnte. Angespannt saß er im Sessel, bereit, jeden Moment hochzuspringen, wenn Heinz Jaletzke beim Anblick der Wohnzimmereinrichtung ein Licht aufging.

Ich meine, erklärte Dr. Jaletzke, jetzt wieder ganz bei sich, eine Zahnarztpraxis in einer ehemaligen Wohnung einzurichten, ist nicht gerade üblich in der Branche, oder?

Er sah ernst zu Holm, der daraufhin erleichtert zusammensackte.

Nein, wirklich nicht, sagte er dankbar aufblickend.

Und wer hat mich empfohlen, wenn ich mal so direkt fragen darf?

Dr. Jaletzke fixierte Holm neugierig, als wunderte er sich insgeheim selbst, dass die Sache funktionierte.

Holm stockte. Er spürte, dass die ganze Geschichte in diesem Moment auf der Kippe stand. Vielleicht ahnte Heinz Jaletzke, dass irgendetwas nicht stimmte, hoffte aber trotzdem, in seiner Welt bestätigt zu werden. Und je länger er auf diese Bestätigung wartete, desto mehr mischte sich die Angst in seinen neugierigen Blick.

Eine gute Freundin, antwortete Holm schließlich, Moni.

Moni?, fragte Heinz Jaletzke unsicher lächelnd.

Holm hatte einen schweren Fehler gemacht. Womöglich drohte gleich eine Katastrophe.

Ach ja, sagte Dr. Jaletzke, er wirkte ein wenig ratlos, als könnte er sich im Grunde nicht mehr genau erinnern, bemühte sich jedoch, sein schlechtes Gedächtnis zu überspielen.

Holm hielt die Luft an.

Eine Moni war mal bei mir, sagte er sich selbst zunickend. Sie hatte eine Goldkrone auf der fünfundvierzig, aber sonst war nichts zu beanstanden.

Einen Moment sah er hilfesuchend zu Holm, fing sich dann aber schnell, als er den Zahnreiniger in seiner rechten Hand entdeckte. Rauchen Sie?, fragte Dr. Jaletzke in einem sachlichen Ton.

Obwohl er es keineswegs vorwurfsvoll gesagt hatte, fühlte sich Holm sofort angegriffen.

Wie meinen Sie das?, fragte er scharf zurück.

Rauchen kann eine Ursache für Parodontitis sein. Meist ist es aber ein Zusammenspiel mehrerer Faktoren.

Heinz Jaletzke blickte versonnen auf den Zahnreiniger zwischen seinen Fingern, als stellte er sich gerade diverse Faktoren vor, die zu einer idealen Parodontitis führten. Vielleicht träumte er nachts von Zahnfleischentzündungen wie Landschaftsmaler von Blumenwiesen.

Parodontitis, erklärte er weiter, ist keine isolierte Erkrankung, sondern immer ein Hinweis auf eine generelle Erkrankung.

Das heißt?, fragte Holm nun ernsthaft besorgt.

Das heißt, erwiderte Dr. Jaletzke und musterte Holm, als habe er ihn praktisch schon aufgegeben, dass Sie möglicherweise an einer ganz anderen Krankheit leiden, von der Sie gar nichts wissen.

Zum Beispiel? Holm war schweißnass. Irgendwie hatte er immer geahnt, dass er an einer unbekannten, womöglich noch gar nicht entdeckten Krankheit litt. Und weil er in der Mundhöhle schon seit längerem den Sitz seiner Seele vermutete, konnte es sich nur um eine seelische Störung handeln, die sich in der Entzündung des Zahnfleisches äußerte.

Zum Beispiel Diabetes, Rheuma oder eine Lebererkrankung.

Rheuma?, fragte Holm, schockiert über seine unerwartete Entwicklung zum Pflegefall.

Ja, Rheuma ist durchaus möglich, sagte Dr. Jaletzke mit fast schwelgerischem Blick.

Und was noch?, fragte Holm. Er wollte zumindest eine gewisse Auswahl haben.

Auch erbliche Faktoren können eine Rolle spielen oder Stress, sogar die falsche Belastung der Zähne. Knirschen Sie?, fragte Dr. Jaletzke und zog die linke Augenbraue hoch, als wäre Zähneknirschen in Dentistenkreisen ein schlimmes Vergehen. Wenn herauskam, dass Holm beim Zähneknirschen gerne auch onanierte, würde man ihn sofort in die geschlossene Psychiatrie einweisen.

Er dachte an seinen Vater, von dem er wusste, dass er ebenfalls mit den Zähnen knirschte. Womöglich hatte ihm sein Vater das Zähneknirschen sogar vererbt. Holm ärgerte sich, dass er auf diese Weise den Rest seines Lebens mit seinem Vater verbunden bleiben würde. Das Knirschen würde auch nach dessen Tod von der Gegenwart seines Vaters zeugen. Ob es da überhaupt noch Sinn machte, sich von seinen Eltern zu emanzipieren?

Kann man daran sterben?, fragte Holm. Inzwischen rechnete er mit dem Schlimmsten. Sollte er rasch seiner Mutter Bescheid geben? Holm überlegte sich bereits würdige Erben seiner Reinhard-Mey-Plattensammlung. Zu seiner Überraschung fiel ihm nur Sylvia Röschmann ein. An seiner Stelle würde am Wochenende sein Nachlass vor ihrer Tür stehen.

Sie haben doch nicht etwa Angst vor dem Tod, oder? Dr. Jaletzke sah ihn an, als wäre ihm dieses Gefühl völlig unbekannt.

Holm saß reglos im Sessel und starrte auf das Foto mit dem zerfressenen Zahnfleisch. Vielleicht war der Mann längst verstorben.

Eigentlich bin ich am Sonntag zum Kaffee eingeladen, sagte Holm vorwurfsvoll zu Dr. Jaletzke aufblickend.

Für die Toten muss das Leben ordinär wirken, erklärte Heinz Jaletzke und schüttelte den Kopf.

In diesem Augenblick fiel Holm das Sitzkissen wieder ein. »Göttingen 1948«. Und als hätte er nur auf eine Gelegenheit gewartet, endlich das Thema zu wechseln, wandte er sich mit der

Frage an Herrn Jaletzke, ob Göttingen im Jahr 1948 irgendeine Bedeutung für ihn gehabt habe.

Dr. Jaletzke blickte zunächst etwas verblüfft drein und sagte eine Weile gar nichts, als sei ihm die Sache unangenehm. Dann lächelte er Holm verunsichert an. Wie kommen Sie denn darauf?, fragte er, während er den Zahnreiniger nervös in seinen Händen drehte.

Ich habe mich draufgesetzt, antwortete Holm wahrheitsgemäß.

Sie haben sich draufgesetzt?

Auf Göttingen 1948, ergänzte Holm.

Heinz Jaletzke sah Holm ratlos an. Diese Information schien ihn vollkommen aus der Bahn zu werfen. Dass ihm jemand eine fachfremde Frage stellte, war in seiner Welt offenbar nicht mehr vorgesehen.

Zunehmend veränderte sich seine Haltung, er sackte ein wenig in sich zusammen und blickte, wehmütig den Kopf zur Seite neigend, die Wand entlang, als würde er vor seinem inneren Auge eine Welt erkennen, zu der er lange keinen wirklichen Zugang mehr gehabt hatte. Und plötzlich ballte er seine Hand zur Faust, als ahnte er, dass etwas nicht mit ihm stimmte, ohne genau zu wissen, was.

1948 habe ich meine Frau kennen gelernt, erwiderte er nachdenklich, das Kissen hat sie mir später als Erinnerung geschenkt.

Seine Faust entkrampfte sich, er fuhr mit der Hand langsam über seinen Schenkel. Anscheinend versuchte er durch diese Berührung weitere Erinnerungen zu evozieren.

Wissen Sie, fügte er schließlich lächelnd hinzu, meine Frau war das begehrteste Weib von ganz Göttingen. Und wissen Sie, wer sie bekommen hat?

Dr. Jaletzke machte eine bedeutungsvolle Pause, während Holm so tat, als könnte er die Antwort kaum noch erwarten. Das ganze Thema war ihm äußerst peinlich.

Ich!, rief Heinz Jaletzke triumphierend und schlug sich so

hart gegen die Brust, dass zweifellos noch mehr Erinnerungen evoziert werden mussten, womöglich überschaute er in diesem Moment sogar sein gesamtes Leben bis zurück in den Kindergarten.

Holm nickte anerkennend. Er fragte sich, ob er später einmal genauso werden würde. Vielleicht saß dann auch jemand neben ihm und nickte anerkennend.

Dabei hatte ich mir eigentlich keine Hoffnungen gemacht, sagte Dr. Jaletzke, nun regelrecht aufblühend, was Holm allerdings gar nicht so recht war. Denn wenn er sich tatsächlich bis in die Kindheit zurückerinnerte, käme er vor heute Abend nicht aus der Wohnung. Sollte er Dr. Jaletzke auf den Rücken schlagen, damit er wieder in die Gegenwart zurückkehrte?

Christel, also meine spätere Frau, erklärte er mit Betonung auf Frau, hatte mindestens zwanzig, ach ich möchte sagen dreißig Verehrer in der Stadt. Und das waren gutaussehende Burschen, nicht so wie ich. Nicht, dass ich hässlich war, aber ein Schönling war ich auch nicht gerade.

Er schüttelte den Kopf, als wäre ihm die Geschichte im Grunde bis heute ein Rätsel geblieben.

Jedenfalls konnte ich mir nicht vorstellen, dass diese Frau ein Auge auf mich geworfen hatte.

Das war auch für Holm schwer vorstellbar. Wahrscheinlich musste man ständig darauf gefasst sein, dass wildfremde Frauen aus unerfindlichen Gründen ihre Augen auf einen warfen. Das Schlimme daran war, dass es praktisch keine Möglichkeit gab, sich dagegen zu wehren.

Eines schönen Tages, fuhr Heinz Jaletzke mit seinem Bericht fort, kam sie in der Mensa auf mich zu, wir studierten ja beide Zahnmedizin, und fragte mich ohne jegliche Vorwarnung, ob sie mich zum Kaffee einladen könnte. Bums!

Holm erschrak, als wäre er selbst dabei gewesen.

Bums?, fragte er, nachdem er sich von dem Schock erholt hatte.

Ja, sagte Dr. Jaletzke stolz. Das war's.

Holm blickte ihn irritiert an. Er musste plötzlich an die Kaffee-Einladung von Sylvia Röschmann denken.

Das war was?, fragte er alarmiert.

Na ja, drei Monate später waren wir dann verlobt, sagte Dr. Jaletzke mit gespielter Beiläufigkeit, die Holm umso mehr erschütterte, weil es sich anhörte, als würde jede Kaffee-Einladung zwangsläufig eine Verlobung nach sich ziehen.

Und, fragte Holm, konnten Sie nichts dagegen unternehmen?

Heinz Jaletzke schien die Frage nicht zu verstehen. Dagegen unternehmen? Was sollte ich dagegen unternehmen? Es war das Beste, was mir in meinem ganzen Leben passiert ist!

Holm sah auf das Foto an der Wand.

Ist Parodontitis eigentlich ansteckend?, fragte er. Er hatte auf einmal die Idee, sich von Dr. Jaletzke krankschreiben zu lassen: Aufgrund einer hochinfektiösen Entzündung des Zahnfleisches kann er, Herr Felix Holm, Kaffee-Einladungen bis auf weiteres nicht mehr annehmen.

Dr. Jaletzke lachte laut auf. Eigentlich nicht, außer …

Außer? Holm sah erwartungsvoll zu ihm hoch.

Außer Sie lassen sich aufs Zahnfleisch küssen.

Mittlerweile war es später Mittag, weit über die verabredete Zeit hinaus. Holm hatte für heute genug gearbeitet.

Ich muss jetzt leider gehen, sagte er, und im selben Moment erhob er sich vom Behandlungssessel.

Aber Sie kommen doch wieder?, fragte Heinz Jaletzke mit ängstlicher Stimme und ergänzte kurz darauf erneut in einem professionelleren Tonfall: Ich erwarte Sie zur nächsten Kontrolluntersuchung, machen Sie bitte einen Termin mit meiner Sekretärin.

Holm nickte. Nächste Woche zur selben Zeit?

Das müsste gehen, sagte Dr. Jaletzke. Und dann geleitete er Holm bis zur Wohnzimmertür und verabschiedete sich mit einem knappen »Auf Wiedersehen«.

Den Rest des Tages verbrachte Holm zuhause im Bett und

tat, was er immer noch am besten konnte: nachdenken. Ihm fielen auch gleich eine Menge Themen ein, an die er schon lange nicht mehr gedacht hatte. So dachte er an seine Tante Hedwig Rossmann und das ruhige Leben, das er bei ihr auf dem Sofa geführt hatte. Die gemeinsame Tagesplanung am Frühstückstisch, die Ausflüge ins nahe Einkaufszentrum und zum Damenkränzchen. Und während er sich an diese Zeit, die ihm bereits wie eine ferne Vergangenheit erschien, zurückerinnerte, empfand er wieder jene Geborgenheit, die ihn so lange vor den kalten Ansprüchen des Lebens bewahrt hatte. Dabei wollte er vom Leben gar nicht angesprochen werden. Holm wollte in Ruhe gelassen werden beziehungsweise das Leben erst einmal auf sich wirken lassen, um dann aus eigener Initiative die eine oder andere Frage zu stellen. Stattdessen wurde er seit einiger Zeit, im Grunde seit dem hundertsten Jubiläum des KaDeWe, in das Leben in einer Weise involviert, dass er zunehmend die Kontrolle über sich verlor und Sachen erleben musste, die er gar nicht so schnell erfassen konnte, wie sie über ihn hereinbrachen. Holm wurde mit einem Mal gefordert, sogar regelrecht herausgefordert. Aber nur weil er ein Mann war, hieß das noch lange nicht, dass er diese Herausforderungen auch bestehen musste. Waren derartige Herausforderungen im Zeitalter der Emanzipation nicht überhaupt völlig veraltet, weil sie einer Epoche entstammten, als der Mann auf die Jagd ging, um Frau und Kinder zu ernähren? Die Frauen ernährten sich heutzutage doch größtenteils selber, und da erschien es ihm nur konsequent, wenn der Mann seinen Jagdtrieb einstellte und neue Herausforderungen zukünftig ablehnte. Aber die Frauen sahen das trotz ihrer Selbstständigkeit offenbar anders. Eigentlich, dachte Holm, sind nur die Frauen schuld daran, dass ich nicht ruhig zuhause bleiben und meinen Hobbys nachgehen kann. Dabei hatte er nicht einmal ein richtiges Hobby, was er ebenfalls den Frauen anlastete. Ohne Frauen wäre Holm wahrscheinlich ein anspruchsloser Mensch, der seinen ganzen Tag im Hobbykeller verbrachte.

Doch nun drohten ihm auch noch seine Eltern und hier wiederum besonders seine Mutter damit, sein Kinderzimmer bald in ein Gästezimmer umwandeln zu wollen. Holms endgültiger Auszug in die Welt war also nur noch eine Frage von wenigen Monaten, womöglich sogar wenigen Wochen. Und das war schlicht eine Herausforderung, der er sich nicht gewachsen fühlte, kämpfte er doch täglich schon mit unzähligen Eindrücken, die er kaum in der Lage war zu bewältigen, geschweige denn zu begreifen.

Unter dieser erdrückenden Gedankenlast musste Holm irgendwann eingeschlafen sein, denn als er später aufwachte, stand plötzlich Mutter am Bett und wedelte mit einem Zeitungsausschnitt über seinem Kopf herum.

Hast du das schon gelesen?, fragte sie ihn mit weit aufgerissenen Augen, ohne sich für ihr Eindringen in seine Privaträume auch nur andeutungsweise zu entschuldigen. Dass seine Mutter trotz mehrfacher und sogar schriftlicher Ermahnungen weiterhin unaufgefordert sein Zimmer betrat, erschütterte Holms Vertrauen in die Welt mehr als jede Naturkatastrophe.

Nein, antwortete Holm in einem eisigen Tonfall, um seiner Mutter zu signalisieren, dass er an einer Zeitungslektüre gegenwärtig nicht im Geringsten interessiert war. Doch seine Mutter nahm solche Signale offensichtlich überhaupt nicht zur Kenntnis.

Deine Exfreundin hat geheiratet, fuhr seine Mutter mit einer fast an Stumpfsinnigkeit grenzenden Sturheit fort, sie hieß doch Ulrike, oder?

Holm erblasste. Sein Blut schien sich aus seinem Kopf zu verabschieden. Er stellte sich vor, dass ihn Ulrike in Abwesenheit einfach geheiratet hatte und dies nun auf dem Wege der öffentlichen Bekanntmachung auch Holm mitteilte. Am besten warte ich hier so lange, dachte er, bis sie auf dieselbe Weise ihre Trennung von mir bekanntgibt.

Nervös riss Holm seiner Mutter den Zeitungsausschnitt aus der Hand.

Erleichtert stellte er fest, dass Ulrike doch nicht ihn geheiratet hatte, sondern einen Herrn Thomas Hosemann. »Wir haben geheiratet«, stand dort schwarz auf weiß zu lesen, und darunter: »Ulrike Huber und Thomas Hosemann« sowie das Datum von vorgestern. Leider war nicht zu erkennen, ob Ulrike nun Hosemann oder Huber-Hosemann, vielleicht aber auch weiterhin Huber hieß. Nicht mal der Ort der Trauung war angegeben, was diese Mitteilung für Holm weitgehend wertlos machte. Denn wie sollte man etwas Glauben schenken, das ohne realen Ort war?

Immer wieder las er die Namen Huber und Hosemann, als wollte es nicht in seinen Kopf, dass es nach ihm einen anderen Mann in Ulrike Hubers Leben gegeben hatte, den sie nun auch noch geheiratet hatte. Thomas Hosemann! Der Name kam ihm irgendwie bekannt vor. Holm erinnerte sich an das Buch »Die Vögel Mitteleuropas«, das von einem gewissen Thomas Hosemann verfasst worden war und ihn viele Jahre lang begleitet hatte. Womöglich war Holm sogar für Ulrikes überraschend aufgeflammtes Interesse für die Vogelwelt Mitteleuropas hauptverantwortlich, was ihm im Nachhinein unverzeihlich erschien. Allerdings konnte der Verfasser auch Jan oder Jürgen Hosemann geheißen haben, so genau erinnerte er sich nicht mehr, hatte er das Buch doch bereits vor einigen Monaten in den Altpapiercontainer geworfen, da sein Interesse an Vögeln stark zurückgegangen war.

Und?, fragte seine Mutter außerordentlich erregt. Es war immer leicht zu erkennen, wenn seine Mutter erregt war, dann fing sie an wie eine alte Frau zu mümmeln.

Was sagst du dazu?!

Trotz heftigen Mümmelns hatte sich ein leicht vorwurfsvoller Ton in die Frage geschlichen, als hätte Holm Schuld daran, dass neben Ulrike Huber nicht sein Name stand.

Bums, sagte Holm nur.

Bums?, fragte seine Mutter. Sie sah jetzt wirklich aus wie eine alte Frau, ihre Wangen hingen schlaff herab und neigten sich bereits bedrohlich zum Mund. In wenigen Jahren würde ihr Mund komplett hinter den Wangen verschwunden sein. Das hätte allerdings den Vorteil, dass Holm ihr Mümmeln nicht mehr zu sehen bräuchte.

Ja, sagte Holm, es hat ein großes Bums gegeben.

Ein großes Bums gegeben? Würdest du mit deiner Mutter bitte vernünftig reden!

Holm fragte sich, ob es vernünftig war, überhaupt noch mit seiner Mutter zu reden. Seit neununddreißig Jahren hatte er fast täglich mit ihr gesprochen. Es gab praktisch nichts, das nicht wenigstens einmal zur Sprache gekommen war. Man hatte sich alles gesagt. Die Themen waren erschöpft. Eigentlich brauchte Holm gar nicht mehr zu reden, außer man sprach in Zukunft rückwärts miteinander.

Auf einmal erkannte er, dass er begann, sich innerlich von seinen Eltern abzuwenden. Und vielleicht war es ein Zeichen seiner Selbstständigkeit, dass er sich weigerte, mit seiner Mutter vernünftig zu reden.

Gegen so ein Bums, sagte Holm, kann man eben nichts machen.

Seine Mutter hatte aufgehört zu mümmeln und sah ihn besorgt an.

Im Leben ist es nie für etwas zu spät!, erklärte sie streng, und dann drehte sie sich um und marschierte aus dem Zimmer.

Abends lungerte Holm lustlos in der Küche herum, während seine Mutter Brote schmierte. Er hatte keine Lust auf Brot, wusste aber auch nicht, was er stattdessen essen sollte. Holm fühlte einen seltsamen Überdruss an dieser nunmehr seit Jahrzehnten währenden Abendbrottradition, hatte jedoch keine Ahnung, wodurch er diese Tradition ersetzen sollte. Er hatte einfach immer nur mitgegessen und lebte den Alltag seiner Eltern widerstandslos weiter.

Auf dem Küchenbord entdeckte er eine Packung Kölln Müsli mit Milchchips und Himbeeren, das seine Eltern manchmal zu Mittag aßen. »Kölln Glücksmomente« stand auf der Rückseite zu lesen. Ein Sommerabend am See, Grillen zirpen in der milden Abendluft. Gitarrenklänge gesellen sich zu heiterem Lachen. Und jetzt ein Kölln Müsli! Oder doch lieber fruchtige Müsli-Kekse? Egal, wie Sie sich entscheiden – mit Kölln wird das Glück gleich ein bisschen größer.

Holm lächelte. Er hatte Lust, sich für das Glück mit Milchchips und Himbeeren zu entscheiden. Vielleicht ließe sich damit ja die Abendbrottradition durch eine Müslitradition ersetzen.

Am Esstisch wartete Holm so lange, bis seine Mutter die Teller hingestellt hatte. Nachdem alle Platz genommen hatten, richtete Holm das Wort an seine Eltern.

Ein Sommerabend am See. Grillen zirpen in der milden Abendluft. Gitarrenklänge gesellen sich zu heiterem Lachen.

Sein Vater, das Leberwurstbrot schon in der Hand, wirkte wie versteinert.

Und jetzt ein Kölln Müsli!, sagte Holm.

Die Eltern blickten sich ernst an, und es war ihnen anzumerken, dass sie mit der Umwandlung von Holms Kinderzimmer nicht mehr lange warten würden.

7

Der Sonntag und damit auch die Kaffee-Einladung von Sylvia Röschmann rückten unerbittlich näher. Holm war es kaum mehr möglich, an etwas anderes zu denken als an seine inzwischen unausweichlich erscheinende Verlobung mit einer Frau, die er in seinem Leben nur dreimal gesehen hatte. Er stellte sich vor, wie ihn Sylvia später, nachdem die Kaffeetafel aufgehoben und die kleine Zarah womöglich noch vorzeitig, und von ihrer Seite leider protestlos, ins Bett geschickt worden war, über Salzgebäck und einem Gläschen Wein fragte, ob er eigentlich schon mal ans Heiraten gedacht habe. Und Holm, der zu diesem Zeitpunkt bereits leicht beschwipst wäre, deutete die Frage natürlich sofort als Antrag, dem er nach kurzer Bedenkzeit, in der er wegen der Kürze der Zeit gar nicht zum Denken kam, stattgab, worauf Sylvia eine Flasche Mumm Sekt entkorkte. Dies wiederum führte dazu, dass Sylvia, die sich bereits ihres Schuhwerks entledigt hatte, zwischen den Sektschlückchen und unter wirrem Gekicher weitere Kleidungsteile bis zur totalen Entblößung abwarf, ja regelrecht von sich schleuderte, um vor Holm schließlich einen jeglichen Rhythmusgefühls entbehrenden Stepptanz aufzuführen, der Holm wider Erwarten so erregte, dass er sich bis auf die Unterhose entkleidete und nach einem kurzen, aber heftigen Schütteltanz mit Sylvia zusammen auf den Fußboden stürzte, wo sie bis zum Morgen unauflösbar ineinander verschlungen liegen blieben.

Diese Vorstellung beherrschte ihn schließlich derart, dass er beschloss, Sylvia einen Tag vor dem verabredeten Termin wie zufällig vor ihrem Haus abzupassen, um ihren Heiratswunsch noch vor der offiziellen Begegnung rechtzeitig zu zerstreuen, damit er den Sonntag in aller Ruhe bei ihr Kaffee trinken konnte.

Die Händelallee befand sich im so genannten Hansaviertel, eines nach dem Zweiten Weltkrieg mit Hilfe internationaler Architektenprominenz wiederaufgebauten Viertels, das, obwohl es im Zentrum lag, nach Stadtrand aussah. Hochhäuser mit bunten Balkonen und geschwungene Gebäuderiegel auf Betonstelzen, denen ihr künstlerischer Ausdruckswille kaum anzusehen war. Schlicht, rational und mit einfachsten Materialien erbaut, entfalteten sich die Qualitäten erst auf den zweiten Blick. Holm fühlte sich hier sofort zuhause. Im Grunde war er nämlich wie das Hansaviertel, auch er entstammte den sechziger Jahren, und seine Qualitäten wurden erst bei genauerem Hinsehen erkennbar.

Während er hinter einem Baum versteckt vor der Hausnummer fünf wartete, merkte er, wie er auf einmal den starken Wunsch verspürte, hineinzugehen, um auf Sylvia Röschmanns Sofa sein vertrautes Leben wiederaufzunehmen. Diesmal jedoch nicht als Neffe und tatenloser Mitbewohner ohne konkreten Auftrag, sondern gleich als Oberhaupt der Familie. Holm wollte nicht nur beruflich Verantwortung für Menschen tragen, sondern auch im familiären Rahmen, und das war für Holm doch ein wenig irritierend. War er nicht hierhergekommen, um eine eheliche Gemeinschaft abzuwenden? Allerdings war es schwer vorstellbar, ein Familienoberhaupt ohne Familie zu sein. So sehr ihn der Gedanke auch reizte, Verantwortung für Frau und Kind zu tragen, so wenig konnte er sich damit anfreunden, eine Frau, geschweige denn ein Kind zu haben. Allein die Vorstellung vom eigenen Fleisch und Blut trieb ihm die Schamesröte ins Gesicht. Wenn dieses Kind nun auf der Straße plötzlich laut furzte, wäre Holm für den Furz zweifellos mitverantwortlich gewesen. Ein Familienoberhaupt, das für die Fürze seiner Lieben verantwortlich war, wollte Holm aber unter gar keinen Umständen sein.

Am liebsten hätte er sich bei Sylvia per Eilbrief, oder noch besser, per Fahrradkurier, krankgemeldet. Und zwar schwer krank gemeldet. Unheilbar krank! Bis auf weiteres könne er leider die Kaffee-Einladung sowie andere Einladungen an Werk- und Feiertagen nicht mehr annehmen. Mit freundlichen Grüßen.

In diesem Augenblick erschien Sylvia Röschmann, einen großen Korb in der Hand, vor der Haustür und steuerte schnellen Schrittes auf das Einkaufszentrum am Hansaplatz zu. Holm sah seinen Plan mit einem Mal torpediert. Ihr jetzt noch abzusagen, brachte er einfach nicht übers Herz. Wahrscheinlich hatte sie sich bereits seit den frühen Morgenstunden Gedanken über die Kaffeetafel gemacht. Welchen Kuchen würde sie backen, würde sie Pralinen oder Kekse dazu reichen, welche Pralinen oder Kekse, käme Kuchen überhaupt infrage? Auch die Tischdekoration war ein heikles Thema, schließlich sollte es festlich aussehen, gleichzeitig aber auch eine gewisse Gemütlichkeit ausstrahlen. Gehörten Blumen auf den Tisch, und wenn ja, welche Blumen? Rosen oder doch lieber ein heiterer

Frühlingsstrauß? All das hatte sich Sylvia noch im Bett überlegt und schließlich beim Frühstück verbindlich auf ihrem Einkaufszettel notiert.

Holm folgte ihr widerwillig. Sylvia lief leicht gebeugt, als würde sie gegen einen schweren Sturm ankämpfen. Offenbar verfolgte sie nicht nur ihren Einkaufsplan, sondern darüber hinaus ein übergeordnetes Lebensziel, und dabei hatte sie zweifellos auch Holm mit im Blick. Unter diesen Bedingungen war es schwer, Sylvia zufällig zu begegnen. Außerdem hatte sie ihr Tempo inzwischen derart erhöht, dass Holm an ihr hätte vorbeirennen müssen. Ein zufälliges Grüßen wäre da kaum glaubhaft erschienen, zumal er gar nicht so genau wusste, weshalb er um diese Uhrzeit ausgerechnet im Hansaviertel herumrannte. In seinem Alter rannte man ohnehin nicht mehr durch die Gegend. Man ging oder schlenderte und lüpfte freundlich grüßend den Hut.

Als Sylvia eine breite Straße überquerte und in dem Flachbau des Bolle-Supermarkts verschwand, folgte er ihr ohne Eile und beschloss, den Zufall einfach auf sich zukommen zu lassen.

Im Supermarkt hatte er sie zunächst aus den Augen verloren. Für alle Fälle griff er sich ein Paket Waschmittel, das groß genug war, um die Wäsche einer fünfköpfigen Familie ein ganzes Jahr lang sauber zu halten.

Während Holm mit dem Waschmittel unterm Arm so locker und entspannt durch den Supermarkt streifte, als hätte er nie irgendwelche Supermarktprobleme gehabt, entdeckte er Sylvia keine zehn Meter vor sich in der Backwarenabteilung, wie sie unentschlossen mehrere Packungen Kuchenfertigmischungen betrachtete. Nicht nur, dass sie Holm mit einer schnöden Fertigmischung abspeisen wollte, entsetzte ihn, sondern vor allem die Tatsache, dass ein Einkaufszettel offensichtlich überhaupt nicht existierte. War ihr vielleicht erst heute Morgen beim Frühstück eingefallen, dass sie am Sonntag einen Gast namens Holm erwartete? War ihr hohes Schritttempo das Eingeständnis, dass sie die Einladung ganz einfach vergessen hatte? Womöglich hatte Sylvia Röschmann gar kein übergeordnetes Lebensziel. Sie traf ihre Entscheidungen aus dem Bauch heraus, und der Bauch hatte ihr am Morgen beiläufig mitgeteilt, dass die angemessene kulinarische Grundlage für eine Kaffee-Einladung fehlte. Was Sylvia für eine angemessene kulinarische Grundlage hielt, musste für Holm, der aus dem Hause Rossmann und aus dem Hause Holm anderes gewohnt war, wie ein herber Schlag ins Gesicht wirken: Zitronenkuchen als Fertigmischung der untersten Preiskategorie, wie Holms Nachforschungen ergaben, nachdem Sylvia die Backwarenabteilung verlassen hatte. Holm stand der Schweiß auf der Stirn.

Aber es kam noch schlimmer. Sylvia Röschmanns Haushalt fehlte es offensichtlich an den elementarsten Bestandteilen einer vernünftigen Lebensführung. Nach der Backwarenabteilung wechselte sie relativ zügig, als habe sie zwischenzeitlich neue Anweisungen von ihrem Bauch erhalten, zum Kaffeeregal und nahm zwei große Dosen gemahlenen Kaffee heraus, was Holm für einen Moment zu der Annahme verleitete, dass sie noch weitere Gäste erwartete. Doch anstatt wieder Hoffnung zu schöpfen, dass ein Antrag ihrerseits unter diesen Bedingungen nicht sehr wahrscheinlich sein würde, fing er an sich zu ärgern. Das heißt, nicht er selbst ärgerte sich natürlich, sondern irgendwer in ihm ärgerte sich ganz selbstständig, und Holm hatte die vage Vermutung, dass sich das heimliche Familienoberhaupt in ihm darüber ärgerte, nun doch nicht mit seiner zukünftigen Familie allein bei Kaffee und Kuchen sitzen zu können. Aber dann fiel ihm die Packung Kuchenfertigmischung wieder ein. Mit einem Kuchen würde man bei mehreren Gästen nicht weit kommen.

Doch es blieb nicht beim Kaffee. Sylvia beförderte nacheinander Filtertüten, Papierservietten, ja sogar Zucker in ihren Einkaufskorb. Es war nicht mehr auszuschließen, dass sie auch Plastikbesteck und Pappteller erwarb. Kein Wunder, dass sie nach einem Mann suchte, der ein bisschen Ordnung in ihren Haushalt brachte.

Inzwischen hatte sich Holm innerlich davon verabschiedet,

Sylvia vorzeitig über seine ablehnende Haltung bezüglich des Ehestandes zu informieren. Der Zufall wollte nicht eintreten. Und das war letztlich auch gut so. Denn es wäre ihm peinlich gewesen, Sylvia mit einer Kuchenfertigmischung in ihrem Einkaufskorb zu erwischen.

Holm wollte gerade abdrehen und den Supermarkt heimlich verlassen, als er etwas beobachten musste, das ihn völlig aus der Bahn warf. Auf dem Weg zur Kasse blieb Sylvia plötzlich vor dem Zahnpflegeregal stehen und betrachtete nachdenklich das Zahnbürstenangebot, was an sich ja noch nicht sonderlich schockierend war. Zahnbürsten gehörten zum Leben dazu. Für sich genommen war eine Zahnbürste nur eine Zahnbürste. Aber wenn eine Frau wie Sylvia erst eine Zahnbürste in ihren Einkaufskorb legte und kurz darauf eine Familienpackung Kondome, hörte der Spaß für Holm einfach auf. Was als nettes Zusammensein bei Kaffee und Kuchen gedacht war, drohte am Abend in eine Orgie auszuarten. Und nicht nur das, Sylvia rechnete anscheinend fest damit, dass er die Nacht bei ihr verbrachte und sich am anderen Morgen mit der neuen Zahnbürste die Zähne putzte. In diesem Augenblick hatte die Zahnbürste ihre Unschuld verloren.

Leider hatte Sylvia die Rechnung ohne den Wirt gemacht, und der Wirt, in diesem Fall Holm, war keineswegs bereit, diese Rechnung zu akzeptieren.

Die Voraussetzungen für ein nettes Zusammensein waren also denkbar ungünstig, und als Holm am nächsten Morgen aufwachte, spürte er bereits Panik in sich hochsteigen, die sich im Laufe des Vormittags zu einer regelrechten Nervenkrise entwickelte. Holm lief in seinem Zimmer auf und ab, vertilgte dabei eine ganze Prinzenrolle Kekse und dachte unentwegt an Zahnbürsten und Kondome. Er dachte aber auch an die kleine Zarah, was sie wohl sagte, wenn sie Holm anderntags im Badezimmer die Zähne putzen sah. Ob sie eine Verbindung zwischen Zähneputzen und Beischlaf herstellen konnte?

Gegen Mittag war Holm nervlich derart am Ende, dass er erschöpft auf dem Sessel einschlief. Wieder hochschreckend, stellte er fest, dass er drei Stunden geschlafen hatte. War er vorher zu aufgeregt gewesen, war er jetzt so müde, dass er kaum in der Lage war, einen klaren Gedanken zu fassen.

Auf der Fahrt zum Hansaviertel musste er aufpassen, nicht einzuschlafen. Als er am U-Bahnhof Hansaplatz ausstieg, kam er an einem Blumengeschäft vorbei, das sonderbarerweise auch sonntags geöffnet hatte. Kurz überlegte er, ob er Sylvia als Gastgeschenk einen Strauß Blumen mitbringen sollte. Aber welche Blumen kamen für eine Kaffee-Einladung überhaupt infrage? Oder anders formuliert: Welche Blumen würden einer Frau, die Zahnbürste und Kondome quasi griffbereit hatte, sofort und unmissverständlich deutlich machen, dass der Mann an einer tiefer gehenden Beziehung nicht interessiert war?

Die Blumenhändlerin, eine unscheinbare, dafür alterslos wirkende Frau, sah Holm etwas seltsam an, als er nach Blumen verlangte, die unter keinen Umständen eine positive oder gar hoffnungsvolle Ausstrahlung haben durften. Wie es zum Beispiel mit Flieder wäre, fragte sie und deutete auf einen Eimer mit weißblühenden Fliederzweigen. Oder Lavendel, sie zeigte zu mehreren Töpfen, in denen krautartig hochschießendes Grünzeug ohne Blüten zu sehen war. Blumen ohne Blüten, dachte Holm, das geht immerhin in die richtige Richtung. Da würde Hoffnung gar nicht erst aufkommen. Der Lavendel, fuhr die Frau fort, dufte besonders stark bei Sonneneinstrahlung, die Pflanze stamme ja ursprünglich aus Südeuropa, und das allein versetze einen schon in eine glückliche Stimmung. Auf gar keinen Fall, fiel ihr Holm ins Wort, dürfe die Pflanze glücklich machen, ob mit oder ohne Sonneneinstrahlung, und aus dem Süden stammen dürfe sie schon überhaupt nicht, da würden gleich diffuse Sehnsüchte geweckt und die hätte er dann nicht mehr unter Kontrolle.

Die Blumenhändlerin tat verständnisvoll, als habe sie derartige Folgen gar nicht bedacht. In diesem Fall, sagte sie, würde sie auf Nummer sicher gehen und zu Geranien raten, das seien einfache und weitgehend anspruchslose, gleichzeitig aber hübsche Blumen, die Spaß machten.

Holm schüttelte den Kopf. Anscheinend hatte ihn die Frau nicht verstanden. Eine Blume, die lediglich verhalten fröhlich stimmte, war in diesem Laden offensichtlich nicht zu haben. Er werde sich die Sache noch einmal überlegen, sagte er und verabschiedete sich.

Kurz bevor er die Händelallee erreichte, fiel sein Blick auf eine Wiese voller Gänseblümchen. Und ehe er groß darüber nachdenken konnte, ob diese nun Spaß machten oder einfach nur fröhlich stimmten, hatte er eine Handvoll davon gepflückt.

Um Punkt sechzehn Uhr fuhr Holm mit dem Fahrstuhl hoch in den achten Stock. Während er nach der Tür suchte, hörte er das wütende Gekläffe eines Hundes, das im gesamten Treppenhaus widerhallte. Den Besitzer, dachte er noch, müsste man wegen Lärmbelästigung anzeigen. In diesem Moment öffnete sich eine Tür und ein schwarz-weiß gefleckter Hund in Pudelgröße raste laut bellend auf Holm zu, der daraufhin sofort die Blumen fallen ließ und zu einer Salzsäule erstarrte. Keine Angst, rief eine Stimme, die zweifellos von Sylvia stammte, Rolf tut dir nichts. Das schien aber keineswegs sicher zu sein, denn Rolf sprang wie eine Feder, das Maul mit der herausschlappenden rosa Zunge weit geöffnet, unermüdlich an ihm hoch, als versuchte er Holms Kehle zu erwischen. Wenn hier nicht gleich eingeschritten wurde, würde Sylvia den Nachmittag allein verbringen müssen.

Ist das aber süß, rief Sylvia entzückt aus, als sie die am Boden verstreuten und von Rolf inzwischen arg ramponierten Gänseblümchen entdeckte. Sind die etwa für mich?

Holm ahnte, dass er einen entscheidenden Fehler gemacht hatte. Sylvia wirkte überglücklich.

Mir hat noch nie ein Mann Gänseblümchen geschenkt, sagte sie, von dieser Geste offensichtlich stark berührt, während Holm nach wie vor reglos dastand und inständig hoffte, dass

Rolf irgendwann die Lust an ihm verlor. Nur nicht ansehen, dachte Holm. So tun, als hätte man den Hund gar nicht bemerkt. Einen Hund hatte Holm nie gesehen!

Sylvia kniete inzwischen am Boden und sammelte die Gänseblümchen ein. Und als Holm dann doch einen kurzen Blick nach unten riskierte, sah er plötzlich in die Augen von Rolf, der seinen Angriff daraufhin einstellte und Holm ebenfalls ansah. Weder besonders böse, wie Holm schien, aber auch nicht völlig desinteressiert. Was denkt nun so ein Hund, fragte sich Holm, der es nicht wagte, seinen Blick abzuwenden. Aber je länger er hinsah, desto größer wurde der Druck, etwas zu sagen. Doch was sagte man einem Hund, wenn man nicht mal wusste, was er eigentlich dachte. Denkt ein Tier überhaupt irgendetwas?, dachte Holm, dem es auf einmal seltsam vorkam, jahrelang auf engstem Raum friedlich mit einem Tier zusammenleben zu können, ohne je etwas von seinen Gedanken zu erfahren. Dass sich Holm unter sehr viel günstigeren Bedingungen schon nach wenigen Monaten von seiner Freundin Ulrike getrennt hatte, war im Grunde nicht zu begreifen.

Holm spürte, dass er jetzt etwas sagen musste, um die Situation zu entschärfen. Leider fiel ihm so schnell nichts Vernünftiges ein. Schnell hatte man etwas gesagt, was man später bereute. Und da von Sylvia, die sogar einzelne Blütenblätter auflas, als handelte es sich um einen wertvollen Schatz, keine Hilfe zu erwarten war, sagte Holm schließlich das einzig mögliche Wort: Rolf? und machte dabei ein erstauntes Gesicht, als hätte er Rolf seit mindestens zehn Jahren nicht mehr gesehen und ihn vor wenigen Sekunden erst wiedererkannt. Das schien Rolf überraschenderweise ganz ähnlich zu sehen. Er legte den Kopf schräg, spitzte die Ohren und tat nun genauso erstaunt, als hätte er Holm auch eben erst wiedererkannt. Ja, es sah sogar aus, als täte ihm sein wütender Angriff auf einmal leid.

All das war kaum zu fassen, und als Holm ihm dann noch freundlich zunickte, konnte Rolf nicht mehr an sich halten und sprang heftig wedelnd an ihm hoch.

So, sagte Sylvia, nachdem sie die Blumen zusammengesammelt hatte und wieder aufgestanden war, dann komm erst einmal rein, ich zeige dir unsere Wohnung.

Beim Wort »unsere« zuckte Holm unwillkürlich zusammen. Hatte sie ihn bereits fest in ihr Leben eingeplant?

Erst jetzt bemerkte er, dass Sylvia einen kurzen Rock und hochhackige Schuhe trug. Für einen Sonntagnachmittag erschien ihm das stark übertrieben.

Bloß nichts Falsches sagen, dachte er, während er eintrat. Auch kein anerkennendes Wort über die Wohnung. Am besten, man nahm alles lediglich stumm zur Kenntnis und redete nur, wenn man angesprochen wurde.

Das hier ist Zarahs Reich, erklärte Sylvia fast entschuldigend und öffnete die Tür gleich neben dem Eingang, als gehörte das Zimmer nicht mehr zu ihrem unmittelbaren Einflussbereich. Tatsächlich herrschte in Zarahs Reich das blanke Chaos. Überall lagen Stofftiere herum, hauptsächlich Löwen und Hasen, bunte Bauklötze waren über den ganzen Raum versprengt wie nach einer Explosion, und halbnackte Barbiepuppen lagerten rücklings in der Zimmermitte, über die Holm vorsichtshalber hinwegsah, um sich später nicht nachsagen lassen zu müssen, er habe einer Barbiepuppe länger als für einen Mann seines Alters üblich unter den Rock geschaut.

Die kleine Herrscherin schien das Chaos indes nicht weiter zu kümmern. Sie thronte entrückt auf ihrem Bett und spielte mit Plastiksauriern. Und weil die Saurier offensichtlich gerade in einen schweren Kampf verwickelt waren, konnte Zarah den Gast nur mit einem beiläufigen Hallo begrüßen, was Holm in Anbetracht ihrer gemeinsamen Vergangenheit doch ein wenig dürftig vorkam.

Seit kurzem liebt sie Dinosaurier, erklärte Sylvia leise, als dürfe man in Zarahs Reich nur flüsternd kommunizieren.

Aha, machte Holm. Es war bereits abzusehen, dass ihr Reich in naher Zukunft auch die restliche Wohnung umfasste.

Sie gingen ins Wohnzimmer, an das sich eine offene, nur

von einem Esstisch getrennte Küche anschloss. Zum Balkon hin die Sitzecke mit Glastisch, der festlich gedeckt war. Kerzen und blauweißes Geschirr, auf den Tellern allerdings Papierservietten mit Rosenmotiven. Holm fühlte sich in einen Ausstellungsraum von Ikea versetzt. Jeden Augenblick rechnete er mit einer Durchsage, die über die neuesten Sonderangebote informierte.

Dies schien auch Sylvia zu ahnen. Ich bin ja ein Skandinavien-Fan, erklärte sie, als hätte sie Holms Gedanken gelesen.

Meine Eltern sind früher auch gerne nach Dänemark gefahren, sagte er, bereute diese allzu private Mitteilung jedoch sofort. Es sah so aus, als versuchte er über seine Eltern eine Brücke zu Sylvia zu schlagen.

Ach, sagte Sylvia neugierig, und du nicht?

Die Sache begann schon nach wenigen Minuten schiefzulaufen.

Nein, antwortete Holm, ich bin bei meiner Tante geblieben.

Er konnte jetzt froh sein, dass er damals abgelehnt hatte. Am Ende wäre man sich in Dänemark begegnet.

Außer in Kärnten, fügte er hinzu, bin ich eigentlich nirgendwo gewesen.

Kärnten, sagte Sylvia sehr ernst, hat ja auch eine tolle Natur.

Vor allem Fliegen und Spinnen, ergänzte Holm, der krampfhaft bemüht war, die versehentlich errichtete Brücke schnell einzureißen. Doch egal, was er sagte, Sylvia baute die Brücke an anderer Stelle sofort wieder auf.

Dann solltest du mal an die Ostsee fahren, schlug sie ihm vor.

Offenbar dachte sie schon an gemeinsame Reisen in den Norden. Holm und Sylvia in den Dünen von Fünen.

Ehrlich gesagt, meinte Sylvia, mag ich das Gebirge gar nicht so gerne.

Holm sah sie entsetzt an. Dass er Berge auch nicht so gerne mochte, verriet er ihr lieber nicht. Stattdessen blickte er sie bedauernd an: Schade!

Wieso schade?, fragte Sylvia bestürzt. Bist du etwa ein Bergfreund?

Anscheinend wurde eine abweichende Meinung in dieser Wohnung nicht akzeptiert. Ein Grund mehr, langsam Gefallen an der Bergwelt zu finden.

Ich kann nicht erkennen, was gegen eine solide Bergfreundschaft spricht. In Bayern haben sie sogar Hausberge!

Hausberge?

Ja, sagte Holm, Hausberge sind da so etwas wie ständige Begleiter des Menschen. Es sind quasi Haustiere.

Hausberge sind Haustiere?, wiederholte Sylvia mit hochgezogenen Augenbrauen.

Genau, sagte Holm, sie gehören zum Alltag einfach dazu. Er blickte zu Rolf, der, obwohl er gar keine Augenbrauen besaß, ebenfalls erstaunt zu Holm aufzusehen schien. Im Grunde sahen Hunde immer ein wenig erstaunt aus.

Ich finde Berge unheimlich, fügte Sylvia nachdenklich hinzu. Man ist immer irgendwie unten.

Nicht, wenn man oben ist, klärte Holm sie auf.

Aber meistens ist man unten, gab sie sich unbelehrbar.

Dafür können ja die Berge nichts.

Ich habe auch nicht gesagt, sagte Sylvia streng, dass die Berge was dafür können. Aber ich mag es nicht, wenn etwas so viel größer ist als ich.

Warst du schon mal auf der Zugspitze?, hakte er nach. Es ist wie mit der Tante, dachte er, wir sind fast immer einer Meinung, aber ich möchte ihr dauernd widersprechen.

Sylvia schüttelte den Kopf.

Eben, sagte Holm, von dort hat man einen herrlichen Weitblick, fast bis nach Italien.

Ich dachte, du warst nur in Kärnten?

Wenn man nach Kärnten fährt, erklärte er hastig, kommt man an der Zugspitze praktisch nicht vorbei.

Sylvia musterte ihn, als würde sie ihm nicht so recht glauben. Zweifelte sie etwa an seiner Liebe zum Gebirge?

Hat da nicht immer Hitler auf einem Berghof Urlaub gemacht?, fragte sie.

Holm fühlte sich plötzlich angegriffen. Obwohl er Berge nicht mochte, musste er sie auf einmal verteidigen.

In dieser Gegend haben sich viele Leute erholt, sagte er, und heute erholen sich da vermutlich sogar noch mehr Leute.

Ich mein ja bloß, sagte Sylvia, irgendwie ist das symptomatisch, dass sich so einer in den Bergen wohlfühlt.

Ich glaube nicht, ergänzte Holm, dass Hitler weniger Menschen umgebracht hätte, wenn er an die Ostsee gefahren wäre.

Ich zeig dir noch das Schlafzimmer, beendete Sylvia abrupt die für Holm zunehmend aussichtsloser werdende Diskussion.

Das Schlafzimmer lag im hinteren Teil der Wohnung. Ein beinahe quadratischer, etwas dunkler Raum, in dem lediglich ein großes Bett und direkt daneben ein Kleiderschrank standen. Die Türen des Kleiderschranks waren verspiegelt, was Holm gleich verdächtig vorkam. Er tat, als hätte er den Spiegel nicht gesehen. In diesem Augenblick sprang Rolf aufs Bett, was Holm jetzt allerdings kaum noch übersehen konnte, und legte sich mit der größten Selbstverständlichkeit auf die rechte Seite.

Für Sylvia war dieser ungeheuerliche Vorgang allerdings keine Erklärung wert. Anscheinend schlief Rolf regelmäßig in ihrem Bett.

Ist zwar etwas klein, meinte sie im Hinblick auf die Zimmergröße, womöglich auch in Hinblick auf die Bettgröße, aber ich finde es sehr gemütlich.

Das sah Rolf jedenfalls genauso. Ob der Hund in jedem Fall in ihrem Bett übernachtete, wagte Holm aber nicht zu fragen.

Zurück im Wohnzimmer, hätte er sich am liebsten verabschiedet. Einfach sagen, dass er einen wichtigen Termin vergessen hatte. Und weg war er und ward nie wieder gesehen.

So einfach war es dann leider doch nicht. Vor dem plötzlichen Aufbruch stand die unüberwindliche Mauer seiner Erziehung, und die teilte ihm klar und deutlich mit, dass ein abrupter Abgang unhöflich gewesen wäre.

Dass seine Eltern im Hintergrund immer noch Entscheidungen für ihn trafen, war ein andauerndes Ärgernis für Holm. Es sah fast so aus, als hätte er kaum eigene Befugnisse, um über sein Leben selbstständig zu bestimmen. Im Grunde vermutete er hinter dieser Mitteilung sogar seine Mutter, die auf diese hinterhältige Weise ihren Einfluss geltend machte, ohne dabei persönlich in Erscheinung treten zu müssen. Und obwohl Holm diese Art Einmischung in sein Privatleben keineswegs unproblematisch fand, erklärte er sich gegenüber seiner Mutter noch einmal bereit, Sylvia noch eine Chance zu geben, ihre ehrlichen Gefühle zu beweisen.

Diesen Beweis könnte sie schon sehr bald erbringen, indem sie die wahre Herkunft des Zitronenkuchens von sich aus offenlegte. Sollten in diesem Zusammenhang nämlich nicht die Worte Fertigmischung oder Supermarkt fallen, im besten Fall beide zusammen, wäre für Holm damit die Sache endgültig erledigt.

Setz dich schon mal hin, sagte Sylvia, während sie aufgeregt in die Küche ging, als freute sie sich, Holm gleich den ersten Höhepunkt des Nachmittags zu präsentieren, nicht ahnend, dass der erste Höhepunkt unter Umständen auch gleich der letzte, und zwar nicht nur dieses Nachmittags, sein könnte.

Holm setzte sich vorsichtshalber auf den einzigen Sessel und nicht auf die Couch, um ein eventuelles Näherkommen von vornherein auszuschließen. Wenn dann noch Alkohol ins Spiel käme, würde man schnell die Kontrolle verlieren.

Holm stellte sich vor, wie Sylvia heimlich Schnaps in den Kaffee tat, um ihn gefügig zu machen. Deshalb vielleicht auch ihre merkwürdige Vorfreude. Sie freute sich schon auf den Moment, wenn Holm seine Reserviertheit aufgab und handgreiflich wurde. Sie konnte jedoch nicht ahnen, dass Holm derlei Praktiken bereits aus dem Fernsehen kannte. Immer wieder hatte es bei Aktenzeichen XY ungelöst Fälle gegeben, wo dem Opfer vorher Alkohol eingeflößt worden war, um ihm hinterher die Kreditkarte zu entwenden.

Neben sich bemerkte er plötzlich Rolf, der ihn unentwegt anstarrte und dabei seltsame Brummgeräusche von sich gab, als wollte er Holm irgendetwas sagen. Er war sich nicht sicher, ob es ein freundliches oder verärgertes Brummen war. Dies konnte man ja bei Hunden schwer unterscheiden. Dabei hatte sich Holm nichts zuschulden kommen lassen. Er war von Sylvia ausdrücklich gebeten worden, sich zu setzen, und Holm hatte sich daraufhin auf den Sessel gesetzt und seither nichts anderes getan, als dazusitzen und nachzudenken. Das konnte von Seiten des Hundes unmöglich als Bedrohung empfunden werden. Aber vielleicht war es gerade dies stille Sitzen und Nachdenken, was Rolf annehmen ließ, hier ginge etwas nicht mit rechten Dingen zu. Doch was hätte er in seiner Lage denn anderes tun können? Mit dem Kopf wackeln oder den Armen schwingen?

Als Sylvia schließlich nach gefühlten drei Stunden mit der Kaffeekanne und dem Zitronenkuchen kam, sprach sie auch gleich ein Machtwort, zu Holms Verwunderung jedoch in die falsche Richtung.

Ach, da hast du dich hingesetzt, sagte sie zu Holm, und es war ihr anzusehen, dass sie mit seiner Wahl überhaupt nicht zufrieden war.

Eigentlich ist das ja Rolfs Platz, belehrte sie ihn mit leicht vorwurfsvollem Unterton.

Als Rolf seinen Namen hörte, fing er an zu wedeln und sprang hechelnd an Holms Beinen hoch. Um zu verhindern, dass er gleich noch auf seinen Schoß sprang und das Gesicht ableckte, gab Holm seinen sicheren Platz widerwillig auf und wechselte auf die Couch, quasi direkt an die Front. Denn obgleich er am äußersten Rand saß und sich so klein gemacht hatte, wie es im Rahmen einer gemütlichen Kaffeerunde eben noch vertretbar war, befand sich Holms Kniespitze in bedenklicher Nähe zu Sylvias Schenkel. Ein unkontrolliertes Lachen, und es käme zu einer Kollision.

Ich hoffe, du magst Zitronenkuchen, sagte Sylvia. Sie wirkte trotz der Nähe ziemlich entspannt. Hatte sie bereits Alkohol getrunken?

Holm hielt seine Knie fest zusammen und nickte.

Milch und Zucker?, fragte sie.

Schwarz, antwortete Holm. Er wollte sich später nicht erpressbar machen.

Mein früherer Mann hat immer viel Milch und Zucker genommen. Ich sage dir: E-k-e-l-h-a-f-t! Dabei verzog sie angewidert das Gesicht und schüttelte sich.

Ob es für eine Beziehung günstiger war, wenn man seinen Kaffee schwarz trank, konnte Holm zum jetzigen Zeitpunkt noch nicht beurteilen. Was er jedoch sagen konnte, war, dass die Worte Fertigmischung oder Supermarkt bisher nicht gefallen waren.

Rolf hatte sich derweil auf dem Sessel eingerollt und schlief. Aber das war Holm nun auch wieder nicht recht. Er hatte auf einmal das Gefühl, mit Sylvia ganz allein zu sein, und was da alles passieren konnte, wollte er sich lieber gar nicht erst ausmalen.

Ich glaube, er mag dich, sagte Sylvia, die Holms ängstliche Blicke offensichtlich bemerkt hatte, er würde nicht so ruhig schlafen, wenn du ihm unsympathisch wärst.

Dass man seine Sympathie auch durch Schlafen zeigen konnte, war neu für Holm. Er griff rasch zur Tasse und nahm einen großen Schluck, als hätte er einen Frosch im Hals.

Sylvia schnitt den Kuchen an und legte ein besonders großes Stück auf seinen Teller. Vielleicht hatte sie ja den Schnaps in den Kuchen gemischt.

Du isst doch Zitronenkuchen, oder?, wiederholte Sylvia, als wollte sie sicherstellen, dass ihre Methode auch funktionierte. Sie dagegen genehmigte sich lediglich ein kleines Stück. Vermutlich wollte sie einen klaren Kopf bewahren.

Nicht regelmäßig, sagte er vage. Er wollte es ihr nicht zu einfach machen und gleich sämtliche Vorlieben preisgeben.

Ich auch nicht, gab sie offen zu. Aber heute musste es einfach sein.

Nun müssten die Worte Fertigmischung oder Supermarkt eigentlich fallen, dachte Holm. Und weshalb es ausgerechnet heute Zitronenkuchen sein musste, war auch noch nicht vollständig geklärt. Ob sie zum Beispiel Kontakte zu seiner Tante unterhielt, die zu solchen Anlässen auch gerne Zitronenkuchen servierte, musste er erst noch herausfinden.

Vorsichtig nahm er einen Bissen in den Mund und schmatzte prüfend wie ein alter Zitronenkuchenkenner darauf herum. Sollte tatsächlich Alkohol darin enthalten sein, war er dank des starken Zitrusgeschmacks selbst für den erfahrenen Kuchenkenner nicht mehr herauszuschmecken. War es das, was sie damit meinte, heute müsse es einfach sein?

Dir schmeckt's, was?, rief Sylvia, die Holms kennerisches Kauen wahrscheinlich für den Ausdruck höchsten Wohlgefallens hielt.

Holm hatte nicht bemerkt, dass er beobachtet worden war. Er war es einfach nicht mehr gewohnt, in fremder Gesellschaft zu essen. Viel zu lange hatte er bei seinen Eltern und der Tante weitgehend unkontrolliert ein Essverhalten kultivieren können, das auf andere befremdlich erscheinen musste.

Tatsächlich schmeckte ihm der Kuchen erstaunlich gut, und wenn er nicht todsicher gewusst hätte, dass es sich um eine Fertigmischung handelte, hätte er vermutet, Sylvia habe ihn selber gebacken.

Das gab ihm ein wenig zu denken. Bislang hatte er nämlich angenommen, dass einzig seine Mutter, und mit leichten Abstrichen auch seine Tante, einen Kuchen backen konnten, der ihm schmeckte. Und nun aß er eine Fertigmischung und war begeistert.

Du wolltest mir doch von deiner Arbeit erzählen, sagte Sylvia. Sie hatte ihren Teller mit dem halb aufgegessenen Kuchen zurück auf den Tisch gestellt, als würde sie die Portion nur dann ganz aufessen, wenn Holm sich über seine Arbeit geäußert hatte. Holm wollte jedoch nur ungern darüber berichten, und erpressen lassen wollte er sich schon gar nicht. Seinetwegen brauchte sie den Kuchen auch gar nicht aufzuessen, deshalb würde er jedenfalls keine unruhige Nacht verbringen.

Er aß ruhig sein Stück Kuchen zu Ende, ohne auf die Frage zu antworten.

Du betreust alte Menschen, habe ich das richtig verstanden?, fuhr Sylvia, durch Holms merkwürdiges Verhalten keineswegs abgeschreckt, unbeirrt fort, als wäre ihr so etwas von ihrer Tochter bestens vertraut.

Musst du sie denn auch waschen und anziehen? Sie schlug die Beine übereinander und lächelte vielsagend.

Holm war gleich klar, dass sie sich nicht für die alten Leute interessierte. Sylvia versuchte herauszufinden, ob er prinzipiell in der Lage war, Menschen zu waschen und anzuziehen. Denn wer einmal angezogen war, der wollte irgendwann auch wieder ausgezogen werden. Und da machte sich Sylvia wohl gewisse Hoffnungen.

Aber Holm musste sie leider enttäuschen. Erstens hatte er keine fachliche Ausbildung, die ihm das Waschen und Anziehen fremder Personen männlichen wie weiblichen Geschlechts erlaubte, und zweitens war seine Hauptaufgabe die seelische und nicht die körperliche Betreuung seiner Klienten.

Ich darf sie gar nicht waschen und anziehen!, rief Holm mit vollem Mund aus, um die Dringlichkeit seiner Aussage zu betonen.

Sylvia wirkte ein wenig zerknirscht. Und was machst du dann die ganze Zeit mit ihnen?

Ich rede, antwortete Holm.

Du redest?, fragte sie, als könnte sie sich das bei ihm nur schwer vorstellen.

Und ich frage auch, ergänzte er, damit es nicht völlig unrealistisch wirkte.

Was redet man denn so mit diesen Leuten? Sylvia nahm das Kuchenmesser und zeigte drohend in seine Richtung. Noch ein Stück Kuchen?

Holm überlegte, ob er die Fragen der Reihe nach beantworten sollte, entschied sich dann aber dagegen, damit sie das Messer nicht unnötig lange auf ihn gerichtet hielt.

Er nickte. Und während sie ihm ein weiteres, fast ebenso großes Stück servierte, fragte er sich, ob man mit alten Leuten anders reden musste als mit jungen Leuten. Wenn es tatsächlich so war, dann stellte sich natürlich wiederum die Frage, ob es auch zwischen den Geschlechtern unterschiedliche Sprachen gab. Lagen Holms Probleme mit dem anderen Geschlecht womöglich darin begründet, dass er wie eine Frau redete, weil er im Wesentlichen von seiner Mutter und Tante Hede erzogen worden war? Fühlte sich Sylvia am Ende hauptsächlich von seiner weiblichen Art angezogen? Jetzt verstand er auch, weshalb ihn Rolf so freundlich begrüßt hatte: In seinen Augen war Holm keinerlei Konkurrenz für ihn.

Eigentlich unterhält man sich über das Gleiche wie wir auch, erklärte Holm schließlich und ging das zweite Stück Kuchen an.

Na, hoffentlich siehst du mich nicht als Arbeit an, sagte Sylvia und wippte so schwungvoll mit ihrem Bein, dass ihr Fuß beinahe Holms Knie berührte, was er durch eine schnelle Drehung gerade noch zu verhindern wusste.

Nein, nein, antwortete Holm ernst, solange ich nicht dafür bezahlt werde.

Sylvia lachte laut auf, was er ein wenig deplatziert fand, und genehmigte sich ebenfalls ein Stück. Nach und nach verschwand der Kuchen, ohne dass ein Wort über seine Herkunft gefallen wäre.

So leicht wollte er Sylvia aber nicht davonkommen lassen.

Kann man davon eigentlich leben?, fragte Sylvia plötzlich und sah ihm prüfend in die Augen.

Holm, der gerade ein ausgesprochen kleines Stück Zitronenkuchen aufgespießt hatte, blickte auf seine Gabel. Für mich reicht es, gab er sich betont bescheiden.

Erst Sekunden später ahnte er, dass sich ihre Frage vermutlich nicht auf den Kuchen bezogen hatte. Sylvia wollte wissen, wie viel er verdiente, ehe sie sich endgültig für ihn entschied. Plante sie etwa schon den Abschied vom Berufsleben, um endlich ganz zuhause bleiben und sich der Kindererziehung widmen zu können?

Für diese Lösung stand Holm allerdings nicht zur Verfügung.

Sylvia sah nachdenklich auf ihren Teller.

Ich finde es wichtig, dass jeder sein eigenes Geld verdient, sagte sie. Abhängigkeit ist keine gute Grundlage für eine Beziehung, findest du nicht auch?

Ja, ja, sagte Holm. Er nahm rasch ein großes Stück Kuchen in den Mund und kaute demonstrativ darauf herum, um das Gespräch wieder aufs Kuchenthema zu lenken.

Nachdem Sylvia aber eine Zeitlang in eine andere Richtung gesehen und Holm quasi ins Leere hatte kauen lassen, musste er deutlicher werden.

Gehst du eigentlich oft in den Supermarkt?

Sylvia sah ihn verblüfft an.

Natürlich, wieso fragst du?

Holm stopfte sich ein neues, sehr viel größeres Stück in den Mund, sodass an eine klare Antwort gegenwärtig gar nicht zu denken war.

Bolle, kam es dumpf röhrend aus seinem Mund.

Bolle?, fragte Sylvia. Es war ihr anzusehen, dass sie ihm nicht hundertprozentig zu folgen vermochte.

Holm würgte am Zitronenkuchen, und es war nicht mehr ausgeschlossen, dass er daran erstickte, ehe Sylvia den Hinweis verstand. Es dauerte gefühlte zwanzig Minuten, bis Holm den Kuchen so weit zerkleinert hatte, dass er wieder einen ganzen Satz sagen konnte.

Du kennst doch sicher Bolle?

Aber entweder konnte Sylvia seine Andeutungen nicht verstehen oder sie wollte es nicht, jedenfalls nahm sie in aller Ruhe einen Schluck Kaffee und wechselte danach einfach das Thema, als würde sie Fragen unter einem bestimmten Niveau grundsätzlich nicht beantworten.

Ob er denn eigentlich auch Sport treibe, wollte sie von ihm wissen.

Ja, Holm hatte richtig gehört. Sylvia hatte ihn wortwörtlich gefragt, ob er Sport treibe. Nicht von Sport machen oder etwas unternehmen war die Rede gewesen, nein, es hatte ausdrücklich treiben geheißen, was Holm durchaus nicht unproblematisch fand. Er befürchtete sogar, dass Sport gar nicht das Hauptthema war und nur stellvertretend für allgemeine körperliche Beweglichkeit stand. Mit anderen Worten: Sylvia wollte in erster Linie wissen, ob er es gerne treibe.

Weil Holm allerdings nicht auf den Kopf gefallen war und den eigentlichen Sinn ihrer Frage relativ schnell erfasst hatte, reagierte er mit einem vehementen, fast schon empörten Kopfschütteln. Und um nicht die geringsten Zweifel an seiner ablehnenden Haltung aufkommen zu lassen, fügte er sicherheitshalber noch hinzu, dass er sich prinzipiell nur sehr ungern bewege und am liebsten sogar den ganzen Tag auf der Couch verbringen würde. Leider hatte er jedoch offengelassen, auf welcher Couch. Denn anstatt enttäuscht zu sein, dass ein gemeinsames Sport- oder sonstiges Treiben aller Wahrscheinlichkeit nach nicht infrage kam, erklärte Sylvia überraschend, dass sie im Grunde auch eine Couch-Potato sei. Ohne mit der Wimper zu zucken, teilte sie ihm mit, dass er in Zukunft einen Teil des Tages, hier war wohl hauptsächlich der Abend gemeint, gerne auch auf dieser Couch verbringen könne. Dabei lächelte sie Holm so vielsagend an, dass ihm vor lauter Möglichkeiten der Kopf zu schwirren begann. Suchte Sylvia am Ende nur einen geeigneten Partner fürs gemeinsame Sitzen auf ihrer Couch?

In diesem Augenblick kam glücklicherweise Zarah ins Wohnzimmer und setzte sich, einen Plastiksaurier in der Hand, zwischen Holm und Sylvia auf die Couch. Doch seine Dankbarkeit, auf Sylvias Vorschlag nicht reagieren zu müssen, währte nur kurz, denn Zarah hatte sich derart dicht neben Holm gesetzt, dass sich ihre Schenkel unweigerlich berührten. Erschrocken über diese intime Berührung, versuchte Holm rasch an etwas anderes zu denken. Zwar fand er das kleine Mädchen nicht unsympathisch, aber bereits die kleinste körperliche Kollision bereitete ihm Unbehagen.

Während Holm kerzengerade dasaß und krampfhaft nach unverdächtigen Themen suchte, fiel ihm plötzlich der blaue Hut einer alten Frau ein, die er wenige Tage zuvor beim Einkaufen gesehen hatte. Und dieser Hut wollte ihm jetzt gar nicht wieder aus dem Kopf gehen, obwohl ihm weder Hüte noch die Farbe Blau irgendetwas bedeuteten. Nicht mal an das Gesicht der Frau konnte er sich noch erinnern, dafür hätte er den Hut bis ins kleinste Detail nachzeichnen können. Seit einigen Monaten passierte es ihm öfter, dass er sich haarscharf an vollkommen unwichtige Details erinnerte, während Wesentliches häufig nur schemenhaft oder gar nicht in Erinnerung blieb. Holm glaubte, dass diese Entwicklung etwas mit seinem Alter zu tun haben musste, als sollte verhindert werden, dass er Zusammenhänge erkannte. Anstatt sein Leben Revue passieren zu lassen, würde er sich am Ende nur noch an Hüte, Autoreifen und Fliegenklatschen erinnern.

Ist es nicht seltsam, sagte Sylvia auf einmal, Holm aus seinen Hutgedanken reißend, dass sich ein Mädchen für Dinosaurier interessiert?

Holm blickte sie verständnislos an. Er konnte nichts Seltsames daran finden, denn irgendwer musste sich schließlich für Dinosaurier interessieren.

Kein Grund zur Beunruhigung, beschwichtigte Holm, ich habe vorhin auch eine Puppe in ihrem Zimmer gesehen. Und weil er gerade dabei war, sich auf die Seite von Zarah zu schlagen, was er leider zu spät bemerkte, wandte sich Holm, er war jetzt praktisch nicht mehr zu stoppen, mit einem anteilnehmenden Lächeln an Zarah.

Wer hat den Kampf eigentlich gewonnen?, fragte er höflich.

Daraufhin rollte Zarah mit den Augen und erklärte in einem genervten, vorwurfsvollen Ton: Bist du blöd, Mann. Das war doch nur ein Spiel!, worauf Sylvia, sich wiederum auf Holms

Seite schlagend, ihre Tochter scharf zurechtwies, dass sie so etwas gefälligst nicht noch einmal aus ihrem Mund hören wollte, was Holm wiederum veranlasste, sich mit voller Wucht gegen den Kopf zu schlagen und laut »Mein Gott, ich bin ja wirklich blöd!« auszurufen, worauf ihn Zarah neugierig ansah und fragte, ob er Dinosaurier auch so gerne möge und Lust habe, in ihrem Zimmer eine Saurierschlacht nachzuspielen.

Holm war bereits kurz davor, seine grundsätzliche Abneigung gegen Kinder über Bord zu werfen und Zarah spontan zuzusagen, nur um nicht noch tiefer in eine allzu gemütliche Stimmung hineinzugeraten, als Sylvia sie ein weiteres Mal ungewöhnlich heftig zusammenstauchte, und sich jetzt auch Holm irgendwie persönlich getroffen fühlte. Deshalb versuchte er, die Lage zu entspannen, indem er vorschlug, dass Zarah ihre Schlacht doch gleich hier nachspielen könne.

Na, ihr versteht euch wenigstens, wie?, sagte Sylvia ein wenig pikiert, aber schon deutlich freundlicher. Es blieb unklar, was sie mit »wenigstens« meinte.

Ich kann hier doch keine Schlacht spielen, rief Zarah verzweifelt zu Holm aufblickend, wenn ich nur einen Saurier habe!

Dies war ohne Frage richtig erkannt. Aber Holm konnte sich ja auch keinen Saurier aus den Rippen schneiden. Um zu retten, was noch zu retten war, schlug er Zarah ein neues Spiel vor.

Warum nimmst du nicht deine Knie und spielst: Saurier versucht zu entkommen, sieht sich aber einer ausweglosen Situation gegenüber und stürzt sich in den Abgrund, damit er von seinen Feinden nicht gefressen wird.

Zarah blickte Holm ratlos an und wandte sich dann ihrer Mutter zu.

Was ist entkommen und ausweglose Situation?, fragte sie.

Sylvia versuchte ein Lachen zu unterdrücken.

Wenn du wegwillst, aber nicht kannst, weil dich irgendetwas zurückhält.

Und dann plötzlich zu Holm: Haben Saurier überhaupt

Feinde?, fragte sie mit einem spöttischen Unterton, der Holm zwar nicht entging, den er allerdings auch nicht zu deuten wusste.

Er zuckte mit den Schultern. Holm interessierte sich nicht für Tiere, die seit mehreren Millionen Jahren tot waren, weil sie zu große Körper und zu kleine Köpfe hatten.

Zarah hatte Holms Vorschlag inzwischen aufgegriffen und spielte mit dem langhalsigen Saurier die ausweglose Situation auf ihren Knien nach. Der Saurier hüpfte vor bis zum Knie, blickte mit weit aufgerissenen Augen in den Abgrund, wollte sich umwenden und zurückhüpfen, sah dann jedoch entsetzt das Herannahen des Feindes, warf noch einmal einen Blick in die Tiefe, die seinen sicheren Tod bedeutete, sollte er sich tatsächlich hinabstürzen, entschied sich dann aber dagegen und sprang stattdessen, zu Holms Erstaunen, mit einem Satz hinüber aufs andere Knie und hüpfte dort sicher wieder zurück.

Gerettet!, rief Zarah stolz und wiederholte die Szene noch einmal auf dem anderen Knie.

Es gibt eben immer eine Möglichkeit, sagte Sylvia und blickte schmunzelnd zu Holm.

Ja, ja, erklärte er, man muss sich ja nicht gleich hinunterstürzen.

Während Zarah immer neue Kurzdramen auf ihren Knien erfand, beobachtete Holm sie. Insgeheim ärgerte er sich, dass er selbst nicht das geringste Bedürfnis verspürte, zu spielen. Der Versuch, seine alte Leidenschaft für Matchboxautos wieder zu beleben, war vor drei Jahren an seinem völligen Desinteresse gescheitert. Es war ihm einfach nicht mehr möglich gewesen, mit kleinen Autos ernsthaft über den Teppich zu rollen.

Und dann machte Holm einen weiteren schweren Fehler, der allein seinem Ärger über ihr selbstloses Spielen geschuldet war.

Warst du eigentlich schon mal im Naturkundemuseum?, fragte er Zarah. Holm hatte in der Zeitung über die Wiedereröffnung des frisch renovierten Museums gelesen und dass dort das größte Saurierskelett weltweit zu bestaunen war.

Zarah schüttelte sofort den Kopf, ohne ihn dabei anzusehen.

Auf so eine Frage schien Sylvia indes nur gewartet zu haben.

Das ist eine tolle Idee, intonierte sie begeistert, zunächst zu Zarah und schließlich zu Holm gewandt: Da können wir doch alle gemeinsam hingehen, nächstes Wochenende zum Beispiel. Wollen wir da zusammen mit Herrn Holm hingehen?, fragte sie, ihren Blick erneut auf Zarah gerichtet, die die Aussicht, ein richtiges Saurierskelett zu sehen zu kriegen, offenbar noch gar nicht realisiert hatte.

Weshalb ihn Sylvia vor ihrer Tochter mit »Herr Holm« anredete, war allerdings schwer zu verstehen. Wollte sie sicherstellen, dass Zarah ihn als richtigen Mann wahrnahm?

Einen Augenblick hoffte Holm, dass Zarah auch weiterhin nichts kapierte. Doch plötzlich erkannte sie die wahre Tragweite dieses Vorschlags. Einen Ausflug plus Saurierskelett! Womöglich gab es noch ein Eis dazu. Sie sprang auf und umarmte ihre Mutter, was Holm nun ebenfalls veranlasste, aufzuspringen, jedoch nicht, um ihre Mutter zu umarmen, sondern vor dieser ausweglosen Situation auf die Toilette zu entkommen, ehe er noch mehr Sachen sagte, die er später bereute. Vielleicht konnte man sich dort in die Kloschüssel stürzen.

Ich muss mal kurz austreten, sagte er etwas hilflos.

Die hintere Tür rechts!, befahl Sylvia, als Holm versehentlich Richtung Ausgang strebte.

In der Toilette stand Holm eine Weile bewegungslos vor dem Alibert-Schrank und sah in den Spiegel. Am liebsten würde er die Toilette nie wieder verlassen. Stumm auf der Kloschüssel sitzend das Ende abwarten. Der Gedanke begeisterte ihn wider Erwarten so, dass er im Kopf begann, das Badezimmer nach seinen Vorstellungen einzurichten. Die Wanne als Bett umfunktioniert, einige Bilder an die Wand und einen Teppich hingelegt, und schon hätte man eine eigene, kleine Wohnung. Im Grunde sehnte sich Holm nämlich nach einem überschaubaren Raum, in dem er seine Persönlichkeit ungehindert entfalten konnte.

Nach einer Klosterzelle, die ihn vor den Ansprüchen der Welt beschützte.

Während er dastand und überlegte, ob sich seine Persönlichkeit womöglich nur in Waschräumen voll entfaltete, fiel sein Blick auf eine Ablage neben dem Alibert. Dort lag die glücklicherweise noch verpackte Zahnbürste aus dem Supermarkt. Vielleicht hatte Sylvia den Verlauf des Nachmittags noch abwarten wollen, ehe sie sie auspackte und in einen Becher neben die anderen stellte. Holm schöpfte wieder ein wenig Hoffnung. Denn offensichtlich war sich auch Sylvia nicht sicher, ob Holm der Mann mit einer eigenen Zahnbürste in ihrem Badezimmer war. Allerdings hatte sich die Lage inzwischen deutlich verändert. Nach Rolfs eindeutigen Sympathiebekundungen und seit ihn Zarah aufgefordert hatte, in ihrem Zimmer zu spielen, war der Zahnbürsteneinsatz nicht mehr völlig ausgeschlossen.

Auf einmal hatte Holm eine grandiose Idee. Ich stecke die Bürste einfach ein, dachte er. Denn ohne eigene Zahnbürste könnte ihn Sylvia nicht zwingen, die Nacht über hierzubleiben.

Holm: »Ja, gibt es denn keine Zahnbürste für mich?«

Sylvia: »Ich dachte, ich hätte eine gekauft!«

Holm: »Dann muss ich leider auf eine Übernachtung verzichten.«

Er steckte die Bürste kurzerhand in die Brusttasche seines Hemds, klapperte mit dem Klodeckel, drückte die Spülung und verließ nach einer Übergangszeit das Bad.

Im Wohnzimmer zündete Sylvia gerade mehrere Kerzen an, obwohl sie die Lichtverhältnisse noch keineswegs dazu zwangen.

Du willst doch nicht etwa schon gehen?, fragte Sylvia sichtlich besorgt, als sie Holm an der Wohnzimmertür bemerkte.

Morgen ist ein anstrengender Tag, erklärte Holm tief durchatmend, als würde er die Anstrengung bereits spüren.

Zarah geht auch gleich ins Bett, versuchte sie ihn zu ködern, für Holm ein weiterer Grund, die Wohnung schnell zu verlassen.

In diesem Moment entdeckte sie die Zahnbürste in seiner Brusttasche.

Was willst du denn mit der Zahnbürste?, fragte sie leicht verunsichert. Es war nicht ganz klar, ob sie erkannt hatte, dass es sich um ihre handelte.

Holm ärgerte sich, dass er sie nicht in seine Hosentasche gesteckt hatte. Nun hieß es sachlich bleiben.

Ich habe immer eine dabei, sagte er, für Notfälle.

Für Notfälle? Sylvia tat im ersten Augenblick schockiert, wirkte dann aber nicht gänzlich pikiert.

So schnell, erklärte sie schließlich mit einem süffisanten Lächeln, geht es bei mir nun auch wieder nicht!

8

Einmal mehr musste Holm zugeben, dass er die Kontrolle verloren hatte. Nicht er bestimmte, wohin seine Lebensreise ging, sondern ganz offenbar eine Frau, die Kuchen aus Fertigmischungen backte, sowie ein sechsjähriges Mädchen, das mit Dinosauriern spielte. Und dass seine Reise am kommenden Wochenende durchs Naturkundemuseum führen sollte, bedrohte sein inneres Gleichgewicht schon jetzt.

Als er am Montagvormittag im Institut erschien, herrschte lautes Frauengelächter in dem kleinen Raum. Alle Mitarbeiterinnen waren um den Tisch versammelt. Sandra, Heike, Jolanda und Moni saßen bei Sekt und Nüssen und schienen sich prächtig zu unterhalten. Sie waren so sehr mit sich selber beschäftigt, dass sie Holm zunächst gar nicht bemerkten. Und da Holm keine Möglichkeit sah, auf sich aufmerksam zu machen oder etwas zum Gespräch beizutragen, einfach zu winken wäre ihm etwas simpel vorgekommen, blieb er im Türrahmen stehen und musste zwangsläufig zuhören. Aber was er da zu hören bekam, trieb ihm sehr bald die Schamesröte ins Gesicht. Denn diese Gespräche waren zweifellos nicht für männliche Ohren gedacht. Von Liebhabern war die Rede und ob ältere Männer besser seien als jüngere. Wenn er nicht gleich irgendetwas unternahm, würde er noch Zeuge von intimen Geständnissen werden, die ihn womöglich den Rest seines Lebens belasteten.

Ich habe eigentlich immer nur deutlich ältere Männer gehabt, sagte Jolanda, eine magere Frau mit strohigen blonden Haaren und kantigen Gesichtszügen, mit der Holm bislang immer nur einen flüchtigen Gruß ausgetauscht hatte.

Ich weiß echt nicht, warf Heike aufgebracht ein, was dieses ganze Gerede über ältere Männer soll. So toll sind die nun auch nicht!

Wo sie Recht hat, hat sie Recht, pflichtete Sandra ihr bei. Diese Typen kannst du einfach nicht mehr richtig formen. Die sind in allem so eingefahren, dass es eigentlich nur zwei Möglichkeiten gibt: unterwerfen oder kämpfen.

Willst du etwa damit sagen, empörte sich Jolanda, dass ich mich unterworfen habe?

Das hast du gesagt, sagte Sandra.

Aber du hast es so gemeint, schoss Jolanda zurück.

Ich sage nur Dieter, stichelte Sandra und nippte genüsslich an ihrem Sektglas.

Das finde ich echt nicht okay von dir, erklärte Jolanda beleidigt.

Was ist mit Dieter?, fragte Moni neugierig.

Ja!, forderte Heike. Was ist denn nun mit Dieter?

Alle blickten gespannt zu Jolanda, der die Geschichte offensichtlich unangenehm war. Sie steckte sich zwei Nüsse in den Mund, um Zeit zu gewinnen und sich innerlich in Position zu bringen.

Auch Holm war neugierig geworden und bemühte sich angestrengt, nicht aufzufallen, damit ihn die Frauen nicht in diesem entscheidenden Moment entdeckten. Er hätte keine ruhige Minute mehr gehabt, wenn er die Antwort, was mit Dieter denn wirklich war, nicht mehr erfahren würde.

Als Jolanda die Nüsse endlich runterschluckte, musste Holm unwillkürlich auch schlucken.

Das war was völlig anderes, sagte sie schließlich und griff nun ebenfalls zum Sektglas.

Diese sehr vage Antwort enttäuschte Holm, er hätte es schon gerne etwas konkreter gehabt.

Dann habe ich also Recht, beharrte Sandra und warf sich gleich mehrere Nüsse auf einmal in den Mund.

Von Liebe hast du anscheinend nicht die geringste Ahnung, verteidigte sich Jolanda. Sie nahm eine ganze Handvoll Nüsse, als wollte sie Sandra wenigstens auf diesem Gebiet übertrumpfen.

Das nennst du Liebe, sagte Sandra mit vollem Mund, wenn du mit Dieters Ex und ihren gemeinsamen Kindern zusammen in den Urlaub fahren musst?

Na und, gab sich Jolanda trotzig, auch Holm machte ein bockiges Gesicht, wir haben ja nicht alle im gleichen Zimmer geschlafen.

Er nickte.

Das wär ja auch noch schöner, ha!, rief Sandra kopfschüttelnd und blickte empört in die Runde.

Solange das nicht zur Gewohnheit wird, versuchte Moni in ihrer Position als Gruppenleiterin die beiden Streithennen zu beschwichtigen, warum nicht? Ich finde das sehr tolerant.

Holm war ein wenig verunsichert.

Nicht zur Gewohnheit wird?, fragte Sandra erstaunt. Die sind ständig alle zusammen an die Ostsee gefahren. Stimmt's oder stimmt's nicht?

Alle sahen gebannt Jolanda an, die reglos auf den Tisch starrte, als würde ihr erst jetzt das ganze Ausmaß ihrer Beziehung zu Dieter bewusst werden.

Schließlich zuckte sie hilflos mit den Schultern.

Wer liebt, muss eben auch leiden, finde ich.

Holm empfand auf einmal spontane Sympathie für Jolanda, obwohl er sich nicht recht vorstellen konnte, wie man unter einem positiven Gefühl überhaupt leiden konnte. Holm hatte nie unter seiner Begeisterung für Reinhard Mey gelitten. Er hatte sich manchmal zwar geärgert, etwa wenn er eine bestimmte Schallplatte nicht bekam und sie ihm deshalb in seiner Sammlung fehlte. Aber wirklich gelitten hatte er darunter eigentlich nicht. Ohnehin konnte er sich nicht erinnern, jemals richtig gelitten zu haben. Und irgendwie ahnte er, dass dies ein Grund dafür war, dass ihm das Leben immer ein bisschen fremd geblieben war. Wenn es jedoch stimmte, dass man leiden musste, wenn man liebte, hieß das umgekehrt nicht auch, dass Holm in seinem bisherigen Leben noch nie wirklich geliebt hatte? Und was war mit Verliebtsein? Gehörte das bereits zur Liebe oder war es nur eine Vorstufe, wie Hüsteln ein erstes Anzeichen für eine Erkältung war? War er nicht schon in alles Mögliche verliebt gewesen, in eine Krankenschwester aus der »Schwarzwaldklinik« oder in den Anblick des beleuchteten Funkturms bei Nacht? Hatte er das Hüsteln womöglich schon für die Erkältung gehalten?

Manchmal kann man es sich eben nicht aussuchen, fügte Moni hinzu und blickte streng in die Runde.

Alle nickten, als hätte sie eine unumstößliche Wahrheit gesagt. Nur Sandra schien entschlossen und wollte sich nicht damit abfinden.

Wozu brauchen wir eigentlich überhaupt Männer?, fragte sie kämpferisch. Die Frauen wirkten überrascht. Diese Frage hatten sie sich noch nie gestellt.

Holm stockte der Atem. Spätestens jetzt musste er die Entscheidung treffen, wie lange er noch unbemerkt in der Tür stehen wollte. Entweder er griff in die Unterhaltung ein, um jede weitere Diskussion im Keim zu ersticken, oder er zog sich leise zurück. Denn er war sich nicht sicher, wie die Frauen darauf reagieren würden. Er selbst hatte sich nämlich auch schon manches Mal gefragt, weshalb er auf der Welt war. Hatte er irgendetwas geleistet, an das man sich später dankbar erinnern würde? War die Menschheit einen wesentlichen Schritt vorangekommen, weil ein gewisser Felix Holm mitgemischt hatte? Die Antwort war zu diesem Zeitpunkt leider ein klares Nein. Nichts wäre anders gewesen, wenn Holm das Licht der Welt nie erblickt hätte. Auch wenn es in diesem Fall die wahrscheinlich umfassendste Reinhard-Mey-Plattensammlung nicht gegeben hätte, so musste er ehrlich zugeben, dass die Menschheit diese Sammlung nicht wirklich benötigte. Ganz zu schweigen von seinem Beitrag als Mann. Gab es zwingende Gründe, dass er unbedingt ein Mann sein musste? Hätte es nicht genauso gut eine Felice Holm getan? Seit eine Bundeskanzlerin an der Spitze der Regierung stand, mehrten sich die Anzeichen, dass Frauen noch weitere Männerdomänen besetzten. Und es war ohnehin abzusehen, dass der Mann in naher Zukunft nur noch in Randbereichen der Arbeitswelt eingesetzt wurde, wo er weitgehend verantwortungsfrei niederen Tätigkeiten nachzugehen hatte. Holm konnte dankbar sein, dass er wenigstens auf einem Gebiet so schnell keine Konkurrenz befürchten musste. Denn dass eine Frau in nächster Zeit eine ähnlich vollständige Reinhard-Mey-Plattensammlung aufbauen würde, war nicht sehr wahrscheinlich.

Ich hätte da schon so einige Ideen, wozu wir Männer gebrauchen könnten, sagte Moni schmunzelnd.

Zum Beispiel?, fragte Sandra skeptisch.

Moni sah mit bedenklich stimmendem Optimismus in die Runde.

Zum Beispiel als Samenspender!

In diesem Moment schlug ein Windstoß die Eingangstür zu, und alle Blicke richteten sich auf Holm.

Wie lange stehst du denn schon hier?, fragte Moni, die nun nachträglich rot im Gesicht wurde.

Ich wollte nur schnell die Adresse von Günter Netzer wissen, beeilte er sich, als wäre er eben erst hereingekommen, und sah sich gehetzt im Raum um.

Aber die Frauen, durch den Alkohol gefährlich enthemmt, dachten gar nicht daran, Holms Frage zu beantworten. Stattdessen musterten sie ihn von oben bis unten, als prüften sie bereits seine Eignung als Samenspender. Dabei stießen sie sich immer wieder kichernd an und rollten groß mit den Augen, als hätten sie einen Mann wie Holm in ihrem ganzen Leben noch nicht gesehen. Einen Augenblick meinte er, er habe vergessen, seine Hose zuzumachen, und prüfte den korrekten Sitz seines Gürtels, worauf die Frauen laut aufkreischend die Hände vors Gesicht schlugen, so als hätte er eine unanständige Geste gemacht. Egal, was man tut, dachte er, sie werden lachen, und vermutlich sogar noch lauter. In ihren Augen würde alles unanständig sein, selbst wenn er einfach so stehen blieb, würde es irgendwie unanständig aussehen.

Und weil Holm plötzlich keine Lust mehr hatte, sich von beschwipsten Frauen weiter vorführen zu lassen, beschloss er, in die Offensive zu gehen und seinen weiblichen Mitarbeitern bei dieser Gelegenheit gleich mal seine Meinung zu sagen, und zwar aus männlicher Sicht. Erstens, erklärte er mit leicht zitternden Knien, während er versuchte, den Frauen nicht in die Augen zu sehen, wie in der Schule beim Aufsagen eines Gedichts kam er sich vor, erstens komme er unter gar keinen Umständen als Samenspender infrage, und er spreche hier nicht nur für sich, sondern auch für andere Männer seiner Generation, zweitens, Holm stockte einige Sekunden, als werde ihm gerade die ganze Verantwortung als Sprecher seiner Generation bewusst, zweitens könne er sich auch gut ohne Frauen beschäftigen, und drittens, wieder hielt er kurz inne, einen dritten Punkt hatte er nämlich gar nicht vorbereitet. Eigentlich stand bereits Punkt zwei auf recht wackeligen, argumentativen Beinen, er hatte ihn nur hinzugefügt, weil er erstens erstens gesagt hatte, und wer erstens sagte, musste irgendwann auch zweitens sagen, und zweitens hatte er die Vorstellung, dass nur ein einziger Punkt, so ehrlich und brutal dieser auch sein mochte, diese Frauenzusammenrottung nicht zur Räson bringen würde. Und da schon die zweite Aussage recht dünn und nach allgemeinen Vernunftkriterien im Grunde nicht nachvollziehbar war, drohte Punkt drei nun vollends in den Schwachsinn abzugleiten. Aber er musste jetzt so schnell wie möglich verschwinden, ganz gleichgültig, ob Holm sich damit lächerlich machte. Drittens, erklärte er und hob zu allem Überfluss auch noch den Finger, als käme gleich eine Drohung mit schwerwiegenden Konsequenzen für alle Beteiligten, und drittens, sagte er scharf, sollten sie sich bloß nicht zu früh freuen!

Zu Holms Erstaunen verstummte das Gelächter tatsächlich. Eine Zeitlang herrschte betroffenes Schweigen, bis Sandra, scheinbar allen Mut zusammennehmend, sich räusperte und meinte: Das hat mir noch kein Mann vorher so deutlich gesagt.

Daraufhin brachen die Frauen fast gleichzeitig in hysterisches Gekicher aus, und noch ehe Holm überhaupt reagieren konnte, hatten sie ihn zwischen sich auf einen Stuhl gezerrt und ihm ein bis oben hin gefülltes Sektglas in die Hand gedrückt.

Günter Netzer lebte in einem Seniorenwohnheim direkt an der Spree. »Zur schönen Aussicht« war auf einer grob geschnitzten Holztafel zu lesen, die zwischen zwei hochgewachsenen Blautannen stand. Es sah ein wenig so aus wie in einem Harzer Luftkurort. Alle Zimmer schienen zur Spreeseite zu liegen, und der Blick hinunter auf die Spree musste tatsächlich sehr erholsam sein. Einen Moment stellte sich Holm vor, wie er irgendwo dort oben in einem Zimmer saß und den ganzen Tag auf den Fluss schaute. Und plötzlich konnte es ihm mit dem Altern gar nicht mehr schnell genug gehen. Was für einen jungen Mann noch als verwerflich galt, nämlich still zu sitzen und die Welt zu beobachten, war für einen alten Mann die weithin akzeptierte Hauptbeschäftigung. Leider hatte Holm bis zu diesem Punkt noch gut dreißig Jahre zu überbrücken.

In der lobbyartigen Halle verflüchtigte sich die Harzer Luftkurortatmosphäre allerdings sofort wieder. Es roch nach Desinfektionsmittel, und der helle Linoleumboden und die voll verglaste Empfangskabine erinnerten mehr an ein Krankenhaus. In den Ecken standen Sitzmöbel mit pflegeleichtem Kunstlederbezug und niedrige Tische, auf denen Bücher und Zeitschriften lagen. Nur zwei große Perserteppiche deuteten an, dass die Menschen hier auch wohnten.

Kann ich Ihnen helfen?, fragte eine ältere Frau am Empfang. Sie trug eine weiße Schwesterntracht und hatte streng nach hinten gebundene Haare, die keinerlei Zweifel aufkommen ließen, wer hier das Sagen hatte.

Ich komme wegen Herrn Netzer, sagte Holm eine Spur zu laut und lehnte sich schwungvoll gegen den Empfangstresen, als wollte er die Frau von seinen harmlosen Absichten überzeugen. Er hatte ständig Angst, sich wegen seiner auffällig unauffälligen Art verdächtig zu machen.

Während die Frau mit dem Finger langsam über eine Besucherliste fuhr, befürchtete er plötzlich, aufgrund irgendeiner Jugendsünde abgewiesen zu werden. Dass er versehentlich einmal mit einem Ball eine Fensterscheibe eingeschlagen hatte und daraufhin unerkannt geflüchtet war, stand womöglich weltweit auf Listen vermerkt. Holm, F., wirft Scheiben ein, muss draußen bleiben! Deshalb traute er sich auch nicht, eine Flugreise zu buchen, weil er vermutlich schon bei der Gepäckaufgabe erkannt worden wäre.

Nach kurzer Zeit hielt ihr Finger inne, und die Frau blickte ihn prüfend an.

Holm stand der Schweiß auf der Stirn.

Sie sind der Herr von der Unterhaltungsagentur, hab ich Recht?

Holm nickte schwach. Allein wie sie das Wort »Unterhaltungsagentur« betont hatte, verhieß nichts Gutes. Er rechnete mit dem Schlimmsten. Sofortige Abweisung und Unterrichtung des Direktors. Endlich hatte man ihn.

Vierter Stock, Nummer siebzehn, sagte sie schließlich sehr sachlich. Der Fahrstuhl befindet sich geradeaus.

Damit war Holm durchgewunken und durfte die Halle betreten.

Erst am Fahrstuhl löste sich seine Anspannung. Er betrachtete die Bilder und Fotos an den Wänden. Grobe Tuschmalereien, auf denen immer das Gleiche zu erkennen war: ein Fluss umgeben von Häusern, mitunter ergänzt von Schiffen so groß wie Ozeandampfer. Unklar war, ob die Bilder von den Heimbewohnern stammten oder von ihren Enkeln. Auf Fotos waren die Mitarbeiter des Hauses abgebildet, meist Gruppenporträts, aber auch einzelne Mitarbeiter in Schwarzweiß, auch hier überwiegend Frauen. Gegenüber vom Fahrstuhl hing ein Pappschild: »Bewohner der Woche« stand dort in großen Buchstaben, darunter klemmte ein handgeschriebener Zettel mit dem jeweiligen Namen. Aktuell war eine Frau Sukowski Bewohnerin der Woche. Holm fragte sich, welche Leistung man wohl vollbringen musste, um in den Genuss dieser Auszeichnung zu gelangen. Vielleicht musste man Rätselaufgaben lösen oder besonders freundlich zum Personal sein. Der Bewohner der Woche bekam ein Marsriegel extra und durfte eine viertel Stunde länger spazieren gehen. Sollte Holm später einmal Bewohner der Woche werden, würde er Gäste in der Sitzecke empfangen und Fragen zu seiner Vergangenheit beantworten.

Zimmer siebzehn befand sich am Ende eines langen Ganges. Sechzehn Türen musste er passieren, und bei jeder Tür verstärkte sich der Eindruck, nicht in einem Seniorenheim, sondern in einem Gefängnis gelandet zu sein. Wenigstens gab es Klingeln und Namensschilder.

Als Holm die Klingel von G. Netzer drückte, passierte eine Weile gar nichts. Vielleicht war er vor wenigen Minuten in seinem Ohrensessel gestorben. Immerhin war er längst über achtzig, wie Holm aus den Unterlagen wusste, und da konnte man schon mal im Ohrensessel verscheiden. Auf einmal machte er sich Vorwürfe, dass er zu spät gekommen war. Womöglich hätte er noch etwas tun können. Zehn Minuten waren im Leben alter Menschen eine lange Zeit. Dabei hatte er gar keine Schuld. Wenn er nicht gezwungen worden wäre, im Institut ein Glas Sekt zu trinken, wäre Günter Netzer unter Umständen noch am Leben. Zu seinen Jugendsünden käme jetzt auch noch unterlassene Hilfeleistung. An Flugreisen brauchte er überhaupt nicht mehr zu denken.

In diesem Moment ging zwei Zimmer weiter die Tür auf und eine Frau in Bademantel und Hausschuhen kam vorsichtig tastend heraus. Die grauen Haare hingen ihr wirr um den Kopf, und als sie Holm sah, stoppte sie unvermittelt und blickte ihn wütend an.

Sie habe ich die ganze Zeit gesucht, krähte die Frau, dass es auf der gesamten Etage zu hören war.

Holm war entsetzt. Das auch noch, dachte er, obwohl ihn die Frau ja unmöglich kennen konnte.

Er machte ein unschuldiges Gesicht und nickte freundlich.

Nun tun Sie doch nicht so scheinheilig, Sie, Sie… Offenbar fiel ihr das Wort gerade nicht ein. Stattdessen streckte sie ihm den Finger entgegen, und mit dieser Bewegung kam ihr auch das Wort wieder in den Sinn. Sie Pornograph, Sie!

Holm zuckte innerlich ein wenig zusammen, ließ sich aber weiterhin nichts anmerken. Plötzlich war er sich nicht mehr so sicher, ob ihn die Frau nicht früher doch schon einmal gesehen hatte. Hatte sie Holm im Supermarkt dabei beobachtet, wie er sich heimlich Schmutzhefte ansah? Seit Jahren wollte sie Holm ihre Meinung sagen, hatte sich jedoch vor den anderen Kunden nicht getraut, weil das Ansehen von Schmutzheften leider nicht verboten war. Nun aber, im Schutz ihres hohen Alters und mit dem Seniorenwohnheim im Rücken, war der Moment endlich gekommen.

Holm durfte jetzt keinen Fehler machen und die Frau unnötig aufregen. Ein zweiter Todesfall in so kurzer Zeit würde zweifellos die Heimleitung auf ihn aufmerksam machen.

Ja, kommen Sie denn auch aus Rudow?, versuchte Holm das Gespräch auf eine eher sachliche Ebene zu lenken.

Rudi?, fragte die Frau. Sie wirkte schockiert.

Nein, nein, Rudow!, hielt Holm sofort dagegen.

Aber es war schon zu spät.

Ich kenne keinen Rudi, sagte sie unbeirrt, und dann mit einem giftigen Gesichtsausdruck: Werden Sie bloß nicht anzüglich, junger Mann, sonst lasse ich die Sitte rufen.

Die hatte Holm gerade noch gefehlt.

Ich meine nicht Rudi, sondern den Stadtteil Rudow, erklärte er zunehmend ungeduldiger.

Ich soll Rudi in einem Stadtteil kennen, sagte sie mehr zu sich selbst, worauf sie lange den Kopf schüttelte und fragend gegen die Wand starrte. Das Kopfschütteln schien ihr so zu gefallen, dass sie eine Weile einfach nur kopfschüttelnd dastand, als empfinde sie dabei ein ungewohntes Gefühl von Bewegung und Freiheit. Schließlich hörte sie abrupt auf und blickte stumm zu Holm, als sei ihr entfallen, wo sie stehengeblieben waren. Dann bemerkte sie neben sich ihren immer noch ausgestreckten Zeigefinger und erinnerte sich wieder.

Sie sollten sich schämen, fuhr sie mit ihrem Finger in der Luft herumfuchtelnd fort, einer ehrenwerten Dame einen Liebhaber zu unterstellen. Mein Mann wohnt in der Nummer siebzehn, der wird Ihnen schon Bescheid geben.

Günter Netzer?, fragte Holm einigermaßen irritiert über diese Neuigkeit.

In diesem Augenblick hörte er eine Stimme aus Zimmer siebzehn.

Die Tür ist auf!, rief eine kräftige Männerstimme.

Offenbar war er noch am Leben.

Günter Netzer? Die Frau konnte es kaum fassen. Da wohnt Günter Netzer, der Fußballer?

Eine Weile wusste sie nicht, wie sie darauf reagieren sollte. Anscheinend ging es über ihre Kräfte, dass sie jahrelang, ohne es zu ahnen, mit einer Fußballlegende verheiratet gewesen sein sollte. Doch ein rascher Blick auf den Zeigefinger brachte sie wieder zur Vernunft.

Ich werde mich bei Dr. Fischer über Ihr Verhalten beschweren!, krächzte die alte Frau mit hochrotem Kopf, und als sie auf ihn zuwankte, während ihr Bademantel Schritt für Schritt an ihr hinabglitt und bald wie eine Schleppe hinterherschleifte, drückte Holm kurz entschlossen die Klinke und verschwand in der Wohnung von Günter Netzer.

Hallo, mein Lieber!, begrüßte ihn Günter Netzer aufgekratzt. Er stand in der Mitte des Zimmers und schwenkte eine Baseballkappe über seinen Kopf, als wären sie alte Bekannte. Er trug ein gelbes Polo-Shirt, eine lange Sporthose und Turnschuhe.

Immer hereinspaziert in die gute Stube, winkte er Holm eilig heran. Erst in diesem Augenblick erkannte Holm, dass die Wohnung nur aus einem einzigen Raum bestand, in der lediglich Couch, Sessel, Tisch und Bett Platz fanden. Neben dem Bett bemerkte er eine Urinente, glücklicherweise ohne Inhalt. An den Wänden hingen altmeisterliche Schlachtengemälde, Soldaten im Schneesturm und feuernde Haubitzen. Auf dem Couchtisch lag das Buch »Der Zweite Weltkrieg in Bildern«. Daneben mehrere Schachteln Medikamente.

Ich hoffe, die alte Schnepfe von Zimmer fünfzehn hat Sie nicht belästigt, sagte Günter Netzer augenzwinkernd und deutete mit dem Daumen nach nebenan.

Sie meinte, dass Sie ihr Mann seien, sagte Holm immer noch etwas irritiert.

Frau Sukowski, meine Frau? Günter Netzer wusste nicht, ob er darüber lachen oder weinen sollte. Dieses Weib hat doch nie einen Mann gehabt!, erklärte er und zog sich die Baseballkappe tief ins Gesicht. Eine verrückte, alte Jungfer ist das, mehr nicht.

Frau Sukowski, dachte Holm, die Bewohnerin der Woche. Ob sie von dieser Ehrung überhaupt etwas mitbekommen hatte?

Was bedeutet es eigentlich genau, fragte Holm, Bewohner der Woche zu sein?

Plötzlich ging die Tür auf, und Frau Sukowski kam, nur im Nachthemd bekleidet, den Bademantel hatte sie unterwegs endgültig verloren, asthmatisch röchelnd in den Flur, wo sie, mit dem Finger sofort auf Holm zeigend, gerade zu neuerlichen Beschwerden oder Beleidigungen anheben wollte, als Günter Netzer mit beachtlichem Tempo, die Arme weit ausgestreckt, auf sie zueilte.

Wahrscheinlich bedeutet es, sagte er, während er Frau Sukowskis Arm nach unten riss und sie an den Schultern herumdrehend aus der Wohnung schob, dass man einfach, ohne anzuklopfen, in fremde Wohnungen eindringen darf!

Nachdem er die Tür zugeworfen hatte, Frau Sukowski hatte vor Schreck kein einziges Wort gesagt und Günter Netzers Verschiebung starr über sich ergehen lassen, drehte er den Schlüssel zweimal im Schloss.

Ein Irrenhaus ist das hier, sagte Günter Netzer erschöpft und seufzte. Ich heiße übrigens Günter Netzer wie der Fußballer, haha, aber nennen Sie mich ruhig Günter. Er streckte ihm die Hand entgegen, die Holm erst nach einigem Zögern ergriff, da er so schnell nicht wusste, ob er Herrn Netzer nun ebenfalls anbieten sollte, ihn Felix zu nennen, kam dann aber, noch ehe er die Hand nahm, zu dem Ergebnis, dass er sich als bezahlter Unterhalter nicht zu sehr auf seinen »Fall« einlassen durfte.

Und Sie wollen mich also bespaßen, sehe ich das richtig?, fragte Günter mit hochgezogenen Augenbrauen, die Skepsis, jedoch auch Neugierde verrieten.

Na ja, nicht nur, antwortete Holm, der mit dem Wort bespaßen so seine Schwierigkeiten hatte. Unterhaltung musste ja nicht immer nur lustig sein.

Wir können uns natürlich auch über ernste Dinge unterhalten, fügte er ernst hinzu.

Über ernste Dinge? Günter Netzer sah ihn mit großen Augen an.

Um Gottes willen, sagte er, das Leben ist schon ernst genug, da brauchen wir nicht noch einen draufzusatteln.

Ne, ne, sagte Holm. Dabei sattelte er gerne immer noch einen drauf, bis das Leben so schwer war, dass es sich kaum noch bewegte.

Wissen Sie, was ich zum Kotzen finde?, fragte Günter und schleuderte seine Baseballkappe aufs Sofa.

Holm wollte zwar lieber keine Details wissen, gab sich aber nicht uninteressiert.

Dass alle mit so einem Gesicht rumlaufen, sein Unterkiefer klappte herunter und zog das ganze Gesicht gleichsam abwärts.

Holm konnte sich ein Lächeln nicht verkneifen.

Dabei sollten alle eher froh sein, dass sie ausgewählt wurden, am Leben teilzunehmen, oder?

So hatte Holm das noch nie gesehen. Dass er auf einmal ein Ausgewählter sein sollte, kam dann doch etwas überraschend für ihn.

Hmm, machte Holm, er wollte nicht gleich zustimmen, damit es nicht so aussah, als hätte er keine eigene Sicht auf das Leben.

Doch, doch, sagte Günter, glauben Sie mir, ich habe Recht. Jeden Tag sollten wir feiern und lobpreisen.

Jeden Tag?, fragte Holm vorsichtshalber nach.

Jeder Tag, sagte Günter, ist ein Geschenk an uns persönlich. Wir haben sozusagen jeden Tag Geburtstag. Ist das nicht großartig?

Jeden Tag aufs Neue Geburtstag zu haben, stellte sich Holm ziemlich anstrengend vor. Ihm genügte es schon, einmal im Jahr Geburtstag zu haben. Und die Frage blieb, bei wem man sich jedes Mal bedanken sollte. Womöglich müsste er seiner Mutter täglich Dankesbriefe schreiben. Es war eigentlich ein Wunder, dass sie noch nicht beleidigt war.

Wahrscheinlich gewöhnt man sich einfach ans Leben, sagte Holm, als spreche er von etwas, das er aus eigener Erfahrung nicht kannte.

Man sollte sich nie an irgendetwas gewöhnen, erklärte Günter, und im selben Moment wechselte er abrupt das Thema, als habe er alles dazu gesagt.

Und nun bespaßen Sie mich gefälligst, sagte er auf einmal fast beleidigt und blickte Holm abwartend an.

Aber Holm wusste so schnell nichts Passendes zu sagen. Und als er nach zwei Minuten noch immer nichts gesagt hatte, ergriff Günter Netzer wieder das Wort.

Meine Tochter glaubt nämlich, dass ich hier vereinsame. Ist das nicht verrückt? Er schüttelte den Kopf. Und nun haben wir den Salat!

Holm war sofort klar, dass mit »Salat« niemand anderes als er selbst gemeint sein konnte. Dabei machte er ja nur seine Arbeit. Schließlich war es nicht seine Idee gewesen, hierherzukommen. Einfach wieder zu gehen, traute er sich jedoch auch nicht, zumal Frau Sukowski vermutlich vor der Tür auf ihn wartete. Es war nicht auszuschließen, dass sie sich inzwischen einen Stock besorgt hatte und ihn damit verprügeln würde.

Apropos Salat, sagte Günter, haben Sie Hunger?

Er blickte Holm prüfend an, als wäre die Antwort für ihr zukünftiges Verhältnis von entscheidender Bedeutung.

Obwohl es schon kurz nach zwölf war, hatte Holm noch nichts gegessen. Erstaunlicherweise war er jedoch nicht im Geringsten beunruhigt, was ihn ein weiteres Mal in seiner Vermutung bestätigte, dass er sich seit seinem ungeplanten Ausflug in den Ostteil der Stadt verändert hatte. Man musste sogar von einer regelrechten Wende sprechen. Früher wäre er sofort in Panik geraten und hätte sich, nur um den Zwölf-Uhr-Mittagessen-Termin halten zu können, aus Pflichtgefühl selbst eine fettige Currywurst genehmigt. Heute aß er nur dann, wenn er tatsächlich Hunger hatte, und das war ein Fortschritt, den er nicht mehr übersehen konnte. Noch unklar war allerdings, ob das Mittagessen grundsätzlich gestrichen war oder ob man auch mittags Hunger haben durfte.

Aus alter Verbundenheit mit der Tradition des Mittagessens beschloss Holm, wenigstens etwas Appetit zu haben.

Essen kann man ja eigentlich immer, antwortete er schließlich vorsichtig.

Ausgezeichnet, rief Günter Netzer hocherfreut, dann lassen Sie uns mal runter zu den Trögen gehen, und ich zeige Ihnen unser Gruselkabinett. Er lachte laut und schlug Holm auf die Schulter.

Und den hier nehmen wir mit, sagte er auf dem Weg zur Tür.

Er streckte kämpferisch einen Krückstock in die Luft. Falls wir der alten Schnepfe unterwegs begegnen!

Auf dem Gang war die Luft rein. Mit dem Krückstock unter der Achsel stakte Günter Netzer, das linke Bein etwas nachziehend, Richtung Fahrstuhl.

Das Schlimme am Alter ist, sagte er, während sie im Fahrstuhl nach unten fuhren, dass einen der eigene Körper immer mehr stört. Dabei blickte er abschätzig an sich herab. Früher waren wir die dicksten Freunde und haben ähnliche Interessen gehabt, wenn Sie verstehen, was ich meine. Er sah augenzwinkernd zu Holm. Aber jetzt, fuhr er betrübt fort, läuft da gar nichts mehr, obwohl ich von mir aus natürlich noch könnte.

Zum Glück öffnete sich in diesem Moment die Tür, ehe er noch mehr Details ausplaudern konnte.

Der Speisesaal befand sich gleich neben der Halle. Ein Dutzend runde Tische mit jeweils sechs Plätzen standen locker über den Raum verteilt. An den Wänden hingen Landschaftsgemälde, Alpenpanoramen und Heidelandschaften in mildem Abendlicht. Obwohl die Sonne überall unterging, herrschte keineswegs schlechte Stimmung an den fast vollständig besetzten Tischen. Im Gegenteil. Überall dumpfe Zufriedenheit, manche summten auch einfach nur vor sich hin und wackelten mit den Köpfen. Andere hatten Servietten um ihren Hals gebunden und schlangen konzentriert das Essen in sich hinein, als befürchteten sie, dass es ihnen vorzeitig weggenommen werden konnte.

Ist das nicht furchtbar, bemerkte Günter Netzer zu Holm, als sie auf einen Tisch am Fenster zusteuerten. Mehrere tausend Jahre in einem einzigen Raum! Er schüttelte sich, als bereitete ihm schon die bloße Vorstellung physisches Unbehagen. Sehen Sie sich bloß dieses Altertum an, forderte er Holm auf, während er kurz stehen blieb und mit dem Krückstock durch die Luft schwenkte. Möchten Sie vielleicht jeden Tag mit diesen Mumien zu Mittag essen?

Dass Günter Netzer seine Lautstärke dabei keinen Deut reduzierte, war Holm ziemlich unangenehm. Anscheinend war es ihm völlig egal, was seine Mitbewohner von ihm hielten. Vielleicht war es seine Art, sich von seiner Umgebung zu distanzieren.

An ihrem Tisch saßen noch drei weitere Heimbewohner, eine stumm in sich versunkene Frau mit schlohweißem Haar, das wie Zuckerwatte auf ihrer rosig durchschimmernden Kopfhaut lag, ein Herr im Rollstuhl, er trug ein blaues Jackett mit goldenen Knöpfen und versuchte angestrengt, eine Spiralnudel mit Hilfe eines viel zu kleinen Löffels in seinen Mund zu befördern, sowie ein in einem Trainingsanzug sportlich gekleideter Mann, der beim Essen unablässig mit seinem Kopf wackelte, wobei die Hälfte der Nudeln auf seiner Hose landete.

Sie setzten sich zwischen den Rollstuhlfahrer und die Frau.

Wollen Sie auch Nudeln mit Soße?, fragte Günter Netzer, während er mit dem Krückstock nach der Schwester winkte. Was anderes gibt's heute sowieso nicht, fügte er sarkastisch lächelnd hinzu.

Holm bemühte sich, freundlich zu bleiben. Schließlich war er nicht hier, um alte Leute zu beleidigen oder Seniorenwohnheime zu kritisieren. Im Grunde hatte er nämlich gar nichts dagegen, dass es nur ein Gericht gab. Die fünfhundert Positionen auf chinesischen oder jugoslawischen Menükarten waren ihm schon immer ein Gräuel gewesen. Beinahe jedes Nutztier wurde da in unterschiedlichen Soßen angeboten, mit Reis oder Nudeln. Ganz zu schweigen von den so genannten Klassikern der chinesischen Küche, von denen es wiederum mindestens hundertfünfzig gab. Und dann war noch zu entscheiden, ob es scharf sein sollte oder eher mild. Und weil Holm sich nicht in der Lage sah, innerhalb von wenigen Minuten so viele Entscheidungen auf einmal zu treffen, hatte er jugoslawische und chinesische Restaurants stets gemieden. Über den Zerfall des jugoslawischen Staates war er eigentlich ganz froh gewesen, denn dies bedeutete auch das Ende der jugoslawischen Menükarten.

Nachdem der Rollstuhlfahrer die Spiralnudel endlich sicher in seinem Mund hatte, blickte er zufrieden kauend in die Runde, dass auch jeder an seinem Triumph teilhaben konnte.

Holm wünschte sich plötzlich, dass ihm eine Spiralnudel einmal ein ähnliches Erfolgserlebnis bescheren würde. Er ahnte allerdings, dass er dafür noch lange nicht alt genug war.

Als ihn der Rollstuhlfahrer ansah, reichte ihm Holm freundlich lächelnd seine Hand. Ich heiße übrigens Felix Holm, sagte er, ich begleite Herrn Netzer zum Mittagessen.

Doch der Mann schien seine Hand nicht zu bemerken, ja, er verzog keine Miene, als würde er Holm gar nicht wahrnehmen.

Vergessen Sie es, mein Lieber, erklärte Günter Netzer nebenbei, er war immer noch mit Winken beschäftigt, er hört nichts, und dumm ist er wahrscheinlich auch.

Er hört nichts?, fragte Holm. Es war schwer vorstellbar, wie man trotzdem so zufrieden aussehen konnte.

Ja, sagte Günter, und bei den anderen brauchen Sie sich auch gar nicht erst vorzustellen, die hören nämlich auch nichts.

Aber wie verständigen Sie sich denn untereinander?

Günter Netzer blickte Holm hämisch grinsend an. Überhaupt nicht!

Überhaupt nicht? Holm machte ein bekümmertes Gesicht, als bedauerte er die Tatsache, dass Günter Netzer ausgerechnet zwischen tauben Menschen sein Dasein fristen musste. Und obwohl Holm davon nicht persönlich betroffen war, fühlte er nicht nur mit ihm, sondern hatte auf einmal sogar die Idee, etwas dagegen zu unternehmen, um diesen, wie er meinte, unhaltbaren Zustand zu ändern. Diese Fürsorglichkeit kannte er gar nicht an sich, und es war aufregend zu erleben, wie er versuchte, aktiv Einfluss auf die Gemeinschaft zu nehmen.

Ich könnte mit der Heimleitung sprechen, sagte Holm, er wusste kaum, wie ihm geschah, wir könnten Sie an einen anderen Tisch setzen, schon das »wir« ließ ihn nach Luft schnappen, es war ungeheuerlich, was er von sich plötzlich zu hören bekam.

Um Gottes willen, wo denken Sie hin, rief Günter Netzer aufgebracht. Bloß nicht! Ich habe ausdrücklich darum gebeten, mit Schwerhörigen zusammenzusitzen, machen Sie mir das nicht wieder kaputt.

Nachdem er sich wieder beruhigt hatte, wandte er sich vertraulich an Holm.

Soll ich Ihnen mal was sagen?

Holm nickte.

Ich weiß nicht, ob Sie mich verstehen, erklärte er mit besorgtem Gesicht, aber manchmal muss ich einfach Unsinn reden, sonst halte ich dieses Leben nicht aus. Ich möchte hier sitzen und dem Kerl im Rollstuhl sagen: Du alte Knollnase in deinem Mumienkabrio, fahr zur Hölle und spucke dreimal auf den Teufel, wenn du ihn siehst!

Holm nickte wieder, obwohl ihm nicht ganz klar war, wieso man ausgerechnet dreimal auf den Teufel spucken sollte. Den Wunsch, Unsinn zu reden, hatte er nie verspürt. Das Leben war schon unverständlich genug, da musste man es nicht noch komplizierter machen.

Begreifen Sie das? Günter Netzer sah ihn forschend an.

Im Prinzip schon, antwortete Holm. Er wollte gerade noch einmal auf das dreimalige Spucken zurückkommen, als die Schwester endlich an ihrem Tisch auftauchte.

Günter Netzer war plötzlich wie ausgetauscht. Gerlinde, rief er und drehte sich freudestrahlend um, und ich dachte, ich müsste verhungern!

Gerlinde, eine Frau mit großem Busen und strammen Oberarmen, lächelte ihn bedauernd an. Ja, das hätte durchaus passieren können, sagte sie ernst, grad neulich ist jemand verhungert, weil wir ihn nicht gesehen haben.

Holm sah sie entsetzt an. Eine Sekunde lang hatte er es tatsächlich geglaubt.

Ja, so was, rief Günter Netzer, kurzzeitig irritiert von Gerlindes Schlagfertigkeit, dass hier ist übrigens Herr Felix Holm, mein persönlicher Unterhalter. Er grinste stolz, wohl auch weil Gerlinde damit nun wirklich nicht gerechnet zu haben schien und leicht verunsichert wirkte.

Sie haben also einen persönlichen Unterhalter, sagte Gerlinde, nachdem sie sich, Holm musternd, von der Richtigkeit seiner Aussage überzeugt hatte. Das nenne ich luxuriöse Verhältnisse! Und zu Holm gewandt: Hoffentlich unterhält er nicht eher Sie.

Daraufhin lachte Günter Netzer erleichtert. Er war wieder voll rehabilitiert und fühlte sich gleich zu weiteren Sticheleien animiert.

Was gibt es denn heute Schönes zu essen?, fragte er mit so kindlich naivem Blick, dass Holm es nicht ertragen konnte und wegsehen musste. Er mochte es nicht, wenn andere Leute hinters Licht geführt wurden.

Für Sie, sagte Gerlinde, vornehm die Lippen spitzend, haben wir uns natürlich wieder etwas Besonderes ausgedacht, gerade auch im Hinblick auf Ihre Begleitung.

Ich höre, drängte Günter Netzer ungeduldig.

Vorab ein Kressesüppchen mit Flusskrebsen und einer Sahnehaube, danach ein Boeuf Stroganoff mit zarten Jungbohnen und Kartoffelgratin, und als Dessert haben wir wahlweise Käse oder eine Mousse au Chocolat mit echter Valrhona Schokolade.

Günter Netzer sah einen Augenblick konzentriert auf die Tischplatte, dann drehte er sich zu Schwester Gerlinde. Die Sahnehaube lassen Sie weg, und als Dessert nehmen wir Käse.

Gerlinde bedankte sich höflich, konnte sich dabei jedoch ein schwaches Lächeln nicht verkneifen, und verschwand.

Wenig später kehrte sie mit zwei Tellern Nudeln mit Tomatensoße zurück.

Ich wünsche den Herren Bon Appetit!

Tief über den Teller gebeugt, schlang Günter Netzer die Nudeln in sich hinein, während Holm lediglich zwei Nudeln pro Gabel aß. Es war ihm unangenehm, sich hier auf Kosten der Heimbewohner den Magen vollzuschlagen. Besorgt fragte er sich, ob er nun regelmäßig mit Günter Netzer zu Mittag essen musste.

Vielleicht konnte man den Termin ja auf den Nachmittag

verlegen, bei Kaffee und Kuchen plauderte es sich ohnehin viel entspannter.

Nachdem Günter seinen Teller restlos leer gegessen hatte, wischte er sich mit der Serviette den Mund ab und warf diese danach auf den Teller, wo sie sich mit Tomatensoße vollsog.

In einem ersten Reflex wollte Holm die Serviette wieder vom Teller nehmen, er hatte schon seine Hand danach ausgestreckt, zog sie aber im letzten Moment zurück und wischte sich stattdessen über die Stirn.

Wissen Sie, was ich heute Nacht geträumt habe?, fragte Günter Netzer, der von Holms pädagogischer Attacke zum Glück nichts bemerkt hatte.

Holm verneinte und lächelte verlegen.

Helmut Kohl habe es abgelehnt, die Parade zu seinem achtzigsten Geburtstag im Gebüsch sitzend abzunehmen.

Holm sah ihn schockiert an. Er habe was abgelehnt?

Im Gebüsch sitzend die Parade zu seinem Geburtstag abzunehmen, wiederholte Günter Netzer.

Zum achtzigsten Geburtstag?, fragte Holm nach.

Im Gebüsch!, ergänzte Günter, offensichtlich selber erstaunt.

Holm starrte nachdenklich auf die Serviette, die inzwischen fast vollständig in der Nudelsoße verschwunden war.

Man kann ja gar nichts sehen, gab Holm zu bedenken. Ich meine, wenn ich eine Parade zu meinem Geburtstag bekomme, möchte ich doch auch was davon haben.

Im Gebüsch sitzend, erklärte Günter Netzer immer noch fassungslos. Stellen Sie sich das vor!

Holm versuchte sich vorzustellen, wie Helmut Kohl im Gebüsch saß und die Parade abnahm.

Also, ich kann gut verstehen, dass er abgelehnt hat, sagte er schließlich.

Nur seine streng nach hinten gekämmten Haare sind zu sehen, prustete Günter.

Ich finde, sagte Holm, man hat Helmut Kohl unrecht getan nach der Wende.

In diesem Moment blickte die Frau mit der Zuckerwatte auf dem Kopf erstaunt zu ihnen herüber.

Kohl?, fragte sie zu Holms und insbesondere Günter Netzers Überraschung. Hieß der früher nicht anders?

Günter Netzer wusste gar nicht, wie er darauf reagieren sollte, so verblüfft war er über ihre plötzliche Redseligkeit.

Kohl hieß früher anders?

Einen Augenblick schien Günter Netzer es tatsächlich zu glauben.

Ich meine, vor der Wende, ergänzte die Frau.

Holm blickte sie scharf an und sagte dann ungehalten wie zu einem ahnungslosen und gleichzeitig renitenten Kind: Wie soll er denn bitte vor der Wende geheißen haben?

Die Frau sah nachdenklich in die Luft. Schließlich hatte sie eine Idee. Genscher?

Günter Netzer hatte nun offensichtlich genug von der Diskussion.

Haben Sie vielleicht vor der Wende einen anderen Namen gehabt?, fragte er nach vorne gebeugt, die Hände wie zum Sprung auf die Tischplatte gestützt.

Wieder dachte sie lange nach. Dann erklärte sie vollkommen überzeugt: Ich heiße ja auch nicht Kohl!

Dagegen konnte man schwer etwas sagen.

Das ist doch alles Unsinn, erregte sich Günter Netzer und schob seinen Teller wütend zur Seite.

Erst beim Nachtisch, es gab Birnenkompott, beruhigte er sich wieder.

Wissen Sie, was ich gerne noch machen möchte?, fragte er Holm, während er das Kompott in sich hineinlöffelte.

Holm zuckte mit den Schultern und sah auf die Uhr. Es war längst Zeit zu gehen, mehr als zwei Stunden durfte er eigentlich gar nicht hier sein. Auch wenn es den Leuten schwerfällt, das einzusehen, hatte Moni ihm gleich zu Anfang eingebläut, aber du wirst für eine bestimmte Zeit bezahlt, und alles, was darüber hinausgeht, muss zusätzlich bezahlt werden.

Allerdings war das heute Holms letzter Arbeitseinsatz, und wieso sollte er nicht noch einige unbezahlte Minuten dranhängen, wenn er gebraucht wurde. Denn Holm gefiel es auf einmal, gebraucht zu werden, und die Tatsache, dass er von jetzt ab quasi freiwillig arbeitete, machte seine Arbeit eigentlich noch viel wertvoller. In diesen Minuten verschwand der Arbeitnehmer Holm und tauchte überraschend als Mensch wieder auf.

Ich möchte noch einmal was total Verrücktes machen, sagte er und blickte leicht angewidert auf den Löffel mit Birnenkompott, als wäre Birnenkompott der Inbegriff von Langeweile und Normalität.

Verstehen Sie, was ich meine? Er sah zu Holm, und in diesem Moment ließ er den Löffel zurück in die Schüssel fallen.

Was Verrücktes?, wiederholte Holm, um etwas Zeit zu gewinnen. Es war ihm nicht ganz klar, was Günter damit gemeint hatte. Holm hatte alles Verrückte nämlich bisher strikt gemieden. Auf keinen Fall durfte er seine Existenzberechtigung durch irgendwelche Abwege gefährden. Und obwohl er nicht an Gott glaubte, so glaubte er doch an ein himmlisches Strafgericht, das jeden Menschen irgendwann einmal zur Rechenschaft zog. Irgendwann wurde abgerechnet, und Holm befürchtete, dass seine Strafe besonders hart ausfiel, wenn er den Weg der Tugend verließ. Allerdings gab es ihm ein wenig zu denken, dass eine Band wie die Rolling Stones, die seit Jahren praktisch dauernd auf Abwegen lebte, bislang aus unbekannten Gründen vom himmlischen Strafgericht verschont geblieben war. Und manchmal ertappte sich Holm bei der Vorstellung, selbst ein Rockstar zu sein. Wie er auf der Bühne stand und mit offenem Hemd und langen Haaren auf der Bassgitarre zupfte. Hinterher zertrümmerte er meistens Hotelzimmer und ließ sich von Mitarbeitern willfährige Mädchen zuführen.

Haben Sie denn noch nie was Verrücktes gemacht?, fragte Günter Netzer erstaunt.

Ob man sich dafür entschuldigen musste? Holm schüttelte den Kopf.

Auch nicht in Ihrer Jugend?

Holm schüttelte erneut den Kopf. Nein, Holms Leben war wie die Lüneburger Heide: ruhig und beschaulich, ohne Höhepunkte, allerdings auch ohne Tiefpunkte.

Das heißt, einmal hatte er doch etwas Verrücktes unternehmen wollen. Er hatte alleine nach Frankreich fahren wollen, um die Frédéric-Mey-Rose nach Deutschland zu importieren. Leider war seine Reise schon am Berliner Hauptbahnhof zu Ende gewesen, da der Zug nach Köln an diesem Tag gestrichen worden war.

Ich wäre fast mal nach Frankreich gefahren, sagte Holm, nur um in Günter Netzers Augen nicht als völliger Versager dazustehen.

Aha, machte Günter mit hochgezogenen Augenbrauen, das ist wirklich total irrsinnig.

Holm nickte ernst.

Da können wir ja von Glück reden, dass Sie nicht hingefahren sind!

Weil Holm sich nicht völlig sicher war, wie er das gemeint hatte, schwieg er lieber.

Wissen Sie, erklärte Günter und ließ seinen Blick über die Köpfe der löffelnden Heimbewohner hinweg aus dem Fenster schweifen, als junger Mann denkt man, das Leben geht ewig so weiter. Man lebt in den Tag hinein und verschwendet seine Zeit mit lauter unwichtigen Dingen. Zum Beispiel mit Arbeiten. Und soll ich Ihnen was sagen? Günter machte eine künstliche Pause, um die Spannung zu steigern. Das Leben ist endlich, und Arbeit ist verschwendete Zeit, wenn sie nicht wirklich etwas schafft. Die meisten verwalten doch nur und wiederholen sich andauernd. Glauben Sie, irgendjemand interessiert es, wenn man vierzig Jahre lang zuverlässig seine Arbeit getan hat? Am Ende gibt's eine Urkunde und einen feuchten Händedruck vom Abteilungsleiter, der Ihren Namen erst wenige Minuten vorher von einem Assistenten erfahren hat. Die Urkunde können Sie in der Pfeife rauchen, und auf den Abteilungsleiter können Sie einen lassen. Und wissen Sie was?

Holm blickte Günter an wie ein Kind, dem gerade mitgeteilt worden war, dass der Osterhase gar keine Schokoladeneier legte.

Jetzt, fuhr Günter beinahe wütend fort, wo mein Leben fast zu Ende ist, habe ich das dumme Gefühl, alles falsch gemacht zu haben. Er presste die Lippen fest aufeinander, wie um zu unterdrücken, dass er gerührt war, konnte dann aber doch nicht verhindern, dass sich seine Augen mit Tränen füllten. Und als Holm dies sah, wurde ihm auch ganz rührselig zumute, obwohl er nicht mal genau wusste, was Günter in seinem Leben falsch gemacht hatte.

Günter Netzer schüttelte den Kopf, als wäre ihm sein Gefühlsausbruch plötzlich peinlich, und räusperte sich.

Egal, was Sie tun, sagte er, denken Sie immer daran, dass Sie nur ein einziges Mal leben.

In diesem Moment hob die Frau mit dem Zuckerwattehaar ihren Kopf und sah die beiden erschrocken an.

Leben?, fragte sie, als habe sie dieses Wort schon sehr lange nicht mehr gehört. War das nicht was, wo man auch verreisen konnte?

Nachmittags saß Holm mit der Fernsehzeitschrift in seinem Kinderzimmer auf dem Sessel und sichtete das Abendprogramm. Im Ersten kam ein Film über Schneeleoparden im Hindukusch und danach eine Dokumentation über die Flugschau-Katastrophe von Ramstein. Im Zweiten gab es den Film »Die Könige der Nutzholzgewinnung« und später das heute-journal. Während er überlegte, ob ihn Schneeleoparden oder die Könige der Nutzholzgewinnung mehr interessierten, kam ihm der seltsame Gedanke, dass er bei seinen Eltern im Grunde auch das Leben eines Heimbewohners führte. Abgesehen davon, dass er wesentlich jünger war und dreimal die Woche einer bezahlten Tätigkeit nachging, die ihn allerdings bei weitem nicht ernährte, konnte Holm eigentlich kaum Unterschiede zur Lebensweise eines Günter Netzer erkennen. Holm lebte praktisch in einem Heim für betreutes Wohnen, nur dass das Pflegepersonal nicht aus jungen Schwestern bestand, sondern aus seinen unmittelbaren Angehörigen, die selber nicht mehr weit davon entfernt waren, Pflegefälle zu werden. Wie in einem richtigen Heim gab es geregelte Essenszeiten und eine bestimmte Sitzordnung. Auch Holms Zimmer durfte nur in Ausnahmefällen abgeschlossen werden, und es musste ständig mit unangekündigten Visiten seiner Angehörigen gerechnet werden. Nur waschen ließ er sich nicht mehr, wenngleich er dieselbe Zahnpasta und dasselbe Shampoo wie seine Eltern benutzte. Und das konnte man eigentlich niemandem erzählen, dass man nicht einmal eine eigene Zahnpasta besaß. Im Prinzip war die eigene Zahnpasta der erste Schritt zur Selbstständigkeit, und diesen Schritt hatte Holm aus ungeklärter Ursache versäumt, weil es ihm sinnlos vorgekommen war, neben der Zahnpasta seiner Eltern und später neben der seiner Tante auch noch eine eigene an den Start zu bringen. Wie ihm überhaupt sehr vieles im Leben sinnlos vorgekommen war und leider immer noch vorkam. Ja, das Leben selbst kam ihm häufig sinnlos vor, und das war vielleicht auch der Grund dafür, dass er sich lange nicht sonderlich angestrengt hatte, aus seinem Leben etwas zu machen. Es war ein bisschen so wie mit der Zahnpasta: Welchen Sinn machte ein weiterer Mensch auf dieser ohnehin schon überfüllten Erde? Gab es nicht genügend andere, die lebten? Da brauchte sich Holm nicht auch noch die Mühe zu machen. Denn ein Spaziergang war das Leben zweifellos nicht.

Er legte die Fernsehzeitschrift beiseite, welchen Film er sah, konnte er abends immer noch entscheiden, stand auf und ging ans Fenster. Unten im Garten mähte sein Vater den Rasen. Er hatte den Rasen erst vor drei Tagen gemäht, und es war nicht nachvollziehbar, warum er ihn nun schon wieder mähen musste. Schließlich lebte man in Rudow und nicht in den fruchtbaren Tropen. Aber sein Vater war offensichtlich der Meinung, dass Wachstum der erste Schritt zur Verwahrlosung war. Und von hier oben bemerkte Holm noch etwas, was ihm zuvor niemals aufgefallen war: Obwohl das Rasengrundstück eine ovale Form hatte, mähte sein Vater unbeirrt in geraden Linien auf und ab, als könne er die tatsächlichen Gegebenheiten dadurch einfach ignorieren. Dabei geschah etwas Bemerkenswertes: Holm begann, seinen Vater für diese Ignoranz zu verachten. Am liebsten hätte er sogar das Fenster geöffnet und seinen Vater gefragt, weshalb er trotz der ovalen Form immer nur stur auf und ab mähte anstatt in Kreisen. Doch sein Vater hätte ihn vermutlich gar nicht verstanden, nicht nur wegen der Lautstärke des Rasenmähers, sondern grundsätzlich, weil er nämlich sein ganzes Leben lang immer nur auf und ab gemäht hatte. Und weshalb sollte er jetzt noch etwas verändern?

Während Holm wütend dort oben am Fenster stand und seinen Vater beobachtete, musste er plötzlich an die Worte von Günter Netzer denken: Etwas Verrücktes tun. Einmal in seinem Leben etwas Verrücktes tun! Aber was, dachte Holm, war verrückt genug, dass es auch in den Augen von Günter Netzer Bestand hatte?

TEIL ZWEI

9

Entspannter als sonst vor dem Treffen mit einer Frau, fuhr Holm am Sonntag nicht lange vor der verabredeten Zeit zum Naturkundemuseum.

Ob es an seiner neuen morgendlichen Atemgymnastik lag (»Harmonisieren Sie den Tag mit Ihrem Atem«) oder ob es ihm einfach egal war, jedenfalls nahm er die gut fünfzig Meter lange Warteschlange vor dem Eingang mit einer Gelassenheit zur Kenntnis, dass es fast ein wenig unheimlich war.

Holm wollte gerade zum Ende der Schlange gehen und sich hinter eine Mutter mit ihrem Kind anstellen, sie musterte ihn, als wäre es skandalös, sonntags ohne Familie in ein klassisches Familienmuseum zu gehen, als Holm ganz vorne zufällig eine winkende Frau erkannte, die aussah wie Sylvia.

Es war Sylvia, und hinter ihr erkannte er jetzt auch die kleine Zarah.

Mit einem verächtlichen Blick passierte er die Mutter und ging vor zum Haupteingang.

Das hat ja super geklappt!, rief Sylvia begeistert. Sie nahm seine Hand und zog ihn regelrecht an sich, sodass Holm stolpernd vorkippte und mit seinem Kinn auf ihrer Schulter landete.

Sind da die Dinosaurier drin?, fragte Zarah, als sie Holms Kopf auf Sylvias Schulter bemerkte. Sie schien an dieser stürmischen Umarmung nichts weiter zu finden. Holm dagegen war es außerordentlich peinlich. Nicht nur, dass er sich von einer Frau widerstandslos an sich ziehen ließ, die lange Zeit in seinem Kinderzimmer und bei der Tante hatten hier offenbar ihre Spuren hinterlassen, sondern auch, dass Sylvia deutlich vor ihm da gewesen war, beeinträchtigten seine anfängliche Gelassenheit erheblich.

Um seine Handlungsfähigkeit zu beweisen, drückte er nun auch Sylvia fest an sich, was sie wiederum dazu veranlasste, ihm einen kurzen Kuss auf die Wange zu geben.

Ich hoffe, du bist gut hergekommen, sagte sie, ihr Gesicht befand sich nur wenige Zentimeter von Holms Gesicht entfernt. Eigentlich hätte sie ja sehen müssen, dass ihm nichts Schwerwiegendes passiert war. Wenn sie allerdings meinte, dass Holm ihren Kuss erwiderte, hatte sie sich getäuscht.

Er machte einen Schritt zurück, atmete dabei langsam ein und aus, um den Tag wieder mit seinem Atem zu harmonisieren, und lächelte freundlich, aber knapp.

Es ging, sagte er. Und während Sylvia noch ganz beglückt über das neuerliche Wiedersehen zu sein schien, hatte Holm bereits die Tür im Visier. Denn wenigstens jetzt wollte Holm vor ihnen durch die Tür gehen, damit sich bei Sylvia nicht der Eindruck zementierte, er würde immer nur hinterherlaufen.

In diesem Moment rückte die Schlange vor, und Holm verschwand wortlos im Eingang.

An der Kasse zahlte er gleich für drei.

Zwei Erwachsene, ein Kind, sagte Holm so selbstverständlich, als wären sie seit Jahren eine glückliche Familie. Nervös starrte er zur Kassiererin. Ob sie merkte, dass Holm nicht berechtigt war, hier als Familienvater aufzutreten? Ein kurzer Blick auf das Kind hätte ihr sofort klargemacht, dass Holm gar nicht der Familienvater sein konnte. Aber entweder drückte die Kassiererin ein Auge zu oder sie hatte so schnell die wahren Verhältnisse nicht erkennen können, jedenfalls überreichte sie Holm ohne weiteres die gewünschten Karten.

Du musst aber nicht für uns mitbezahlen, meinte Sylvia. Da hatten sie die Kasse allerdings längst passiert.

Einen Augenblick überlegte er, ob er sich das Geld wieder zurückerstatten lassen sollte, beschloss aber dann großzügig zu sein. Wer weiß, wozu es noch gut ist, dachte er.

Das mach ich doch gerne, erklärte er und händigte Sylvia die beiden Karten aus.

In diesem Augenblick spürte er etwas bislang vollkommen Einmaliges. Holm spürte, wenn auch noch schwach und undeutlich, was es hieß, ein richtiger Mann zu sein.

Ein richtiger Mann dachte nicht lange nach, sondern handelte.

Ein richtiger Mann ging seinen Weg und ließ sich auch von einer Kassiererin nicht beeindrucken.

Ein richtiger Mann nahm alles auf seine Kappe und ließ sich grundsätzlich nichts zurückerstatten.

Immerhin habe ich euch hierher gelockt, fügte er erklärend hinzu.

Du warst schon öfters hier?, fragte Sylvia erstaunt.

Schon öfters?, wiederholte er, als könnte er kaum glauben, dass sie so etwas überhaupt fragen konnte. Jetzt hieß es nicht nachzudenken, sondern zu handeln.

Das Museum gehört zu meinen fünf oder sechs Lieblingsmuseen weltweit!

Und damit trat er so schwungvoll in die große Halle, als wäre er bereits ein Dutzend Mal dort gewesen.

Sein Vormarsch wurde rasch durch eine Horde frecher Schulkinder gestoppt. Schon stand er inmitten zwar harmloser, aber penetrant drängelnder und vermutlich furzender Kinder, die nichts anderes im Sinn hatten, als erwachsene Männer an ihrem Fortkommen zu hindern. Natürlich war ein Lehrer weit und breit nicht in Sicht. Kurz überlegte Holm, ob er eine Aufsichtsperson des Museums zu sich heranwinken sollte, damit sie diese gefährliche Ballung gelangweilter Nichtsnutze direkt vor dem größten Saurierskelett der Welt auseinandertreiben konnte. Aber die Holm am nächsten stehende Aufsichtsperson, ein Mann mit grünem Pullover und braunen Sandalen, hatte gegenwärtig Besseres zu tun und starrte wie gebannt auf zwei blonde junge Frauen mit gewaltigem Busen, dass selbst Holm für einen Augenblick abgelenkt war und sich fragte, wie zwei so jungen Frauen so ein großer Busen wachsen konnte. In der Natur läuft manchmal etwas schief, dachte Holm. Auch die Natur war eben nicht immer der Maßstab aller Dinge, wie man an diesen Dinosauriern sehr schön studieren konnte. Denn hätte die Natur alles richtig gemacht, hätte sie es nicht zulassen dürfen, dass es Tiere mit so langen Schwänzen und so kleinen Köpfen gab. Unproportionierte Körper haben auf Dauer einfach keine Chance auf dem Artenmarkt, dachte er, und es gehörte nicht viel Fantasie dazu, sich vorzustellen, dass Frauen mit zu großer Oberweite auch bald in einem Museum landen würden.

Duu, sagte plötzlich ein Junge dicht neben Holm, warum sind diese Tiere so groß? Mit dieser Frage war zweifellos Holm gemeint, obwohl ihn der Junge unmöglich kennen konnte. Anscheinend hatte er Holm mit einem Lehrer verwechselt. Alles, was größer war als der Junge selbst, war in seinen Augen offenbar in der Lage, die abwegigsten Fragen zu beantworten. Für solche Fragen stand Holm jedoch nicht zur Verfügung. Am liebsten wäre er wortlos weggegangen. Weil er aber so schnell nicht herauskam aus diesem drängelnden Kinderkessel, musste er sich der Frage stellen, wollte er sich nicht dem Vorwurf aussetzen, selbst einfachste Kinderfragen nicht beantworten zu können. Leider war diese Frage so einfach, dass er so schnell keine Antwort darauf wusste. Viel einfacher wäre es gewesen, wenn ihm das Kind eine schwierige Frage gestellt hätte. Aber dafür war es vermutlich noch nicht alt genug.

Um den Jungen herauszufordern und selber ein wenig Zeit zu gewinnen, stellte Holm eine Gegenfrage.

Warum glaubst du denn, werden Menschen so groß?

Der Junge sah eine Weile zwischen ihm und dem Dinosaurier hin und her, als er plötzlich eine Idee hatte.

Werde ich auch mal so groß wie du?, fragte er.

Vielleicht, antwortete Holm.

Wieder dachte der Junge nach. Und was muss ich tun, sagte er, damit ich so groß werde wie du? Offensichtlich rechnete er sich gewisse Chancen aus.

Viel essen, erklärte Holm.

Auch Pommes?, fragte er hoffnungsvoll.

Nein, antwortete Holm, davon bekommst du nur einen dicken Bauch.

Daraufhin sank das Interesse des Jungen an ihm rapide, und er wandte sich wieder seinen Kameraden zu.

Sylvia und Zarah studierten mittlerweile die Schautafeln vor den Saurierskeletten.

Holm, von seinem kurzen pädagogischen Exkurs überraschend euphorisiert, eilte sofort zu ihnen.

Und, wie gefallen euch die Tierchen?, fragte er überschwänglich und stellte sich neben sie. Damit wollte er andeuten, dass er sich ihnen trotz der Größe weit überlegen fühlte, was zumindest bei Sylvia nicht ohne Eindruck blieb.

Die sind ja wirklich riesig, sagte sie und blickte Holm anerkennend an, als wäre er irgendwie mitverantwortlich.

Jaja, sagte er, während er die Arme verschränkte und halb gelangweilt hinaufsah, da kann man doch froh sein, dass sie schon lange tot sind.

Sylvia nickte dankbar, während Zarah aus dem Staunen nicht wieder herauskam.

Aber was sind das denn nun für Rassen, oder wie sagt man?, fragte Sylvia.

Holm hatte zwar nicht die geringste Ahnung, ließ mit einer fachkundigen Antwort aber nicht lange auf sich warten.

Hier vorne, erklärte er und deutete auf das unmittelbar vor ihnen stehende Skelett, damit Sylvia auch genau folgen konnte, haben wir den größten Saurier überhaupt.

Ach so? Sylvia blickte ihn verblüfft an, was Holm ein wenig merkwürdig fand, denn es war im Grunde klar zu erkennen, dass es sich um den größten Saurier handelte. Aber vielleicht sah sie das genauso und war deswegen verblüfft.

Und dort, fuhr Holm fort, mit solchen psychologischen Details konnte er sich jetzt nicht weiter beschäftigen, steht ein etwas kleinerer, der dafür aber einen längeren Schwanz hat.

Sylvia musterte den Schwanz. Wahnsinn, oder, so ein langer Schwanz, bemerkte sie. Ob der in Wirklichkeit auch so steif war? Sie kicherte, was Holm allerdings gar nicht komisch fand. Schnell wandte er sich dem kleinsten Saurier zu.

Der hat übrigens Stacheln auf dem Rücken, erklärte er.

Wozu er die wohl braucht?, fragte sie, nachdem sie sich wieder gefangen hatte.

Eindeutig zur Gefahrenabwehr, schob Holm sofort nach.

Sylvia schien beeindruckt. Beschäftigst du dich schon lange mit diesem Thema?

Na ja, meinte Holm nachdenklich den Kopf wiegend, er durfte auch nicht übertreiben, schon eine ganze Weile, ja.

Das ist wirklich hochinteressant, sagte Sylvia.

Holm nickte. Es war wirklich nicht uninteressant, wie viel er zu einem Thema zu sagen hatte, das bis vor kurzem noch völlig außerhalb seines Horizontes gelegen hatte. Allerdings fragte er sich, ob es immer so leicht sein würde, Sylvia mit seinen Erklärungen zu beeindrucken. Holm fühlte sich auf einmal in einer seltenen Hochstimmung. Dass bereits wenige anerkennende Blicke einer Frau genügten, um seinem Leben eine neue Qualität zu verleihen, hatte er jedenfalls nicht erwartet.

Und wo ist jetzt der Brachiosaurus?, fragte Zarah ungeduldig. Offenbar war sie mit seinen sehr allgemein gehaltenen Erläuterungen noch nicht zufrieden und erwartete Details.

Holm sah nervös auf die Schautafeln, ob dort irgendein Hinweis stand.

Das kannst du hier alles genau nachlesen, sagte er ausweichend und beugte sich über die farbig illustrierten Tafeln.

Aber sie kann doch noch gar nicht lesen, wandte sich Sylvia flüsternd an Holm, wobei sie fast gegen sein Ohr stieß. Holm war jedoch keineswegs schwerhörig. Er blickte sie irritiert an, als verstünde er nicht genau, wie sie das meinte. Dass Zarah nicht lesen konnte, befremdete ihn irgendwie, obwohl es Holm zweifellos einmal ähnlich ergangen sein musste.

Das macht nichts, sagte er, das wird sie sowieso noch lernen.

Oder etwa nicht? Er blickte zu Zarah und wollte ihr aufmunternd auf den Arm klopfen, aber sie drehte sich unwillig zur Seite weg.

Und was sehen wir uns jetzt an?, fragte sie aus sicherer Entfernung. Dabei fixierte sie Holm, als wäre er für das Besichtigungsprogramm hauptverantwortlich. Die Frage nach dem Brachiosaurus war noch nicht mal abschließend beantwortet, da musste es auch schon weitergehen. Es sah fast so aus, als hätte sie morgens jemand aufgezogen. Während Holm seine Bewegungsabläufe mühsam erarbeitete und koordinierte, bewegte sich bei Zarah alles von selbst.

Hinten in der Ecke standen zwei Fernrohre, die auf die Dinosaurier zielten.

Ich habe eine tolle Idee, sagte Holm, wir sehen uns die Dinosaurier mal etwas genauer an. Zarah stimmte sofort begeistert zu. Wenigstens die nächsten fünf Minuten ist sie voll beschäftigt, dachte Holm, der bei der Vorstellung, Zarah ununterbrochen Neues bieten zu müssen, an seine ehemalige Freundin Ulrike denken musste. Ein Kind war praktisch eine Freundin hoch zwei, und da hatte er noch nicht einmal Sylvia dazugerechnet.

An den Fernrohren mussten sie sich zunächst anstellen. Denn auch hier drängelten sich natürlich die Kleinen, wie überall, wo es mehr zu sehen gab als die stummen Zeugen der Geschichte. Solange sich die Dinge nur bewegten, blinkten oder irgendwelche Geräusche machten, war ihnen die Aufmerksamkeit der Kinder gewiss. Einen alten Walfischzahn, der still in seiner Vitrine lag, konnte man dagegen den ganzen Tag lang praktisch unter Ausschluss der Öffentlichkeit beobachten.

Dass man irgendwo anstehen musste, war Zarah allerdings nur schwer verständlich zu machen. Wann komme ich denn endlich dran?, fragte sie etwa alle dreißig Sekunden, obwohl gut zu erkennen war, wie viele Kinder noch vor ihr standen. Vielleicht war es bei Kindern ein bisschen so wie bei Tieren: Sie hatten einfach kein Zeitgefühl, für Holm ein Grund mehr, Tieren und Kindern mit Vorsicht zu begegnen.

Eine klare Ordnung war vor den Rohren jedoch gar nicht zu erkennen. Und weil die Kinder für Holm alle gleich aussahen, wusste er nie so genau, ob einige schon das zweite oder dritte Mal durch die Fernrohre gesehen hatten.

Die Angehörigen sahen dem Treiben ihrer Sprösslinge derweil tatenlos zu, und auch Sylvia unternahm nichts, um ihrer Tochter ein zügiges Vorankommen zu ermöglichen. Vor den Rohren herrschte der reinste Darwinismus, wer größer und männlich war, hatte beim Drängeln die besten Chancen.

Holm war froh, dass er sich im Grunde mehr für stille Walfischzähne interessierte und Machtkämpfen, die sich vor bewegenden, blinkenden oder Geräusche machenden Objekten abspielten, nicht viel abgewinnen konnte. Wobei er zugeben musste, dass ihn die Rohre doch ein wenig neugierig gemacht hatten.

Da Zarah unter den gegebenen Umständen vermutlich auch nach einer halben Stunde nicht zum Zug gekommen wäre, beschloss Holm, zweifellos die größte und männlichste Person vor Ort, die Angelegenheit selbst in die Hand zu nehmen und vor den Fernrohren ein wenig Ordnung zu schaffen.

Wer war denn hier der Letzte?, fragte er etwas wahllos in die Menge hinein. Aber die Kinder sahen ihn nicht einmal an, als würden sie solch allgemein gehaltene Fragen prinzipiell überhören. Es war schon empörend zu erleben, wie ein fast vierzigjähriger Mann von Kindern derart brutal ignoriert wurde.

Holm brauchte eine Weile, ehe er sich von dieser Missachtung wieder erholt hatte. Allgemeine Fragen konnte er sich in dieser aufgeheizten Stimmung jedenfalls sparen. Nun hieß es, einschreiten und Fakten schaffen, wollte man es zu überhaupt etwas bringen.

Das Mädchen wartet hier schon viel länger als du, herrschte er einen Jungen an, den er im Verdacht hatte, zwischen den Fernrohren hin und her zu pendeln, was er allerdings nicht hundertprozentig beweisen konnte. Der Junge, der gerade dabei war, das Podest zu erklimmen, wirkte zunächst unbeeindruckt, hielt dann jedoch inne und sah Holm einen Moment lang ungläubig an, als hätte er von Anstehen und Warten noch nie etwas gehört. Wahrscheinlich bekam er zuhause immer sofort, was er wollte, und ging automatisch davon aus, dass es woanders genauso war. Dann schüttelte er kurz den Kopf und stieg wortlos auf das Podest.

Es war unfassbar!

Holm blickte sich um, ob er irgendwo die Eltern dieses rücksichtslosen Kindes entdeckte. Leider waren nur Mütter zu sehen, die weit genug abseits standen und heilfroh waren, dass ihre Kinder eine Weile beschäftigt waren. Mit dieser gewissenlosen Einstellung setzte man zweifellos die Zukunft Deutschlands aufs Spiel. Aber an Deutschland dachte hier wohl schon lange keiner mehr.

Holm war plötzlich so wütend, dass er zur Tat schritt und versuchte, den Jungen abzudrängen, indem er auch aufs Podest stieg, obwohl er dafür eigentlich viel zu groß war. Um überhaupt ins Okular sehen zu können, musste er sich nämlich so weit hinunterbeugen, dass sein Hintern gefühlte zwei Meter über das Podest hinausragte, wobei er sein Gleichgewicht nur halten konnte, wenn er sich gleichzeitig am Fernrohr festhielt, was den Jungen wiederum dazu veranlasste, sein Gesicht noch fester gegen das Rohr zu pressen, als wollte er seine Position unter gar keinen Umständen aufgeben.

Ein derart verbohrtes Kind hatte Holm sein Lebtag noch nicht gesehen. Die Gesamtlage war für Holm außerordentlich ungünstig. Ja, er drohte sogar zu scheitern. Vor den Augen von Zarah und Sylvia drohte eine bedingungslose Kapitulation. Und der Feind war allein und nicht älter als sechs oder sieben Jahre alt.

So nicht, dachte Holm. Aber wie dann? Wie brachte man ein störrisches Kind dazu, freiwillig, vor allem jedoch ohne großes Aufsehen zu erregen, von einem Fernrohr abzulassen?

Appelle an das Solidaritätsgefühl waren vermutlich sinnlos.

Eis!, fiel Holm es plötzlich wie Schuppen von den Augen.

Natürlich Eis. Aßen Kinder nicht zu allen Tages- und Nachtzeiten gerne Speiseeis? Mit Nuss- oder Pistazieneis, war sich Holm sicher, würde selbst dieser Junge fortzubewegen sein.

Wenn du jetzt sofort runtergehst, flüsterte er ihm ins Ohr, kaufe ich dir auch eine Kugel Nusseis.

Zunächst passierte gar nichts, dass Holm schon überlegte, noch eine Kugel draufzulegen, als der Junge sich mit einem Mal von dem Rohr abwendete und Holm verärgert anblickte.

Ich mag aber kein Nusseis!

Holm dachte kurz nach. Vanilleeis?

Der Junge schüttelte angewidert den Kopf.

Womöglich gehörte er zu den wenigen Kindern, die kein Eis aßen. Natürlich konnte Holm auch Schokolade anbieten oder Gummibären. Letztlich war es völlig egal, Hauptsache, er bewegte sich bald.

Du darfst dir das Eis auch aussuchen, versuchte Holm es ein letztes Mal.

Der Junge schien über das Angebot tatsächlich nachzudenken. Vielleicht ging er erst einmal sämtliche, ihm bekannten Eissorten durch, ehe er sich endgültig für eine entschied. Hoffentlich kennt er nicht zu viele, dachte Holm, langsam wurde es nämlich ungemütlich, sein Hintern fühlte sich bereits ganz verspannt an vom dauernden Rausstrecken.

Dann hellte sich das Gesicht des Jungen plötzlich auf. Ich will einen Flutschfinger, rief er.

Abgemacht, sagte Holm, du bekommst einen Flutschfinger. Dabei wusste er nicht mal, ob es sich überhaupt um ein Eis handelte.

Der Junge drehte sich gerade um, als Holm von hinten angetippt wurde.

Nun lassen Sie meinen Sohn doch auch einmal durchs Fernglas sehen, meinte die sichtlich erregte Mutter, die dem Treiben offenbar schon eine Weile zugesehen hatte.

Der Mann will mir einen Flutschfinger kaufen, erklärte der Junge stolz seiner Mutter.

Der Mann wird dir keinen Flutschfinger kaufen, erwiderte die Mutter streng.

Und wieso nicht?, fragte der Junge beleidigt.

Die Mutter blickte nun auch Holm streng an, als hätte er sich irgendetwas zuschulden kommen lassen. Dass ihr Sohn seit einer guten halben Stunde sämtliche Fernrohre besetzt gehalten hatte, war ihr offensichtlich egal.

Weil du von fremden Herren keine Flutschfinger geschenkt bekommst, erklärte sie sachlich, als handelte es sich um einen der ersten Paragrafen aus dem allgemeinen Kindergesetzbuch. Dann schüttelte sie den Kopf und zog ihr maulendes Kind fort.

Man darf Kindern eben nicht alles durchgehen lassen, sagte Holm mit ernstem Gesicht zu Sylvia, nachdem er Zarah persönlich vors Fernrohr gehoben hatte, um weitere Zwischenfälle dieser Art zu verhindern.

Ich weiß, gab Sylvia zu und wischte Holm in diesem Moment gedankenverloren über die Schulter. Holm zuckte unmerklich zusammen, fühlte sich wenig später aber von warmen Gefühlen durchflutet. Auch Mutter und seine Tante Hedwig hatten ihm mitunter beherzt die Schuppen von seinen Schultern geklopft. Er wollte ihr etwas Nettes sagen, aber je länger er darüber nachdachte, desto mehr war er davon überzeugt, dass es besser war, dieses Thema nicht weiter zu vertiefen. Wenn ihr klar wurde, was sie da eben von seiner Schulter gewischt hatte, würde sie sich womöglich angeekelt abwenden.

Zum Glück hatte Zarah inzwischen genug gesehen und strebte ungeduldig in die nächsten Räume.

Sie kamen in die Abteilung mit den ausgestopften Tieren. Antilopen, Wildschweine und sogar Nilpferde standen dort lebensgroß in ihren knapp angedeuteten Lebensräumen und sahen, wie es schien, zu Tode erschrocken auf die dicht an ihnen vorbeischlurfenden Besucherhorden. Holm fühlte sich gleich ein wenig heimisch, denn auch er lebte seit Jahrzehnten in angedeuteten Lebensräumen und wurde regelmäßig von seiner Mutter oder der Tante besucht.

Sind die alle echt?, fragte Zarah. Sie stand vor einer Gruppe Erdferkel und blickte verunsichert zu Holm. Ja, sie sah wirklich Holm und nicht ihre Mutter an, als wäre nur er in der Lage, die Frage nach der Echtheit überzeugend zu beantworten. Anscheinend hatte auch Zarah der späte Sieg am Fernrohr nicht gänzlich unbeeindruckt gelassen.

Aber was war eigentlich echt?

Die blaue KaDeWe-Tüte mit dem weißen KaDeWe-Schriftzug war echt. Die Bäume draußen auf der Straße waren echt. Ob aber tote Tiere, die nur wie lebendige Tiere aussahen, echt waren, konnte Holm nicht mit Sicherheit beantworten.

Na ja, meinte er, im Grunde schon.

Aber die sind doch tot, oder?, hakte Zarah nach.

Das kann man prinzipiell schon so sehen, antwortete Holm.

Es sind einfach lebensnahe Nachbildungen, schaltete sich nun auch Sylvia ein, um ihre Tochter vor einem Erdferkeltrauma zu bewahren. Sie ging in die Hocke, als würde die Erklärung dadurch verständlicher. Damit wir sehen können, wie diese Tiere wirklich gelebt haben, weißt du.

Aber eigentlich sind sie tot, fügte Holm rasch hinzu.

Und warum stehen sie dann hier?, fragte Zarah ein wenig traurig. Die müssen doch begraben werden, oder?

Sylvia warf einen vorwurfsvollen Blick auf Holm, der sich davon aber nicht beirren ließ. Gerade fiel ihm nämlich die Antwort auf ihre ursprüngliche Frage ein.

Korrekt, sagte er, tote Tiere können unmöglich hier stehen, die müssen ja längst verwest sein.

Was ist verwest? Zarah blickte ihre Mutter an, die jedoch keine Antwort darauf wusste.

Das ist ein bisschen zu kompliziert, sagte sie, während sie wieder aufstand. Darüber sprechen wir dann später.

Sie sah eindringlich zu Holm.

Wenn man tot ist, zerfällt der Körper zu Erde, erklärte er. Deshalb sind das hier keine echten Ferkel.

Damit war Sylvia aber überhaupt nicht einverstanden. Das

kannst du so auch nicht sagen, widersprach sie, schließlich sind wir in einem Naturkundemuseum.

Natürlich ist das aber nicht, dass die Tiere hier einfach so herumstehen, merkte er an.

Es bringt ja nichts, erwiderte sie, wenn man den Leuten Erdhaufen präsentiert.

Die wären dann aber zumindest echt, setzte Holm nach.

Darum geht es doch gar nicht, regte sich Sylvia auf.

Heißen die deshalb Erdferkel?, fragte Zarah.

Nein!, riefen Sylvia und Holm im Chor.

Während sie an den Raubkatzen vorbeigingen, hatte Holm zum ersten Mal das Gefühl, dass er der Welt etwas zu sagen hatte. Und die Welt schien sogar bereit, ihm dabei zuzuhören. Bislang hatte er nämlich angenommen, dass seine persönlichen Gedanken niemanden sonderlich interessierten. Selbst seine Eltern hatten ihm irgendwann den Eindruck vermittelt, dass seine Aussagen höchstens privaten Charakter besäßen, nicht aber allgemeine Gültigkeit beanspruchen konnten und deshalb besser nicht in der Öffentlichkeit geäußert werden sollten. Aus diesem Grund hatte Holm seine Kommunikation mit der Welt auf ein Minimum beschränkt und sich vorwiegend mit sich selbst unterhalten. Dass die Welt in Gestalt eines Kindes auf einmal maßgebliche Meinungen zu den unterschiedlichsten Themen forderte, darauf war Holm nicht im Geringsten vorbereitet gewesen.

Im nächsten Raum waren Vitrinen zu sehen, in denen Kleintiere wie Vögel und Nagetiere in einer detailliert nachgebildeten Umwelt gezeigt wurden. Eichelhäher auf Tannenzweigen und Kaninchen im Heidekraut. Sogar die Regenwürmer im umgepflügten Acker hatte man nicht vergessen.

Holm ging einige Schritte voraus, um nicht ständig mit neuen Fragen bombardiert zu werden. Er musste sich an seine neue Aufgabe als meinungsbildender Mensch erst langsam gewöhnen. Außerdem war Holm kein Biologe, was Zarah allerdings nicht zu stören schien. Vielleicht nahm sie an, dass ein

Mensch ab einem gewissen Alter automatisch auch Biologe sein musste.

Während Holm an den verschiedenen Lebensräumen vorbeischlenderte, hatte er plötzlich die Vorstellung, dass hier nach seinem Ableben sein eigener Lebensraum zur Schau gestellt werden würde. Holm im dunklen Anzug und Hausschuhen, wie er im Kinderzimmer auf dem Sessel sitzt und ratlos zum Dachfenster hinaufsieht. Im Hintergrund eine leicht geöffnete Tür, durch die seine Mutter mit einer gelben Schürze bekleidet hereintritt. Unterschrift: »Männlicher Mensch zu Beginn des 21. Jahrhunderts«.

Holm ging rasch weiter, bevor er Zarah irgendwas erklären musste.

Am Ende des Rundganges erreichten sie schließlich die astronomische Abteilung. In der Mitte eines Treppenhauses mit schmiedeeisernen Aufgängen stand ein großes, rundes Sofa mit zwei Dutzend Plätzen, die allerdings weniger zum Sitzen als zum Liegen gedacht waren. Denn hoch über dem riesigen Sofa hing eine ebenso große, runde Leinwand, auf die eine Uhr projiziert war. Zwei Minuten und sechsunddreißig Sekunden, und es wurde jede Sekunde weniger. Mehrere Kinder lagen bereits strahlenförmig auf dem Sofa verteilt und blickten neugierig nach oben.

In zweieinhalb Minuten geht's los, drängte Holm die beiden, obwohl er noch gar nicht wusste, was sie in zweieinhalb Minuten genau erwartete. Aber um seine volle Handlungsfähigkeit unter Beweis zu stellen, musste man eben auch mal ins Blaue hinein drängen.

Und was passiert dann?, fragte Zarah skeptisch und blickte vorsichtshalber zu ihrer Mutter. Offenbar war ihr Holms plötzliche Hektik ein wenig unheimlich.

Lassen wir uns doch überraschen, antwortete sie völlig entspannt, als hätte sie nicht die geringsten Zweifel an seiner Kompetenz als Museumsführer.

Sie legten sich nebeneinander aufs Sofa. Holm, Sylvia und

Zarah. Drei Menschen, die bis vor kurzem noch getrennte Wege gegangen waren, lagen jetzt in einem Treppenhaus auf dem Sofa und sahen still in die Luft. Mann, Frau und Kind. Vater, Mutter und Tochter. Die Rolle des Vaters war Holm zweifellos nicht auf den Leib geschrieben, und die Vorstellung, dass er der Vater der kleinen Zarah sein könnte, kam ihm außerordentlich fremdartig vor. Andererseits, nur als Vater konnte man am helllichten Tag ungestraft im Naturkundemuseum auf dem Sofa liegen und an die Decke starren.

In diesem Augenblick gab es einen gewaltigen Knall. Ein heller Blitz gleißte über die Leinwand über ihnen und verwandelte die leere weiße Fläche in einen vielfarbigen Nebel. Der Urknall. Sie wurden Zeuge von der Geburt ihres Planeten. Im Zeitraffer rasten die Jahrmilliarden vor ihren Augen vorbei. Der Nebel verdichtete sich zu rötlichen Wolken, Wolkenwirbeln und Stromstrudeln, die sich in glutrote Materie verwandelten, die sich zusammenzog und schließlich kugelförmig erkaltete. Schemenhaft tauchte das Sonnensystem hinter den Rauchschwaden des Urknalls auf. Immer noch rasten die Jahrmillionen durch den Ticker, wie eine riesige Schuldenlast, die langsam weniger wurde, je deutlicher sich die Planeten heraushoben aus der Finsternis des Alls.

Holm verfolgte fasziniert die Entstehung der Welt. Wie aus diesem Chaos einmal Schwarzwälder Kirschtorte und Lohnzusatzkosten entstehen würden, war ihm allerdings völlig schleierhaft.

Der Blick raste mit unvorstellbarer Geschwindigkeit durch den schwarzen Raum, vorbei an der Sonne, Neptun, Jupiter, Saturn und Pluto, und schließlich direkt auf die Erde, ihren blauen Planeten zu. Bald waren Kontinente zu erkennen, Nord- und Südamerika, Asien und Afrika, und endlich, ganz klein, Europa. Frankreich, England und Italien. Die Nord- und die Ostsee. Nur noch zehntausend Jahre und jetzt lagen auch die Umrisse Deutschlands vor. Immer schneller ging es hinab, gleich müssten auch Berlin und Rudow zu erkennen sein. Fast schien es, als wäre der Weg nach Rudow seit dem Urknall quasi vorgezeichnet gewesen, was Holm einen Moment doch zu denken gab. Vielleicht steuerte alles auf Holms Elternhaus zu, am Ende gar auf seine Mutter, die jeden Augenblick auftauchen und ihren Kochlöffel in einer Drohgebärde fuchtelnd gen Himmel erheben würde. Wo er denn die ganze Zeit geblieben sei, das Essen stünde längst auf dem Tisch.

Aber nein, der Blick stürzte nach Osten, er stürzte direkt über Ostberlin ab. Über einem mehrflügeligen Gebäude fing er sich jedoch, wurde langsamer und langsamer. Zoomte sich schließlich durch ein großes Dachfenster ins Treppenhaus bis hinunter zum Erdgeschoss. Und dort war ein großes, rundes Sofa, auf dem strahlenförmig Menschen verteilt lagen, Kinder und Erwachsene. Jetzt war Holm zu erkennen, und Sylvia und Zarah, wie sie nebeneinanderlagen und gebannt nach oben sahen.

Nicht Rudow und Holms Elternhaus waren offensichtlich das Zentrum des Universums, sondern ein rundes Sofa im Naturkundemuseum, auf dem zufälligerweise Holm, Sylvia und Zarah lagen, und das kam für Holm nun doch ein wenig überraschend.

Leider war dieser Augenblick nur von kurzer Dauer. Schon zog sich der Blick wieder zurück. Raste hinauf und voran in der Zeit. Millionen und Milliarden Jahre weiter, und es war keineswegs sicher, dass auch in Zukunft noch ein rundes Sofa das Zentrum des Universums war.

Als das Licht anging, erhoben sich alle langsam von ihren Plätzen. Noch leicht betäubt von der überraschenden Entwicklung, klopfte sich Holm den Staub des Urknalls von der Jacke. Sylvia wirkte etwas bedrückt, als müsste sie angesichts dieser unvorstellbaren Dimensionen erst ihr Gleichgewicht wiederfinden. Nur Zarah machte einen zufriedenen Eindruck. Die Entwicklung bereitete ihr anscheinend nicht das geringste Kopfzerbrechen.

Gehen wir was essen?, fragte sie, nachdem sie das Museum verlassen hatten.

Trotz Mittagszeit verspürte Holm nicht den leisesten Appetit. Noch immer steckte ihm das Universum in den Gliedern. Im Grunde war es sinnlos, überhaupt etwas zu essen.

Dann müssen wir uns wohl was Passendes suchen, meinte Sylvia mehr in Richtung Holm. Offenbar drohte das Kind zu verhungern, wenn es nicht sofort etwas zu essen bekam.

Holm erinnerte sich an einen Biergarten am Zoo, von dem er einmal in der Zeitung gelesen hatte. Für Familien mit Kindern geeignet, hatte es da geheißen. Und das traf auf sie zweifellos zu.

Sie nahmen ein Taxi. Holm wollte sich nicht den Vorwurf machen lassen, geizig zu sein. Allerdings hatte er nicht genügend Geld dabei, um Taxi und Mittagessen zu bezahlen. Lediglich für den Museumseintritt, zwei Tassen Kaffee und eine Brause hatte er sich Geld eingesteckt, viel mehr, als er üblicherweise in seiner Brieftasche hatte. Mit einem Mittagessen hatte er überhaupt nicht gerechnet.

Holm steckte in einer Klemme, aus der er keinen anderen Ausweg wusste, als sich von Sylvia Geld zu leihen, natürlich nicht, ohne sie vorher großzügig einzuladen.

Doch ehe es dazu kam, fiel ihm seine Scheckkarte wieder ein. Natürlich, Holm war im Besitz einer Scheckkarte der Berliner Sparkasse. In letzter Zeit, oder um genau zu sein, seit exakt sieben Monaten und drei Tagen, hatte er sie zwar nicht mehr benutzt, einfach weil es keinen Grund dafür gegeben hatte. Nun aber durfte der Rudower Sparkassenfilialleiter Böhnke, der ihm schon so manchen Überziehungskredit gewährt hatte, gerne erfahren, dass Holm wieder im Leben mitmischte und in einem Biergarten das Mittagessen gleich für drei Personen bezahlte. Das würde selbst Herrn Böhnke davon überzeugen, dass von Holm in Zukunft noch einiges zu erwarten war.

Der Biergarten befand sich tatsächlich unmittelbar neben dem Zoo. Sogar einen See gab es, der sich weit ins Grün des Tiergartens erstreckte. Und Ruderboote. Holm war plötzlich heilfroh, dass der Urknall letztlich doch so glimpflich abgelaufen war.

Als Zarah den See und die Ruderboote entdeckte, hatte sie ihren Hunger sofort vergessen.

Fahren wir Boot?, bettelte sie aufgeregt. Es war ihr anscheinend nicht möglich, eine Sache länger als eine viertel Stunde zu verfolgen.

Aber du wolltest doch was essen, erinnerte sie Sylvia vollkommen zu Recht an ihren ursprünglichen Plan. Und hier galt schließlich immer noch das Wort ihrer Mutter, erst recht, wenn es darum ging, mit einem Ruderboot in unbekannte Gefilde aufzubrechen.

Ich möchte aber viel lieber Boot fahren, quengelte Zarah unbeeindruckt weiter.

Dass Sylvia auf einmal schwieg, war für Holm ein klares Zeichen, dass sie kurz davorstand, ihr eigenes Wort zu korrigieren. Ein unverzeihlicher Fehler, denn dies bedeutete, dass sie auch in Zukunft ihre Worte korrigierte, sobald Zarah spontan die Meinung änderte. Umso mehr, als Holm in diesem Fall noch kein eigenes Wort zustand, an dem er festhalten konnte.

Mmh, machte Sylvia und sah nachdenklich zu den Booten. Hoffte sie, Zarahs unbändigen Bewegungsdrang durch einige kräftige Rudereinheiten so weit abzuschwächen, dass sich Sylvia später ganz auf Holm konzentrieren konnte? Das war zweifellos zu befürchten.

Du weißt doch, sagte sie zögerlich, dass mir auf dem Wasser immer schlecht wird. Und alleine kannst du noch nicht rudern.

Holm nickte eifrig.

Ich will aber rudern, rief Zarah störrisch mit dem Fuß aufstampfend. Plötzlich verschwand jedoch der störrisch-verärgerte Ausdruck aus ihrem Gesicht, und sie blickte schelmisch lächelnd zu ihrer Mutter auf.

Sonst darf Felix auch nicht in unsere Hütte, erklärte sie grinsend, sie genoss sichtlich ihren Triumph und wirkte außerordentlich entspannt.

Soso, sagte Sylvia. Der Hinweis auf die Hütte schien ihr unangenehm zu sein, sie widersprach ihrer Tochter jedoch nicht, was Holm sofort in Alarmbereitschaft versetzte.

Er ahnte Schlimmes, und weil Holm auf einmal stumm und reglos wie ein zufälliger Zuhörer daneben stand, meinte Sylvia, ihn wieder mit einbeziehen und eine Erklärung abgeben zu müssen.

Wir haben draußen nämlich eine kleine Datsche, sagte sie, Holms Blick nur flüchtig streifend.

Beim Wort Datsche lief es Holm kalt den Rücken hinunter. In eine Datsche im Umland wollte er unter gar keinen Umständen fahren.

Und dahin wolltest du ihn doch einladen, fuhr Zarah, ungeachtet der angespannten und vor allem äußerst peinlichen Situation, fort.

Holm hatte derweil das ungute Gefühl, in Sylvias Leben bereits vollständig eingeplant zu sein, und er hatte kaum eine Möglichkeit, etwas dagegen zu unternehmen. Wenigstens gefragt wollte er vorher werden, ob er zu einer Hütte fahren wollte oder nicht.

Jetzt ist aber mal gut, rief Sylvia streng. Und weil ihr die ganze Geschichte sichtbar auf die Nerven ging, was sollte Holm erst dazu sagen, aber er wurde ja nicht gefragt, wandte sie sich mit einem schüchternen Lächeln an Holm.

Würdest du mit Zarah vielleicht Boot fahren?

Holm erblasste. Er erblasste so sehr, dass er meinte ohnmächtig zu werden. Eine Bootsfahrt mit einem sechsjährigen Kind war so ziemlich das Letzte, was er sich nach dem Besuch im Naturkundemuseum vorstellen konnte. Viel schlimmer war, auch Holm wurde schlecht auf dem Wasser. Seitdem er als Jugendlicher in einem Schlauchboot einmal quer über einen beschaulichen Weiher gepaddelt war und danach einen ganzen Tag lang seekrank im Bett verbracht hatte, stand Holm Bootsfahrten auf sämtlichen Gewässern grundsätzlich ablehnend gegenüber.

Nun war es leider so, dass er schwer etwas ablehnen konnte.

Weil ihn das Leben schon andauernd ablehnte, sagte er zu fast allem Ja, in der vagen Hoffnung, dadurch einmal Zutritt zur Hauptlebensbühne zu erhalten. Ob ihn eine Bootsfahrt mit Zarah da allerdings wesentlich voranbrachte?

Na gut, willigte er schließlich ein, aber nur eine Runde.

Während Sylvias Spannung mit einem Mal von ihr abfiel und sie Holm vor Begeisterung sogar flüchtig den Arm drückte, wirkte Zarah nach dieser Entscheidung ein wenig besorgt.

Alleine?, fragte sie und sah ängstlich zu ihrer Mutter, als betrachtete sie Holm nicht als ernstzunehmenden Bootsführer, womit sie zweifellos nicht ganz Unrecht hatte.

Felix ist doch auch noch da, erklärte Sylvia.

Zarah blickte skeptisch zu Holm, der ihr daraufhin übertrieben optimistisch zulächelte, auch wenn er es selber irgendwie verwerflich fand.

Und so stachen sie in See. Das heißt, nachdem die organisatorischen Dinge geregelt waren. Im Lokal musste Holm seinen Pass abgeben, als befürchtete man, er könne sich mit dem Kind ins Ausland absetzen.

Ehe sie den Steg betraten, verabschiedete sich Holm betont beiläufig von Sylvia, damit sie nicht den Eindruck bekam, es könnte irgendetwas schieflaufen.

Allerdings gestaltete sich schon der Einstieg ins Boot außerordentlich schwierig.

Denn während Holm das Seil entknotete und Zarah bereits im Boot saß, Frauen und Kinder zuerst, begann sich das Boot unbemerkt vom Steg zu entfernen. Er wollte das Seil gerade ins Boot werfen, als er das Unheil im letzten Moment erkannte. Mit einem riesigen, fast todesmutigen Schritt trat Holm ins stark schwankende Boot, wobei er beinahe das Gleichgewicht verloren hätte und seitlich über Bord gekippt wäre. Mit beiden Armen balancierend, stand Holm nun ein wenig hilflos mitten im Boot, das inzwischen selbstständig Fahrt aufgenommen hatte und zu Holms Entsetzen auf das gegenüberliegende Ufer zusteuerte.

Du musst dich hinsetzen, rief Zarah in leichter Panik, offenbar ahnte sie jetzt schon, dass Holm als Kapitän völlig unbrauchbar war.

Die Frage war, in welche Richtung er sich hinsetzen musste. Wenn er sich so setzte, dass er zum Heck sah, zeigte die Bootsnase zwar in Fahrtrichtung, gleichzeitig ruderte er jedoch rückwärts und konnte so unmöglich einen vernünftigen Kurs halten. Umgekehrt saß er logisch gesehen richtig herum, nämlich mit Blick auf die Bootsnase, ruderte dabei aber nicht nur rückwärts, sondern zusätzlich noch mit dem Ende vorneweg.

Die ganze Ruderei ist ein Irrsinn, dachte Holm. Egal wie er es drehte und wendete, es blieb bei der Tatsache, dass er in jedem Fall rückwärts ruderte.

Von ferne winkte ihnen Sylvia zu. Für weitere Abschiedsgesten hatte Holm gegenwärtig aber keine Zeit, denn es ging um nichts Geringeres, als eine Kollision mit dem Ufer und damit den möglichen Untergang des Bootes CaNeu 102 noch in letzter Minute zu verhindern. Holm schwenkte das rechte Ruder über Bord und begann hektisch aufs Wasser zu platschen, um den Wellengang Richtung Boot zu aktivieren. Zunächst schien der Plan auch aufzugehen, langsam drehte sich die Nase nach links. Eine Weile schwankten sie am Ufer entlang aufs offene Wasser zu, und Holm gab bereits innerlich Entwarnung, als er merkte, dass das Boot neuerlich abdriftete und, sich halb um die eigene Achse drehend, mit dem Heck vorneweg auf die Böschung zutrieb. Nun griff Holm auch nach dem linken Ruder, stieß beide Blätter gleichzeitig ins Wasser und drückte sie sofort wieder heraus, als versuchte er, sich samt Boot aus dem See zu heben. Das Ruder im letzten Augenblick herumreißen, dachte er. Welches der beiden Ruder man allerdings wohin herumreißen musste, wurde leider nicht gesagt.

Doch außer dass das Boot noch mehr schwankte als zuvor, trieben sie unverändert auf das Ufer zu.

Boot nicht zu halten, dachte Holm, als das Heck mit Zarah im Schilf verschwand. In diesem Augenblick gab es einen gewaltigen Rums. Holm sackte rückwärts auf die Bank, während sich ein halbes Dutzend Wasservögel laut schnatternd aus dem Röhricht erhob.

Eine Zeitlang blieb es erschreckend still, bis Zarah eine ängstliche Frage stellte.

Du kannst gar nicht Boot fahren, oder?

Enten, erklärte Holm, leider nur Enten. Wahrscheinlich brüten sie hier im Schilf.

Eigentlich hatte ich auf Blesshühner gehofft. Die gibt es nämlich gar nicht mehr so häufig, wie man denkt, weißt du?

Zarah durfte auf keinen Fall anfangen, nach ihrer Mutter zu rufen. Hilfeschreie aus dem Schilfbereich hätten sie zweifellos hellhörig gemacht.

Ich kann Boot fahren, sagte Holm, aber ich interessiere mich eben auch für die Vogelwelt.

Das glaube ich nicht, sagte sie mit tränenerstickter Stimme, während sie sich fest an den Bootsrand festklammerte.

Ihm war auf einmal klar, dass er eine gewisse Verantwortung übernommen hatte. Hier auf diesem See entschied sich, ob Zarah zukünftig eine Bootsfahrtphobie hatte und Männern misstraute. Ob sie Schweißausbrüche und Panikattacken bekam, wenn sie sich einem schilfbewachsenen Baggersee näherte.

Dem wollte und musste Holm unbedingt entgegenwirken.

Wir fahren jetzt raus auf den See, sagte er mit gespielter Gelassenheit und riss im selben Moment das Ruder tatsächlich herum.

In meiner Jugend, fuhr er fort, während er das Blatt in die Böschung rammte, dass sie aus dem Schilf regelrecht hervorschossen, bin ich hauptsächlich gepaddelt.

Gepaddelt? Zarah klammerte sich noch fester ans Boot.

Im Gummiboot meiner Großeltern!

Diese Information schien Zarah ein wenig lockerer zu machen. Sie grinste. Es war allerdings nicht ganz klar, wieso.

Der See, sagte Holm, er hatte seine Bewegungen inzwischen so weit koordiniert, dass man inzwischen halbwegs von Rudern sprechen konnte, der See war mindestens so groß wie dieser, ach, noch viel größer. Ich bin eigentlich immer auf großen Seen gepaddelt.

Obwohl das Boot nun genügend Schwung hatte, die andere Uferseite war zum Glück noch weit genug entfernt, musste bald eine Richtungsentscheidung getroffen werden. Nur wie sollte man sich für einen bestimmten Weg entscheiden, wenn man mit dem Rücken in Fahrtrichtung saß?

Derweil verschwanden Sylvia und der Biergarten langsam aus seinem Blickfeld. Und zwar, wie Holm irritiert bemerkte, verschwanden sie hinter Büschen und Bäumen, obwohl es Büsche und Bäume mitten auf dem See eigentlich gar nicht geben konnte.

Als er sich umdrehte, das hätte er mal viel früher machen sollen, sah er, dass sie in einen schmalen Kanal hineingefahren waren. Zu beiden Seiten herabhängende Äste und dichtes Gestrüpp.

Holm hörte sofort auf zu rudern und ließ die Ruderblätter dicht am Bootsrand im Wasser treiben. Einfach so tun, als säße man nur zufällig hier drin.

Nach einer Weile wurde ihm jedoch klar, dass das Boot von alleine nicht wieder aus dem Kanal herausfinden würde. Hier bedurfte es schon steuernder Maßnahmen seitens des Kapitäns, der in diesem Fall eindeutig Holm hieß.

Sofort stoppen und umdrehen, dachte er. Aber wie stoppte man ein Boot? Wie stoppte man hundert Kilo treibendes Holz?

Es wurde einem zwar dauernd gesagt, was man tun musste, wenn man vorankommen wollte, was zu tun war, wenn man einmal nicht vorankommen, sondern einfach nur umdrehen wollte, darüber wurde nie etwas mitgeteilt.

Zarah hatte ihre Ängstlichkeit inzwischen überwunden und blickte neugierig das Ufer entlang. An dieser Front herrschte jedenfalls erst mal Ruhe.

Gibt es hier auch Krokodile?, fragte sie, die Ruhe abrupt unterbrechend.

Holm überlegte, ob sie die Frage ernst gemeint haben könnte. Gab es berechtigte Gründe zur Annahme, dass im Zentrum der deutschen Hauptstadt Krokodile lebten?

Da noch niemand diese Frage offiziell gestellt hatte, konnte auch niemand mit Sicherheit behaupten, das Zentrum der deutschen Hauptstadt sei definitiv krokodilfrei.

Nein, sagte er schließlich, um sie nicht erneut zu ängstigen.

Doch anstatt dankbar zu sein, wirkte Zarah fast ein wenig enttäuscht.

Aber im Urwald gibt es Krokodile, oder?

Wir sind aber nicht im Urwald, erklärte Holm, sondern im Tiergarten. Und da gibt es keine Krokodile.

Im Tiergarten gibt es aber auch Enten, beharrte Zarah trotzig.

Nicht überall, wo es Enten gibt, gibt es auch Krokodile!

Ob dies umgekehrt auch galt, war allerdings noch zu beweisen.

Die Krokodile könnten die Enten auffressen, schlug Zarah vor.

Wenn es hier Krokodile gäbe, würden sie die Enten wahrscheinlich auch essen.

Offenbar war es Zarah lieber, wenn Holm die Existenz von Krokodilen bestätigte, damit sie sich ordentlich fürchten konnte.

Na ja, lenkte Holm ein, damit sie endlich zufrieden war, vielleicht gibt es ja kleine Krokodile.

Wie zum Beweis reckte er mit einem Mal seinen Kopf und fixierte eine bestimmte Stelle am Ufer.

Da hinten, rief er aufgeregt, er kam sich ausgesprochen lächerlich vor, ich glaube, da ist eben eins weggesprungen.

Zarah machte sich jedoch noch nicht einmal die Mühe, dorthin zu sehen, sondern blickte Holm gequält an.

Krokodile können gar nicht springen, bemerkte sie sachlich.

Holm dachte nach. Dann wird es wohl eine Baumschlange gewesen sein, fügte er ebenso sachlich hinzu.

Hier merkte Zarah plötzlich auf. Eine Baumschlange?

Ja, ja, sagte Holm, es gibt hier nämlich Baumschlangen, die in Bäumen auf ihre Opfer lauern. Manchmal springen sie auch in Boote.

Er war ausgesprochen zufrieden mit seiner Idee.

Zarah blickte nervös auf die zahllosen Äste, die fast über das Boot reichten. Plötzlich schossen ihr die Tränen in die Augen. Ich will zu meiner Mama, schluchzte sie und klammerte sich wieder am Bootsrand fest.

Holm hatte nun langsam die Nase voll. Erst will sie sich fürchten, dachte er, und wenn es etwas zu fürchten gibt, will sie nichts mehr davon wissen. Die Pharaonen im alten Ägypten waren leichter zu verstehen als Kinder!

Aus Ärger fing er wieder an zu rudern. Es war ihm jetzt egal, ob sie am Ufer zerschmetterten und kenterten. Am Ende wäre es sogar ganz gut, wenn sie kenterten, dann würde Zarah vielleicht die Baumschlangen vergessen.

Da sie aber so schnell nicht kenterten und Zarah immer noch ängstlich dasaß und vor sich hinschluchzte, versuchte er sie zu beruhigen.

Es gibt nur noch ganz wenige Baumschlangen, erklärte er, und die haben so viel Angst vor Menschen, dass sie niemals in Boote springen würden.

Zarah schien noch immer nicht überzeugt.

Eigentlich, machte er weiter, hat man schon seit Jahren keine einzige Baumschlange mehr gesehen. Und Schlangen springen ja ohnehin sehr selten, wahrscheinlich sogar nie in Boote. Zumindest nicht, wenn Menschen an Bord sind.

Daraufhin hörte Zarah auf zu schluchzen und blickte ihn ernst an.

Du hast also gar keine Baumschlange gesehen?

Holm schluckte.

Nein.

Und warum hast du mich dann angelogen?

Ich dachte, du wolltest irgendwas sehen, verteidigte sich Holm.

Aber keine Baumschlangen, erwiderte Zarah.

Und was, wenn ich fragen darf, würdest du gerne sehen?

Zarah dachte kurz nach. Was anderes eben.

Schweigend glitten sie weiter durch den Kanal. Sehr bald schon begann sich Zarah zu langweilen. Sie wackelte mit dem Kopf und machte seltsame Grimassen. Stilles Genießen war ihr offensichtlich nicht möglich.

Sie erreichten eine kleine Wasserlichtung, von der drei etwa gleich breite Wasserarme abgingen. Von ferne hörte man das Rauschen des Verkehrs, ein Hinweis, dass sie sich nach wie vor in Berlin befanden.

Holm steuerte in den mittleren der drei Arme, damit konnte man zumindest nicht alles falsch machen.

Fahren wir jetzt zurück?, fragte Zarah.

In diesem Augenblick wurde ihm siedend heiß klar, welche Verantwortung er übernommen hatte, als er mit Zarah zusammen ins Boot gestiegen war. Holm trug allein die Verantwortung dafür, dass dem Kind nichts passierte und es heil wieder der Mutter übergeben wurde. Und dass ihm Sylvia ihr einziges Kind so einfach überlassen hatte, zeugte von einem Vertrauen, das er sich selbst gegenüber nie gehabt hätte. Sich selbst hätte Holm im Grunde nie ein Kind überlassen, wie es ihm überhaupt merkwürdig vorkam, dass man Menschen vertraute, von denen man nie hundertprozentig wusste, was sie den ganzen Tag so dachten. Selbst von seiner Mutter wusste Holm bis heute nicht genau, was sie wirklich über ihn dachte. Und auch seine Mutter wusste natürlich nicht alles über Holm. Trotzdem ließ sie ihn alleine hinaus in die Stadt ziehen, obwohl sie nur wenig Ahnung davon hatte, was er dort überhaupt trieb. Sie vertraute ihm ganz einfach, dass er keine Geschäfte plünderte oder hilflose alte Menschen um ihr Erspartes brachte. Sie vertraute ihm, weil sie ihn liebte. Das würde aber bedeuten, dachte er den Gedanken unerbittlich weiter, dass ihn, und hier stockte ihm fast der Atem, dass ihn zweifellos auch Sylvia lieben musste. Hätte sie ihm Zarah sonst so ohne weiteres anvertraut?

Dieses Ergebnis gab ihm zu denken. So klar und eindeutig war ihm die Liebe, seine Mutter einmal ausgenommen, bislang noch nie begegnet. Mitten auf einem See im Tiergarten wurde er plötzlich von der Liebe einer Frau überfallen, und das war mehr, als er gegenwärtig verkraften konnte.

Zunächst musste er Zarah jedoch sicher wieder bei ihrer Mutter abliefern. Danach würde er weitersehen.

Ich fahre dich zurück zu deiner Mutter, sagte Holm äußerlich vollkommen ruhig. Denn was Zarah zu diesem Zeitpunkt noch nicht ahnte: Holm hatte die Orientierung verloren. In einem Gebiet, das nicht größer war als Alt-Rudow, hatte er sich mit einem Ruderboot verfahren. Dass er sich mitunter auch in Alt-Rudow verlief, würde Zarah wohl kaum beruhigen.

Auf keinen Fall durfte er jetzt panisch reagieren. Gleichmäßig weiterrudern, als hätte er alles im Griff. Zumindest als Mann wollte er seine Glaubwürdigkeit bewahren. Wenn er sich sogar auf einem überschaubaren See verirrte, wie sollte er sich da im viel größeren Leben zurechtfinden. Das würde auch Sylvia nachdenklich stimmen.

Duu, sagte Zarah auf einmal, sie schlug mit der flachen Hand gelangweilt aufs Wasser, was Holm mit einiger Sorge beobachtete. Gerade neulich hatte er in der Zeitung über einen Dorsch gelesen, der im Schlachtensee in den Zeh einer Schwimmerin gebissen hatte.

Würdest du das bitte lassen, sagte Holm aus einem Impuls heraus, der ihn vor Schreck innerlich erstarren ließ. Staunend hörte er seinen Worten nach, so etwas hatte er zuvor noch keinem gesagt. Und dass Zarah, die darüber genauso erstaunt wirkte, tatsächlich mit dem Wasserschlagen aufhörte, war fast nicht zu glauben. Offenbar klangen Verbote aus Holms Mund gar nicht so merkwürdig, wie er immer angenommen hatte.

Zum Glück nahm Zarah ihm das keineswegs krumm. Vielleicht hatte sie schon lange damit gerechnet und war im Grunde ganz froh, dass sie in Holm nun endlich einen Mann mit Weisungsbefugnis erkannte.

Duu, wiederholte Zarah jetzt artig auf ihrem Platz sitzend, Mama hat gestern mit einer Freundin über dich gesprochen.

Aha, machte Holm.

Und weißt du, was Mama gesagt hat?

Holm zuckte mit den Schultern. Woher sollte er das auch wissen, er war schließlich nicht dabei gewesen. Einen Moment überlegte er sogar, ob er ihr das Fragen ebenfalls verbieten sollte, aber man musste es ja nicht gleich übertreiben.

So wie die Nase des Mannes, ist sein Johannes.

Holm schoss das Blut in den Kopf. Entsetzt starrte er ins Gebüsch. Er würde einfach nicht darauf reagieren. Als Weisungsbefugter war es sein gutes Recht, nicht auf alles zu reagieren. Er starrte weiter ins Gebüsch.

Doch während er das tat, fragte er sich unwillkürlich, welche Schlussfolgerungen Sylvia wohl aus der Einschätzung seiner Nase gezogen hatte. Bemerkenswert daran war, dass Sylvia offenbar schon viel weiter war als er selbst. Sylvia befand sich geistig bereits unter der Gürtellinie, während Holm noch nicht mal bis zum Dekolleté vorgedrungen war.

Wer ist denn Johannes?, fragte Zarah, die Johannes offenbar für eine reale Person hielt. So wie es eine Busenfreundin gab, gab es für Männer vielleicht einen Nasenfreund, der von jeher eben Johannes genannt wurde.

Johannes? Holm blickte flüchtig zu Zarah, die nicht das Geringste zu ahnen schien.

Johannes, sagte Holm, er bemühte sich, sachlich zu bleiben, Johannes ist, na ja, ein alter Kumpel von mir.

Zarah blickte ihn irritiert an. Diese Antwort stellte sie noch nicht hundertprozentig zufrieden.

Holm ruderte so schnell, als wollte er ihrem Blick davonfahren.

Und wieso ist dein Kumpel wie deine Nase? Zarah fasste sich prüfend selbst an die Nase, als wollte sie sich vergewissern, ob man überhaupt wie eine Nase aussehen konnte.

In diesem Moment tauchte vor ihnen überraschend die Bootsanlegestelle auf. Anscheinend waren sie nur im Kreis gefahren. Sylvia wartete bereits auf dem Steg und winkte ihnen freudig zu.

Ich habe keine Ahnung, erklärte Holm, das musst du wohl deine Mutter fragen. Er deutete zum Anleger, und als Zarah ihre Mutter erkannte, winkte sie so aufgeregt zurück, als wären sie mehrere Jahre fort gewesen.

Kurz darauf machten sie am Steg fest und verließen das Boot.

Und, wie war's?, fragte Sylvia neugierig, aber irgendwie auch erleichtert, dass nichts Schlimmes passiert war.

Felix hat einen Kumpel, der aussieht wie seine Nase, sprudelte es kichernd aus Zarah heraus.

Sylvia blickte verschämt lächelnd zu Holm, der stocksteif und mit schweißnassen Händen neben ihr stand.

Das ist ja, na also, das ist ja toll, ist das, stotterte sie und nickte Zarah anerkennend zu, als wäre sie stolz auf diesen außerordentlich originellen Vergleich ihrer Tochter.

Nachdem sie sich wieder gefasst hatte, fügte sie hinzu, als wäre dies der einzig mögliche Übergang: Dann hat es dir mit Felix also gefallen?

Jaa!, rief Zarah und klatschte begeistert in ihre Hände.

Holm atmete dankbar auf. Nachhaltig gestört wirkte sie jedenfalls nicht. Und wenn sie jetzt noch normal isst, dachte er, hat sie das Gröbste zweifellos überstanden.

Nur Holm hatte in diesem Augenblick das Gefühl, dass ihm das Gröbste erst noch bevorstand.

10

Je länger Holm in der Altenunterhaltung arbeitete, desto routinierter stellte er in den entscheidenden Momenten die richtigen Fragen. Meist gelang es ihm sogar, seine sorgfältig vorab präparierten Fragen vollständig abzuarbeiten. Er beherrschte die

Kunst der Fragen und des Nachfragens inzwischen so gut, dass er die jeweiligen Antworten gar nicht mehr brauchte.

Hier erwies sich wider Erwarten Heinz Jaletzke, der Holm zu Beginn mit seinem Verhalten stark irritiert hatte, als der dankbarste Kandidat. Denn Heinz Jaletzke betrachtete die Welt ausschließlich unter dem Gesichtspunkt der Zahnmedizin. Und diese Beschränkung kam Holms eigener Sichtweise entgegen. Nicht etwa, dass er selbst gerne zahnmedizinische Fragen behandelt hätte, Holm war weit davon entfernt, in irgendeinem Bereich fachkundige Aussagen machen zu können, aber die Beschränkung auf einen winzigen Ausschnitt des Lebens kam seinen natürlichen Fähigkeiten schon ziemlich nah. So hätte er zum Beispiel gerne als weltweit anerkannter Experte für den Berliner Stadtteil Rudow gegolten. Holm als der Rudow-Kenner schlechthin. Bei einem Terroranschlag auf Rudower Gebiet hätte man ohne den Rudow-Spezialisten Holm zweifellos nicht mal ansatzweise eine Erklärung dafür finden können, weshalb ausgerechnet Rudow Ziel dieses verheerenden Anschlags werden musste.

Die Vielfalt des Lebens beunruhigte Holm, weil es zu viele unbeantwortete Fragen gab.

Wenn Holm Heinz Jaletzke wieder verließ, waren seine Fragen zur Zahnheilkunde restlos beantwortet, und das verschaffte Holm das gute Gefühl, die Lage unter Kontrolle zu haben.

Bei Günter Netzer genügten bereits allgemeine Fragen zu seinem Wohlbefinden oder dem Seniorenwohnheim, und der Rest der Zeit verging wie im Fluge. Günter Netzer war wie ein Reiseführer, der über alle Sehenswürdigkeiten des Lebens etwas erzählen konnte, und Holm brauchte nur interessiert nach rechts und links zu sehen.

Leider gab es immer wieder Situationen, die Holm nicht vollständig in den Griff bekam. Große Gefühle oder ein längeres Schweigen zwischen den Fragen. Er wusste einfach nicht, wie er angemessen darauf reagieren sollte. Denn auch gemeinsames Schweigen wollte gelernt sein. Bislang hatte er vorwiegend alleine geschwiegen. Auf Fragen von seiner Mutter oder Tante Hede hatte er häufig vielsagend, manchmal auch beleidigt geschwiegen, wenn es dazu nicht mehr zu sagen gab. Gemeinsam mit seiner Mutter hatte Holm jedoch noch niemals zuvor geschwiegen, und er ahnte, dass ein gelungenes gemeinsames Schweigen weitaus schwieriger war als alle Fragen und Antworten zusammen.

Als Holm am frühen Nachmittag in Elfriede Schlemms Wohnung kam und sein übliches »Ich bin's« in den Flur rief, herrschte eine merkwürdige, nahezu gespenstische Ruhe. Statt einem »Ja« oder »Wer ist denn da?« waren jetzt nicht einmal vage Geräusche zu hören.

Sein erster Gedanke: Elfriede Schlemm lag tot im Bett, in ihrer rechten Hand hielt sie noch den Telefonhörer umklammert, und Holm hatte die Aufgabe, ihre vor Entsetzen erstarrten Augen zu schließen.

Dabei kannte er Tote bislang nur aus dem Fernsehen. In Krimis und der Tagesschau waren dauernd Tote zu sehen. Tote Ehemänner und Palästinenser. Beim Anblick dieser Toten hatte Holm jedoch nie irgendetwas empfinden können, als würde er im Grunde nicht recht glauben, was er da sah.

Holm versuchte sich mit dem Gedanken an die ausgestopften Erdferkel im Naturkundemuseum zu beruhigen. Allerdings, und hier endete der Beruhigungsversuch bereits, würde Frau Schlemm zweifellos nicht ausgestopft im Schlafzimmer liegen, sondern womöglich noch betriebswarm, was ihn sofort in eine leichte Panik versetzte. Und weil er sich, einmal in erhöhte Alarmbereitschaft versetzt, zwanghaft immer weiter erregen musste, fiel ihm beim Stichwort Krimi gleich noch ein fürchterliches Verbrechen ein. Elfriede Schlemm war das Opfer eines Raubüberfalls geworden. Während die jungen Männer (Augenzeugen hätten sie vor kurzem im Raum Bielefeld gesehen) die Wohnung nach Geld und Schmuck durchsucht hatten, hatte Frau Schlemm von ihrem Sessel aus nach dem Telefonhörer gegriffen, wobei ihr einer der Täter mit dem antiken Kerzenleuchter auf den Kopf geschlagen hatte. Demnach lag Frau Schlemm also gar nicht im Bett, sondern hing mit dem Oberkörper schräg über der Sessellehne.

Bloß nichts anfassen, dachte Holm im selben Moment, als langjähriger »Tatort«-Zuschauer kannte man sich in diesen Dingen natürlich aus. Denn bei der Spurensicherung wäre der Verdacht automatisch auf Holm gefallen. Holm, der sympathische junge Altenunterhalter, hatte sein Vertrauen schamlos ausgenutzt und der alten Frau kaltblütig den Schädel eingeschlagen.

Ihm lief es kalt den Rücken hinunter.

Plötzlich hörte er aus dem Wohnzimmer ein leises Röcheln. Elfriede Schlemm lebte! Selbst ein Schlag mit dem Leuchter hatte ihr nicht den Rest gegeben. Im Krieg hatte sie vermutlich noch ganz andere Schläge überlebt.

Das Röcheln ging in ein gewöhnliches, trockenes Altershusten über, es hörte sich eigentlich ganz normal an. Holm hustete probeweise leise in seine vorgehaltene Hand, um ganz sicher zu sein. Tatsächlich hörte es sich fast genauso an, was ihn kurzzeitig ein wenig verstörte. Denn dies bedeutete, dass Holm inzwischen ebenfalls einen Altershusten hatte.

Weil Frau Schlemm ihn jedoch nicht gehört hatte, musste er aufpassen, sie nicht zu Tode zu erschrecken, wenn er auf einmal im Wohnzimmer erschien. Holm fing vorsichtig an zu hüsteln, während er sich langsam der Tür näherte. Als auch das nichts brachte, hustete er mehrmals so laut, dass ihm schließlich der Hals davon wehtat.

Hallo?, hörte er Frau Schlemms verunsicherte Stimme.

Als er eintrat, sah er Frau Schlemm relativ friedlich in ihrem Sessel sitzen und einen Keks verspeisen. Von einer Kopfwunde war jedenfalls nichts zu erkennen.

Wie sind Sie denn hereingekommen?, fragte Frau Schlemm ratlos zu Holm aufschauend.

Holm stutzte kurz bei der Frage, denn immerhin wusste sie, dass er einen Schlüssel besaß.

Wie immer, erklärte er lauter als sonst, er hatte den Eindruck, dass ihre Hörfähigkeit seit dem letzten Besuch ein wenig gelitten hatte. Holm hielt zum Beweis den Schlüsselbund in die Luft.

Wo haben Sie den her?, rief sie und blickte verstört auf die Schlüssel. Sie wirkte verwirrt, als käme ihr plötzlich alles neu und unbekannt vor. Und als Protest gegen ihr plötzliches Erstaunen ob einer jahrzehntelang vertrauten Umgebung hatte sie angefangen Kekse zu essen.

Den Schlüssel hat Ihre Tochter unserem Institut gegeben, erwiderte Holm langsam, damit sie die komplizierten Verknüpfungen in diesem Satz begriff.

Meine Tochter? Frau Schlemm biss hektisch in einen neuen Keks. Ich habe überhaupt keine Tochter, sagte sie schließlich empört und schüttelte den Kopf. Und nachdem sie runtergeschluckt hatte: Was erlauben Sie sich eigentlich, junger Mann, ich werde mich über Sie beschweren!

Daraufhin griff Holm nach einem Bilderrahmen mit dem Porträt ihrer Tochter, der auf der Kommode stand, und hielt ihn ihr dicht vor die Nase.

Das ist doch Ihre Tochter, oder?, sagte Holm vollkommen ruhig.

Elfriede Schlemm nahm das Bild und betrachtete eine Weile stumm das Foto. Ihr Blick flackerte nervös über das Porträt einer leicht untersetzten, blonden Frau mit gelber Rüschenbluse, als suchte sie in ihren Erinnerungen krampfhaft nach einer vergleichbaren Person.

Na ja, sagte sie skeptisch, offenbar ahnte sie, dass dieses Foto irgendetwas mit ihr zu tun haben musste, gleichzeitig wollte sie von ihrer ursprünglichen Position aber nicht abrücken, um nicht unglaubwürdig zu erscheinen, sie hat sich stark verändert, nicht wahr? Früher ist sie viel schlanker gewesen.

Sie legte das Bild beiseite und wechselte rasch das Thema.

Wollen Sie auch einen Keks?, fragte sie. Ich habe sie heute Morgen gebacken.

Sie fingerte einen Keks aus der zerfledderten Keksverpackung der Marke Bahlsen und reichte ihn Holm. Dass sie die Kekse in Wirklichkeit gar nicht selber gebacken hatte, störte sie nicht im Geringsten.

Diese Lockerheit in einem logisch doch recht eindeutigen Fall beeindruckte Holm. Im Alter hatten Vernunft und Logik offenbar nicht mehr diesen herausragenden Stellenwert. Wie war es sonst zu erklären, dass seine Mutter immer noch felsenfest davon überzeugt war, dass aus ihrem bald vierzigjährigen Sohn einmal ein beruflich erfolgreicher und selbstbewusster Mann werden würde?

Holm bedankte sich und biss ebenfalls energisch in den Keks, als wollte er sich Elfriede Schlemms Protest gegen das andauernde Erstaunen anschließen.

Nun setzen Sie sich doch, wenn Sie schon mal da sind, sagte Frau Schlemm und deutete auf den Renaissancestuhl am Esstisch. Holm nahm den Stuhl und stellte ihn wie üblich dicht neben den Sessel.

Eine Weile sagte sie nichts. Offenbar war ihr die Situation unangenehm, und sie suchte nach irgendeinem Gesprächsstoff.

Dann blickte sie forschend zu Holm.

Muss man Sie eigentlich kennen?

Holm kam auf einmal der Gedanke, dass sie womöglich einen leichten Schlaganfall gehabt hatte und Teile ihres Gehirns unwiderruflich zerstört waren. Anders konnte er sich diese Veränderungen nicht erklären.

Da ich öfters zu Ihnen komme, erklärte er vorsichtig, wäre es ganz sinnvoll, wenn Sie sich an mich erinnern würden.

Soso, machte sie und nickte interessiert. Wie blind irrte sie in ihrer weitgehend verdunkelten Persönlichkeit herum und suchte nach irgendeinem Lichtschalter, mit dem sie zumindest Teile ihres Selbst wieder anknipsen konnte.

Sind Sie zufälligerweise Arzt?

Arzt?, fragte Holm.

Na, Sie wissen schon, so ein Kerl, der Ihnen den Blutdruck misst.

Holm verneinte.

Neulich war jemand hier, fuhr Elfriede Schlemm aufgeregt fort, als habe sie plötzlich in den weitläufigen Verzweigungen ihres Gedächtnisses etwas erkannt, die wollte mich waschen, können Sie sich das vorstellen?

Sandra, entgegnete Holm, das wird Sandra gewesen sein.

Sandra?, erwiderte Frau Schlemm empört. Sie kennen diese Person?

Ja, sagte Holm, Sandra ist eine Kollegin von mir, das ist ihr Job.

Mich zu waschen?

Holm nickte.

Elfriede Schlemm griff in die Keksverpackung.

Das ist doch unerhört, erklärte sie fassungslos und biss in den Keks. Ich meine, sagte sie kauend und sah Holm mit großen Augen an, würden Sie sich von einem Fremden so einfach waschen lassen? Ich bin doch kein kleines Kind mehr!

Ihre Tochter, hob er an.

Ich habe keine Tochter, stellte Frau Schlemm unbeirrt fest.

Die dicke Frau auf dem Foto, versuchte Holm es erneut.

Meine Tochter ist nicht dick, fiel sie ihm prompt ins Wort. Werden Sie jetzt nicht auch noch unverschämt.

Ihre Tochter, beharrte er, hat uns den Auftrag erteilt, Sie zu unterhalten und zu waschen.

Meine Tochter, entgegnete Frau Schlemm sehr ernst, hat nicht das Recht, derartige Aufträge an Sie zu erteilen.

Wir haben es schriftlich, ergänzte Holm.

Ich habe nichts unterschrieben, bestand Elfriede Schlemm. Glauben Sie, ich würde so einen Quatsch unterschreiben? Unterhalten und waschen, denken Sie doch mal nach, junger Mann!

Holm dachte nach. Tatsächlich war es für ihn auch nur schwer vorstellbar, sich von anderen waschen zu lassen. Lieber wollte er stinken, als sich vor einer jungen Frau zu entblößen. Wenn das Altern darauf hinauslief, im Sessel Kekse zu essen und sich von wildfremden Personen mit einem Waschlappen in den Schritt fassen zu lassen, würde er die Geschichte vorzeitig beenden.

Außerdem, fuhr Frau Schlemm fort, unterhalte ich mich gerne mit Leuten, aber deshalb muss ich sie ja nicht gleich waschen.

Diesem Argument konnte man schwer etwas entgegenhalten.

Sie schwiegen.

Während Frau Schlemm einen Keks nach dem anderen aß und dabei außerordentlich zufrieden wirkte, saß Holm nur da und starrte stumm in den Raum. Zunächst versuchte er noch, sich irgendwie zu beschäftigen. Er fing an, alle Gegenstände im Zimmer zu zählen. Erst die großen, Stühle, Tisch, Sofa, Sessel, Schrank, Schränkchen, Kommode, Vitrine und Hocker. Danach die Bilder an der Wand und die Bücher im Bücherschrank, der zum Glück nicht so groß war. Er kam auf exakt siebenundneunzig Bücher, wobei ein knappes Drittel davon Bildbände waren. Unterdessen fragte sich Holm, ob die Summe der Gegenstände einen Hinweis auf die Bedeutung des jeweiligen Lebens lieferte. Und ob die Anzahl großer und kleiner Objekte etwas über das Alter der Person aussagte. Vor kurzem hatte er nämlich festgestellt, dass er sich im Laufe seiner Entwicklung zuerst für sehr kleine Gegenstände begeistert hatte, dann für große und sehr große und jetzt, kurz vor seinem vierzigsten Geburtstag, wandte sich sein Interesse wieder vermehrt den kleinen Dingen zu. In der Spielzeugabteilung des KaDeWe hatte er vor wenigen Wochen einen Bus der Berliner Verkehrsbetriebe aus den vierziger Jahren erworben, obwohl er sich eigentlich überhaupt nicht für öffentliche Verkehrsmittel interessierte. Trotzdem verschaffte ihm dieser Bus, der seither auf seinem Schreibtisch stand, ein seltsames Glücksgefühl. War die Freude über Kinderspielzeug bereits das erste Zeichen seiner inneren Vergreisung?

Auch im Hause Schlemm waren die kleinen Dekorationsgegenstände deutlich in der Überzahl, als versuchte Frau

Schlemm der unaufhaltsam verrinnenden Zeit irgendetwas Haltbares entgegenzusetzen. Vasen und Porzellantiere als Kultopfer gegen den eigenen Tod.

Holm war bei der Zahl sechsunddreißig angelangt, als er mit einem Mal stoppte. Auf dem Tisch stand eine gusseiserne Schale mit dreifüßigem Ständer. Und weil er keine Ahnung hatte, wie man dieses Dings genau bezeichnete, Schalenständer oder Dreifußschale, konnte er es unmöglich mitzählen und brach die Aktion daraufhin ab.

Weil Frau Schlemm jedoch weiterhin stumm ihre Kekse aß, gegenwärtig sah es sogar so aus, als würde sie den Rest ihres Lebens nur noch stumm dasitzen und Kekse essen, begann Holm, seine Hände zu kneten. Mehrmals hintereinander knetete er jeweils die linke und die rechte Hand vom Handrücken abwärts zu den Fingern, so lange, bis sie ganz rot waren und schmerzten. Schließlich machte er Lockerungsübungen, ballte die Hände zu Fäusten und entspannte sie, indem er die Arme vorstreckte und die Hände wie leblos herabbaumeln ließ.

Während er das tat, dachte er an Sylvia und Zarah. Was sie wohl gerade machten, fragte er sich. Leider wusste er immer noch sehr wenig von ihnen, und das ärgerte ihn auf einmal so, dass er seine Übungen spontan beendete. Holm verspürte plötzlich den dringenden Wunsch, mehr über die beiden zu erfahren. Wenn möglich sogar alles, zumindest aber das meiste. Holm interessierte sich für den Lebenswandel von ihm bis vor kurzem noch völlig fremden Menschen, und das war alles andere als selbstverständlich, zumal hier ein sechsjähriges Kind eine nicht ganz unwesentliche Rolle spielte.

Das Einzige, was er wusste, war, dass Sylvia im Rheumaforschungszentrum der Charité arbeitete und Zarah die Kindertagesstätte besuchte, und das kam ihm nun doch etwas wenig vor. Er wollte genau wissen, was sie taten, wenn sie morgens aufstanden. Ob sie erst frühstückten und sich danach anzogen oder umgekehrt. Ob Sylvia ihrer Tochter abends noch eine Gutenachtgeschichte erzählte und wenn ja, welche. Holm hatte die merkwürdige Idee, dass er dem Leben ganz nahe kam, wenn er möglichst viele solcher Details sammelte. Und dafür musste er Sylvia und Zarah praktisch täglich begleiten. Ja, eigentlich musste er sogar mit ihnen zusammenleben, um die vielen Kleinigkeiten, aus denen das Leben im Wesentlichen bestand, nicht zu verpassen.

Einigermaßen verblüfft über diese für ihn sehr ungewöhnlichen Gedanken, blickte Holm zu Elfriede Schlemm. Auf einmal befürchtete er, sie habe Holm zwischenzeitlich vergessen. Frau Schlemm hatte sich nach den Vasen und Porzellantieren endgültig auf Kekse spezialisiert und lehnte jede weitere Ablenkung ab.

Er wollte sie ganz sacht an der Hand berühren. Holm hatte das Bedürfnis, einfach ihre Hand zu nehmen, um sich auf diese Weise für die Minuten gemeinsamen Schweigens zu bedanken, in denen ihm so einiges klargeworden war. Außerdem trug er eine gewisse Verantwortung dafür, dass ihr von den vielen Keksen nicht schlecht wurde. Wenn sie später kotzend im Badezimmer lag und an ihrem Erbrochenen erstickte, würde er sich den Rest seines Lebens Vorwürfe machen.

Vorsichtig bewegte er seine Hand nach links. Zentimeter um Zentimeter, nur ja nicht hektisch werden, näherte er sich ihrer knochigen, von blauen Äderchen und Venen durchzogenen Hand, die friedlich auf der Armlehne ruhte. Holm näherte sich einer Hand, die mindestens doppelt so alt war wie er und den Zweiten Weltkrieg miterlebt hatte. Zwei Handgenerationen, die sich unerwartet auf einem geblümten Ohrensessel begegneten.

Holm wurde ganz feierlich zumute. Vor Aufregung wusste er gar nicht, was er ihr sagen sollte. Danke für alles, was Sie getan haben? Dabei hatte sie lediglich Kekse gegessen.

Seine Hand befand sich bereits im Luftraum des Sessels, ein Rückzieher wäre jetzt so ohne weiteres nicht mehr möglich gewesen. Er drehte sich leicht herum, damit es nicht so aussah, als sei er über seine eigenen Handbewegungen nicht informiert, blickte jedoch weiterhin geradeaus, um bei Frau Schlemm keine falschen Hoffnungen zu wecken. Schließlich gab er sich einen Ruck und senkte seine Hand auf Elfriede Schlemms Hand. Und weil er immer noch nicht wusste, was er ihr sagen sollte, sagte er nichts.

Sie schwiegen einfach weiter, als wäre überhaupt nichts passiert. Vermutlich bedurfte es im Grunde gar keiner Worte, da Frau Schlemm ahnte, was er ihr damit bedeuten wollte. Die Frage war nur, was wollte Holm genau damit bedeuten?

Erstaunt sah er auf die Hände und bemerkte, dass ihre Hand vollständig unter seiner Hand verschwunden war. Holms Hand war viel größer, als er erwartet hatte. Es war eine erwachsene, männliche Hand, daran konnte gar kein Zweifel bestehen.

In diesem Augenblick hörte Elfriede Schlemm auf zu kauen und wandte sich mit verstörtem Gesicht zu Holm.

Wissen Sie, dass Sie aussehen wie mein Mann?

Holm zog spontan seine Hand wieder zurück.

Wie bitte?

Ja, doch, die Nase, das Kinn.

Die Nase, das Kinn? Holm sah sie erschrocken an.

Genau, und die Stirn! Sie haben die gleiche Stirn wie mein Karl. Frau Schlemm zog ihren Oberkörper aus dem Sessel und lächelte Holm an.

Ob er ihr noch einen Keks reichen sollte?

Sie wirkte hellwach, als hätte sie den Lichtschalter in ihrem Innern endlich gefunden. Durch ihr altes Gesicht blickte ihn plötzlich eine hoffnungsvolle, junge Elfriede Schlemm an.

Sie haben grüne Augen, bemerkte sie sehnsüchtig, mein Mann hatte auch grüne Augen.

Holm hatte seine Hände gefaltet und versuchte sachlich zu bleiben.

Es gibt viele Menschen, auch Männer, erklärte er, die grüne Augen haben. Das ist überhaupt nichts Besonderes.

Holm hatte nie verstanden, weshalb Frauen so großen Wert auf die Augenfarbe legten. Augen waren im Übrigen Organe, mit deren Hilfe man sich die Welt ansehen konnte. Ohren dagegen schienen ihnen völlig gleichgültig zu sein. Es wurde ohnehin viel zu viel über Farben gesprochen. Mit seiner Tante hatte Holm einmal drei Stunden in einem Möbelgeschäft verbracht, weil sie sich nicht entscheiden konnte, ob die Stühle am Esstisch nun mit einem gelben oder blauen Bezug besser zur Geltung kamen. Man konnte ja auch auf grauen Bezügen nett sitzen.

Zeigen Sie mir mal Ihre Hände, forderte Elfriede Schlemm ihn auf. Offenbar waren die Hände das letzte, unter Umständen sogar entscheidende Glied in der Kette der Übereinstimmungen.

Holm gab ihr vorsichtshalber nur die linke Hand.

Eine Zeitlang betrachtete sie kopfwiegend die Hand, strich zart über Finger und Handrücken, als förderte erst die Berührung verwertbare Erinnerungen zutage.

Derweil suchte Holm das Zimmer nach geheimen Kameras ab. Wenn die Tochter nun Überwachungskameras installiert hatte, um ihre Mutter immer im Auge zu behalten. Während sie Hemden bügelte, sah sie auf dem Monitor, wie ihre Mutter und der Altenunterhalter intim miteinander wurden. So hatte sie sich die Betreuung ihrer Mutter nicht vorgestellt. Was die Tochter allerdings übersah: Holm blickte starr an die Wand und wirkte keineswegs begeistert.

Und, fragte er schließlich so laut, dass man es auch über den Monitor hören musste, darf ich meine Hand jetzt wiederhaben?

Elfriede Schlemm reagierte darauf jedoch wider Erwarten nicht. Stattdessen nahm sie seine Hand in ihre Hände und hielt sie fest umschlossen, als würde sie sie gerne für immer bei sich behalten.

Karl hat auch so schöne, kräftige Hände gehabt, sagte sie.

Langsam wurde es Holm mit den Ähnlichkeiten ein bisschen zu viel. Dass er kräftige Hände haben sollte, kam ihm ziemlich übertrieben vor.

Wahrscheinlich stimmte es auch nicht, dass er die gleiche Stirn hatte wie Karl. Die Erinnerungen schienen ihr einen bösen Streich zu spielen, und Leidtragender war niemand anderes als Holm.

Wissen Sie, wozu ich Lust habe?, fragte sie.

Holm sah ostentativ auf seine Uhr. Leider war die Zeit noch nicht um.

Nein, erwiderte er abweisend.

Wir sehen uns zusammen die alten Fotoalben an.

Er blickte sie skeptisch an. Mehr nicht?

Wieso mehr nicht?, fragte sie überrascht.

Ich meine, sagte er. Er wusste eigentlich nicht genau, was er meinte.

Die Alben stehen dort im Bücherregal, wenn Sie mir bitte das rote dort bringen würden.

Im Bücherregal standen zwölf Fotoalben, und alle hatten eine andere Farbe. Gab es bei Farben eigentlich eine Rangfolge? Und wenn ja, an welcher Stelle würde wohl Rot stehen?

Da er die Alben vorhin versehentlich als Bücher mitgezählt hatte, musste er von den siebenundneunzig zwölf wieder abziehen und diese als Fotoalben deklarieren. Demnach gab es jetzt exakt fünfundachtzig Bücher.

Mit dem roten Album in der Hand setzte er sich wieder zurück auf den Stuhl.

Das ist mein Lieblingsalbum, erklärte Elfriede Schlemm mit schwärmerischem Blick und zog das Album ohne ein Wort des Dankes zu sich auf den Schoß. Holm hatte schon öfters das Rabiate im Verhalten älterer Menschen bemerkt. Als wäre es ihnen längst egal, was die anderen von ihnen hielten. Ein Zustand, den Holm durchaus beneidenswert fand.

Sehen Sie hier, sagte sie und deutete auf ein gelbstichiges Schwarz-Weiß-Foto, das bin ich als vierjähriges Mädchen zusammen mit meinen Eltern.

Nur schemenhaft erkannte Holm ein Kind mit zwei Zöpfen und ein verklemmt lächelndes Ehepaar, das bereits weit über sechzig Jahre alt zu sein schien. Der Vater mit Kaiser-Wilhelm-Schnauz und Stehkragen, in der rechten Hand trug er einen

Spazierstock, die Mutter, mit wallendem Kleid und Schürze, sah aus, als wäre sie gerade aus der Küche gekommen.

Früher, dachte Holm, sahen die Eltern noch wie richtige Respektspersonen aus. Es war eigentlich kein Wunder, dass viele Eltern heutzutage nur schwer als Vorbilder taugten, solange sie sich wie Jugendliche benahmen.

Und, fuhr Frau Schlemm aufgeregt fort, sehen Sie das hier?

Holm sah ein junges Hochzeitspaar vor einer Backsteinkirche, das genauso verklemmt in die Kamera lächelte. Auf Fotos aus den Anfängen der Fotografie wurde häufig verklemmt gelächelt, als wären sich die Menschen noch nicht hundertprozentig sicher, ob ihnen die Kamera nicht doch ein Teil ihrer Seele raubte.

Das sind meine Eltern an ihrem Hochzeitstag, neun Monate später wurde ich geboren. Sie kicherte, als hätte sie gerade ein langgehütetes Geheimnis gelüftet.

Holm war verblüfft. Offensichtlich waren ihre Eltern innerhalb von vier Jahren um Jahrzehnte gealtert.

In der Jakobikirche bin ich übrigens auch getauft worden, fügte sie stolz hinzu, es ist die größte Kirche in Pommern. Sie sah ihn erwartungsvoll an, als müsste sich Holm davon beeindruckt zeigen. Pommern kannte er aber nur aus den Geschichtsbüchern, und deshalb hatte er auch keine Vorstellung davon, was es bedeutete, in der größten Kirche Pommerns getauft worden zu sein.

Er nickte mäßig interessiert, irgendwie tat es ihm leid, dass ihm ihre Vergangenheit nichts bedeutete. Vielleicht konnte man sich fremde Vergangenheiten bald herunterladen und selbst erleben.

Sie blätterte weiter, zeigte mal auf dieses und mal auf jenes Foto. Die kleine Elfriede vor dem Berliner Tor am Hohenzollernplatz. Elfriede mit Spielkamerad im Garten einer befreundeten Familie, deren Namen ihr partout nicht mehr einfallen wollte. Die mittlere Elfriede im kurzen Sommerkleid und Kniestrümpfen vor dem mächtigen Neuen Rathaus.

Sieht es nicht aus wie das Rote Rathaus in Berlin?

Elfriede als Schülerin mit Schulranzen auf dem Rücken. Elfriede mit Freundinnen, federballspielend. Elfriede mit ihrer Mutter, die sie inzwischen um Haupteslänge überragte. Elfriede mit ihrem Vater. Der Vater blieb daraufhin eine Weile verschwunden und tauchte erst einige Seiten später in Soldatenuniform neben dem Weihnachtsbaum wieder auf. Das letzte gemeinsame Weihnachten!

Elfriede war jetzt eine junge Frau und blickte meist optimistisch nach vorne. Ihre Zöpfe waren einer modischen Kurzhaarfrisur gewichen, und immer öfter sah man sie an der Seite von Männern. Auf Kostümbällen, Feten oder Dampferfahrten standen schmale, breite und auch manchmal kleine, stämmige Männer neben ihr und sahen linkisch, plump oder angeberisch in die Kamera. Danach beherrschten wieder einige Seiten diverse Freundinnen die Fotos, bis schließlich, an einem festlich gedeckten Tisch mit lauter schmuck gekleideten Menschen, ein noch etwas verschüchtert aussehender Mann mit hoher Stirn und fleischiger Nase neben Elfriede zu sitzen kam und auf den folgenden Seiten auch nicht wieder verschwand. Vor wechselnden Kulissen, aber immer mit Elfriede an der Seite, wurde er dann zusehends selbstsicherer.

Ich habe meinen Mann auf der Geburtstagsfeier meines Chefs kennen gelernt, erklärte sie, während ihr knochiger Finger zärtlich über die Fotos strich. Er war Prokurist in einer anderen Abteilung und hat mir sofort gefallen.

Soso, machte Holm. Der schüchterne, junge Mann auf der Geburtstagsfeier sah allerdings mehr wie jemand aus, der die Annäherungsversuche seiner fröhlich lachenden, womöglich sogar leicht beschwipsten Tischnachbarin mit einiger Skepsis betrachtete.

Für uns beide war gleich klar, fuhr Elfriede Schlemm, ohne aufzublicken, fort, dass wir zusammengehören und heiraten werden.

Schon eine Seite später hatte Karl den Schock überwunden

und wirkte deutlich entspannter. Er hatte ein lustiges Hütchen auf dem Kopf und prostete der Kamera mit einem Bierhumpen zu.

Schließlich wurde es ernst. Auf einer breiten Freitreppe, im Hintergrund der Fluss, standen Elfriede und Karl, er im Anzug, sie im Kostüm, einen Strauß Blumen in der Hand, und blickten sich feierlich an.

Weißt du noch, wo das war?, fragte Elfriede Schlemm, dicht über das Foto gebeugt.

Holm sah sie irritiert an. Da sie aber weiterhin nach unten sah, vermutete er, dass sie mit dem Foto gesprochen hatte. Alte Menschen reden eben gerne auch mit Fotos, dachte er, das sollte man gar nicht verurteilen. Zumal auch Holm mitunter mit Fotos redete oder laut mit dem Fernseher sprach.

Auf der Hakenterrasse am Oderufer, beantwortete sie ihre Frage gleich selbst, was Holm wieder etwas beruhigte.

Es war ein herrlicher Tag, ein Sonntag im September, ich weiß es noch, als sei es gestern gewesen. Sonnig und klar, und hinter uns tuckerten die Dampfer.

Holm beugte sich nun ebenfalls etwas weiter nach vorne, um diesen Tag nicht gänzlich unbemerkt an sich vorbeiziehen zu lassen. Tatsächlich meinte er am Bildrand noch das Heck eines Schiffes zu erkennen.

Dabei war nichts geplant gewesen, fuhr Frau Schlemm fort, sie schien im Foto fast zu versinken. Du hattest mich gefragt, ob wir am Sonntag auf der Hakenterrasse spazieren gehen wollten. Alles ganz unverbindlich, wie ich meinte, ich dummes Hühnchen. Sie kicherte, entzückt über ihre eigene Dummheit. Dahin muss man erst mal kommen, dachte Holm.

Und dann hast du mir unterwegs einen Blumenstrauß gekauft, Sonnenblumen, ich seh die Verkäuferin mit ihrem Korb voller Sonnenblumen noch vor mir, wie sie da in ihrer bäuerlichen Kleidung steht und immer wieder »Sonnenblumen, Sonnenblumen, das Bund dreißig Pfennig« ruft. Dreißig Pfennig war damals ja nicht wenig Geld. Du hast der Frau dann glatt fünfzig Pfennig in die Hand gedrückt, was ich ein bisschen übertrieben fand, aber na ja, mir hat es natürlich auch geschmeichelt, das muss ich zugeben. Deine Großzügigkeit hatte so was Weltmännisches, das hat mich schon beeindruckt.

Holm stellte sich vor, wie er Sylvia einen Strauß Blumen kaufte und der Blumenverkäuferin zwei Euro zusätzlich in die Hand drückte. Ob Sylvia ihn wohl auch als Mann von Welt empfinden würde?

Und dann sind wir auf die große Freitreppe gegangen, ich werde diesen Augenblick mein Lebtag nicht vergessen. Plötzlich kniest du vor mir nieder und fragst mich, ob ich deine Frau werden will. Das war der schönste Tag meines Lebens!

Holm fragte sich, ob er wohl mitbekam, wann der schönste Tag seines Lebens war?

Die Kamera, sagte Holm, um jetzt auch mal etwas zu sagen. Ihr Mann, also Karl, hat offensichtlich seine Kamera dabei gehabt. Vielleicht war es ja doch von ihm geplant gewesen.

Eine Zeitlang blieb es ausgesprochen ruhig, dass Holm schon meinte, sie habe seinen Hinweis nicht gehört oder verstanden. Aber dann hob sie langsam ihren Kopf und blickte ihn fassungslos an.

Du hast vorher gewusst, dass du mich fragen willst?

Holm saß kerzengerade auf dem Renaissancestuhl und versuchte unbeteiligt zu wirken. Er hatte keine Ahnung, wie sie das meinte. Holm wusste nichts, weder vorher noch nachher. Er hatte einfach nur eine Frage gestellt, um ihr zu signalisieren, dass ihm die Geschichte nicht völlig egal war. So etwas musste man sagen dürfen, ohne gleich in die Sache hineingezogen zu werden.

Aber Elfriede beziehungsweise Frau Schlemm sah ihn weiterhin unbeirrt an, als erwartete sie demnächst eine zufriedenstellende Antwort von ihm. Irgendwann musste er sich zwangsläufig zu diesem heiklen Thema äußern. Und dann schlief ihm auch noch der Hintern ein.

Er beugte sich leicht nach vorne, um sein Gesäß zu entlasten und den Blutfluss zu reaktivieren. Diese kurze Verbeugung schien Frau Schlemm jedoch als wortloses Geständnis seiner weit im Voraus geplanten Verlobung auf der Hakenterrasse zu deuten.

Sie schüttelte empört den Kopf. Am Ende war das noch Vaters Kamera!

Mein Vater hat überhaupt keine Kamera, erklärte Holm.

Dein Vater?, fragte sie verunsichert. Du hast mir doch immer erzählt, dass du deinen Vater nicht gekannt hast.

Mein Vater, erwiderte Holm, wohnt in Rudow und ist glücklich verheiratet.

Dies schien Frau Schlemm nun zu denken zu geben. Denn sein Vater müsste demnach inzwischen weit über hundert Jahre alt sein, und das kam selbst ihr merkwürdig vor.

Bevor sie diesen Gedanken jedoch ganz zu Ende gedacht hatte, was zweifellos eine heillose Verwirrung gestiftet hätte, dachte sie dort weiter, wo sie vorhin aufgehört hatte.

Wenn Gerta das gewusst hätte, sagte sie verbittert, dass ihr Mann in Berlin eine andere geheiratet hat.

Gerta?, fragte Holm nach kurzem Nachdenken.

Deine Mutter!, ergänzte Elfriede Schlemm und warf sich zurück in den Sessel.

Holm merkte, dass er an dieser Stelle nicht weiterkam. Und weil er befürchtete, Frau Schlemm könnte bei dieser fruchtlosen Diskussion einen nicht wiedergutzumachenden Schaden nehmen, beschloss er rasch, alles zuzugeben.

Okay, sagte er und bemühte sich, ehrlich zu klingen, ich habe alles von Anfang an geplant gehabt.

Einen Augenblick hielt sich Elfriede Schlemms Verbitterung noch auf ihrem Gesicht, ehe sich ein zufriedenes Grinsen breitmachte.

Im Grunde, sagte sie verschmitzt lächelnd, finde ich das ja noch viel schöner.

Sie nahm seine Hand und begann sie gleichmäßig zu streicheln.

Mit einem Mal hielt sie inne und sah Holm vorwurfsvoll an.

Wo bist du eigentlich die ganze Zeit gewesen? Du hättest ja auch mal anrufen können!

Holm überlegte krampfhaft, wo er die ganze Zeit gewesen sein könnte. Für eine dreißigjährige Abwesenheit eine plausible Erklärung zu finden, erschien ihm beinahe unmöglich.

Andererseits, lebte Frau Schlemm nicht in einer Welt, in der logische Erklärungen keine Rolle mehr spielten? War es nicht gleichgültig, was er ihr erzählte, solange es nur ernst genug vorgetragen wurde?

Ich konnte dich nicht anrufen, erklärte Holm, sein Körper war vollkommen angespannt, während er vorsichtshalber in eine andere Richtung sah, weil ich in ... äh ... in Kriegsgefangenschaft war.

In Kriegsgefangenschaft? Elfriede Schlemm wirkte irritiert. Hatte er ein wenig zu dick aufgetragen?

Ich habe keine Steine geschleppt oder so, versuchte er die Sache abzumildern, mir ist es eigentlich ganz gut ergangen. Ich hatte sogar ein eigenes Zimmer!

Er sah sie triumphierend an, als seien nur sehr wenige Kriegsgefangene in den Genuss eines eigenen Zimmers gekommen.

Hast du auch Damen empfangen?, fragte sie besorgt.

Holm schüttelte sofort heftig, vielleicht etwas zu heftig, den Kopf.

Na?, fragte sie. Sieh mich bitte an.

Holm holte tief Luft. Er hoffte, dass sie in seinen Augen nicht eine dicke Frau mit hochgesteckter Frisur erkannte. Das war nämlich seine Mutter, und die hatte ihn zweifellos sehr oft auf seinem Zimmer besucht.

Er sah sie ausdruckslos an.

Hach!, rief Elfriede Schlemm erleichtert, nachdem sie ihn lange genug angeblickt hatte, seine Mutter hatte sie offenbar übersehen, ich finde, das müssen wir feiern. Hol mal den Schnaps aus dem Kühlschrank.

Sie haben Schnaps im Haus?, fragte Holm.

Ich weiß, es ist alles ein bisschen zu viel für dich, Karl, sagte Frau Schlemm und tätschelte seine Wange, aber wir haben früher gerne einen Bommerlunder zwischendurch getrunken, erinnerst du dich denn nicht mehr?

Holm wurde langsam klar, weshalb Karl Schlemm so früh gestorben war. Er hatte einfach zu viel Bommerlunder zwischendurch trinken müssen.

Bommerlunder, erklärte er und stand auf, trinke ich eigentlich nicht mehr so gerne.

Was, rief Elfriede Schlemm, aber das war dein Lieblingsschnaps!

Dreißig Jahre sind eine lange Zeit, sagte Holm.

Dreißig Jahre? Du warst dreißig Jahre weg? Sie schien es kaum fassen zu können.

Ja, antwortete Holm. In der Kriegsgefangenschaft gab es eben kein Bommerlunder.

Aber irgendeinen Schnaps trinken die doch immer!

Schließlich beruhigte sie sich wieder. Du wirst dich schon wieder einleben, meinte sie zuversichtlich. Gläser stehen in der Vitrine!

Im Kühlschrank entdeckte Holm eine halbleere Flasche Bommerlunder. Elfriede Schlemm trank offensichtlich gerne mal einen über den Durst. Und Holm stellte sich die Frage, wer ihr den Schnaps eigentlich besorgt hatte.

Im Grunde kam nur die Tochter dafür infrage. Wollte sie ihre Mutter auf diesem Wege langsam umbringen, um sich die Kosten für die Pflege und damit letztlich auch Holm zu sparen?

Er holte zwei Gläser aus der Vitrine und kehrte zurück ins Wohnzimmer.

Als er ihnen einschenkte, konnte es Frau Schlemm kaum noch erwarten.

Sie nahm ihr Glas und erhob es feierlich. Darauf, sagte sie, dass wir endlich wieder zusammen sind. Sie leerte zügig ihr Glas.

Holm machte es ihr widerwillig nach. Bereits nach dem ersten Schluck spürte er eine leichte Veränderung. Sein träger Gedankenfluss nahm plötzlich Fahrt auf. Wo er sonst streng chronologisch dachte, fing er auf einmal an zu kombinieren. Holm kombinierte sich quer durch sein Leben, von seinen frühesten Kindheitserlebnissen, an die er sich eigentlich gar nicht mehr erinnern konnte, bis zu Tantes Sofa. Von Reinhard Mey bis zum Kinderzimmer im Haus seiner Eltern. Er war Sherlock Holm, der kurz davor war, seinen eigenen Fall aufzuklären. Leider würde das Ergebnis aller Wahrscheinlichkeit nach nicht günstig für ihn ausfallen.

Rasch goss er sich und Elfriede Schnaps nach. Es war ihm egal, wie das Ergebnis lautete, er wollte nur endlich Klarheit haben. Holm wollte wissen, wie ihn das Leben bewertete, und dazu benötigte er einen eindeutigen Befund.

Auf einmal stand es ihm glasklar vor Augen. Einen kurzen, hellen Moment lang tauchte sein bisheriges Leben wie eine einzige Szene auf der Bühne seiner Gedanken auf. Erstaunlicherweise hatte er eben die Wahrheit gesagt. Holm hatte sich, ohne es zu wissen, bereits selber die Antwort gegeben. Er war tatsächlich ein Kriegsgefangener. Seit knapp vierzig Jahren lebte er als Kriegsgefangener unter dem Dach seines Elternhauses. Er hatte es nur nicht gemerkt. Seit vier Jahrzehnten büßte er in einem warmen und komfortabel ausgestatteten Kinderzimmer für die Verwandtschaft zu seinen Eltern, indem er regelmäßig warmes Essen bekam und von seiner Mutter unangekündigt in seinem Zimmer aufgesucht werden durfte. Holm war ein Strafgefangener ihrer Fürsorge. Und das Schlimmste daran war, dass er sich jeden Abend freiwillig wieder zuhause einschließen ließ.

Derweil hing Elfriede Schlemm, das Schnapsglas zwischen ihren Brüsten haltend, erschöpft im Sessel und blickte selig zur Decke.

Weißt du, sagte sie mit bleierner Zunge, wozu ich Lust hätte?

Holm kippte sich den Rest Schnaps in den Rachen.

Er schüttelte den Kopf. Keine Ahnung.

Ich hätte Lust, mit dir noch mal nach Stettin zu fahren.

Stettin? Holm sah sie an, als habe sie vor, gemeinsam mit ihm in die innere Mongolei zu reisen.

Ich möchte noch einmal die Hakenterrasse sehen, bevor ich sterbe.

Aber Stettin liegt doch in Polen!, rief er verunsichert.

Und das Haus, in dem ich aufgewachsen bin, fuhr sie unbeirrt fort.

Nun sah auch Holm an die Decke. Er überlegte, wie er aus der Sache wieder herauskam. Polen war so ziemlich das Letzte, wohin er reisen wollte. In Polen wäre er dauernd gezwungen, sich für die Kriegsgräuel der Deutschen zu entschuldigen. Und Holm würde sich entschuldigen. Bei jedem Einzelnen, den er auf der Straße traf, würde er sich persönlich entschuldigen. Als Wiedergutmachung würde er alle nach Hause in den Rudower Klettenweg einladen, wo sie auf Kosten seiner Eltern ein Wochenende lang wohnen durften. Hunderte Polen würden sich daraufhin auf den Weg nach Rudow machen und an einem Sonnabend zur Mittagszeit bei ihnen klingeln. Allerdings würden seine Eltern die Polen zunächst nicht ins Haus lassen, bei so vielen Polen konnte es sich schließlich nur um kriminelle Polen handeln, die nichts anderes im Sinn hatten, als das gesamte Haus nach Wertgegenständen zu durchsuchen. Weil die Polen aber nun mal eingeladen waren und so schnell nicht aufgaben, würden sie sich, Mutters Blumenrabatten und Vaters Rasen zertrampelnd, im Garten versammeln und im Chor laut um Einlass rufen, worauf sich seine Eltern gezwungen sahen, die Terrassentür zu öffnen, um von den Nachbarn und hier namentlich von den Wolters, keine Anzeige wegen Ruhestörung zu bekommen. Im Garten der Familie Holm stehen seit Sonnabendmittag dreihundert schreiende Osteuropäer.

Unter den schockierten Blicken seiner Eltern würden sich die Polen im Wohnzimmer breit- und ihr Wochenende zunichtemachen.

Holm grinste. Die Idee, nach Polen zu fahren, war vielleicht gar nicht so schlecht. Und während er noch darüber nachdachte und sich klammheimlich über die dreihundert Wohnzimmerpolen freute, kam ihm noch eine ganz andere Idee. Wieso fuhren sie nicht gleich alle zusammen nach Polen, Elfriede Schlemm, Heinz Jaletzke und Günter Netzer? Hatte Günter Netzer nicht den Wunsch geäußert, noch einmal etwas Verrücktes zu unternehmen? Und eine gemeinsame Reise nach Polen war verrückt! Sie war so verrückt, dass Holm vor Aufregung ganz schwindelig wurde.

Also gut, sagte Holm zu Frau Schlemm, wir fahren nach Stettin.

Elfriede Schlemm schien es erst gar nicht glauben zu können. Sekundenlang starrte sie ihn ernst an, bis sich eine Träne aus ihrem linken Auge löste und ihr über die Wange rollte.

Doch dann fasste sie sich, und nachdem sie zweimal mühsam geschluckt hatte, erklärte sie über das ganze Gesicht strahlend: Du bist der Beste.

Zuhause kam Holm sein Vater im Flur entgegen. Er trug seinen grünen Arbeitsoverall und war offensichtlich auf dem Weg in den Garten, um wieder einmal den Rasen zu mähen.

Wo kommst du denn her?, fragte er, als hätte er von der neuen Aufgabe seines Sohnes noch nichts mitbekommen.

Aus der Kriegsgefangenschaft, entgegnete Holm tonlos.

Aus der was? Sein Vater sah ihn verstört an. Hast du was getrunken?

Holm verneinte.

Ich rieche den Schnaps doch zehn Meter gegen den Wind!

Nur ein Gläschen Bommerlunder mit Frau Schlemm, erklärte Holm.

Mit Frau Schlemm?, fragte er, und dann Richtung Küche rufend: Dein Sohn ist betrunken.

Mein Sohn trinkt nicht während der Arbeit, kam es prompt aus der Küche zurück.

Er sagt, dass er aus der Kriegsgefangenschaft kommt.

Dann lass ihn doch, meinte seine Mutter und setzte die Geschirrspülmaschine in Betrieb.

Daraufhin zuckte der Vater nur mit den Schultern und verließ wortlos und ohne Holm noch einmal anzusehen das Haus.

11

Seinen freien Tag hatte Holm eigentlich in aller Ruhe und Abgeschiedenheit oben in seinem Zimmer verbringen wollen.

An die Tür hatte er einen Zettel geklebt »Bitte nicht stören!« und darunter in kleiner Schrift »Auch in dringenden Fällen«, womit er in erster Linie seine Mutter meinte, um zu verhindern, dass sie ihn wegen irgendeiner Lappalie störte, die in ihren Augen natürlich von höchster Dringlichkeit war. Seine Mutter brachte es fertig und stürzte nachts um halb zwölf in sein Zimmer, um ihn an den Geburtstag seiner Tante zu erinnern, obwohl dieser erst in zwei Monaten war. Seine Mutter hatte die seltsame Begabung, sich in unwichtigen Details verzetteln zu können, ohne den großen Lebensbogen dabei ganz zu vergessen. Dagegen hatte Holm sich sein gesamtes bisheriges Leben eigentlich hauptsächlich verzettelt und suchte noch immer nach irgendeinem Lebensbogen. Hella Holm lief quasi ständig durchs Unterholz, war bei den entscheidenden Weggabelungen aber immer wieder rechtzeitig zur Stelle. So sammelte sie seit vielen Jahren Artikel über internationale Luxushotels, obwohl weder sie noch sein Vater reisten, geschweige denn in einem Luxushotel absteigen würden. Während Holm sich nur für Dinge interessierte, von denen er unmittelbar profitierte, umfasste das Interessenspektrum seiner Eltern auch Bereiche, die ihnen vollkommen fremd waren, und das befremdete ihn. Je länger er darüber nachdachte, desto größer wurde sein Befremden über jene Menschen, die ihn in die Welt gesetzt hatten und mit denen er nun seit fast vierzig Jahren unter einem Dach lebte. Menschen, mit denen er zwar verwandt war, die aber sehr wenig mit ihm gemeinsam hatten. Dass er seinem Vater dabei im Laufe der Jahre äußerlich immer ähnlicher wurde, war eigentlich eine Zumutung.

Viel schlimmer jedoch war, dass seine Eltern ihm zunehmend auf die Nerven gingen. Holm konnte es kaum mehr ertragen, wenn seine Mutter jeden Montag mit einer unfassbaren Begeisterung Staub wischte und dabei auch noch fröhliche Melodien summte, als gebe es in ihrem Leben nichts Schöneres, als Staub zu wischen und vor sich hinzusummen. Insbesondere die Melodien waren für Holm Anlass stetiger Verärgerung. Denn ihr Melodienrepertoire umfasste nicht mehr als fünf Lieder, die sie, seit Holm denken und vor allem hören konnte, jeden Montag zum Besten gab, und zwar in jedem Zimmer eine andere Melodie, sodass er inzwischen genau sagen konnte, in welchem Zimmer sie sich gerade befand. Das Summen und Staubwischen war ihre Art, der Welt ihre Zustimmung mitzuteilen.

Aber auch seinen Vater konnte er immer weniger ertragen, obwohl er ihn arbeitsbedingt jahrzehntelang kaum gesehen hatte. Doch seit seiner Pensionierung lernte Holm einen Mann kennen, der Frau und Sohn als Mitarbeiter seines nunmehr privatwirtschaftlich geführten Lebens betrachtete. Walter Holm war gleichzeitig Chef und Inhaber der Firma HOLM und entschied täglich bei der Morgenlage am Frühstückstisch, welche Aufgaben er seinen Mitarbeitern zugedacht hatte, wobei er seinen Sohn nur noch mit Marginalien wie Briefe zur Post bringen oder Brötchen einkaufen betraute. Seine Frau nahm die Anweisungen des Chefs jeden Morgen mit einem ernsten Gesicht zur Kenntnis, machte danach aber, was sie wollte.

Diese tägliche Morgenlage, die am Ende doch nie zu etwas führte, brachte Holm so in Rage, dass er sein Frühstück immer öfter verkürzte und nur eine Tasse Kaffee trank, um sich dann, wichtige Angelegenheiten vorschützend, auf sein Zimmer zurückzuziehen.

Die schleichende Entfremdung von seinen Eltern wurde

Holm an diesem Vormittag in aller Deutlichkeit bewusst. Verwundert stellte er fest, dass ihm seine Eltern emotional nichts mehr zu bieten hatten und immer mehr zu entfernten Bekannten wurden. Einst Gründungsmitglied dieser Familie, empfand sich Holm heute nur noch als unbefugter Beobachter des Privatlebens zweier älterer Menschen.

Bis zum Mittag blieb es erstaunlich ruhig. Es war so ruhig, dass Holm schon befürchtete, seiner Mutter sei irgendetwas zugestoßen. Immerhin war sie bereits neunundsechzig, und in diesem Alter musste man mit dem Schlimmsten rechnen. Herzinfarkt beim Kartoffelschälen. Der Tod traf einen bekanntlich meist unerwartet. Beim Kartoffelschälen wäre es jedoch ungünstig gewesen, danach hätte Holm Kartoffeln nur noch mit Schuldgefühlen verspeisen können.

Holm stellte sich vor, dass seine Eltern plötzlich gestorben waren. Seine Mutter am Küchentisch und sein Vater beim Rasenmähen. Wie er auf seinem Lawn-Boss-Aufsitzmäher hing und im Garten endlos Kreise drehte. Auf einen Schlag wäre Holm vollbeschäftigt gewesen. Tausend Dinge gleichzeitig hätte er tun müssen. Schon das Einfangen des Aufsitzmähers hätte ihn einige Zeit in Anspruch genommen. Und wohin dann mit Vaters Leiche? Nicht mal den Namen der Bank kannte er, um sein Erbe einfordern zu können.

Eigentlich war es unverantwortlich, dass solche Fragen nie in der Schule behandelt worden waren. Anstatt sich mit Bruchrechnen zu beschäftigen, hätte besser der praktische Umgang mit toten Eltern auf den Stundenplan gehört. Womöglich hätte sich Holm dafür sogar noch begeistern können.

Mit einem Mal wäre Holm ganz allein auf der Welt gewesen. Doch dieser Gedanke beunruhigte ihn seltsamerweise nicht im Geringsten.

Während er sich vorstellte, wie er auf dem Rudower Kirchhof hinter den Särgen seiner Eltern herlief, ging unerwartet die Tür auf und sein Vater kam ins Zimmer marschiert. Seit fast zehn Jahren, genauer seit Felix' dreißigstem Geburtstag, war Walter Holm nicht mehr in seinem Kinderzimmer gewesen, und nun tauchte er ausgerechnet in einem Moment auf, als Holm seine toten Eltern zur letzten Ruhe begleitete. Und er war nicht alleine. Im Schlepptau hatte er einen Mann in blauer Handwerkerhose und blauer Handwerkerjacke, den er nicht kannte. Aber was sucht ein Handwerker in meinem Zimmer, fragte sich Holm, der in seinem Sessel saß und die beiden Männer stumm beobachtete. Von Vater waren Hinweise in dieser Frage leider nicht zu erwarten, da er Holm nicht einmal zur Kenntnis nahm. Und weil sein Vater ihn nicht beachtete, hielt sich auch der Handwerker mit Grußworten zurück und tat ebenfalls so, als wäre der Mann im Sessel nicht da. Vielleicht erhoffte sich der Handwerker durch dieses Verhalten eine bessere Ausgangslage für zukünftige Verhandlungen. Wenn er den Sohn grüßte, konnte er den Auftrag womöglich vergessen.

Wie unsichtbar saß Holm im Sessel, während sein Vater und der Handwerker Fachgespräche führten.

Da soll die Sitzbank hin, sagte sein Vater und deutete auf das Bücherregal, in dem drei Dutzend Kinder- und Jugendbücher sowie ein Diercke Weltaltlas und diverse Schulstoffautoren, Böll, Lenz und Handke, standen, nach deren Lektüre Holm auf eine weitere Beschäftigung mit Literatur schließlich verzichtet hatte.

Aha, machte der Handwerker nur und nickte.

Und davor kommt der Esstisch. Sein Vater zeigte auf den Platz, wo bislang noch der Schreibtisch stand.

Der Handwerker nickte und sagte wieder Aha. In seinem Kopf standen Sitzbank und Esstisch vermutlich längst an Ort und Stelle.

Und hier, erklärte sein Vater, während er sich umdrehte und auf Holms Wäscheschrank zeigte, möchte ich die Küchenzeile hin haben.

Oha!, machte der Handwerker. Diesmal nickte er nicht, sondern fasste sich kopfschüttelnd ans Kinn. In seinem Kopf stand der Wäscheschrank weiterhin unverrückbar an seinem Platz.

Irgendwelche Anschlüsse gibt's nicht, oder?, fragte er besorgt zu seinem Vater gewandt.

Sein Vater verneinte.

Dann müssen wir wahrscheinlich die Wand aufreißen und die Rohre komplett neu verlegen, sagte der Handwerker schließlich nach kurzer, aber intensiver Bedenkzeit.

Dies war der Moment, in dem Holm hellhörig wurde. Offenbar sollte hier keine Aufwertung seines Kinderzimmers stattfinden, mit Sitzbank und Esstisch für Mahlzeiten im privaten Rahmen, sondern die Modernisierung und Umgestaltung in ein kostenpflichtiges Ferienapartment, in dem Holm zweifellos keine Zukunft mehr zugestanden wurde. Seine Eltern schienen es tatsächlich ernst zu meinen mit ihrer Ankündigung, Holm endgültig aus dem Haus zu werfen. Vielleicht planten sie bereits eine bundesweite Anzeigenkampagne in einschlägigen Urlaubsmagazinen, »Hübsches Dachgeschoss für Selbstversorger in ruhiger, aber zentraler Lage«. Dass sich diese zentrale Lage allerdings nur auf Alt-Rudow bezog, ließen sie vorsorglich unerwähnt. Denn es war nur schwer vorstellbar, dass etwa ein Ehepaar aus München seinen dreiwöchigen Sommerurlaub im Rudower Klettenweg bei Holms Eltern verbringen wollte.

So schnell würde sich Holm jedoch nicht geschlagen geben. Denn sollte es seinen Eltern nur um zusätzliche Einnahmen gehen, wäre er durchaus bereit, seinen Teil dazu beizutragen. Aber einfach Tatsachen zu schaffen, ohne wenigstens einmal mit ihm Rücksprache zu halten, empfand Holm nach vierzig gemeinsamen Jahren als stillos. Wie es ohnehin fraglich war, ob seine Mutter diesen zweifellos erheblichen Eingriff in sein Privatleben überhaupt aktiv mittrug oder vielmehr nur stillschweigend duldete, um ihren Mann nicht gegen sich aufzubringen. Hatte seine Mutter nicht stets hinter ihm gestanden und häufig sogar gegen die Interessen von Walter Holm verteidigt?

Holm erhob sich aus seinem Sessel, ehe der Handwerker im Geiste die gesamte Wand aufgerissen hatte, und machte sich durch ein kurzes Räuspern bemerkbar.

Daraufhin fuhr der Handwerker zusammen und blickte erschrocken zu Holm. Holm lächelte überheblich.

Der Sohnemann, nehm ich an, sagte der Handwerker und machte eine übertrieben zackige Handbewegung.

Den Begriff Sohnemann im Zusammenhang mit einem fast vierzigjährigen Mann zu benutzen, war nun doch etwas beleidigend. Holm ließ sich jedoch nichts anmerken.

Der Sohn wird uns demnächst verlassen, sagte sein Vater, als wäre es längst beschlossene Sache.

Irgendwann will man ja auch mal ein Eigenleben haben, oder?, sagte der Handwerker. Es war nicht ganz klar, ob er damit Holm oder seinen Vater meinte.

Beim Wort Eigenleben hatte Holm plötzlich eine Idee.

Bei welcher Bank bist du eigentlich?, fragte er beiläufig. Es durfte nicht der Eindruck entstehen, dass ein zukünftiger Erbe bereits die erforderlichen Daten abfragte.

Sein Vater wirkte zunächst irritiert, und auch der Handwerker kratzte sich verlegen am Hinterkopf. Wahrscheinlich hätte er am liebsten sofort die Wand aufgerissen.

Da sich Walter Holm von seinen Mitarbeitern, und dazu rechnete er jetzt zweifellos auch den Handwerker, nicht nachsagen lassen wollte, ihnen wichtige Informationen vorzuenthalten, Vertrauen stand bei ihm schließlich an vorderster Stelle, fing er sich rasch wieder und antwortete mit einem lockeren Schulterzucken: Bei der Postbank, wieso fragst du?

Da bin ick ooch!, rief der Handwerker vor Begeisterung ins Berlinische wechselnd und sah triumphierend zu seinem Arbeitgeber, dem diese Übereinstimmung aber sichtlich unangenehm war.

In diesem Augenblick klingelte Holms Privattelefon. Seitdem er einen eigenen Anschluss besaß, hatte er insgesamt drei Telefonanrufe erhalten: den ersten von seiner Mutter, die ihn zu seinem Anschluss beglückwünschte, den zweiten ebenfalls von seiner Mutter, allerdings nur versehentlich, da sie eigentlich ihre Freundin Mathilde hatte anrufen wollen, und den dritten von Tante Hede, die sich nach den Geburtstagswünschen seiner Mutter erkundigte.

Holm ließ das Telefon viermal klingeln. Es sollte seinem Vater und dem Handwerker signalisieren, dass sie sich in Gesellschaft eines Mannes befanden, der vor lauter Anrufen kaum mehr zum Arbeiten kam und insgeheim von einem Tag ohne Anrufe träumte. Schließlich klemmte sich Holm den Hörer wie ein erfahrener Telefonierer zwischen Ohr und Schulter, während er auf dem Beistelltisch nach Stift und Zettel suchte, die er natürlich nicht fand, weil Stift und Zettel noch nie auf dem Beistelltisch gelegen hatten.

Holm, brummte er leicht genervt in den Hörer. Zu seiner Überraschung war Sylvia am Apparat. Sie wolle sich nur noch einmal für den schönen Tag im Naturkundemuseum bedanken, Zarah frage seither dauernd nach ihm, was sie so von ihr gar nicht kenne.

Momentan ist es ganz schlecht, erklärte Holm kurz angebunden, ich bin gerade in einer wichtigen Besprechung.

Er blickte äußerst angespannt zu seinem Vater.

Sie habe aber doch seine Privatnummer gewählt, fragte Sylvia erstaunt nach, was in diesem Moment auch Holm klar wurde. Die Frage war, woher wusste sie überhaupt, dass er zuhause war? Er konnte von Glück sagen, dass nicht zufällig seine Mutter an den Apparat gegangen war. Sylvia durfte unter gar keinen Umständen erfahren, dass er immer noch bei seinen Eltern wohnte.

Das ist korrekt, erwiderte Holm, ich verhandle gerade mit Interessenten über meine Wohnung, sie suchen nämlich ein Ferienapartment für ihren Sommerurlaub.

Einen Augenblick hörte er nichts mehr, und auch der Vater sah ihn befremdet an.

Sie wisse gar nicht, fuhr Sylvia fort, dass er eine eigene Wohnung habe. Es ginge sie ja auch nichts an, sie wolle nur schnell fragen, ob er Lust habe, mit ihnen das Wochenende auf ihrer Datsche zu verbringen.

Aha, machte Holm ernst zum Handwerker blickend, worauf dieser prompt nickte.

Obwohl Holm keinerlei Bedürfnis verspürte, sein Wochenende in einem zugigen ostdeutschen Holzverschlag auf dem Land zu verbringen, zu versauen wäre wohl die korrekte Bezeichnung gewesen, sagte er spontan zu, um vor seinem Vater einen optimistischen und zukunftsorientierten Eindruck zu erwecken. Was er genau vorhatte, brauchte er ihm ja nicht unbedingt zu sagen.

Ihr kommt ohne mich klar?, fragte Holm auf einmal in hektische Betriebsamkeit verfallend, nachdem er den Hörer aufgelegt hatte.

Ich wüsste keinen Grund, warum nicht, entgegnete der Vater sachlich.

Und damit verließ Holm eilig sein Zimmer und ging hinunter zu seiner Mutter, die im Wohnzimmer gerade alte Zeitschriften von einem Stapel auf einen anderen Stapel sortierte, ohne dass irgendein erkennbares System dahintersteckte.

In meinem Zimmer befindet sich ein fremder Herr, sagte er leise und ohne jede sichtbare Erregung, der die Wand aufreißen und Rohre verlegen möchte. Weißt du etwas davon?

Seine Mutter sortierte weiter die Zeitungen, wirkte jetzt aber schon deutlich unsicherer, als würde sie gerade erst beginnen, über den Sinn dieser Umschichtung nachzudenken.

Endlich hielt sie inne und wandte sich mit bedauerndem Gesicht zu Holm.

Ich wollte deinen Vater noch davon abhalten, erklärte sie, dabei hielt sie ihr Kinn fest, als drohte es jeden Moment abzufallen, aber Walter hat sich einfach nicht umstimmen lassen. Ich weiß auch nicht, was plötzlich in ihn gefahren ist. Irgendwie hat er sich seit seiner Pensionierung verändert. Er ist nicht mehr der Walter, wie ich ihn kenne.

Seine Mutter schien bedrückt, obwohl die Pensionierung ihres Mannes nun bereits mehrere Jahre zurücklag. Offenbar gab es nicht nur eine Jugendpubertät, sondern auch eine Alterspubertät, und in dieser steckte Walter Holm anscheinend gerade mittendrin. Dass darunter auch das Kinderzimmer seines Sohnes zu leiden hatte, war jedoch nicht hinnehmbar.

Ich mache dir einen Vorschlag, sagte seine Mutter und sah ihn verschwörerisch an, solange oben gebaut wird, ziehst du eben in den Keller. Das ist schließlich mein Reich, da hat dein Vater gar nichts zu sagen. Was meinst du?

In den Keller wollte sich Holm unter keinen Umständen verlegt sehen. Im Keller gab es Kellerasseln, außerdem war es meistens feucht und nachts so dunkel, dass man sich dauernd kneifen musste, um festzustellen, ob man noch am Leben war. Der Keller kam für Holm überhaupt nicht infrage.

Holm lehnte vehement ab. Ich werde mich von meinem Vater nicht einfach aus meinem eigenen Zimmer vertreiben lassen, entschied Holm unnachgiebig, meinetwegen kann er es versuchen, aber dann muss er Gewalt anwenden.

Seine Mutter schüttelte traurig den Kopf. Dass es nun schon so weit gekommen ist, sagte sie und blickte betroffen zu Boden, während sie weiter den Kopf schüttelte, es hätte doch alles so schön sein können.

Sylvia holte ihn mit dem Auto ab. Sie hatten sich Samstag um elf Uhr am Potsdamer Platz, Ecke Stresemannstraße verabredet. Holm war bereits eine gute Stunde vorher da, weil sie an der vielbefahrenen Kreuzung nicht lange halten konnte und er Sorge hatte, dass sie sich verfehlten, wenn er nicht pünktlich vor Ort war. Und pünktlich sein hieß für Holm: eine Stunde vor dem verabredeten Termin.

Um sich die Zeit zu vertreiben, spazierte er durch die nahen Einkaufsstraßen. Vor einem Schuhgeschäft blieb er stehen und sah sich die Auslagen an. Plötzlich schoss ein Mann aus dem Laden und blieb atemlos am Eingang stehen. Gott sei Dank habe ich heute gute Laune, rief er und blickte sich erleichtert um.

Holm war überrascht, wie man so abhängig sein konnte von seiner eigenen Laune.

Mit nur sechs Minuten Verspätung hielt ein roter Kleinwagen an der Ampel. Holm hatte auf das Hupen erst gar nicht reagiert. Seitdem er schlechte Erfahrungen mit hupenden Autos gemacht hatte, deren Besitzer ihm entweder italienische Markenkleidung verkaufen oder ihn übel beschimpfen wollten, reagierte er auf solche Hupkonzerte grundsätzlich überhaupt nicht mehr. Doch als schließlich die Seitentür aufgestoßen wurde und Holm eine hektisch winkende Frauenhand bemerkte, erkannte er, dass es sich um niemand anderes als Sylvia handelte.

Kaum hatte er im Auto Platz genommen, sprang auch schon der Hund Rolf ohne Vorwarnung auf seinen Schoß und begrüßte ihn überschwänglich, indem er versuchte Holms Gesicht abzulecken, was Sylvia durch ein hartes »Schluss jetzt!« im letzten Moment verhindern konnte.

Die ganze Fahrt über blieb Rolf gemütlich auf seinem Schoß sitzen und leckte ihm in Abständen dankbar die Hand. Dabei hatte Holm gar nichts getan. Er hatte den Hund nicht einmal berührt oder ihm gut zugesprochen. Stocksteif saß er da und bemühte sich, den Hund zu ignorieren. So ein Hund, dachte Holm, hat sicherlich auch Würmer und Ungeziefer. Er mochte sich gar nicht vorstellen, welche Tiere in diesem Moment noch auf seinem Schoß saßen.

Du hast nur diese Tüte dabei?, fragte Sylvia, während sie mit beachtlicher Geschwindigkeit durch die Stadt fuhren, dass Holm schon leicht schwummerig davon wurde.

Ja, antwortete er, nur diese Tüte. Wie viele Tüten hätte er denn noch dabei haben sollen, fragte er sich. In eine KaDeWe-Tüte passte alles rein, was man für ein Wochenende auf dem Land benötigte. Außerdem hatte er mit solch einer Tüte in der Hand das beruhigende Gefühl, nur rasch zum Einkaufen zu gehen und jederzeit wieder nach Hause zurückkehren zu können.

Schläft er auch bei uns im Haus?, fragte Zarah auf einmal von hinten und streckte einen Brachiosaurus zwischen die Sitze, wobei sie fauchende Geräusche machte, die nicht mal Rolf beachtenswert fand.

Natürlich!, sagte Sylvia. Wo denn sonst?

Der Dinosaurier saß jetzt fauchend auf Holms Schulter. Merkwürdigerweise fühlte er sich bedroht.

Bei dir im Bett?, hakte Zarah unverfroren nach.

Sie hielten vor einer roten Ampel. Vorne herrschte betretenes Schweigen. Selbst Rolf hörte für einen Moment auf zu lecken, als ahnte er, dass hier Dinge verhandelt wurden, die auch ihn etwas angingen. Holm wurde mit einem Mal klar, auf was er sich eingelassen hatte. Ein gemeinsames Wochenende in einer abgelegenen Hütte konnte im Grunde nur eines bedeuten: eine Antwort zu finden auf die Frage, wie es mit ihnen weitergehen sollte. Eine Frau über vierzig würde sich nicht ewig hinhalten lassen, und das hatte wohl auch Zarah instinktiv erkannt. Nimm dich vor Frauen ab vierzig in Acht, hatte ihm seine Tante einmal erklärt, sie haben nichts mehr zu verlieren. Und so eine Frau saß nun wenige Zentimeter neben ihm und wartete auf eindeutige Signale. Ein Showdown in der Datsche war demnach nur noch eine Frage von wenigen Kilometern.

Holm wollte irgendetwas Pfiffiges sagen, um die Situation ein wenig zu entkrampfen. Leider hatte er in seinem ganzen Leben noch nichts Pfiffiges gesagt, und es war relativ unwahrscheinlich, dass ihm ausgerechnet jetzt etwas Passendes einfiel. Holm war einfach nicht pfiffig genug, und die Worte lagen meist wie zähe Ladenhüter auf seiner Zunge. Wenn er etwas sagte, war es oft schon zu spät. Er war nicht Berlin-Mitte, Holm war Rudow. Abseits gelegen und langweilig, und das ärgerte ihn, weil er auch gerne mal ein bisschen mehr Mitte gewesen wäre.

Zum Glück sprang die Ampel gerade noch rechtzeitig auf Grün, ehe es unerträglich wurde.

Wir haben doch ein Schlafsofa, entgegnete Sylvia gefasst. Und zu Holm: Ich hoffe, es macht dir nichts aus.

Beim Stichwort Schlafsofa horchte Rolf auf, als wäre er persönlich davon betroffen.

Überhaupt nicht, versicherte Holm, ich habe jahrelang auf dem Sofa meiner Tante geschlafen.

Das hätte er besser nicht gesagt.

Du hast bei deiner Tante gewohnt? Sylvia blickte ihn an, als habe er ihr eben mitgeteilt, dass er die letzten zwanzig Jahre im Knast verbracht hatte. Dabei rasten sie im halsbrecherischen Tempo über eine Kreuzung, dass Holm sich ängstlich am Hund festklammerte.

Ich finde es toll, sagte Sylvia völlig entspannt, wenn man einen guten Draht zu seinen Verwandten hat.

Holm traute seinen Ohren nicht. Offenbar war es für sie kein Problem, dass ein ausgewachsener Mann jahrelang kein eigenes Bett hatte und deshalb auf dem Sofa seiner Tante übernachtete. Wer für so etwas Verständnis zeigte, war auch sonst schwer zu schockieren. Denn was sie noch nicht einmal ahnte: Die übrige Zeit lebte Holm bei seinen Eltern.

Ja, erklärte er, ein guter Kontakt zur Verwandtschaft steht bei mir an erster Stelle. Dass dieser Kontakt bis vor kurzem sein einziger war, sagte er allerdings nicht.

Und wieso willst du deine Wohnung verkaufen?, fragte sie.

Im Grunde ist es jetzt egal, dachte Holm. Wenn sie schon die Sache mit seiner Tante wusste, konnte sie auch gleich die ganze Wahrheit erfahren.

Eigentlich ist es gar nicht meine Wohnung, erklärte er.

Nicht?

Es ist nicht einmal eine Wohnung, fügte er kleinlaut hinzu.

Sylvia schien intensiv nachzudenken. Womöglich stellte sie sich vor, dass er in einem Zelt lebte.

Und wo wohnst du dann?

In meinem Zimmer.

In deinem Zimmer? Sie sah ihn erstaunt an. Damit hatte sie überhaupt nicht gerechnet.

Holm bejahte. In meinem Elternhaus, ergänzte er zum besseren Verständnis der Gesamtlage.

Und dein Elternhaus willst du verkaufen?

Nein, nein, wiegelte er ab. Meine Eltern wollen mein Zimmer, also mein Kinderzimmer, also dort, wo ich wohne, vermieten.

Sylvia schüttelte empört den Kopf. Deine Eltern wollen dein Kinderzimmer an dich vermieten?

Es störte sie gar nicht, dass er immer noch in seinem Kinderzimmer wohnte.

Unglaublich, nicht?, erwiderte er schnell genauso empört. Die eigenen Eltern!

Sylvia schüttelte weiter den Kopf. Wie sie sich so gemeinsam über seine Eltern empörten, fühlte er sich Sylvia auf einmal sehr nah.

Und wie hast du reagiert?, wollte sie wissen.

Ich habe abgelehnt!, rief Holm.

Das hätte ich auch gemacht, sagte Sylvia, man darf sich von seinen Eltern nicht alles bieten lassen.

Irgendwann ist Schluss!, erklärte er.

Sylvia nickte. Und was willst du jetzt machen?

Holm blickte entschlossen auf die Straße. Ich werde ausziehen.

Sehr gut, meinte Sylvia erleichtert.

Man muss schließlich auch irgendwann eigene Wege gehen, fasste er die Entwicklung zusammen.

Eine Zentnerlast fiel in diesem Augenblick von ihm ab. Holm hatte einen klaren Entschluss gefasst. Viel wichtiger aber war, er brauchte endlich niemandem mehr etwas vorzumachen. Zum ersten Mal glaubte er sich von einem Menschen ganz verstanden zu wissen, obwohl er es eigentlich für unmöglich gehalten hatte, dass ein Mensch einen anderen Menschen auch nur ansatzweise verstehen konnte, verstand er sich manchmal doch selbst kaum. Dass dieser Mensch zusätzlich noch eine Frau war, wollte ihm jedoch nicht in den Kopf gehen. Aber vielleicht hatte das alles mit dem Kopf gar nichts zu tun. Vielleicht saß der Verstand gar nicht im Kopf, sondern ganz woanders. Vielleicht verstand man alles erst in dem Moment, wo man aufhörte zu denken.

Die Datsche befand sich zirka zehn Kilometer südlich des Berliner Rings am Rande einer kleinen Ortschaft, die hauptsächlich aus den die Straße flankierenden Häusern zu bestehen schien.

Es war noch viel schlimmer, als Holm es sich vorgestellt hatte. Nicht mal einen Supermarkt gab es oder eine Tankstelle. Wie die Leute hier überlebten, war ihm ein Rätsel.

Über einen holprigen Sandweg erreichte man die Datschenkolonie, im Wesentlichen graue und schlammfarbene Häuser der Marke Eigenbau.

Während Sylvia den Wagen in einer Tannenschonung parkte, überlegte sich Holm bereits wichtige Termine am frühen Sonntagmorgen, die ihn schon um sieben Uhr früh zur Heimfahrt zwingen würden. Auf Frühstück konnte er problemlos verzichten.

Da sind wir, flötete Sylvia freudig erregt, was Holm angesichts der Umgebung doch ein wenig übertrieben fand. Kurz dachte er sogar darüber nach, ob er nicht besser im Auto blieb.

Als er vorsichtig die Wagentür öffnete, sprang Rolf mit einem Satz raus und verschwand laut bellend im Tannendickicht. Anscheinend war er der Einzige, der nicht sofort begeistert war.

Ich will baden, forderte Zarah, kaum dass sie Boden unter den Füßen hatte. Machst du mir gleich das Wasser rein, Mama?

Nun lass uns doch erst einmal ankommen, sagte Sylvia, während sie den Kofferraum öffnete.

Leider war auf den ersten Blick nicht zu erkennen, wo sie hätten ankommen können. Ein Haus konnte er in der Nähe nämlich nirgends entdecken, sofern nicht, was zu befürchten war, der Holzschuppen hinter den Tannen in dieser Gegend bereits als vollwertiges Haus angesehen wurde.

Würdest du mir tragen helfen?

Holm, der mit seiner KaDeWe-Tüte neben dem Auto stand und zunehmend panisch nach einer bewohnbaren Unterkunft Ausschau hielt, hatte sich zunächst nicht persönlich angesprochen gefühlt. Nachdem Zarah aber ebenfalls hinter den Tannen verschwunden war, folgerte Holm, dass eigentlich nur noch er damit gemeint sein konnte.

Im Kofferraum lagen zwei Koffer, eine Reisetasche und drei prall gefüllte Jutebeutel, aus denen Dinosaurier und Plastikschwerter herausragten. Ob Sylvia plante, sich dauerhaft hier niederzulassen?

Ich weiß, sagte Sylvia, als sie seinen Blick bemerkte, es ist ein bisschen viel für zwei Tage. Aber man kann ja nie wissen, was man alles braucht.

Zumindest Dinosaurier waren ausreichend vorhanden.

Holm nahm die Koffer. Sie passierten den Holzschuppen, vor dem eine verrostete Hollywoodschaukel ohne Polster stand. Über dem Eingang glänzten zahllose Spinnenweben.

Dort ist das Gartenzeugs drin, erklärte Sylvia, was Holm wieder ein wenig beruhigte.

Vor ihnen erstreckte sich ein großes Grundstück, eine verwilderte Wiese mit Obstbäumen. Anschließend ein graues Haus, die Wände unverputzt, das spitze Dach wirkte wie aus Pappe. Nur die Terrasse in mediterranem Orange hellte das trostlose Ambiente etwas auf.

Als Sylvia die Haustür öffnete, schlug ihnen der Geruch ungelüfteter Räume entgegen.

Drei Wochen sind eben zu lang, sagte sie und riss sofort alle Fenster auf. Zarah kletterte eine schmale Holztreppe hinauf ins Dachgeschoss.

Die Zeit vergeht, sagte Holm.

Ja, stimmte ihm Sylvia zu, und am Ende weiß man nicht, wo sie geblieben ist.

Wahrscheinlich wird sie in der Dritten Welt wiederverwertet, erklärte Holm.

Sylvia lachte. Wahrscheinlich!

Dabei hatte er es durchaus ernst gemeint. Denn die Zeit konnte ja nicht einfach so aus der Welt verschwinden.

Der untere Raum war überschaubar, zwei Sofas und ein wackeliger Schreibtisch am Fenster. Neben dem Sofa ein kleiner Stuhl mit einem tragbaren Fernseher, der für einen gemütlichen Fernsehabend jedoch völlig ungeeignet war. Die Küche war lediglich durch eine hüfthohe Mauer vom Wohnzimmer getrennt. Daneben ein winziges Bad, immerhin gab es eine verschließbare Tür.

Wir leben hier hauptsächlich draußen, erklärte Sylvia, als müsste sie sich für die karge Einrichtung entschuldigen.

Das hatte Holm schon befürchtet. Aktivitäten unter freiem Himmel, womöglich bis spät in die Nacht hinein. Grillabende und Ballspiele. Hinterher saß man in Decken gehüllt auf der verrosteten Hollywoodschaukel und wurde von Mücken zerstochen.

Ich zeige dir noch das Schlafzimmer, sagte Sylvia, obwohl Holm keinerlei Signale von sich gegeben hatte, die als Wunsch, das Schlafzimmer zu besichtigen, interpretiert werden konnten. Schlafzimmer waren etwas außerordentlich Intimes, und es gab überhaupt keinen Grund, diese Intimsphäre auch noch zu besichtigen. Seine Mutter hatte Gästen ebenfalls immer Holms Kinderzimmer gezeigt, als wäre dies für das Verständnis des gesamten Hauses unbedingt erforderlich.

Um das Schlafzimmer zu besichtigen, mussten sie die steile Holztreppe nach oben klettern, was Holm mit einiger Sorge erfüllte. Denn wer nach oben kletterte, musste irgendwann wieder nach unten klettern. Und weil Holm seit seinem achten Lebensjahr nicht mehr schwindelfrei war, befürchtete er, dass er es nie wieder herunter schaffte. Inzwischen lebt Felix H. seit dreißig Jahren unter dem Dach einer kleinen Datsche und wird von seiner Freundin Sylvia R. täglich mit Essen versorgt.

Im Bett sitzt eine riesige Spinne, rief Zarah angeekelt von oben, als sie sie beide die Treppe hinaufsteigen hörte. Die Spinne hatte von den Freiluftaktivitäten am Holzschuppen offenbar die Nase voll gehabt und es sich im Bett gemütlich gemacht.

Das Dachgeschoss bestand aus einem einzigen großen Raum, in dessen Mittelpunkt eine riesige Matratze lag. Dass ein Bett eine derart zentrale Position in Sylvias Leben einnahm, befremdete ihn ein wenig.

Zarah stand neben der Matratze und zeigte mit gerümpfter

Nase auf die Spinne, die jedoch kaum größer war als ein Daumennagel.

Du musst sie töten, forderte sie und sah ausgerechnet zu Holm, als wäre er der natürliche Ansprechpartner für die Ungezieferbeseitigung. Dabei hatte er bislang keinerlei Erfahrungen im Töten von Spinnen und wollte in seinem Alter auch nicht mehr allzu viele neue Erfahrungen sammeln. Irgendwann war der Bedarf an neuen Erfahrungen gedeckt, war er doch immer noch mit der Bewältigung alter Erfahrungen beschäftigt.

Spinnen sind nützliche Tiere, belehrte Sylvia ihre Tochter gerade noch rechtzeitig, die tötet man nicht. Und schon hatte sie die Spinne mit einer geübten Handbewegung gefangen und aus dem Dachfenster geworfen.

Neben der Matratze entdeckte Holm eine Ausgabe der *Apotheken Umschau* mit dem Titel »Herzinfarkt – Wie gefährdet sind Sie?«. Dass Sylvia ähnliche Interessen hatte wie Holm, stimmte ihn gleich wieder optimistischer. Vielleicht konnte man sich abends, anstatt auf der verrosteten Hollywoodschaukel zu sitzen, ein wenig über Krankheiten austauschen.

Meine Chefin schreibt manchmal Artikel für die *Umschau*, klärte ihn Sylvia auf.

Wie sie denn heiße, fragte er neugierig.

Heimsath-Püschel, antwortete sie und sah ihn erstaunt an.

Marion Heimsath-Püschel!, rief Holm begeistert, die Expertin für Rheuma-Fragen.

Und so was liest du? Sylvia schien es nicht fassen zu können, dass sich jemand wie er für so etwas interessieren konnte.

Man wird ja nicht jünger, sagte Holm, er war auf einmal ganz in seinem Element. Schon jetzt spürte er, dass ihm das Alter guttun würde. Er würde sich ausschließlich mit den eigenen körperlichen Beschwerden befassen und hätte endlich ein sinnvolles Hobby, das ihn bis ins hohe Alter begleitete. Problematisch wurde es erst, wenn er weiterhin gesund blieb.

Ich will jetzt baden, quengelte Zarah, die für solche Themen leider kein Verständnis zeigte.

Geht ihr mal los, beschloss Sylvia ungeachtet der Tatsache, dass Holm wieder nicht gefragt worden war, ob er überhaupt Lust hatte, mit Zarah loszugehen, abgesehen davon, dass er nicht einmal wusste, wohin er mit Zarah gehen sollte. Da ihm jedoch nichts anderes übrig blieb, ein längerer Aufenthalt im Schlafzimmer wäre ohnehin nicht mehr vertretbar gewesen, kletterte er langsam, seine Füße Zentimeter um Zentimeter nach unten schiebend, die Treppe abwärts. Erst als er fast schon unten angekommen war, fügte Sylvia die entscheidende Information hinzu: Das Gummibecken liege im Schuppen, er müsse es nur noch aufpumpen.

Während sie durch den Garten zum Schuppen gingen, beschlich Holm das Gefühl, sich übernommen zu haben. Es war alles ein bisschen zu viel auf einmal. Der Job als Altenunterhalter, der drohende Auszug aus seinem Elternhaus, und dazu noch Sylvia und ihre kleine Tochter, die ihn beide in völlig unterschiedlichen Bereichen herausforderten. Holm arbeitete auf zu vielen Baustellen gleichzeitig, und gegenwärtig sah es nicht so aus, als würde eine der Baustellen in absehbarer Zeit beendet sein. Im Gegenteil. Die Baustellen drohten an einigen Stellen zu Dauerbaustellen mit ständig wechselnden Aufgaben zu werden. Musste er bei Sylvia als Mann auftreten, beschäftigte ihn Zarah in erster Linie als Vater, der Spinnen beseitigte und Gummibecken aufpumpte. Erschwerend kam hinzu, dass Holm nicht die geringste Ahnung hatte, wie man sich als Vater verhalten musste. Wurde ein Mann auch als Vater wahrgenommen, oder musste er zusätzlich Ungeziefer beseitigen, damit Zarah erkannte, dass er nicht nur ein Mann, sondern darüber hinaus ein Vorbild war, das sie zu respektieren hatte? Anders gefragt: Konnte man überhaupt ein Vorbild sein, ohne dauernd etwas beseitigen oder aufpumpen zu müssen? Und wie konnte sich Holm in Gegenwart von Zarah und Sylvia gleichzeitig als Vorbild und Mann darstellen?

Holms Alltag im Leben nahm Formen an, die er sich so kompliziert jedenfalls nicht vorgestellt hatte. Ein Gummibecken aufzupumpen war nämlich leichter gesagt als getan. Nur weil er ein Mann war, hieß das noch lange nicht, dass er automatisch auch Gummibecken aufpumpen konnte. Seine Tante hatte ihn einmal irrtümlich mit dem Einschlagen eines Nagels betraut. Holm hatte ihr daraufhin geantwortet, dass Nageln in seiner Generation nicht mehr üblich sei, worauf ihm die Tante ein wenig ungehalten Hammer und Nagel in die Hand gedrückt hatte. Das Ergebnis war eine wie durch Einschusslöcher entstellte Wand, die schließlich von einem extra angeschafften Wandteppich verhüllt werden musste.

Vor dem Schuppen stoppte Holm und sah sich die Spinnennetze vor der Tür genauer an.

Nach einigem Nachdenken wurde ihm klar, dass ein bewaffneter Einsatz unumgänglich wurde, nützliche Tiere hin oder her, wollte er das Unternehmen Gummibecken nicht vorzeitig abbrechen, quasi abblasen müssen. Leider konnte Holm nirgends eine geeignete Waffe entdecken, und weil die Tierchen in den Netzen nicht danach aussahen, als würden sie ihren Platz freiwillig räumen, gab es für Holm nur noch eine Möglichkeit: Augen zu und durch.

Holm streckte die Arme vor, zielte mit einer Hand auf die Türklinke, während ihm die andere den Weg freihielt, und stürzte mit geschlossenen Augen und einem dumpfen Schrei in den Schuppen, wobei er über die Schwelle stolperte und in einem Stapel Kartons landete.

Zarah lachte laut auf und konnte sich minutenlang kaum noch einkriegen vor Begeisterung. Offenbar hielt sie das Ganze für eine äußerst gelungene Vorstellung, an der Holm monatelang gefeilt hatte.

Machst du das noch mal?, fragte sie und wischte sich die Lachtränen aus den Augen, während Holm sich aus den Kartons befreite.

Später, erklärte er ernst, hier durfte unter keinen Umständen der Eindruck vermittelt werden, dass er nicht in jeder Minute Herr der Lage war.

In einer Ecke des Schuppens fand er das eingesackte Gummibecken und eine kleine Handpumpe, mit der man allerdings kaum einen Fahrradschlauch hätte aufpumpen können.

Weil sich Zarah zunächst nicht entscheiden konnte, wohin sie das Becken haben wollte, schleppte es Holm von einer Ecke des Gartens in die andere. Es war schon merkwürdig, wie sich ein erwachsener Mann von einem sechsjährigen Mädchen klaglos durch die Gegend kommandieren ließ. Und wer hätte voraussagen können, dass Holm einmal mit einem aufblasbaren Schwimmbecken in der DDR herumlaufen würde.

Als der Platz endlich gefunden war, fing Holm sofort fieberhaft an zu pumpen. Nach einigen Minuten war jedoch noch immer keine sichtbare Veränderung zu erkennen. Im Grunde hatte sich seither überhaupt nichts verändert, wie Holm ehrlicherweise zugeben musste. Dafür war er inzwischen schweißnass. Es war doch keine so gute Idee gewesen, an diesem warmen Frühsommertag ein langarmiges Wollhemd anzuziehen. Ausziehen kam für ihn aber nicht infrage, zumal er darunter ein uraltes Feinripphemd seines Vaters trug, das für die Öffentlichkeit zweifellos nicht geeignet war. Notfalls käme das Oberteil seines Schlafanzuges in Betracht, was ihn allerdings auch nicht gerade vorteilhaft aussehen lassen würde und Sylvia schlimmstenfalls auf Gedanken brächte, die er am frühen Nachmittag gar nicht vermitteln wollte.

Eine Entblößung drohte zudem auf ganz anderem Gebiet. Wenn es ihm nicht bald gelang, das Schwimmbecken in einen schwimmtauglichen Zustand zu versetzen, wäre er in Zarahs Augen womöglich ein Versager. Diese ständige Beweislast, die als zukünftiger Vater schon jetzt auf ihm lag, war Holm ein bisschen zu viel, und insgeheim sehnte er sich bereits nach den stillen Tagen auf Tantes Sofa in der Fritz-Erler-Allee. Vielleicht hatte sich sein Vater deshalb gleich einen Aufsitzmäher angeschafft, um nicht an einem Handmäher zu scheitern. Dass er dabei häufig Mutters Kräuterpflanzen wegmähte, fiel bei dieser triumphierenden Geste nicht weiter ins Gewicht.

Plötzlich tauchte Sylvia neben ihm auf.

Willst du dich nicht ausziehen?, fragte sie beinahe erschüttert, als wäre es grundsätzlich unzulässig, die Gartenarbeit im Wollhemd zu verrichten.

Es passiert überhaupt nichts, eröffnete Zarah ihrer Mutter sofort den aktuellen Stand der Entwicklung. Holm floss der Schweiß übers Gesicht.

Die Pumpe ist einfach zu klein, versuchte Holm die Lage und sich selbst zu retten.

Bei dir ist es viel schneller gegangen, Mama, ließ Zarah ihrem Unmut freien Lauf.

So ein Kind konnte in null Komma nichts undankbar sein. Wahrscheinlich ist ein Loch drin, erklärte Holm.

Woher soll denn auf einmal ein Loch kommen?, fragte Sylvia, als wären derartige Beschädigungen auf ihrem Grundstück völlig undenkbar.

Mäuse, bemerkte er trocken.

Was? Die Antwort überraschte sie sichtlich.

Sind Mäuse auch nützliche Tiere?, fragte Zarah.

Mäuse fressen doch gar kein Gummi, hielt Sylvia dagegen.

Aber Marder, erklärte Holm. Marder fressen die Gummischläuche von Autos!

Wird denen nicht schlecht davon?, wollte Zarah wissen.

Hast du eigentlich den Stöpsel rausgezogen?, fragte Sylvia. Im selben Moment beugte sie sich zu ihm herunter und zog mit geübtem Griff einen kleinen Plastikstift heraus.

Nachmittags lagen sie in Liegestühlen auf der Terrasse. Sylvia blätterte in einer Illustrierten, während Zarah im Blumenbeet mit den Dinosauriern spielte und leise vor sich hinredete.

Holm blickte in den Himmel und hatte nichts zu tun, was aber niemanden zu stören schien. Er konnte einfach nur daliegen und nach oben starren, ohne sich dafür rechtfertigen zu müssen. Vater erholt sich von der Arbeit und schöpft beim In-die-Luft-Starren neue Kraft, während sich Mutter ein wenig in der Welt der Prominenten umsieht. Sogar Rolf trug seinen Teil zum harmonischen Familienleben bei: Er lag unter Holms Liegestuhl und schnarchte.

Ebenso wenig schien es jemand zu stören, dass Holm schließlich doch noch Hemd und Unterhemd ausgezogen hatte. Obwohl Holms nackter Oberkörper nicht für heimliche Frauensehnsüchte taugte, hatte Sylvia kein bisschen abgestoßen gewirkt. Sie hatte ihn nur kurz angeschaut und zufrieden genickt, als wäre sie froh über diese vernünftige Entscheidung.

Seit drei Jahren bemerkte Holm nämlich eine signifikante Veränderung seines Körpers: Er wurde dicker. Er wurde dicker, ohne dass er signifikant mehr gegessen oder getrunken hätte, und selbst tagelanger Verzicht auf Kekse und Brot änderte nichts an der Tatsache, dass er langsam, aber stetig in die Breite ging. Und da auch seine Eltern wohlgenährt bis dick waren, rechnete Holm inzwischen mit dem gleichen Schicksal. Sein genetischer Code war offenbar so programmiert, dass er ab dem sechsunddreißigsten Lebensjahr zunahm, ganz gleich, ob er nun Kekse aß oder nicht. Der Code zog das Programm einfach gnadenlos durch, und das nahm er seinem Körper im Grunde genommen übel. Jeglicher persönliche Einfluss war auf diese Weise von vorneherein zum Scheitern verurteilt. Als Holm eines Morgens im Spiegel das speckige, weiche Gesicht bemerkte, glaubte er im ersten Moment, dass seine Mutter vor ihm stand. Über Nacht hatte er sich in eine Frau verwandelt, die genauso aussah wie seine Mutter. Von den markanten Gesichtszügen seiner Jugend war fast nichts mehr übrig geblieben. Womöglich war das ein Grund, weshalb ihn sein Vater immer öfter ignorierte. Walter Holm hatte plötzlich eine Tochter bekommen, die auch noch aussah wie seine eigene Frau.

Derweil fragte er sich, was Sylvia an ihm wohl so attraktiv fand. Das Gesicht einer knapp sechzigjährigen Frau konnte es jedenfalls nicht sein. Gleichzeitig musste er die Frage auch an sich selber stellen. Gab es umgekehrt etwas, das Holm an Sylvia attraktiv fand? Verschämt blickte er neben sich. Ihr nur von einem knappen Bikini verhüllter Körper wirkte auf Holm seltsamerweise überhaupt nicht erregend. Und auch die wackelnden Zehen weckten in ihm keinerlei erotische Bedürfnisse, was unter anderem auch daran liegen mochte, dass auf ihrem rechten Zeh ein Hühneraugenpflaster klebte. In Griffnähe lag eine fast nackte Frau, und er verspürte nicht den geringsten Wunsch zuzugreifen. War das vielleicht die Ursache ihrer gegenseitigen Anziehung? Keiner fühlte sich durch die unerfüllbaren Wünsche des anderen bedroht. Nach diversen, ruinösen Versuchen hatten sie ihre Lust endlich hinter sich gelassen und waren nur noch mit der Abwicklung der zweiten Lebenshälfte beschäftigt. Holms fehlende Lust war nichts anderes als die Rache an seinem genetischen Code, und während er seinen Bauch herausstreckte, fühlte er mit einem Mal eine große Genugtuung.

Würdest du den Grill schon mal vorheizen, ich habe Würste und Koteletts mitgebracht.

Holm blickte auf ein Paar nackte Beine und ein Gesicht, das von zwei Brüsten eingerahmt war. Sylvia stand neben ihm und sah ihn geschäftig von oben herab an. Er musste lange geschlafen haben, denn die Sonne war bereits hinter den Baumwipfeln verschwunden.

Grillen, dachte er, während er langsam wieder zu sich kam. Holm hatte es von Anfang an gewusst. Sobald im Frühsommer die Abendtemperaturen drei Tage hintereinander zehn Grad überstiegen, wurde im ganzen Land gegrillt. Aber wieso musste er eigentlich den Grill vorheizen und durfte nicht den Tisch decken oder die Soße anrühren? Sechzig Jahre Bundesrepublik Deutschland hatten auf dem Gebiet der männlichen Emanzipation nicht den geringsten Fortschritt erbracht. Wenn es ums Grillen ging, herrschten in diesem Land immer noch steinzeitliche Verhältnisse.

Andererseits wäre dies natürlich eine gute Gelegenheit, sein Versagen am Gummibecken wiedergutzumachen und sich als Meister der Grillkunst zu profilieren.

Nach gut drei Minuten sagte Holm schließlich spontan zu.

Grill und Kohlen stünden im Schuppen, meinte Sylvia, dort kenne er sich inzwischen ja bestens aus.

Während Holm einen völlig verdreckten Grill aus dem Schuppen trug, saß Zarah gelangweilt auf der Terrasse und beobachtete ihn skeptisch. Für Skepsis gab es bis jetzt allerdings nicht den geringsten Anlass, denn Holm hatte sich den Grillstandort schon im Voraus genau überlegt und lief deshalb ungewohnt zügig zu der vorgesehenen Stelle neben der Terrasse. Als er dann die Kohle großzügig auf den Grillboden schüttete, hier durfte man keinesfalls kleinlich sein, um die Wirkung nicht zu beeinträchtigen, schien Zarahs Skepsis endgültig verflogen zu sein, und sie kam neugierig näher, um sich die Sache aus der Nähe anzusehen.

In diesem Moment flachte seine Dynamik allerdings etwas ab. Denn nun galt es, die Kohlen auf Betriebstemperatur zu bringen, was ihm ohne ausreichend Papier jedoch schwerlich gelingen würde. Im Schuppen hatte er einen Stapel alter Zeitungen gesehen, die *taz*, was ihn ein wenig irritierte, hatte er Sylvia doch nicht als taz-Leserin eingestuft. Zum Anglühen erschien ihm die *taz* allerdings bestens geeignet zu sein. Und als sich schließlich auch noch Streichhölzer fanden, stand einem gelungenen Grillabend eigentlich nichts mehr im Wege.

Er zerknüllte mehrere Zeitungen und entzündete sie im Grill. Als sich das Feuer durch das Papier fraß und die Tagespresse in Flammen aufging, freute er sich wie ein kleines Kind. Glühende *taz*-Fetzen flogen durch die Luft. Zu Asche verkohlt landeten sie im Garten und auf der Terrasse. Weiße Flocken schneiten vom Himmel und bedeckten Tisch und Stühle mit einer grauen Schicht.

Sind das nicht zu viele Zeitungen?, äußerte Zarah erstmals leise Bedenken an der inzwischen beachtlichen Feuersbrunst.

Doch für Holm gab es jetzt kein Zurück mehr. Bedenken waren hier fehl am Platz.

taz muss sein!, erklärte er unbeirrt und warf wie zur Bestätigung einen ganzen Packen Zeitungen ins Feuer, das meterhoch aufloderte, sodass vom Grill bald nur noch der Ständer zu erkennen war.

Langsam begann auch Holm zu ahnen, dass er die Sache nicht mehr unter Kontrolle hatte. Von Vorheizen konnte jedenfalls nicht mehr gesprochen werden. Man durfte froh sein, wenn der Grill überhaupt wieder verwendbar war.

In dieser heiklen Situation kam Sylvia mit einem Teller voll Würsten und Koteletts aus dem Haus.

Was ist denn hier los?, fragte sie, durchaus nicht völlig zu Unrecht.

Eine sichere, aber etwas unsaubere Methode, rief er hustend durch den Qualm.

Du bist ja schwarz im Gesicht!

Wo gehobelt wird, ergänzte er sachlich, fallen nun mal Späne.

Sylvia sah sich entsetzt um. Die ganze Terrasse ist voller Asche!

Dafür ist der Grill jetzt aber auch vorgeheizt, bemerkte er trotzig.

Anderthalb Stunden brauchte er, um die gröbsten Schäden zu beseitigen und die Terrasse wieder in einen halbwegs benutzbaren Zustand zu versetzen. Nachdem er geduscht hatte, sank er erschöpft, aber außerordentlich zufrieden auf den Gartenstuhl. Sylvia hatte das Fleisch inzwischen in der Küche gebraten. Das Essen schmeckte ihm wie schon lange nicht mehr. Holm aß vier Würste, drei Koteletts und trank insgesamt einen Liter Bier. Er war nicht nur sehr zufrieden, sondern fühlte sich mit der Welt auf einmal sogar im Einklang. Und es gab keinen Zweifel mehr, dass dieses Gefühl unmittelbar mit der körperlichen Arbeit zusammenhing. Hatte er bislang auf diversen Sitzmöbeln relativ erfolglos überlegt, wie er sich sinnvoll am Leben beteiligen konnte, erreichte er diesen Zustand nun vollkommen überraschend ohne jegliches Nachdenken beim Saubermachen einer gewöhnlichen Terrasse. Dies gab ihm wiederum zu denken, und er fragte sich, ob Denken in diesem Zusammenhang überhaupt noch Sinn machte, wenn man schon allein mit körperlicher Arbeit einen erheblichen Schritt weiterkam. Nun verstand er auch seine Mutter, die sich jeden Montag fröhlich summend durch die Wohnung wischte. Vielleicht sollte er zusätzlich noch singen, um mit dem Leben endlich restlos einverstanden zu sein.

Na, da hat aber einer Hunger, sagte Sylvia und blickte ihn anerkennend an. Holm nickte. Sie hatte vollkommen Recht. Nicht allein Holm war es, der Würste, Koteletts und Bier verzehrte, sondern vor allem jener Mann, der eben die harte, körperliche Arbeit verrichtet hatte.

Während Holm die letzten Soßenreste mit einem Stück Weißbrot vom Teller wischte, merkte er, wie ihn Zarah amüsiert von der Seite angrinste, was Holm zunächst ignorierte. Menschen, die ihn offensichtlich grundlos angrinsten, ignorierte er bereits seit vielen Jahren. Als Zarah aber nicht aufhörte zu grinsen, sah er sie verärgert an.

Du hast gekleckert, sagte sie daraufhin und kicherte.

Nun lass ihn doch, schaltete sich Sylvia sofort ein, wenn es ihm schmeckt.

Tatsächlich war nicht zu leugnen, dass sich auf seinem blauen Hemd ein daumennagelgroßer Fleck befand, der fraglos von der Soße stammte. Seit seiner Volljährigkeit hatte Holm praktisch nicht mehr gekleckert. Anscheinend wurde er langsam alt, was er in diesem Moment jedoch als etwas unpassend empfand.

In meinem Alter kleckert man eben schon mal, erwiderte Holm, als wäre dies eine allgemein gültige Tatsache, mit der man einfach zu leben hatte.

In welchem Alter kleckert man denn nicht?, fragte Zarah. Ob sie wirklich annahm, dass es eine Zeit gab, in der man vorwiegend nicht kleckerte?

Wenn man erwachsen ist, erklärte Holm und bemühte sich, ernst zu bleiben, was ihm aber gar kein Problem bereitete, kleckert man eigentlich gar nicht mehr.

Zarah fixierte ihn einen Moment. Dann fragte sie erstaunt: Bist du denn nicht mehr erwachsen?

Holm dachte nach. Das war eine interessante Frage. Ob die Erwachsenenzeit vorbeiging wie eine Jahreszeit?

Sobald du erwachsen bist, erwiderte er, bleibst du zwar erwachsen, fängst im höheren Alter aber trotzdem wieder an zu kleckern.

Es war erstaunlich, wie sicher er auf Fragen antwortete, mit denen er sich nicht monatelang intensiv beschäftigt hatte.

Werde ich auch mal alt? Zarah blickte ihn ängstlich an, als handelte es sich beim Alter um eine schwere, bisher kaum erforschte Krankheit ohne jegliche Heilungschancen.

Davon müssen wir ausgehen, antwortete Holm bestimmt.

Einen Augenblick wirkte sie schwer betroffen, fing sich jedoch rasch wieder und wechselte abrupt das Thema, indem sie erklärte: Ich will schwimmen gehen.

Du warst doch eben schwimmen!, rief Sylvia entrüstet. Auch Holm war entrüstet. Vor allem deshalb, weil sie das Thema Alter so schnell und offensichtlich erfolgreich verdrängt hatte. Er wäre ebenfalls gerne ein erfolgreicher Verdränger. Womöglich hatte man es dann im Leben viel leichter.

Ich will richtig schwimmen, forderte sie beinahe wütend, in einem Meer!

Ein Meer haben wir aber nicht, mischte sich Holm schließlich ein.

Zarah schien von seinem strengen Urteil derart überrascht zu sein, dass sie eine Weile erschrocken auf ihren Teller starrte. Verblüfft über diese Reaktion sah Holm leicht verunsichert zu Sylvia, die jedoch nichts dagegen einzuwenden hatte. Im Gegenteil, sie blickte Holm sogar dankbar an, was ihn sofort ermunterte, noch weitere Urteile dieser Art zu fällen.

Schließlich sah Zarah Holm mit einem beleidigt verkniffenen Gesicht an.

Dann eben ein großer See.

Im Wannsee, sagte er nun etwas milder gestimmt, kann man

sehr gut baden, obwohl Holm nichts ferner lag, als in Badehose zwischen halbnackten Menschen herumzulaufen.

Das ist eine tolle Idee, meinte Sylvia fröhlich zu Zarah.

Diese dachte kurz nach. Und dann sagte sie mit der Geste einer erwachsenen Frau, die eigentlich Besseres gewohnt war: Meinetwegen auch der Wannsee.

Später am Abend saßen Holm und Sylvia zusammen auf der Couch im Wohnzimmer und tranken Wein. Zarah schlief oben im Bett, und nur Rolf leistete ihnen noch Gesellschaft und lag friedlich schnarchend unter dem Tisch. Anscheinend hatte er seinen Kopf auf Holms Fuß gelegt, sodass dieser zur totalen Bewegungslosigkeit verdammt war, wollte er den schlafenden Hund nicht aufwecken, was Holm wiederum keine Gelegenheit gab, Sylvia auf irgendeine Weise näherzukommen. Und näher, so sah es der erste und bislang einzige gemeinsame Abend ohne Zarah vor, wollte man sich wohl schon ein wenig kommen, schließlich konnte man nicht ewig nur miteinander plaudern. Dass der Showdown jedoch aller Voraussicht nach auf dem Sofa stattfinden würde, ja stattfinden musste, weil Zarah oben das Bett belegt hatte, erfüllte Holm mit einiger Sorge, da das Sofa für solche Veranstaltungen einfach nicht breit genug war. Für derartige Experimente fühlte sich Holm inzwischen längst zu alt, und es war nicht auszuschließen, dass er sich dabei einen Arm verrenkte oder den Fuß verstauchte. Dies musste vorher alles sehr gut bedacht werden, ehe man sich wilden Gefühlen hingab.

Im Übrigen war es nicht einmal sicher, ob ihr zwischenmenschlicher Fortschritt mit ihrer fortschreitenden Alkoholisierung überhaupt noch Schritt halten konnte. Nach den vielen Würsten und Koteletts und nach zwei Gläsern Rotwein, vom Bier ganz zu schweigen, drohte Holm sehr bald in eine schwere Lethargie zu verfallen, die ihn für jedwede Aktivität vollkommen unbrauchbar machte. Sollte an diesem Abend also noch etwas geschehen, musste sofort mit einleitenden Maßnahmen begonnen werden.

Während Holm überlegte, wie er seriöserweise damit anfangen könnte, er wollte sie schließlich nicht gleich verschrecken, sprach Sylvia ohne Unterbrechung über Dr. Heimsath-Püschel, ihre Chefin.

Marion ist in dieser Hinsicht eine echte Hysterikerin, sagte sie und blickte ihn aufgebracht an, als könne er irgendetwas dafür. Was meinst du dazu?

Weil Holm nicht mitbekommen hatte, in welcher Hinsicht Marion eine echte Hysterikerin war, behielt er sein nachdenkliches Gesicht vorsichtshalber bei und schob zwischen seine Überlegungen rasch eine allgemeine Aussage, die er selber nicht richtig verstand.

Hysteriker, erklärte er, sind der Zorn Gottes.

Richtig!, entfuhr es Sylvia. Sie trank aufgeregt einen großen Schluck Wein.

Und soll ich dir noch was sagen? Holm nickte, derweil er, ihre Erregung ausnutzend, wie nebenbei seine Hand auf ihrem Arm platzierte, als wollte er sie beruhigen.

Sie merkt es nicht mal!

Was?, fragte er mit gespieltem Entsetzen und schaute ihr tief in die Augen.

Sie merkt nicht, entgegnete Sylvia, wenn sie mich wegen irgendeiner Nichtigkeit anblafft und drei Minuten später auf dicke Freundin macht.

Auch Sylvia schien Holms Hand indes nicht zu bemerken, was ihn ein wenig verwunderte.

Vielleicht ist sie gefühlsarm, sagte Holm.

Nein, nein, antwortete Sylvia, gefühlsarm ist sie in keinster Weise. Sie ist sogar ausgesprochen sensibel. Das ist es ja, was ich überhaupt nicht verstehe. Sie ist verständnisvoll, kann gut auf Menschen eingehen, selbst die Geburtstage ihrer Mitarbeiter hat sie parat.

Unterdessen versuchte Holm nun doch, seinen Fuß unter Rolfs Kopf herauszuziehen, so konnte es schließlich nicht weitergehen. Leider war es gar nicht so einfach, denn Rolfs Kopf bewegte sich zusammen mit Holms Fuß, ja, er machte sich offenbar noch schwerer, als wollte er auf den Fuß unter keinen Umständen verzichten. So ein Hund war eben ziemlich hartnäckig, und Holm fragte sich, wie weit er den Fuß wohl wegziehen musste, damit Rolf endlich von ihm abließ.

Und dann, fuhr Sylvia fort, kommen wieder so Dinger wie neulich.

Wie neulich? Holm tat stark interessiert, als könnte er die Fortsetzung der Geschichte kaum erwarten. Man brauchte eigentlich immer nur stark interessiert auszusehen, um das Gespräch am Laufen zu halten.

Holm hatte es indes geschafft, seinen Fuß so weit wegzuziehen, dass Rolfs Kopf nur noch auf seinen Zehen lag. Noch maximal drei Zentimeter und Holms Fuß war endgültig befreit.

Neulich, erklärte Sylvia, sie veränderte auf einmal ruckartig ihre Sitzposition, wobei ihre Knie wie zufällig gegen seine stießen, neulich wollte Marion bei der so genannten Mittagslage, die jeden Montag stattfindet, vor allen Mitarbeitern über die Neustrukturierung ihrer Abteilung sprechen. Alles super wichtig und top geheim. Und wer war mittags nicht da?

Holm blickte sie ratlos an. In diesem Augenblick gelang es ihm, seinen Fuß mit einer schnellen Bewegung wegzuziehen, worauf Sylvias rechtes Knie überraschend absackte. Da erst wurde ihm klar, dass es sich bei Rolfs Kopf in Wahrheit um Sylvias Fuß gehandelt hatte. Eilig zog er nun auch seine Hand weg, als wäre ein weiterer Verbleib auf ihrem Arm unter diesen Umständen sinnlos. Im Grunde, dachte Holm, ist der Abend damit gelaufen. Denn Sylvia musste natürlich denken, dass ihm das Ganze ein bisschen zu rasch ging. Dabei hatte Holm die Sache im Prinzip nur rasch hinter sich bringen wollen.

Und tatsächlich verebbte das Gespräch daraufhin.

Ich finde es jedenfalls schön, meinte sie schließlich, dass wir hier zusammensitzen und Rotwein trinken.

Ja, ja, sagte Holm und lachte übertrieben.

Am nächsten Morgen saßen sie draußen auf der Terrasse beim Frühstück. Zarah hatte offenbar keinen Hunger und spielte mit ihren beiden Brötchenhälften auf dem Teller Fangen, was ihre Mutter nicht im Geringsten zu stören schien. Holm war kurz davor, irgendetwas zu sagen, um diesem unwürdigen Spiel mit Nahrungsmitteln ein Ende zu bereiten, als im Haus Sylvias Handy klingelte.

Bin gleich wieder da, sagte sie und verschwand in der Tür.

Obwohl Holm sich bemühte, nicht hinzuhören, tat er es doch. Er hatte gar keine andere Wahl, als alles genau mit anzuhören, denn Sylvia stand direkt hinter dem gekippten Wohnzimmerfenster und redete in normaler Lautstärke in ihr Mobiltelefon.

Um nicht nur dasitzen und hinhören zu müssen, setzte er das Frühstück fort und schnitt sich ein weiteres Brötchen auf, obwohl er bereits zwei Brötchen gegessen hatte und längst satt war. Während er langsam kaute und sich jeden einzelnen Baum im Garten genau ansah, als hätte er schon immer vorgehabt, Bäume anzusehen, es aber aus Zeitgründen bisher nie geschafft, das heißt, wenn man Zeit hatte, dachte man nicht daran, und wenn man dachte, ach, Bäume könntest du dir eigentlich mal etwas intensiver ansehen, hatte man keine Zeit. Während er also kaute und sich die Bäume ansah, zum Glück waren ja ausreichend vorhanden, sollte sich das Gespräch wider Erwarten in die Länge ziehen, hörte er, wie Sylvia über ihre Arbeit sprach. Nein, sagte sie, sie könne gar nicht verstehen, dass Marion so etwas Abwegiges in die Welt setze, darüber müsse man dringend mit ihr reden. Sie habe sowieso seit längerem den Eindruck, dass Marion nicht mehr wisse, was ihre Mitarbeiter für diese Studie alles opferten, auch darüber müsse sehr bald gesprochen werden.

Eigentlich war es die Fortsetzung des gestrigen Gesprächs, nur mit einer anderen Person, und Holm, der in diese Thematik bereits eingeführt worden war, empfand es auf einmal als selbstverständlich, mehr über den Fall Marion Heimsath-Püschel zu erfahren, wenn er in Zukunft auch das eine oder andere dazu beitragen wollte.

Sie könne das gerne übernehmen, erklärte Sylvia, allerdings wolle sie sicher sein, im Namen aller, wirklich aller zu sprechen, sonst sei sie am Ende die Dumme.

Eine Weile ging es noch so weiter. Von Motivation und menschlichem Versagen war die Rede, von fehlender Anerkennung und Gutsherrenart. Das Wort Führungsschwäche fiel innerhalb von drei Minuten vier Mal. Holm hörte kaum noch hin und wandte sich von den Bäumen ab, so viel war da im Grunde auch nicht zu sehen. Stattdessen beobachtete er Zarah, die jetzt begann, ihre Brötchenhälften in kleine Stücke zu zerreißen und über den ganzen Tisch zu verteilen, was Holm zunehmend wütend machte, sich aber nicht traute, dagegen einzuschreiten. Was hätte er schon sagen können? Mit einem kurzen Hinweis auf die Welternährungslage wäre es jedenfalls nicht getan gewesen.

Am Telefon hatte man inzwischen das Thema gewechselt. Es ging um Privates. Holm aß plötzlich wieder schneller und suchte sich einen neuen Baum aus, eine unüberschaubare Tanne. Mit den vielen Tannenzapfen wäre er erst mal beschäftigt.

Sie habe ein ziemlich gutes Gefühl, hörte er sie trotz intensivsten Tannenzapfenstudiums sagen, selbst Zarah reagiere erstaunlich positiv, was so bislang noch nicht vorgekommen sei, ja, ja, ein kleines Wunder sei geschehen, und sie habe kaum noch daran geglaubt.

Holm quälte sich derweil das Brötchen in den Mund und überlegte, was daran positiv war, Teigwaren in winzigen Stückchen über den Tisch zu verteilen. Ein gutes Gefühl hatte er jedenfalls nicht dabei, vielmehr musste er sich darüber wundern, dass Sylvia trotz dieses Massakers ihren Glauben anscheinend wiedergefunden hatte. Das ganze Gespräch kam ihm außerordentlich merkwürdig vor, und er wollte gerade aufstehen und sich die Beine vertreten, als er etwas hörte, das ihn stutzig machte.

Sylvia sprach auf einmal von einer männlichen Person. Er sei, sagte sie mit einem Mal viel leiser, allerdings nicht leise genug, dass Holm es nicht mitbekam, er sei zwar unfassbar schüchtern, komischerweise reize sie das aber viel mehr als diese angeberische Männlichkeit.

Holm ahnte plötzlich Schlimmes, zögerte aber damit, seine Ahnung zur Gewissheit werden zu lassen. Hier durfte er nichts überstürzen.

Sie hätte nicht gedacht, fuhr Sylvia fort, dass es solche Typen überhaupt noch gebe. Sicher werde sie ihn irgendwann richtig kennen lernen, ja, und gut sehe er auch noch aus, er habe ein kleines Bäuchlein, aber das mache ihn im Grunde sogar noch attraktiver.

Holm blickte vorsichtig an sich herab. Ahnung nicht mehr zu halten, dachte er.

Jedenfalls, meinte sie, könne er gut mit Kindern umgehen und habe so eine natürliche Autorität.

Holm atmete erleichtert auf. Offenbar war er doch nicht gemeint.

Und diese selbstbewusste Schüchternheit, flüsterte Sylvia aufgeregt wie ein Teenager, mache einen unglaublichen Eindruck auf sie, sie sei selbst ganz überrascht. Gestern Abend hätten sie die ganze Zeit auf dem Sofa gesessen, und es sei überhaupt nichts passiert. Ob das nicht unfassbar süß sei?

Holm wurde auf einmal schlecht. Er war kurz davor, das Brötchen wieder herauszuwürgen, entschied sich jedoch angesichts der Welternährungslage dagegen. Er brauchte eine Weile, bis er sich daran gewöhnt hatte, dass tatsächlich er es war, der gut aussehen und kinderlieb sein sollte. Wie war es bloß möglich, dass man sich so über sich selbst täuschen konnte? Offenbar hatte er jahrzehntelang mit einem Menschen zusammengelebt, den er völlig falsch eingeschätzt hatte. Er musste erst vierzig Jahre alt werden, bis ihm klar wurde, dass er ein völlig normaler Mensch war. Womöglich hätte er sich vieles ersparen können, wenn er Sylvia früher kennen gelernt hätte. Fraglich war allerdings, ob er nun so einfach das Leben eines normalen Menschen führen konnte, wo er sich an seine Lebensproblematik doch dermaßen gewöhnt hatte, dass sie ein fester Bestandteil seines Alltags geworden war. Anders gefragt: Konnte er seine Spinnenphobie und die Abneigung, am helllichten Tag Klopapier einzukaufen und offen durch die Stadt zu tragen, unter den veränderten Bedingungen überhaupt aufrechterhalten?

Erschüttert blickte Holm auf den Tisch, den Zarah indes in ein Schlachtfeld aus Brötchenfetzen verwandelt hatte.

Weißt du eigentlich, sagte er plötzlich sehr ernst, dass es in Afrika Kinder gibt, die hungern?

Zarah sah ihn überrascht an und zuckte mit den Schultern. Von hungernden Kindern hatte sie anscheinend noch nichts gehört.

Diese Kinder, erklärte Holm weiter, wären froh, wenn sie mal ein Brötchen zu essen hätten.

Erneut zuckte sie mit den Schultern, als wären ihr hungernde Kinder in Afrika vollkommen egal. Unverdrossen setzte sie ihr Spiel fort, bis Holm endlich der Kragen platzte.

Du hörst jetzt sofort damit auf, rief er, und sammelst die Teile wieder zusammen, verstanden?

Und prompt hörte Zarah auf zu spielen und sah ihn verdutzt an. Weil sich Holm aber nicht beirren ließ und weiterhin streng guckte, es war schon beachtlich, was er auf einmal alles zustande brachte, nickte sie schließlich folgsam und fing tatsächlich an, die Krümel aufzulesen und auf ihren Teller zu legen, was Holm mit einem seltsamen Stolz erfüllte. In diesem Augenblick glaubte er, als Vater akzeptiert zu sein.

Kurz darauf hatte er das starke Bedürfnis, den Rasen zu mähen. Im Schuppen fand er einen alten Handmäher. Und während er sich überlegte, wie viele Bahnen er insgesamt für das Grundstück benötigte, fiel ihm sein Vater ein. Holm erkannte auf einmal bestürzt, dass er begann, das Leben seiner Eltern zu wiederholen, als hätte er die ganze Zeit nur darauf gewartet.

12

Nach Stettin wollen Sie mit mir fahren?

Günter Netzer lehnte am Türrahmen zwischen Wohnzimmer und Balkon und saugte gierig an seiner filterlosen Zigarette.

Mit seinem Glas Apfelsaft auf dem Sofa sitzend, wusste Holm auf einmal nicht mehr, ob es wirklich eine so gute Idee war, zu viert einen Tagesausflug nach Stettin zu unternehmen. Und je länger er darüber nachdachte, desto abenteuerlicher kam ihm das Ganze vor. Was konnte nicht alles schiefgehen, zumal nicht abzuschätzen war, welche Bedürfnisse alte Menschen im Laufe solch einer Reise entwickelten. Mussten sie stündlich eine bestimmte Menge Flüssigkeit zu sich nehmen, damit ihr Körper nicht austrocknete und die Organe versagten? Und wie sah es mit Medikamenten aus? Die pünktliche Einnahme der Medizin sei bei älteren Menschen zwingend erforderlich, hatte es einmal in der *Apotheken Umschau* geheißen. Waren zwanzig Minuten Verspätung beim vierzigjährigen Menschen noch kein Problem, bedeutete das für den siebzigjährigen den sicheren Tod.

Unüberschaubar waren auch die Folgen einer neuen Umgebung. Wie würden sie reagieren, wenn ihr Mittagsschlaf ausfiel und ihnen statt Kartoffeln und Bohnen Currywurst mit Pommes in einer zugigen Autobahnraststätte vorgesetzt wurde?

Während es über fast jede Haustierrasse ausreichend Fachliteratur gab, fand man über alte Menschen praktisch keine Informationen.

Sind Sie jetzt eigentlich komplett verrückt geworden?, fuhr Günter Netzer, immer noch heftig saugend, fort und sah Holm in einer Mischung aus Staunen und Ratlosigkeit an.

Vermutlich hatte er Recht. Holm war komplett verrückt geworden. Es war eine Schnapsidee, mit Leuten, die es zusammen auf zweihundertfünfzig Jahre brachten, nach Stettin zu reisen. Zweihundertfünfzig Jahre deutsche Geschichte in einem Auto der Marke Volkswagen wurde in Polen womöglich als Affront gedeutet. Man habe mit den Deutschen in den letzten zweihundertfünfzig Jahren einfach keine guten Erfahrungen gemacht, da wolle man sich die Vergangenheit in derart geballter Form lieber ersparen.

Dabei hatte er Elfriede Schlemm nur eine Freude machen wollen.

Was könnte nicht alles passieren, mahnte Günter Netzer an und schüttelte seinen Kopf.

Ja, ja, sagte Holm betroffen.

Ich bin achtzig Jahre alt, sagte Günter Netzer, ich brauche viel Wasser und warme Socken. Haben Sie daran schon einmal gedacht?

Daran habe ich nicht gedacht, sagte Holm sichtlich erschüttert.

Das sollten Sie aber, es ist unverantwortlich, es nicht zu tun.

Ich weiß auch nicht, wie ich das vergessen konnte.

Alte Menschen sind wie Zierfische, kleinste Temperaturschwankungen bringen sie um.

Das ist ja furchtbar, erwiderte Holm und nippte erschrocken am Saft. Er fragte sich, ob Zierfische und alte Menschen bei einer Klimaerwärmung als Erstes dran glauben mussten.

Im Alter braucht man starke Nerven, erklärte Günter Netzer und drückte die Zigarette in einem Blumenkübel aus, sonst hält man es nicht lange durch.

Unter diesen Umständen war es fraglich, ob Holm überhaupt sechzig wurde, verlor er doch jetzt schon häufig die Nerven.

Soll ich Ihnen was verraten? Günter Netzer kehrte ins Zimmer zurück und stützte sich schweratmend auf den Sessel.

Holm blickte ihn erwartungsfroh an, erwartete aber eigentlich nichts Gutes.

Ich fühle mich im Grunde genommen wie vierzig. Ist das nicht seltsam?

Dann wären wir quasi gleich alt, bemerkte Holm sachlich.

Aber kein Mensch würde einem das abnehmen. Mit achtzig hast du die Schnauze zu halten und die jungen Leute nicht mehr zu stören. Mit achtzig bist du nur noch ein Kostenfaktor und kein Mensch mehr.

Wie ein Politiker, der im Bundestag eine Rede hielt, stand Günter Netzer hinter dem Sessel und fuchtelte wild mit den Armen.

Allerdings habe ich eine schlechte Nachricht für Sie, setzte er seine Rede spitzbübisch lächelnd fort. Wir sind auf dem Vormarsch. Wir werden alle immer älter, und irgendwann drehen wir den Spieß einfach um!

Holm sah ihn verblüfft an. Dass auch Holm plötzlich Teil einer großen Bewegung sein sollte, die stramm und offensichtlich gut gelaunt aufs Alter zumarschierte, um sich am Ende geschlossen gegen die Jugend zu wenden, war ein völlig neuer Gesichtspunkt. Nach einer fast vierzigjährigen Opposition würde Holm schließlich doch zur Mehrheit gehören. Seine eigentliche Aufgabe im Leben stand ihm somit erst noch bevor. Brauchte Holm nicht schon lange viel Wasser, Mittagsruhe und warme Socken, ohne diese Neigung jedoch öffentlich ausleben zu dürfen? Ihm konnte es mit dem Altern gar nicht schnell genug gehen. Dann könnte er seine Nachmittage endlich in biederen Cafés verbringen, Baumkuchen essen und bei der Lektüre der *Apotheken Umschau* Reinhard-Mey-Lieder summen und wäre trotzdem weiterhin auf dem Vormarsch.

Kommen eigentlich auch scharfe Weiber mit?, wollte Günter Netzer auf einmal wissen.

Holm sah ihn fragend an.

Na, bei Ihrer Polenreise, ob da auch scharfe Schnitten dabei sind?

Frau Schlemm, antwortete Holm etwas schwer von Begriff.

Frau Schlemm?, fragte Günter Netzer ungeduldig. Ja, und weiter?

Elfriede Schlemm, ergänzte Holm.

Wie alt sie ist, will ich wissen.

Ich glaube so Mitte siebzig. Warum?

Mitte siebzig? Günter Netzer blickte ihn schockiert an. Die ist doch längst vertrocknet!

Langsam fand Holm wieder Anschluss an das Gespräch. Es soll ja keine Vergnügungsreise werden, meinte er ein wenig pikiert.

Keine Vergnügungsreise? Ja was denn sonst? Eine Trauerfahrt?

Frau Schlemm möchte noch einmal ihre Heimatstadt sehen, erwiderte Holm ruhig, seit kurzem ist sie etwas verwirrt.

Wenn ich Sie so sehe, polterte Günter Netzer, wäre ich auch verwirrt.

Holm wusste nicht, ob er empört sein sollte oder nicht. Stattdessen stellte er sein Glas mit einer heftigen Bewegung zurück auf den Tisch und sah demonstrativ auf die Uhr, was Günter Netzer jedoch nicht im Geringsten beeindruckte, zumal Holm erst umständlich das Hemd wegziehen musste, um einen Blick auf seine Armbanduhr werfen zu können.

Lassen Sie mich nur machen, erklärte Günter Netzer großspurig, als hätte er die Reise bereits in groben Umrissen ausgearbeitet, was Holm allerdings nicht recht war, immerhin trug er die Verantwortung, und da wollte er sich auf keinen Fall hineinreden lassen.

Wann soll es denn losgehen? Offenbar konnte es Günter Netzer kaum noch erwarten.

Über den Tag hatte sich Holm noch gar keine Gedanken gemacht. Samstag erschien ihm jedoch am sinnvollsten, weil an diesem Tag der Dienstwagen nicht gebraucht wurde.

Sie wollen also mitkommen?, versicherte sich Holm noch einmal.

Günter Netzer sah ihn ernst an. Glauben Sie, ich lasse mir so was entgehen?

Holm schlief schlecht in dieser Nacht. Er träumte, dass sie an der polnischen Grenze von polnischen Polizisten festgenommen wurden, weil Günter Netzer ein langgesuchter Kriegsverbrecher war, der kurz vor Kriegsende aus Rache die gesamte Zivilbevölkerung eines kleinen Dorfes in Hinterpommern massakriert hatte. Obwohl ihnen Holm, erstaunlicherweise in fließendem Polnisch, klarzumachen versuchte, dass Herr Netzer bei Kriegsende gerade mal sechzehn oder siebzehn Jahre alt und daher wohl kaum in der Lage gewesen sei, die Zivilbevölkerung eines hinterpommerschen Dorfes auszulöschen, ganz abgesehen von der Tatsache, dass sich Günter Netzer zu diesem Zeitpunkt nachweislich bei seinen bayerischen Verwandten auf einem Bauernhof in der Nähe des Chiemsees befunden habe, der zu Holms Überraschung jenem Kärntner Bauernhof, auf dem er seinen ersten und einzigen Urlaub mit seinen Eltern verbracht hatte, bis ins Detail ähnelte, wurde Günter Netzer in ein Stettiner Untersuchungsgefängnis gebracht und vierundzwanzig Stunden verhört. Unterdessen warteten Holm, Elfriede Schlemm und Heinz Jaletzke in einem Kohlenkeller am Stadtrand auf seine Freilassung. Nachdem Günter Netzer auch nach zwei Wochen nicht wieder aufgetaucht war, gaben sich Holm und Elfriede Schlemm schließlich auf der Hakenterrasse das Jawort, worauf Heinz Jaletzke eine Zahnarztpraxis in der Stettiner Altstadt eröffnete. Holm erwachte in dem Moment, als Heinz Jaletzke die dritten Zähne von Elfriede Schlemm in hohem Bogen aus dem Fenster warf.

Als er später zur Arbeit fuhr, beschloss er, seine Chefin Moni über den geplanten Ausflug lieber zu informieren.

Moni saß am ovalen Tisch über einen Stapel Formulare gebeugt und raufte sich ihr strohiges Haar.

Es wird immer mehr, seufzte sie und blätterte kopfschüttelnd in den Papieren.

Holm überlegte, wie er ihr den Ausflug schmackhaft machen sollte.

Warum werden die Leute eigentlich so alt, kannst du mir das vielleicht erklären?

Holm konnte es nicht. So eine grundsätzliche Frage konnte ohnehin nicht im Stehen gelöst werden. Und auch nicht im

Sitzen oder im Liegen. Wahrscheinlich konnte sie sogar überhaupt nicht gelöst werden, zumindest nicht in dem Moment, wo Holm mit der strategischen Vorbereitung einer wichtigen Information beschäftigt war. Man darf Polen im Grunde gar nicht erwähnen, dachte Holm. Sobald Polen ins Spiel kam, war es aus mit einer vernünftigen Diskussion. In einem Gespräch mit seinem Vater hatte er einmal nebenbei das Wort Polen fallengelassen, worauf ihn sein Vater minutenlang böse angestarrt hatte, um dann wütend aufzuspringen und in seinem Arbeitszimmer zu verschwinden. Ob er bei anderen Ländern weniger wütend wurde, hatte Holm bis heute leider nicht herausgefunden. Allerdings war es auch keine Lösung, Italien zu erwähnen, wenn es in Wirklichkeit um Polen ging.

Und immer mehr Männer sollen von uns unterhalten werden, ist das nicht komisch?

Zum Lachen war Holm gegenwärtig jedoch nicht zumute, denn wenn Polen wegfiel, wurde der Ausflug sinnlos. Dann brauchte man die Wohnung praktisch gar nicht mehr zu verlassen.

Demnach musste Polen also doch, wenn auch nur am Rande, sozusagen an der äußersten, sprachlich noch artikulierbaren Grenze, wieder mit einbezogen werden, dass nicht der Eindruck entstand, man wolle eigentlich nach Italien reisen.

Ob Frauen alleine besser zurechtkommen als Männer?, fragte sie, ohne Holm direkt anzusehen, sodass sich Holm nicht verpflichtet fühlte, ihr direkt darauf zu antworten. Außerdem war es unmöglich, alleinstehende Frauen dabei zu beobachten, ob sie alleine zurechtkamen, weil sie dann ja nicht mehr alleinstehende Frauen waren.

Frauen sind eben nicht so weinerlich wie Männer, beantwortete Moni ihre Frage der Einfachheit halber gleich selber, als Holm plötzlich eine glänzende Idee hatte. Eigentlich brauchte er Moni nur mitzuteilen, dass er vorhatte, am Samstag zusammen mit Elfriede Schlemm die Wohnung zu verlassen, um etwas spazieren zu gehen. Damit war das Wesentliche gesagt.

Dass dieser Spaziergang hauptsächlich in Polen stattfinden würde, musste er ihr nicht unbedingt auf die Nase binden.

Was stehst du hier eigentlich die ganze Zeit herum?, fragte Moni völlig unerwartet und blickte erstaunt zu Holm, der auf einmal komplett vergessen hatte, was er ihr sagen wollte.

Hast du eine Frage an mich?

Holm starrte sie an. Polen wird kein Spaziergang werden, platzte es aus ihm heraus.

Polen? Sie sah ihn ratlos an.

Ich muss jetzt leider los, erklärte Holm überstürzt und verließ mit rotem Kopf und zitternden Beinen das Institut.

Auf dem Weg zu Elfriede Schlemm nahm er sich vor, die Sache alleine durchzuziehen. Weder Moni noch Sylvia, ja nicht einmal seinen Eltern würde er sagen, wohin und vor allem mit wem er am kommenden Wochenende verreiste. Und allein schon dieser Entschluss ließ Holm innerlich um mehrere Jahre reifen. Zum ersten Mal hatte er eine selbstständige Entscheidung gefasst, ohne die Folgen dieser Entscheidung abschätzen zu können. In sein Leben kam endlich Bewegung, auch wenn es sich zunächst Richtung Polen bewegte. Und er hatte noch lange nicht genug. Holm stand erst am Anfang einer Reihe weitreichender Entschlüsse, die nicht nur alte Menschen, sondern auch jüngere, Zarah zum Beispiel oder Sylvia in Richtungen bewegte, die Holm maßgeblich mitbestimmte. Auch wenn dabei einiges schieflaufen könnte, so war allein er es, der dafür die Verantwortung trug.

Was alles schiefgehen konnte, bemerkte Holm, als er ins Wohnzimmer von Elfriede Schlemm kam.

Frau Schlemm kniete leblos vor dem Sofa, während ihr Kopf verborgen zwischen den Kissen lag.

Holm ahnte Schlimmes, doch als er näher herantrat, hörte er ihre dumpfe Stimme.

Karl?, rief sie ängstlich und versuchte sich gleichzeitig mit den Ellenbogen hochzustemmen, was ihr allergrößte Mühe zu bereiten schien.

Holm fasste sie unter den Achseln und zog sie mit einer Drehung aufs Sofa. Offenbar hatte sie schon sehr lange so gelegen, denn auf ihrem Gesicht war das Blumenmuster der Kissen abgedrückt.

Was ist denn mit Ihnen passiert? Holm setzte sich neben sie und nahm ihre Hand.

Ach Karl, sagte Elfriede Schlemm, dankbar seine Hand drückend, es ist alles so furchtbar. Sie blickte ihn traurig an. Auf ihrer Stirn blühte eine Rose. Ich wollte mich nur hinsetzen, und dabei habe ich das Gleichgewicht verloren.

Mir ist auch hin und wieder schwindelig, gab sich Holm solidarisch. Zum Glück war sein Sofa nicht gemustert. Manchmal will der Körper eben nicht so, wie wir wollen.

Elfriede Schlemm wirkte erschöpft und müde. Der Körper will ja, sagte sie, aber er kann einfach nicht mehr, und ich, sie sah ihm tief in die Augen, ich habe eigentlich auch keine Lust mehr.

Aus ihrem Blick war jede Hoffnung gewichen. Sie saß zusammengesunken auf dem Sofa und schien von Minute zu Minute kleiner zu werden. Ihre Hand hielt seine fest umklammert, als befürchtete sie, jeden Augenblick ganz zu verschwinden.

Keine Lust mehr?, rief Holm auf einmal so laut, als befürchtete er jetzt ebenfalls, dass von Elfriede Schlemm nur noch ihre Hand übrig blieb, wenn er nicht sofort etwas unternahm.

Aber wir wollten doch nach Stettin fahren!

Einen Moment blickte sie Holm irritiert an, als wäre sie sich nicht sicher, ob sie ihn richtig verstanden hatte.

Stettin?, wiederholte sie. Elfriede Schlemm begann wieder zu wachsen, es war frappierend zu beobachten, wie allein dieses Wort ihren Körper mit neuem Leben erfüllte.

Ja, sagte Holm, Sie wollten mir doch … also du, du wolltest mir doch noch einmal Stettin zeigen, oder?

Wir fahren nach Hause?

Holm atmete tief durch, dann nickte er.

Elfriede Schlemm lächelte zufrieden wie ein kleines Mädchen, das ihren Willen schließlich durchgesetzt hatte.

Warum hast du mir das nicht gleich gesagt?, fragte sie, nun fast wieder auf Augenhöhe mit Holm.

Ich wollte dich überraschen, erklärte er feierlich. Samstag früh geht's los.

Samstag? Sie sah ihn bestürzt an. Ihr Gesicht verfinsterte sich innerhalb weniger Sekunden. Womöglich bekam sie Besuch von ihrer Tochter, oder im Fernsehen lief der zweite Teil einer Serie, die sie unter gar keinen Umständen versäumen wollte, was Holm sogar verstehen konnte, denn auch er musste eine einmal angefangene Serie zwangsläufig bis zum Ende verfolgen, sonst hätte er immer das Gefühl gehabt, wichtige, ja entscheidende Informationen über das Leben zu verpassen. Und diese Informationen kamen natürlich immer in jenen Folgen, die man verpasst hatte.

Aber ich muss vorher doch noch zum Friseur!, sagte sie vorwurfsvoll und zupfte wie zum Beweis an ihren dünnen grauen Haaren.

Holm dachte kurz nach. Dann sagte er: Setz einfach den Hut auf, den du damals getragen hast, als wir uns verlobt haben. Er hoffte, dass sie sich an solche Details nicht mehr erinnern konnte.

Welchen Hut meinst du denn? Sie wirkte überrascht.

Diese Frage hatte er befürchtet. Na, den großen runden mit dieser … äh … Schleife.

Einen Augenblick schien sie zu überlegen, was sie darauf antworten sollte. Doch dann breitete sich ein verschmitztes Lächeln auf ihrem Gesicht aus.

Ich wusste schon, warum ich dich geheiratet habe, sagte sie stolz und gab ihm einen Kuss auf die Wange.

Holm hatte eine Menge zu tun. Die Route nach Stettin musste ausgearbeitet werden. Er brauchte eine Landkarte vom nordöstlichen Brandenburg sowie einen Stettiner Stadtplan. Das heißt, genau genommen brauchte er sogar zwei Stadtpläne, einen historischen mit den alten deutschen Bezeichnungen und einen aktuellen. Auch ein deutsch-polnisches Wörterbuch wäre sinnvoll, um wenigstens nach dem Weg fragen zu können, und polnisches Geld für einen Restaurantbesuch. Schließlich war noch die Frage zu klären, mit welchen Bedürfnissen er bei seinen Fahrgästen unterwegs zu rechnen hatte. Und da er kaum verwertbare Erfahrungen mit reisenden älteren Menschen besaß, entschied er sich schweren Herzens, seine Mutter zu fragen.

Hier war jedoch größte Vorsicht geboten. Unter gar keinen Umständen durfte seine Mutter irgendetwas mitbekommen. Weil seine Mutter aber fast alles mitbekam, was ihr Sohn dachte oder trieb, musste er versuchen, sie auf eine falsche Fährte zu locken.

Nach dem Frühstück ging Hella Holm regelmäßig zum Einkaufen nach Alt-Rudow. Wie zufällig hatte er an diesem Tag ebenfalls dort zu tun und begleitete sie auf dem Weg in die Rudower City.

Du wirst doch bald siebzig, sagte Holm, sie waren gerade in den Salbeiweg gebogen und strebten forschen Schrittes Richtung Buchsbaumweg. Das heißt, eigentlich strebte seine Mutter, während Holm ein wenig Mühe hatte, Schritt zu halten.

In zwei Jahren, antwortete seine Mutter kühl, ohne ihn anzusehen.

Das wäre doch ein hervorragender Anlass, mal wieder zu verreisen.

Hella sagte daraufhin erst einmal gar nichts, als wüsste sie mit dieser Bemerkung nicht das Geringste anzufangen. Ihr Sohn hatte eben manchmal seltsame Ideen, die man nicht sofort kommentieren musste. Im Buchsbaumweg wurde sie dann aber doch neugierig.

Ein guter Anlass zu verreisen?, wiederholte sie. Was soll das denn?

Mit siebzig, fuhr Holm unbeirrt fort, könnte man sich endlich einmal etwas gönnen. Eine Reise in den Harz zum Beispiel.

Plötzlich stoppte sie und sah ihn irritiert an. Mit siebzig soll ich mir im Harz was gönnen?

Als auch Holm stehen blieb, setzte sie sich schon wieder in Bewegung, sodass er ruckartig nach vorne schnellte.

Wandern gehen, rief er hinter ihr hereilend, man kann durch Wälder wandern oder auf den Brocken steigen.

Sie stoppte wieder. Warum soll ich denn mit siebzig durch Wälder laufen und auf einen Brocken steigen?, erregte sie sich.

Holm war gerade neben ihr zum Stehen gekommen, als sie abrupt weiterging. Langsam wurde ihm schlecht von diesem ständigen Hin und Her.

Bei so einem runden Geburtstag, begann sich nun auch Holm zu erregen, könntest du dir doch mal etwas Gutes tun, oder?

Es fehlte nicht viel und er musste sich übergeben.

Dein Vater und ich waren gestern im Britzer Garten und haben Eis gegessen. Dafür müssen wir nicht in den Harz reisen.

Es ist sinnlos, dachte Holm. Seine Eltern waren von ihrem Heim einfach nicht fortzukriegen. Und deshalb drohte nun auch seine Fragestrategie ins Leere zu laufen.

Seine Mutter war unterdessen wider Erwarten nicht in den Margueritenring abgebogen, um beschwingt über den Kornblumenring und die Krokusstraße in Alt-Rudow einzutrudeln, sondern lief schnurstracks auf die Köpenicker Straße zu, um von dort direkt in die Rudower City zu marschieren. Immer dann, wenn seine Mutter nicht den beschaulichen Kornblumenring wählte, sondern die vielbefahrene Köpenicker Straße, war sie entweder in Eile oder schlecht gelaunt. Was in diesem Fall zutraf, konnte Holm allerdings noch nicht abschließend beurteilen. Jedenfalls war sie Holm immer um wenige Schritte voraus, sodass er bereits auf der Hälfte des Weges außer Atem war. Wollte er jetzt noch etwas Verwertbares herausfinden, musste er sich beeilen.

Na gut, sagte Holm einen neuerlichen Anlauf startend, mal angenommen, ihr fahrt zum Britzer Garten.

Warum soll ich das annehmen, sagte seine Mutter, wir waren doch da!

Also ihr fahrt zum Britzer Garten, wiederholte er und rollte mit den Augen, was nehmt ihr denn da so alles mit?

Hella Holm verlangsamte ihren Schritt und musterte ihn von der Seite. Was hast du eigentlich vor?, fragte sie verunsichert. Erst sollen wir mit siebzig in den Harz fahren, und jetzt willst du auf einmal wissen, was wir in den Britzer Garten mitnehmen. Sie schüttelte resigniert den Kopf. Ich glaube langsam, dein Vater hat Recht, sagte sie fast ein wenig traurig. Du hast einfach kein Ziel in deinem Leben, sonst würdest du nicht so seltsame Fragen stellen.

Was nehmt ihr denn da so alles mit?, wiederholte er seine Frage einfach noch einmal, ohne auf die schwere Anschuldigung einzugehen, die ihn in einer früheren Phase seines Lebens in eine schwere Krise gestürzt hätte. Dass Holm kein Interesse verspürte, diesen offensichtlichen Fehler zu korrigieren, zeigte, wie weit er sich innerlich bereits von seinen Eltern entfernt hatte.

Erstens, zweitens, drittens, bohrte er weiter. Bei seiner Mutter brauchte man nur lange genug zu bohren, irgendwann brach ihr Widerstand automatisch in sich zusammen. Ein Geheimnis war bei seiner Mutter am denkbar Schlechtesten aufgehoben. Genauso gut hätte man es gleich der *Bild-Zeitung* erzählen können.

Wenn du es unbedingt wissen willst, gab sie endlich erwartungsgemäß nach. Bei diesem Wetter in jedem Fall Sonnencreme.

In jedem Fall Sonnencreme, murmelte Holm vor sich hin. Er musste immer alles aussprechen, wenn etwas besonders wichtig war.

Dann Pflaster für meine Hühneraugen, weil wir dort natürlich auch spazieren gehen.

Pflaster für die Hühneraugen, murmelte Holm.

Und natürlich jede Menge Tempotaschentücher, fügte sie rasch hinzu, sonst zerfließe ich.

Jede Menge Tempotaschentücher, skandierte er.

Mittlerweile waren sie fast in Alt-Rudow angelangt. Kurz vor der Kreuzung blieb seine Mutter stehen und drehte sich zu ihm um.

Würdest du mir bitte sagen, was du vorhast? Sie wirkte hochgradig erregt, was Holm gar nicht verstehen konnte. So abwegig waren die Fragen schließlich auch nicht.

Nein, sagte er. Holm sagte derart unmissverständlich Nein, dass er selber erschrak.

Und warum nicht?

Im Gegensatz zu seiner Mutter brachte Insistieren bei ihm jedoch überhaupt nichts. Einmal im Widerstand, blieb er es auch. Unklar war, woher er das hatte.

Weil ich inzwischen ein eigenes Leben habe, erklärte er ernst.

Ach?, sagte seine Mutter, als könnte sie sich ein eigenes Leben im Zusammenhang mit ihrem Sohn überhaupt nicht vorstellen. Dann schüttelte sie den Kopf und zuckte mit den Schultern.

Größer konnte die innere Distanz zwischen Mutter und Sohn eigentlich nicht mehr sein.

Weil er in Alt-Rudow nicht auf alte Bekannte treffen wollte, Holm hatte zwar wenig alte Bekannte, trotzdem traf er diese wenigen Bekannten so oft, dass er nicht mehr an Zufall glauben mochte, fuhr er mit der U-Bahn zum Rathaus Neukölln, um dort zwischen verschleierten Frauen und betrunkenen Arbeitslosen in großem Stil Sonnencreme, Hühneraugenpflaster und jede Menge Tempotaschentücher zu besorgen.

Die Tüten versteckte er zusammen mit der Landkarte, den Stadtplänen und dem deutsch-polnischen Sprachführer sorgfältig unter seinem Bett.

Als dritter und letzter Teilnehmer der Reise musste Holm Heinz Jaletzke davon überzeugen, seine »Zahnarztpraxis« für einen Tag zu verlassen. Hier drohten jedoch erhebliche Schwierigkeiten, denn Dr. Heinz Jaletzke, nach seiner Meinung immer noch praktizierender Zahnarzt, war nur sehr schwer dazu zu bewegen, die Arbeit wenigstens für einige Stunden ruhen zu lassen. Noch nie habe er, erklärte Heinz Jaletzke bei jeder passenden und unpassenden Gelegenheit, auch nur einen Tag gefehlt, und es sah ganz so aus, als gedachte er bis zu seinem Tod daran festzuhalten.

Im Wohnzimmer setzte sich Holm gleich in den »Behandlungsstuhl«, um ihn nicht zu verwirren, was angesichts seines geistigen Zustandes etwas seltsam anmutete, womöglich hätte sich sogar alles entwirrt, wenn Holm ihn über die wahren Verhältnisse aufgeklärt hätte. Warum hat mir das vorher niemand gesagt?

Während Dr. Jaletzke Holms Mundhöhle untersuchte und seine Funde einer imaginären Assistentin in den Block diktierte, von Woche zu Woche schien er mehr in der Mundhöhle zu finden, sodass Holm eines Tages besorgt seine Zahnärztin Dr. Marion Moeglich aufsuchte, die aber nichts Größeres entdecken konnte, während Heinz Jaletzke also erst die untere und dann die obere Zahnreihe absuchte, überlegte Holm, wie er ihm den Ausflug schmackhaft machen sollte. Einmal auszuspannen und Frischluft zu tanken kämen als Argumente jedenfalls nicht infrage.

Tja, sagte Dr. Jaletzke, nachdem er seine Untersuchung abgeschlossen hatte, es sieht leider nicht gut für Sie aus. Er legte den Zahnspiegel beiseite und machte wie immer ein außerordentlich bedenkliches Gesicht, als wären Holms Zähne im Grunde kaum noch zu retten. Es war jede Woche das gleiche Ritual. Herr Jaletzke erklärte, dass es nicht gut für ihn aussähe, ohne hier allerdings jemals deutlicher zu werden, und entschloss sich schließlich schweren Herzens zu bohren, worauf Holm, der diesen Befund schon erwartet hatte, erstaunt bis erschüttert reagierte, was Heinz Jaletzke wiederum mit einem zufriedenen Nicken quittierte, um daraufhin einen längeren Vortrag über die richtige Zahnpflege zu halten, an den sich ausschweifende Exkurse über Zahnhygiene, die Geschichte der

Zahnmedizin und die aktuelle Gesundheitspolitik der Bundesregierung anschlossen, bis Heinz Jaletzke seinen ursprünglichen Entschluss zu bohren wieder vergessen hatte und Holm stattdessen mittels einer völlig zerfransten Zahnbürste korrektes Zähneputzen erläuterte.

Entscheidend ist der richtige Strich, leitete er auch dieses Mal den zweiten Teil seiner zahnärztlichen Generaluntersuchung ein und machte mit der Zahnbürste weit ausholende Kreisbewegungen in der Luft, als ginge es in Wahrheit um die richtige Behandlung von Elefantenstoßzähnen. Holm, von den endlosen Vorträgen und Exkursen bereits stark mitgenommen, suchte derweil die Wand nach einem Bild oder Poster ab, das er noch nicht kannte. In diesem Moment fiel sein Blick auf das Plakat »Internationaler Kongress für Zahntechnik und Zahnmedizin vom 2. bis 4. Februar 1978« in Konstanz. Und da hatte er eine Idee, wie er ihn aus dem Haus locken konnte.

Sie haben mir übrigens gar nicht erzählt, unterbrach Holm Heinz Jaletzkes Ausführungen, dass Sie am Wochenende auf dem zahnmedizinischen Kongress in Neubrandenburg als Ehrengast reden werden.

Heinz Jaletzke hielt abrupt in seinen Bewegungen inne und sah ihn verdutzt an.

In Neubrandenburg als Ehrengast? Er blickte nachdenklich in die Ferne, als sagten ihm weder Neubrandenburg noch das Wort Ehrengast etwas. Auf seinem Gesicht spiegelte sich die verzweifelte Suche nach irgendeiner konkreten Erinnerung. Doch je länger er suchte, desto mehr sackte er in sich zusammen, und aus dem praktizierenden Zahnarzt Dr. Jaletzke wurde der einsame Rentner Heinz, dem langsam ein Licht aufzugehen schien, wo er sich eigentlich befand. Doch ehe ihm die endgültige Aufklärung alles kaputtmachen konnte, raffte er sich plötzlich ruckartig auf und sah gefasst zu Holm.

Das ist richtig, erklärte er, seine Hände zitterten leicht, als stünde er noch unter Schock, ich werde in Neubrandenburg übers Zähneputzen referieren. Und als käme ihm dieses Thema auf einmal selbst etwas merkwürdig vor, fügte er empört hinzu: Darüber wurde auf solchen Kongressen nämlich immer geschwiegen!

Holm tat beeindruckt. Wissen Sie schon, fragte er leichthin, ob Sie mit dem Zug oder dem Auto fahren?

Heinz Jaletzke dachte kurz nach. Zum Glück war seine Welt inzwischen wieder vollständig hergestellt. Darum kümmern sich die Veranstalter, erklärte er barsch, ich hab ja schließlich noch was anderes zu tun. Er blickte auf die Zahnbürste in seiner Hand.

Falls Sie eine Mitfahrgelegenheit brauchen, meinte Holm, könnte ich Sie am Samstag früh abholen.

Ach, sagte Dr. Jaletzke verblüfft, Sie wollen auch dahin?

In die Richtung, antwortete er vage, obwohl er gar nicht genau wusste, wo Neubrandenburg überhaupt lag.

Ich könnte Ihnen einen Fachbesucherausweis besorgen, sagte er, falls Sie reinschnuppern wollen. Das wäre auch für Sie nicht ganz uninteressant.

Gut, sagte Holm, dann hole ich Sie am Samstag um neun Uhr ab.

Ich werde pünktlich auf der Matte stehen, sagte er, erhob sich und drückte ihm knapp die Hand. Dann verschwand er eilig in die Küche, wo bereits ein neuer Patient auf ihn wartete.

Noch am selben Nachmittag startete Holm mit der Feinplanung der Reise. An ein ruhiges Arbeiten war in seinem Kinderzimmer indes nicht mehr zu denken. Die Handwerker hatten damit begonnen, eine Wand aufzureißen, um Kabel und Rohre für die geplante Küchenzeile zu verlegen. Trotz mehrfacher Angebote, Miete an seine Eltern zu bezahlen, bei jedem neuen Angebot hatte Holm die Miete um fünfzehn Euro erhöht, innerhalb weniger Tage war so eine hundertprozentige Mietsteigerung erfolgt, war sein Vater nicht zu erweichen gewesen. Mit fast vierzig, erklärte sein Vater, dürfe ein Kind nicht mehr bei seinen Eltern leben, er sei schon öfters von den Nachbarn darauf angesprochen worden, ob sein Sohn irgendwelche Probleme habe, fügte er kleinlaut hinzu, und das sei auf Dauer nicht mehr zu ertragen.

Offenbar war also hauptsächlich die Nachbarschaft an seinem erzwungenen Auszug schuld. Dabei hatte Holm seinen Abgang bereits ernsthaft in Erwägung gezogen. Seitdem klar war, dass ihm Sylvia die Rolle als Vater und Mann zugedacht hatte, wäre ein weiterer Verbleib in der elterlichen Wohnung ohnehin nicht mehr möglich gewesen. Nur wollte er diese für ihn neue und zweifellos schwierige Rolle erst noch ein wenig üben, am Objekt gewissermaßen ausprobieren, ehe er sein endgültiges Ja gab und den sicheren Hafen seines Kinderzimmers verließ. An ein langsames Einüben war unter diesen Umständen natürlich nicht mehr zu denken.

Um seiner zukünftigen Heimat Hansaviertel etwas näher zu sein, beschloss er, die Reiseplanung ins Café Buchwald zu verlegen, das er zufällig auf einem seiner Spaziergänge entdeckt hatte. Er mochte die altmodischen Räume, die eher in eine Kleinstadt zu passen schienen. Die Blumentapeten, die Spitzenvorhänge, die Plastikblumen auf den Tischen, das Neonlicht im vorderen Verkaufsraum, das einen sachlichen Blick auf die Kuchenauswahl ermöglichte. Am liebsten mochte er den holzgerahmten Durchgang zu den Gasträumen, oben mit kleinen Fenstern und einer Gardine darüber.

Holm saß im ersten Raum gleich neben dem Schrank mit dem Porzellan. Serviert wurde auf ovalen Tabletts. Und weil die Spezialität des Hauses Baumkuchen war, aß Holm selbstverständlich Baumkuchen, als wäre dies schon immer sein bevorzugter Kuchen gewesen.

Nach Stettin waren es nicht mehr als hundertvierzig Kilometer. Demnach lag Berlin viel näher an Polen als an Westdeutschland. Jahrzehntelang hatte sich Holm in unmittelbarer Nachbarschaft zu Hannover gewähnt, und nun stellte sich bereits beim flüchtigen Studium der Landkarte heraus, dass er kurz vor Polen lebte. Bei einer Geschwindigkeit von maximal hundert Stundenkilometern, schneller durfte er bei dem hohen Alter seiner Gäste keinesfalls fahren, wären sie in gut anderthalb Stunden in Stettin.

Holm notierte alles sorgfältig auf einem Zettel. Autobahnabfahrten, Autobahndreiecke und Autobahnnummern. In seinem Stettin-Reiseführer suchte er eine geeignete Adresse zum Kaffeetrinken heraus. Trotz mehrerer Kaffeehaustipps konnte er sich für keins sonderlich erwärmen. Entweder gab es eine beachtliche Kuchenauswahl in einem allerdings postsozialistischen Ambiente oder man saß in szeniger Umgebung unter modischen Deckenflutern, musste dazu jedoch Steaks oder Tortillas verzehren.

Während Holm in Gedanken alles abschritt und die Zeit überschlug, die sie für die Wege benötigten, überlegte er, ob noch eine Bootsfahrt auf der Oder drin war. Dabei fiel ihm auf einmal Zarah ein, der er versprochen hatte, im Wannsee schwimmen zu gehen. Vielleicht wartete sie schon seit Tagen auf einen Anruf von ihm und war täglich ein bisschen mehr beleidigt, weil er sein Versprechen nicht hielt. Eigentlich kommt nur noch der Freitag dafür infrage, dachte Holm, der sich wunderte, dass er plötzlich einen so vollen Terminkalender hatte. Unbemerkt war er ein vielbeschäftigter Mann geworden, der kaum noch Zeit hatte für private Vergnügungen. Es sah ganz danach aus, als ginge es in seinem Leben endlich mit großen Schritten voran.

Auf dem Weg nach Hause ging er in eine der wenigen noch verbliebenen öffentlichen Telefonzellen, was ihm als vielbeschäftigten Mann gleich wie ein herber Rückschritt erschien, besaß man unter seinesgleichen doch mindestens ein Mobiltelefon. Als er die Münzen einwarf und Sylvias Nummer wählte, fühlte er sich mit einem Mal wie ein Unbefugter, der ohne Genehmigung in die Welt der Vollbeschäftigten eingedrungen war.

Zur seiner Überraschung war Zarah am Apparat, was ihn für einen Moment völlig aus dem Konzept brachte. Aus irgendeinem Grund war er nämlich der Ansicht, dass Mädchen in ihrem Alter noch gar nicht telefonieren konnten. Ein schwerer Irrtum, wie sich nun herausstellte. Ob sie mit ihm schwimmen gehen wolle, fragte er, nachdem er sich wieder gefangen hatte. Zarah schien keineswegs beleidigt zu sein, sondern stimmte sofort freudig zu, als hätte sie sein Versprechen längst wieder vergessen. Sie verabredeten sich für morgen zehn Uhr. Er werde sie abholen. Als er auflegte und die Münzen klingelnd in den Kasten fielen, ärgerte er sich für einen Augenblick. Die Hektik so kurz vor der Polenreise hätte er sich auch sparen können.

Abends packte er seinen Leinenbeutel. Die froschgrüne Badehose, die er sich vor vielen Jahren nur gekauft hatte, weil man am Strand nicht mit langen Hosen herumliegen konnte, stopfte er zuletzt hinein.

Am nächsten Morgen fuhr Holm zum Hansaplatz und klingelte an der Tür. Zarah hatte ein rotes Kleid an und trug einen vollgepackten Rucksack auf ihrem Rücken. Daneben wirkte er mit seinem mageren Leinenbeutel ziemlich armselig. Als wäre ihm einfach nicht mehr eingefallen, was er noch mitnehmen konnte, was leider auch stimmte.

Während sie zum Bahnhof liefen, spürte er die schwere Last der Verantwortung. Neben ihm lief ein sechsjähriges Mädchen, das ihm seine Mutter ohne weiteres anvertraut hatte. Holm musste sicherstellen, dass er sie später nicht nur lebend, sondern auch unversehrt wieder nach Hause zurückbrachte. Allerdings war es schwer möglich, sämtliche nur denkbaren Katastrophen von ihr abzuwenden. Was konnte nicht alles passieren. Schreckliche Dinge konnten passieren, abstürzende Hobbypiloten, die auf dem Strand notlanden mussten, Unwetter und Terroranschläge. Schon auf dem Weg zum Wannsee konnten sie von einem betrunkenen Autofahrer überfahren werden. Das Leben war viel zu unprofessionell organisiert, sodass es eigentlich an ein Wunder grenzte, dass die meisten Menschen bis ins hohe Alter überlebten.

Holm war schweißnass vor Sorge, als er sich im Bahnhof ein

Ticket kaufte. Kurz darauf fiel ihm ein, dass auch Zarah ein Ticket benötigte. Doch Zarah schien sich für solche Details überhaupt nicht zu interessieren. Unbeschwert mit den Beinen baumelnd, wartete sie auf der Bank und machte keinerlei Anstalten, auch für sich um ein Ticket zu bitten. Das regte Holm plötzlich dermaßen auf, dass er prompt beschloss, sie nicht darauf hinzuweisen. Soll sie doch erwischt werden und sechzig Euro Strafe bezahlen, dachte er, erkannte jedoch relativ schnell, dass Zarah vermutlich gar kein Geld dabei hatte.

Einige Minuten lang saß er reglos neben ihr auf der Bank, in der Hoffnung, dass ihr plötzlich ein Licht aufging. Eine Erleuchtung blieb allerdings trotz seiner schließlich vollkommenen Erstarrung aus, sodass Holm, wollte er nicht als Erziehungsberechtigter und damit gewissermaßen auch als Mittäter aus dem Zug gebeten werden und sechzig Euro bezahlen, irgendetwas unternehmen musste.

Willst du dir eigentlich gar keinen Fahrschein kaufen?, fragte er starr geradeaus blickend. Sie sollte den Eindruck bekommen, dass es ihm zwar aufgefallen war, deshalb aber noch lange keine ernsten Sorgen bereitete.

Doch anstatt sofort aufzuspringen und sich einen Fahrschein zu ziehen, blieb Zarah seelenruhig sitzen und baumelte weiterhin mit den Beinen.

Hast du mir denn keinen gekauft?, fragte sie unschuldig und tat empört, als habe sie für solche Kleinigkeiten gegenwärtig keinen Kopf.

Nein, erwiderte Holm knapp. Es war unglaublich, was er sich hier bieten lassen musste.

Aber ich habe gar kein Geld, rief sie verärgert, was Holm beinahe veranlasste, diesen ganzen sinnlosen Ausflug sofort und unwiderruflich abzublasen. Da er aber im letzten Moment sitzen blieb, verschärfte er seinen Ton, um sich selbst gegenüber nicht als Schwächling zu gelten.

Ist ja nicht mein Problem, das hättest du dir eher überlegen können!

Zarah blickte ihn erstaunt an. So etwas hatte sie von einem Erwachsenen offenbar noch nie gehört. Sie braucht einfach jemanden, dachte Holm, der ihr mal deutlich sagt, wie es in der Welt zugeht. Hier herrschte der raue Wind der Tatsachen, und Tatsache war, dass man für eine Bahnfahrt einen Fahrschein benötigte, der einem wiederum nicht automatisch beim Betreten des Bahnsteigs ausgehändigt wurde.

Mama hat mir auch immer einen Fahrschein gekauft, erklärte sie und fügte dann schnell noch ein ungeheuerliches »Du bist blöd!« hinzu, was jetzt selbst Holm zu weit ging.

Ihr wollt emanzipierte Frauen sein, erregte er sich, und dann könnt ihr euch nicht einmal einen Fahrschein kaufen! Ich finde das echt zum Kotzen.

Einen Moment herrschte atemlose Stille. Zarah blickte stumm in die Luft, auch ihre Beine hingen auf einmal reglos nach unten.

Schließlich konnte sie nicht mehr an sich halten.

Was ist emzapiert?, fragte sie neugierig zu ihm aufsehend.

Holm ließ sich Zeit mit einer Antwort. Er wusste ohnehin nicht, was er sagen sollte. Auf solche Fragen war er einfach nicht vorbereitet. Hoffentlich geht das nicht die ganze Zeit so weiter, dachte er. Denn eine Tatsache war ebenfalls, dass es nicht zu jeder Frage eine passende Antwort gab. Und weil es viel mehr Fragen als Antworten gab, blieb im Leben immer ein Rest Unzufriedenheit übrig.

Eine Frau ist emanzipiert, bemühte er sich um eine Erklärung, wenn sie wie ein Mann behandelt wird, aber trotzdem weiter den Fahrschein bezahlt bekommt.

Aber ich bin doch noch keine Frau, beschwerte sich Zarah.

Eben, sagte Holm, das ist ja der Wahnsinn.

Im Zug setzte sich Zarah gleich in Fahrtrichtung ans Fenster, sodass Holm nur der Platz gegenüber blieb, obwohl er prinzipiell nie rückwärts fuhr, weil er so keine Kontrolle über die Dinge hatte, die vor ihm geschahen.

Versuchte er die nach vorne wegfliegende Landschaft zunächst zu ignorieren, indem er die Werbeplakate im Zug studierte, wagte er bald schon den einen oder anderen Blick nach draußen. Dabei merkte er, wie er auf Gedanken kam, die er zuvor noch nie gedacht hatte. Es waren Gedanken, die nur sehr wenig mit ihm selbst zu tun hatten, sondern sich vielmehr um Personen außerhalb seines engsten Verwandtenkreises drehten. An Sylvia und Zarah dachte er, aber in keinem Gedanken kamen die Tante oder seine Eltern vor, obwohl sonst keine fünf Minuten vergingen, in denen er wenigstens einmal an seine Mutter dachte. Vermutlich hatte er in seinem ganzen Leben drei oder sechs Millionen Mal an seine Mutter gedacht, die praktisch seit seiner Geburt sein Hirn verstopfte. Und nun flog die Landschaft plötzlich nach vorne, und er dachte nur noch an Sylvia und Zarah, als habe sich die Verstopfung endlich gelöst. Zum Beispiel fragte er sich, ob Zarah bereits in die Schule ging. Holm wusste nämlich sehr wenig über Kinder, im Grunde wusste er sogar überhaupt nichts über sie. Wann Kinder für gewöhnlich eingeschult wurden, wusste er nicht, und wann sie anfingen zu laufen und zu sprechen auch nicht.

Gehst du eigentlich schon zur Schule?, fragte Holm ohne Vorwarnung, dass er selbst überrascht war.

Zarah sah ihn leicht genervt an. Nein, sagte sie nur und blickte wieder aus dem Fenster.

Aha, machte Holm. Er wartete eine Minute, um nicht aufdringlich zu wirken. Und wann geht man, also gehst du normalerweise in die Schule?

Erneut warf sie ihm einen genervten Blick zu, als hätte sie diese Frage bereits viel zu oft hören müssen.

Im September, kam es zögerlich, da bin ich aber leider schon sieben.

Wieso leider?, fragte er, sieben ist doch ein gutes Alter.

Das ist viel zu alt, erklärte sie aufgebracht, die anderen Kinder sind dann erst sechs. Nur weil ich im letzten Jahr noch fünf war, hat mich Mama noch ein Jahr zuhause gelassen.

Holm dachte nach. Er wollte ihr irgendetwas Aufmunterndes sagen.

Im September werde ich vierzig, dann können wir gemeinsam einen neuen Lebensabschnitt beginnen.

Sie blickte ihn skeptisch an. Kommst du denn auch in die Schule?

Holm schüttelte den Kopf. Nein, aber so was Ähnliches.

Nach einem längeren Fußmarsch vom S-Bahnhof Wannsee erreichten sie schließlich das Strandbad. Es war bereits einiges los. Familien mit Taschen voller Kinderspielzeug, dicke, ältere Männer und junge Paare strebten eilig über die weitläufige Parkanlage hinunter zum Strand. Seit seinem letzten Besuch vor achtzehn Jahren hatte sich hier nicht viel verändert. Nur der ockerfarbene Gebäuderiegel unten am Strand, in dem sich Shops, Imbissbuden und Umkleidekabinen befanden, schien zwischenzeitlich renoviert worden zu sein. Auf dem Flachdach gab es eine Freiluftbar mit Palmen und Liegestühlen, daneben nur wenige Tische, an denen man ordentlich sitzen konnte. Offenbar wollte man den älteren Gästen, sofern sie sich überhaupt in die tropische Kulisse wagten, nicht zumuten, ihren Kaffee im Liegen einzunehmen.

Der größte Binnenstrand Europas, wie es in der Informationsbroschüre hieß, die Holm sich am Eingang gekauft hatte, verströmte die Atmosphäre eines Ostseebades. Weißer Sandstrand, so weit das Auge reichte. Ausgerechnet hier erinnerte sich Holm wieder an die paradoxen Vorzüge des alten West-Berlins: Eingemauert, hatte man dennoch immer das Gefühl, frei zu sein, viel freier, als man es in München oder Hamburg je hätte sein können.

Zarah stapfte entschlossen durch den Sand Richtung Wasser und ließ sich in unmittelbarer Nachbarschaft zu mehreren anderen Familien nieder, die ihre Reviere mit Hilfe von Handtüchern und Sandschaufeln markiert hatten. Dabei hätten sie fünfzig Meter weiter viel mehr Platz, vor allem jedoch mehr Ruhe gehabt. Weil Zarah ihr Kleid aber schon abgestreift hatte, darunter trug sie bereits ihren Badeanzug, eine Idee, auf die

Holm selbst leider nicht gekommen war, war es nicht mehr möglich, sie zu einem anderen Platz zu lotsen, ohne bei den anderen Familien Unmut zu erregen. Zwischen all diesen halbnackten Menschen fühlte sich Holm auf einmal fehl am Platz. Er musste sich möglichst rasch umziehen, damit er nicht unnötig auffiel. Die Leute durften nicht auf die Idee kommen, dass er nicht der leibliche Vater dieses Kindes sein könnte. Dafür war es allerdings nötig, eine Umkleidekabine aufzusuchen, was wiederum bedeutete, Zarah für einige Minuten alleine zu lassen.

Als Holm aus seinem Leinenbeutel das Handtuch herausholte, stellte er bestürzt fest, dass er versehentlich zu einem Geschirrhandtuch gegriffen hatte. Weit genug, aber nicht zu weit von Zarahs Handtuch entfernt, um nicht völlig beziehungslos im Raum zu liegen, breitete er es aus oder ließ es vielmehr fallen, während er sich die Nachbarschaft ein wenig genauer ansah.

Bevor er Zarah zwischen wildfremden Menschen alleine ließ, wollte er sich rasch einen Überblick verschaffen, um später notfalls sachdienliche Hinweise geben zu können. Erinnern Sie sich, ob der Mann eine Glatze hatte oder ein Doppelkinn? Glatze und Doppelkinn hatte hier allerdings keiner. Die Familienväter hatten meist haarlose Körper und trugen modische Shorts, die gleichzeitig als Badehosen dienten. Vor allem wirkten sie sehr viel jünger als Holm, der in diesem Umfeld fast schon zur Seniorenklasse zählte. Wenn er sich jetzt auszog und mit seiner froschgrünen Badehose daruntermischte, konnte von unauffälliger Nachbarschaft kaum noch die Rede sein. Was sucht eigentlich dieser dicke, ältere Mann mit dieser unglaublich hässlichen Hose bei uns?

Während die Männer eher wie verspielte große Jungs aussahen, wachten die Mütter aufmerksam über ihre Brut, zu der sie offenbar auch die Männer zählten, die diese Gelegenheit nutzten, um sich zwischen ihren Kindern endlich wieder einmal gehen zu lassen.

Bei solchen Nachbarn brauchte sich Holm wenigstens keine Sorgen zu machen.

Ich geh mich kurz umziehen, sagte er zu Zarah, die gerade Schaufel, Harke und zwei große Dinosaurier aus ihrem Rucksack holte und lediglich stumm nickte, als wäre es ihr im Grunde egal, ob er sich nun kurz oder lang umzog.

Im Umkleideraum gab es zu Holms Entsetzen keine Einzelkabinen, sondern nur eine Wand mit Schließfächern und in der Mitte eine lange Bank zum Hinsetzen. Dort saßen auch schon drei Männer, die fast gleichzeitig Schuhe und Strümpfe auszogen, als wäre es in einem Gemeinschaftsraum Pflicht, alles gemeinsam zu machen. Holm fühlte sich gleich im Nachteil. Am liebsten hätte er den Raum sofort wieder verlassen. Leider hatten ihn die Männer schon bemerkt und nickten ihm zu, als würde man sich bereits aus anderen Umkleideräumen kennen. Dies alles war höchst beunruhigend und nicht dazu angetan, Holm in die nötige Umkleidestimmung zu versetzen.

Um etwas Zeit zu gewinnen, ging er die Schließfächer ab, in der Hoffnung, dass die Männer den Raum bald wieder verließen.

Leider gab es nicht allzu viel zu besichtigen. Lange konnte er die Schließfächer jedenfalls nicht mehr abschreiten, ohne den Eindruck zu vermitteln, ihn hätten in Wahrheit ganz andere Beweggründe hierher geführt. Welche Beweggründe dies sein konnten, wurde ihm bewusst, als ihm auf dem Weg zu den Duschen ein nackter Mann mit wild schlenkerndem Geschlecht entgegenkam. Während Holm seinen Blick von dem gummiartig vorspringenden Glied noch abzuwenden versuchte, musste er plötzlich zwanghaft dorthin sehen, was dem Mann, der sich dadurch anscheinend angesprochen fühlte, ein zünftiges »Tachchen« entlockte.

Da Holm bereits auf dem Weg zu den Duschen war, mochte er jetzt auch nicht wieder umkehren. Schwungvoll betrat er den Duschbereich, als habe er die ganze Zeit nur nach den Duschen gesucht, und durchmaß den dampfenden Raum. Ein

Mann, der gerade dabei war, sein Geschlechtsteil einzuseifen, blickte ihn vorwurfsvoll an, worauf sich Holm noch im Gehen sein Hemd aufknöpfte, um ihm klarzumachen, dass er nicht vorhatte, dauerhaft angezogen zu bleiben.

Es war ein Alptraum. Denn Holm war gezwungen, nun ebenfalls zu duschen und sich den Blicken der Öffentlichkeit zu präsentieren. Als er sich auszog, versuchte er sich mit dem Gedanken zu beruhigen, dass es an ihm keineswegs etwas Neues zu entdecken gab. Holm war ein Mann wie jeder andere. Millionen von Männern sahen so aus wie er. Dass man trotzdem so unterschiedliche Gedanken haben konnte, war bei dieser Ähnlichkeit eigentlich ein Wunder.

Holm stellte sich neben den anderen Mann unter die Dusche, um nicht den Eindruck zu vermitteln, er habe vor irgendetwas Angst. Der Mann sah ihn nicht einmal an. Zwei Männer, die sich nebeneinander einseiften und dabei ihren eigenen Gedanken nachhingen. Es war das Natürlichste auf der Welt. Holm hätte dem Mann gerne kumpelhaft auf die Schulter geschlagen, aber das hätte ihr harmonisches Miteinander unter Umständen zerstört. Weshalb war er nicht schon längst einmal in eine Gemeinschaftsdusche gegangen, vielleicht wäre ihm einiges erspart geblieben.

Wenig später lief er in seiner froschgrünen Badehose unbekümmert über den Strand und setzte sich auf sein Geschirrhandtuch.

Zarah hatte angefangen, den Sand zu einem Haufen aufzuschütten und mit Muscheln und Steinen zu verzieren. Ob sie einen bestimmten Plan verfolgte, war beim jetzigen Stand der Entwicklung nicht zu erkennen. Sie arbeitete mit einer derartigen Ernsthaftigkeit, dass er fast ein wenig neidisch wurde. Jedenfalls konnte sich Holm nicht daran erinnern, selber einmal so konzentriert und leidenschaftlich einen Sandhaufen aufgeschüttet zu haben.

Sein Blick schweifte in die Nachbarschaft, wo ein etwa gleichaltriges Mädchen mit Unterstützung ihres Vaters an einer mehrtürmigen Burganlage baute. Womöglich plante sie, dort nach Fertigstellung einzuziehen.

Eine Weile sah Holm dem nachbarschaftlichen Treiben relativ ungerührt zu. Sollen sie doch eine Burg bauen, dachte er, was kümmert mich, was nebenan alles gebaut wird. Im Laufe der Zeit begannen sich seine Gedanken jedoch mehr und mehr zu ändern. Immer öfter dachte er, warum Zarah eigentlich nur einen Haufen Sand aufschüttete und sinnlos mit Muscheln dekorierte, während nebenan eine pompöse Wehranlage gebaut wurde, die kein anderes Ziel hatte, als den Strandabschnitt zu beherrschen. War Zarah so selbstgenügsam, oder fehlte ihr ganz einfach der entscheidende Schuss Kreativität? Während nebenan geklotzt wurde, herrschte auf ihrem Grundstück anspruchslose Selbstzufriedenheit. Das durfte man nicht akzeptieren, wollte man nicht zum Gespött des gesamten Strandabschnittes werden.

Willst du den Haufen eigentlich so lassen?, fühlte Holm vorsichtig vor und tat dabei, als habe er ihre Arbeit eben erst zufällig entdeckt.

Zarah sah ihn überrascht an. Wieso?

Na ja, fuhr er fort, ich meine, man könnte ihn noch ausbauen.

Ausbauen? Aber er ist doch schön so, sagte Zarah, die den Ernst der Lage anscheinend bisher nicht begriffen hatte.

Schön ist er schon, erklärte Holm, aber ich frage mich, wo die zwei Dinosaurier wohnen sollen. Ich meine, die stehen da ja nur so rum.

Tatsächlich standen die beiden Dinosaurier beziehungslos neben dem Sandhaufen, als seien sie vergessen worden. Dies schien nun auch Zarah zu erkennen. Sie blickte nachdenklich zum Haufen und schien zu überlegen, wie man die Tiere sinnvoll zwischen die Muscheln und Steine integrieren konnte.

Ich finde, versuchte Holm lenkend einzugreifen, wir sollten ihnen einen angemessenen Dinosaurierberg bauen.

Dinosaurier wohnen aber nicht auf Bergen, entgegnete Zarah skeptisch.

Nicht alle, erklärte er äußerlich ruhig, aber die hier könnten auf einem Berg wohnen, oder?

Das sind Brachiosaurier, erwiderte sie empört, die wohnen in der Steppe.

Vielleicht sind es nahe Verwandte, die sich in die Berge zurückgezogen haben.

Kein einziger Dinosaurier hat je auf einem Berg gelebt, sagte sie spitz.

Er wurde zunehmend ärgerlicher. Wenn es Bergziegen gibt, wird es auch Bergdinosaurier gegeben haben.

Davon weiß ich aber nichts.

Du meinst, du weißt nicht, ob es Bergdinosaurier gegeben hat.

Er hörte sich an wie ein Lehrer. Ob das bereits eine Folge des öffentlichen Duschens war?

Zarah schüttelte energisch den Kopf. Es gibt ganz bestimmt keine Bergdinosaurier! Seit wann interessierst du dich eigentlich für Dinos?

Wollen wir nun ausbauen oder nicht?

Nein, antwortete sie wütend, und im selben Moment schlug sie mit ihrer Faust so heftig auf den Haufen, dass die Muscheln zur Seite flogen. Er ähnelte jetzt einem Vulkan mit einem riesigen Krater.

Ich gehe schwimmen, sagte sie und stand auf.

Aber nicht alleine, forderte Holm, was bei Zarah allerdings nicht die erwartete Wirkung hatte. Wenn man genau hinsah, hatte es überhaupt keine Wirkung, denn Zarah hatte schon ihr Handtuch unter den Arm geklemmt und war drauf und dran zu gehen.

Dann komm halt mit, sagte sie keck.

Nein, erklärte er streng.

Du hast doch eine Badehose an, wunderte sie sich.

Langsam hob Holm seinen Kopf und sah sie ernst an. Das mag stimmen, sagte er, Holm war auf einmal durchdrungen von pädagogischer Ernsthaftigkeit, aber nur weil ich eine Badehose anhabe, muss ich noch lange nicht schwimmen gehen.

Zarah blickte ihn durchdringend an. Sie blickte ihn so durchdringend an, dass Holm innerlich bereits wieder zurückruderte. Dann sagte sie mit einem verzweifelten Gesichtsausdruck, der Holm seltsamerweise an seine Mutter erinnerte: Du bist wirklich komisch, worauf sie sich abwandte und zum Wasser ging.

Holm blickte ihr hilflos nach. Um irgendwas zu tun, nahm er die Dinosaurier und stellte sie in den Krater.

Mädchen können manchmal ziemlich anstrengend sein, hörte er plötzlich eine männliche Stimme hinter sich. Als er sich umdrehte, bemerkte er den Mann von der benachbarten Burgbaustelle, der sich ohne Ankündigung zu ihm gesellt hatte. Vermutlich hielt er sich aufgrund der Größe seines Bauwerks für berechtigt, eigenmächtig Kontakte zu knüpfen.

Ihre Tochter ist auch schon sechs oder sieben, nicht?, fragte er in einer kumpelhaften Art, die Holm sprachlos machte. Was ging ihn überhaupt Zarahs Alter an? Nur weil man auf demselben Strandabschnitt lag und mit ähnlichen Projekten beschäftigt war, hieß das noch lange nicht, dass man sich zu privaten Fragen äußern musste.

Auf einmal stutzte er.

Meine Tochter? Holm sah ihn erstaunt an.

Das ist doch Ihre Tochter, oder?

Holm dachte nach.

Geht mich ja auch nichts an, erklärte der Mann, ich meinte bloß, dass Mädchen in diesem Alter ziemlich schwierig sein können.

Natürlich ist das meine Tochter, erwiderte Holm eine Spur zu laut.

Ich bin froh, fuhr der Mann fort, ohne sich über Holms Bekenntnis im Geringsten zu wundern, wenn wir am Wochenende raus können und sie sich ein bisschen austoben kann. Zuhause geht sie einem manchmal auf die Nerven, so süß und kreativ die Kleine ja ist, aber man will zur Abwechslung auch mal in Ruhe in die Glotze gucken, ohne dabei ständig gestört zu werden, hab ich Recht?

Holm nickte verständnisvoll. Eine Tochter, die draußen eine riesige Burganlage baute, wollte er sich zuhause auch lieber ersparen.

Langsam ahnte er, welchen Umfang sein Bekenntnis hatte. Bald würde er nicht mehr in Ruhe fernsehen können und musste jedes Wochenende etwas Kreatives unternehmen, damit seine Tochter zuhause nicht auf dumme Gedanken kam. Regelmäßige Strandaufenthalte waren da wohl kaum noch zu umgehen.

Soll ich Ihnen was verraten?, flüsterte der Mann konspirativ zu Holm gebeugt.

Offenbar stand er kurz davor, Holm eines seiner größten Geheimnisse anzuvertrauen. Weshalb man ausgerechnet Holm ständig Geheimnisse anvertraute, war ihm ein Rätsel. Inzwischen war Holm nämlich so etwas wie ein Geheimnisträger erster Güte, wenn er wollte, hätte er so manchen Mitbürger schwer belasten oder sogar bloßstellen können.

Manchmal wünsche ich mir, wieder allein zu sein und tun und lassen zu können, was ich will. Ist das nicht verrückt? Man hat alles, was man immer wollte, eine Frau, ein Kind, eine eigene Wohnung, und dann kommen einem trotzdem solche Gedanken. Irgendwie strange, oder?

Er schien selber irritiert zu sein über seine Gedanken, als habe er sein Leben für einen Moment von außen betrachtet. Und was er da zu sehen bekam, war ihm auf einmal vollkommen fremd.

Holm überlegte, ob er solche Gedanken später auch einmal haben würde. Vielleicht brauchte er sich aber auch gar keine Sorgen zu machen, weil er nie eine Frau, ein Kind und eine eigene Wohnung haben wollte.

Bevor er sich dazu äußern konnte, kam zum Glück die Tochter des Mannes, denn viel zu sagen hatte er dazu im Grunde nicht.

Was baut ihr denn da?, fragte sie und blickte neugierig auf den zerstörten Sandhaufen.

Auch Holm blickte neugierig zum Sandhaufen und fragte sich, ob das Mädchen noch alle Sinne beisammenhatte. Denn von Bauen oder gar Aufbauen konnte bei diesem Sanddings überhaupt nicht die Rede sein.

Was glaubst du denn?, fragte er. Wenn sie wirklich so kreativ war, würde ihr bestimmt sofort etwas dazu einfallen.

Mmh, machte das Mädchen stattdessen nur und neigte den Kopf zur Seite.

Nun sag schon, forderte ihr Vater sie ungeduldig auf, was siehst du da?

Anscheinend war er besorgt, dass die Kreativität seiner Tochter vor Publikum versagte. Und süß war sie in Holms Augen auch nicht. Mit ihrer runden Brille sah sie eher wie eine etwas zu klein geratene und deshalb umso kritischere Oberstudienrätin aus. Kein Wunder, dachte Holm, dass sich der Mann fremd vorkommt.

Vielleicht ein Berg, in dem Dinosaurier leben, sagte sie unsicher zu ihrem Vater blickend.

Es sieht aus wie ein Krater, versuchte er ihr auf die Sprünge zu helfen, obwohl er gar nicht gefragt worden war.

Ach so, machte sie.

Nicht schlecht, sagte Holm anerkennend. Dabei gab es eigentlich kaum andere Interpretationsmöglichkeiten.

Leben Dinosaurier denn in Kratern?, fragte das Mädchen und blickte kritisch zu Holm, als hätte sie starke Zweifel an dieser Darstellung.

Nein, antwortete er harsch. Es gibt keine Kratersaurier. Oder hast du schon mal etwas von Kraterziegen gehört?

Daraufhin schüttelte sie den Kopf und wandte sich schmollend ab.

Süß, nicht?, meinte ihr Vater noch. Offenbar hatte er seine Fremdheit wieder vergessen.

Derweil rief Zarah im Hintergrund etwas wie »Schwimminsel«, zu der sie jetzt schwimmen wolle. Sie stand bis zu den Knien im Wasser und deutete auf eine schwimmende Liegeinsel mitten im Wannsee. Aber noch ehe Holm reagieren konnte, schwamm sie bereits wild um sich schlagend Richtung Insel.

Kann Ihre Tochter denn schon schwimmen?, fragte der Mann überrascht.

Holm hätte fast mit den Schultern gezuckt, konnte sich aber gerade noch beherrschen. Natürlich, erwiderte er heftig. Dass sie schwamm, war schließlich kaum zu übersehen. Nach seiner überraschten Reaktion zu urteilen, schien es für Kinder in diesem Alter jedoch keineswegs üblich zu sein, was Holm gleich in Alarmbereitschaft versetzte.

Er sprang auf und eilte hinter ihr her. Als der Wasserpegel seine Waden erreicht hatte, wurde ihm klar, dass er gar nicht schwimmen konnte. Weil ihn seine Eltern nie dazu getrieben hatten, hatte er nie schwimmen gelernt. Das nahm er seinen Eltern jetzt ziemlich übel. Am liebsten hätte er gegen die Wellen getreten, so sehr ärgerte ihn die Nachlässigkeit seiner Eltern. Nun hieß es aber Ruhe bewahren, denn der halbe Strand schien gebannt zu verfolgen, was dieser Mann in seiner froschgrünen Badehose wohl unternehmen würde, um den sicheren Untergang seiner widerspenstigen Tochter im letzten Moment zu verhindern.

Zu viel Ruhe durfte er aber auch nicht bewahren, sonst hetzte man noch die Fürsorge auf ihn. Wieso er seiner Tochter in dieser schweren Situation nicht zu Hilfe geeilt sei?

Inzwischen hatte Zarah die halbe Strecke zur Insel beinahe geschafft. Irgendetwas musste passieren, sonst sähe es schlecht für sie aus.

Vorsichtig bewegte er sich weiter ins Wasser hinein. Während die Wellen schon über seine Knie schwappten, überlegte er, wie es sich wohl anfühlte, wenn man ertrank. Ob man ohnmächtig wurde, ehe man starb? Irgendwo hatte er mal gelesen, dass der Tod durch Ertrinken relativ schmerzfrei sei und deshalb von vielen Selbstmördern bevorzugt werde. Nicht bekannt war, wie viele dieser Selbstmörder vorher schon einmal eine Wasserleiche gesehen hatten. Vielleicht hätten einige doch davon Abstand genommen und sich lieber erhängt.

Holm sah sich bereits als Wasserleiche tagelang durch die Havel treiben. Seine froschgrüne Badehose hatte man irrtümlich mit einer Boje verwechselt, worauf mehrere Segelboote in seichtes Gewässer gelenkt worden waren und mühsam abgeschleppt werden mussten.

Und das alles nur wegen Reinhard Mey, dachte Holm, dem das Wasser immer noch knapp über den Knien stand. Wenn er kein Reinhard-Mey-Fan gewesen wäre, hätte er auch nicht Sylvia kennen gelernt und läge jetzt gemütlich und trocken in seinem Kinderzimmer im Bett, anstatt hier, den möglichen Tod vor Augen, durch den Wannsee zu waten.

Zarahs Bewegungen waren schwächer geworden. Und noch immer lag die Schwimminsel ein gutes Stück entfernt. Derweil hatte Holm sichtbar zu ihr aufgeschlossen. Zu seinem Erstaunen konnte er immer noch stehen, obwohl das Ufer mittlerweile einen Kilometer entfernt zu sein schien. Vermutlich hatten ihm seine Eltern deshalb auch nicht das Schwimmen beigebracht. Wenn man zu Fuß durch die Havel laufen konnte, konnte man sich die Arbeit sparen.

Allerdings wurde das Wasser bei fortschreitender Entfernung immer trüber, sodass Holm bald seine Füße nicht mehr erkennen konnte. Sein Körper endete an den Oberschenkeln, alles, was darunter geschah, entzog sich seiner Kenntnis. Zwar fühlte er nach wie vor den Sand zwischen seinen Zehen, aber ohne direkten Blickkontakt zu seinen Füßen hatte er die merkwürdige Vorstellung, sie könnten verlorengegangen sein.

Schon spürte er, wie sich etwas um seine Beine schlang. Algen, vielleicht sogar Aale, obwohl er gar nicht so genau wusste, ob es hier überhaupt Aale gab. Es gab Havelzander, aber gab es auch Havelaale?

Holm blieb stehen und wartete. Leider wusste er nicht, wie sich Aale an Beinen anfühlten. Es war auch gut möglich, dass Aale die Nähe zu menschlichen Beinen prinzipiell mieden. Weshalb, dachte Holm, sollen sich Aale ausgerechnet um seine Beine schlingen?

Während er wartete, merkte er, wie er langsam im Schlammboden versank. Der Wasserpegel hatte inzwischen die Badehose erreicht, und er konnte sich ausrechnen, dass ihm das Wasser bald bis zum Hals stehen würde. Da es unter diesen Bedingungen immer unwahrscheinlicher wurde, zu Zarah aufzuschließen, entschloss er sich spontan, ihr ein Angebot zu machen, das sie nicht ablehnen konnte.

Wenn du jetzt zurückschwimmst, spendier ich dir ein Eis, rief er ihr nach. Seine Stimme schien über den ganzen Wannsee zu hallen. Zarah schwamm ungerührt weiter. Der Wasserstand hatte sein Geschlecht erreicht. Leichter Wellengang schlug gegen seine Hoden. Doch dann änderte sich plötzlich ihr Kurs. Unmerklich nahm sie von ihrem Ziel Abschied, schwamm zunächst, vermutlich um ihn zu täuschen, in eine andere Richtung, machte jedoch einen so großen Bogen, dass sie wie zufällig an Holm vorbeikam, und rief ihm, ohne dabei im Geringsten erschöpft zu wirken, »und eine Cola« entgegen, was er verwirrt, aber dankbar sofort bestätigte.

Während Zarah am Strand bereits ungeduldig auf ihn wartete, kämpfte sich Holm aus den Schlammlöchern heraus und stelzte schließlich wie ein großer Vogel an Land.

Inzwischen war seine Sorge um Zarah dem Ärger über ihre Sorglosigkeit gewichen. Er konnte seinem Stimmungsumschwung aber nicht so schnell folgen, sodass er, anstatt sie zurechtzuweisen, mit stummer Wut Richtung Kiosk lief. Holm drohte hinter seinen eigenen Stimmungen zurückzubleiben und sah sich staunend weiterleben.

Am Kiosk angekommen, hatte Zarah auf einmal eine andere Idee.

Ich will aber nach oben zu den Palmen, forderte sie und machte dabei ein so reizend hilfloses Gesicht, dass Holm gar nicht anders konnte als einzuwilligen. Sie führt mich wie einen Ochsen am Nasenring, und ich fühle mich gut dabei, dachte er verblüfft.

Sie stiegen zur tropischen Lounge aufs Dach.

Sundowner Cocktails und Tropical Drinks, stand auf einer Tafel am Eingang, bis 17 Uhr zum halben Preis. Ob man die Cocktails nach Sonnenuntergang wieder zum halben Preis bekam, wurde allerdings nicht erklärt.

Auf den Deckchairs unter den Palmen lag ein älteres Ehepaar. Beide hielten eine Tasse Kaffee in der Hand und blickten sich ratlos an.

Wir gehen dahinten hin, bestimmte Holm und marschierte zu den wenigen Tischen, die etwas abseits standen, offenbar um das palmengesäumte Südseeambiente nicht zu beeinträchtigen.

Als Holm die stark zerfledderte Speise- und Getränkekarte studierte, hatte er böse Vorahnungen. Ein normaler Eisbecher war hier sicher nicht zu finden.

Was für Eis gibt es denn?, fragte Zarah erwartungsvoll. Offenbar wollte sie sich die Mühe ersparen, selber einen Blick in die Karte zu werfen.

Such dir aus, was du willst, antwortete Holm ausgesprochen kühl. Er hatte keine Lust, ihr das auch noch abzunehmen.

Aber ich kann noch gar nicht so gut lesen, erklärte sie und blickte ihn vorwurfsvoll an.

Holm konnte es kaum glauben. Du kannst das Wort Eis nicht lesen? Ein Wort mit drei Buchstaben?

Doch, sagte sie, aber ich will ja Schokoladeneis, und das hat mehr Buchstaben.

Holm kam aus dem Staunen nicht wieder heraus. Selbst wenn Schokoladeneis auf der Karte gestanden hätte, hätte Zarah es niemals bestellen können. Das gab ihm zu denken. Trotz allem hatte es Holm im Leben weit gebracht. Er konnte problemlos eine Speisekarte lesen und Schokoladeneis bestellen. So weit muss man erst einmal kommen, dachte er von sich selbst beeindruckt. Dass große Teile der Weltbevölkerung Analphabeten waren, empfand er plötzlich als ungehörige Benachteiligung.

Ich muss dich leider enttäuschen, erklärte er, nachdem er

sich einen groben Überblick verschafft hatte. Es gibt kein Schokoladeneis.

Zarah machte ein beleidigtes Gesicht.

Du wolltest ja unbedingt hierher, meinte er stillvergnügt. Er wollte die Sache in jedem Fall durchziehen, Schokoladeneis hin oder her.

Weil ich dachte, dass es Schokoladeneis gibt, erwiderte sie trübsinnig. Sie sackte auf ihrem Stuhl regelrecht zusammen, als wäre sie von der Tatsache schwer getroffen.

Sie haben ein schönes Erdbeersorbet, schlug Holm ihr vor.

Zarah schüttelte stumm den Kopf. Sie schien sich für nichts mehr zu interessieren, was nicht braun war und nach Eis schmeckte.

Du kriegst ein Erdbeersorbet und eine Cola, erklärte er ungewohnt aufgekratzt. Und ich nehme den Mango-Shake. Holm fühlte sich auf einmal verpflichtet, das Südsee-Konzept ein wenig zu unterstützen.

Als Holm beim Kellner die Bestellung aufgab, wirkte dieser jedoch keineswegs besonders dankbar, was Holms gute Laune aber nicht trüben konnte. Sein Blick schweifte über die Weite des Wannsees. Und beim ersten Schluck von seinem Mango-Shake meinte er wirklich auf einer Südseeinsel zu sein.

Zarah stocherte indes lustlos in ihrem Erdbeersorbet. Eine Weile sah er ihr wortlos dabei zu. Schließlich konnte er nicht mehr an sich halten.

Du isst dein Eis jetzt bitte auf und setzt dich grade hin, sonst gehen wir nie wieder schwimmen!, erklärte er in einem strengen Tonfall, den er so noch nie von sich gehört hatte.

Und als sich Zarah tatsächlich widerstandslos aufrichtete und begann, ihr Eis zu essen, hatte er das seltsame Gefühl, in diesem Moment wirklich Vater geworden zu sein.

In der S-Bahn hätte er am liebsten jedem erzählt, dass er eine eigene Tochter hatte.

Zurück im Hansaviertel öffnete Sylvia die Tür.

Willst du kurz reinkommen?, fragte sie. Aber Holm war viel zu aufgewühlt und erschöpft, und er wollte sein unglaubliches Glück nicht überstrapazieren und sich lieber langsam daran gewöhnen. Ein Abend mit Sylvia hätte ihn in diesem Moment wahrscheinlich überfordert.

Doch er durfte Sylvia auch nicht vor den Kopf stoßen. Sie konnte ruhig vorab wissen, wie es um ihn bestellt war. Weil es ihm jedoch schwerfiel, irgendetwas Passendes zu sagen, entschloss er sich spontan, ihr einen langen Kuss auf den Mund zu drücken.

Als ihn Sylvia mit roten Wangen anblickte, fühlte er sich wie ein Analphabet, der auf der Speisekarte zum ersten Mal das Wort Schokoladeneis entziffert hatte.

13

Holm durfte jetzt keinen Fehler machen und irgendetwas vergessen. Volle Konzentration! Doch das war an einem Samstagmorgen um halb sieben leichter gesagt als getan. Zwar hatte er zehn Stunden im Bett gelegen, davon jedoch vier vor Aufregung gar nicht geschlafen und anderthalb Stunden im Halbschlaf verbracht. Erst hatte er an die bevorstehende Polenreise gedacht und was unterwegs alles schiefgehen konnte. Als er so gut wie alles, was schiefgehen konnte, mehrmals durchdacht und durchlebt hatte, tauchte direkt anschließend, er musste zwischenzeitlich erschöpft weggedämmert sein, plötzlich Sylvia auf, die ihn in einem Arztkittel bekleidet fragte, ob er sie in der Krankenhauskapelle der Charité heiraten wolle, was Holm, durchaus konsequent, mit der Begründung verneinte, dass er nicht krank sei und eine Trauung im standesamtlichen Rahmen eines Rathauses generell bevorzuge, worauf ihm Sylvia die Zunge rausstreckte und Grimassen schnitt. Davon wiederum aufgeschreckt, wurde ihm mit einem Mal klar, dass seine Tage im heimatlichen Kinderzimmer gezählt waren. Inzwischen hatte sein Zimmer nämlich den Charakter einer Baustelle angenommen, aufgerissene Wände, Malertische und Farbeimer standen im ganzen Raum verteilt, und es war abzusehen, wann seine Eltern und hier besonders sein Vater einen endgültigen Schlussstrich ziehen würden. Während das Ferienapartment für Gäste aus dem süddeutschen Raum langsam Konturen annahm, blieben für Holm bloß zwei Quadratmeter übrig. Sein altes Leben war praktisch nur noch in unmittelbarer Nähe des Bettes vollständig erhalten geblieben. Der Rest war beiseitegerückt und unter Schutzplanen verschwunden. Wenn er nicht aufpasste, würde auch Holm bald unter einer Schutzplane verschwinden. Dort lebte er dann sein altes Leben weiter und käme nur zu den Mahlzeiten heraus.

War früher alles sehr langsam und nacheinander passiert, über weite Strecken war eigentlich überhaupt nichts passiert, folgten die Ereignisse nun nicht nur Schlag auf Schlag, sondern sogar zum selben Zeitpunkt, weshalb an eine Nachtruhe im herkömmlichen Sinn nicht mehr zu denken war.

Volle Konzentration, dachte Holm, während er die Sonnencreme, die Hühneraugenpflaster und jede Menge Tempotaschentücher in Mutters alter Sporttasche verstaute. Hella Holm hatte früher einmal leidenschaftlich Handball gespielt, seit ihrer Schwangerschaft aber damit aufhören müssen. Doch auch nach Holms Geburt hatte sich ihr Bauchumfang nicht mehr wesentlich verringert, als wollte sie sich bei ihrem Mann für das abrupte Ende ihrer sportlichen Karriere heimlich rächen.

Obenauf packte er schließlich vier Flaschen Mineralwasser, für jeden Mitfahrer eine Flasche.

Holm zog seinen dunkelbraunen Anzug an, den er regelmäßig bei der Arbeit im Zigarrenladen getragen hatte. Damit hoffte er, die unerlaubte Reise für sich etwas seriöser erscheinen zu lassen, was durch die schäbige Sporttasche seiner Mutter allerdings gleich eine Tendenz ins Halbseidene bekam. Was er auch unternahm, er bewegte sich immer haarscharf an der Grenze zum Peinlichen.

Als er das Zimmer leise verließ, hatte er das Gefühl, sich heimlich aus seinem alten Leben davonzuschleichen.

Unten in der Küche polterte er extra laut mit dem Geschirr, damit seine Eltern nicht glaubten, er wolle sein neues Leben vor ihnen verbergen. Weil es oben aber weiterhin ruhig blieb, beschloss er verärgert zu frühstücken, obwohl er vor neun sonst prinzipiell weder Flüssiges noch Festes zu sich nahm. Er biss so wütend ins Toastbrot, als wollte er die alten Gewohnheiten einschließlich seiner Eltern endgültig hinter sich lassen.

Für halb acht hatte er ein Taxi bestellt, um nicht auf die öffentlichen Verkehrsmittel angewiesen zu sein, die seit der Wende immer öfter verspätet oder überhaupt nicht fuhren. Am liebsten würde er auf gar nichts mehr angewiesen sein und nur noch selbstständige Entscheidungen treffen.

Als er ins Taxi stieg, fühlte er sich als freier Mann.

Seine gute Laune wurde jedoch schnell wieder getrübt, als er den Fahrer des Taxis erkannte. Es war niemand anderes als sein alter Freund Erdal, den er einst beim Wochenendkurs für Versicherungsvertreter kennen gelernt hatte und der ihn seither offensichtlich verfolgte.

Während er gerade versuchte, sich hinter der Kopfstütze zu verstecken, eine Zeitung hatte er leider nicht dabei, hatte ihn Erdal schon entdeckt.

Mensch, Kumpel, dröhnte es durch das von orientalischer Dudelmusik beschallte Taxi, es war nicht auszuschließen, dass seine Stimme bis ins elterliche Schlafzimmer drang, wo sich seine Mutter besorgt fragen würde, weshalb sich ihr Sohn auf einmal in moslemischen Kreisen bewege und ob sie bei der Erziehung etwas falsch gemacht habe. Was tust du denn hier? Er drehte sich begeistert nach hinten.

Leider konnte Holm seine Begeisterung nicht teilen, zumal er ahnte, dass ihn Erdal die ganze Fahrt detailliert über seine Familie informieren würde, was Holm jedoch nicht im Geringsten interessierte.

Na, so was, gab sich Holm überrascht, ja beinahe übertrieben erfreut, was ihn sofort ärgerte. Was tust du denn hier?, fragte er der Einfachheit halber zurück.

Isch muss doch Geld verdienen, Mensch, erklärte Erdal ernst, als wäre Holm nicht gleich klargeworden, was Erdal zu dieser frühen Stunde in einem Taxi machte.

Irgendwo muss Kohle herkommen für Familie, weißt du.

Holm nickte. Anscheinend wechselte er monatlich seinen Job. Es war abzusehen, dass er demnächst auch in der Altenunterhaltung sein Glück versuchen würde.

Und du, rief Erdal weiterhin in einer ohrenbetäubenden Lautstärke, vielleicht sollte er mal die Musik leiser stellen, was machst du hier so früh? Wohnst du etwa da?

Er blickte zum Haus. Escht geiler Schuppen, Mann! Du hast geschafft, oder?

Ob Holm es geschafft hatte, konnte er noch nicht abschließend beurteilen. Im Augenblick sah es jedenfalls nicht so schlecht aus.

Ja, antwortete Holm. Ich wohne bei meinen Eltern.

Erdal sah zur prallgefüllten Sporttasche neben Holm und musste grinsen, wobei sein gewaltiges Pferdegebiss zum Vorschein kam.

Isch verstehe, Mann, du haust ab von Mama und Papa, stimmt?

Holm hatte plötzlich die Idee, tatsächlich abzuhauen und alles hinter sich zu lassen. Nach Russland oder China. In China könnte er zum Beispiel einen Laden eröffnen und Schwarzbrot verkaufen. Er hatte nämlich gehört, dass deutsches Schwarzbrot im asiatischen Raum weitgehend unbekannt war. Ob sich die Chinesen in Zukunft allerdings mehrheitlich umorientierten und statt Nudelsuppe Schwarzbrot aßen, konnte nicht mit Sicherheit vorhergesagt werden. Alles hinter sich zu lassen hieße jedoch auch, Sylvia und Zarah hinter sich zu lassen, es bedeutete, die Polenreise abzusagen und damit Elfriede Schlemm ihren größten Wunsch nicht zu erfüllen. In diesem Moment wurde ihm klar, dass er auf Sylvia und Zarah und seinen Job in der Altenunterhaltung nicht mehr verzichten wollte, eine

Erkenntnis, die ihn ziemlich verblüffte, hatte es bislang doch kaum etwas gegeben, auf das er nicht vollständig hätte verzichten können. Und nun waren ihm gleich ein halbes Dutzend Personen, mit denen er noch nicht einmal verwandt war, derart wichtig geworden, dass ein Schwarzbrotladen in China völlig undenkbar war.

Nein, antwortete er, er wollte jetzt nicht ins Detail gehen, ich fahre bloß nach Polen.

Nach Polen?, rief Erdal. Bist du komplett verrückt geworden?

Inzwischen steuerte Erdal mit beachtlichem Tempo durch die leere Stadt, während Holm sich fragte, woher er eigentlich das Fahrtziel kannte.

Wieso nicht?, sagte Holm, Polen ist doch in der Europäischen Union.

Polen ist scheiße, Mann, erklärte Erdal aufgebracht. Holm überlegte derweil, ob die Ausländerfeindlichkeit eines Ausländers überhaupt Sinn machte. Schwager von mir hat Imbiss, wie sagt man, Bude aufgemacht, und drei Tage später haben sie alles kaputt gemacht.

Holm blickte ihn irritiert an.

Ich will aber gar keine Imbissbude in Polen eröffnen.

Da hast du Glück, Mann, meinte Erdal, Imbissbude in Polen ist rischtig scheiße.

Und nach einer kurzen Pause schlug er vor: Lass uns nach Türkei fahren, Antalya, verstehst du, Meer, Sonne, Weiber. Da machen wir Souvenirshop auf und genießen Leben.

Einen Souvenirshop hatte Holm auch schon einmal eröffnen wollen, mit Reinhard-Mey-Rosen und CDs. Ob man Reinhard Mey in der Türkei eigentlich kannte?

Ich dachte, du hast eine Familie?, fragte Holm.

Familie ist auch scheiße, ereiferte sich Erdal und fuchtelte wild mit den Armen, glücklicherweise war kaum Verkehr auf der Straße, immer nur Frau und Kind und Kind und Frau, weißt du, was ich meine?

Diese Aufzählung hatte es offenbar in sich.

Du hast keine Ruhe mehr, kein Schlaf, kein Sex, kein Rauchen, fuhr er verärgert fort. Überall liegt Spielezeug rum, weißt du, wie in Kindergarten. Ich wohne in Kindergarten, kannst du dir das vorstellen? Aber ich bin Mann, weißt du, ich bin Erdal, begreifst du das?

Er machte eine weit ausholende Handbewegung, als wäre die ganze Stadt ein einziger Kindergarten, in dem für einen Mann wie Erdal einfach kein Platz mehr war. Dagegen hatte für Holm die Vorstellung, in einem Kindergarten zu wohnen, keineswegs etwas Abstoßendes. Das Leben fing wieder von vorne an, und er durfte alles noch einmal bewusst miterleben.

Also, fragte Erdal in den Rückspiegel blickend, wann fahren wir nach Antalya, Kumpel?

Er schien es tatsächlich ernst zu meinen. Womöglich waren sie schon auf dem Weg dorthin.

Erst mal fahr ich nach Polen, versuchte ihn Holm zu beschwichtigen. Nicht gleich alles ausschließen, dachte er. Immerhin befand er sich noch in seinem Wagen.

Aber isch hab disch gewarnt, drohte Erdal, er fuhr gerade bei Rot über die Ampel, als wollte er dadurch die Gefährlichkeit einer Polenreise unterstreichen.

Holm rutschte tief in den Sitz. Langsam wurde er unruhig. Seinem Gefühl nach zu urteilen, hätten sie längst in Moabit sein müssen. Stattdessen rasten sie durch ihm völlig unbekannte Stadtteile.

Nach einigen Minuten nahm er allen Mut zusammen und fragte vorsichtig nach, woher er eigentlich das Fahrtziel kenne.

Erdal machte ein beleidigtes Gesicht und sagte zunächst gar nichts, als wäre er in seiner Fahrerehre zutiefst getroffen. Holm hatte Sorge, dass gleich etwas Furchtbares geschah. So ein Ehrenmord passierte in dieser Kultur ja im Handumdrehen. Doch dann erholte sich Erdal relativ rasch und erklärte mit einer beeindruckenden Gelassenheit: Du hast bei Zentrale angerufen und Adresse gesagt, weißt du. Bleib locker, Kumpel, und vertraue Erdal!

Holm atmete erleichtert auf.

Als sie kurze Zeit später in der Turmstraße hielten, wollte ihm Holm ein großzügiges Trinkgeld geben, was Erdal jedoch brüsk ablehnte.

Du sparst das Geld für Antalya, verstanden? Und dann machen wir Souvenirshop auf, okay?

Okay, antwortete Holm, er hoffte, dass er ihn nie wiedersah, ich gebe dir dann noch Bescheid. Er verabschiedete sich und verließ rasch das Auto. Dass sie mit vier Euro Startkapital kaum bis zur Stadtgrenze kamen, beruhigte Holm allerdings wieder etwas.

Nun hieß es keine Zeit mehr zu verlieren.

Holm eilte ins Institut und nahm den Autoschlüssel aus dem Schlüsselkasten. Als er sich umdrehte und hinausgehen wollte, blieb er mit einem Mal stehen und sah plötzlich einen Mann, der außerhalb der Dienstzeiten in die Diensträume seiner Firma eingedrungen war und, ohne zu zögern, die Autoschlüssel entwendet hatte, um eine nicht genehmigte Reise nach Polen zu machen. In diesem Augenblick erkannte Holm, dass er sein altes Leben endgültig hinter sich gelassen hatte. Und so, wie er die Polenreise jetzt durchziehen musste, gab es auch kein Zurück mehr in sein früheres Leben, das ihn über Jahrzehnte begleitet hatte wie ein guter Freund. Aber dieser Freund war irgendwann einfach verstummt. Man hatte sich nichts mehr zu sagen, und insgeheim spürten sie, dass es Zeit war, einander Lebewohl zu sagen.

Noch ein wenig betäubt von der eigenen Dynamik, dass ihm davon nicht mehr schwindelig wurde, konnte bereits als erster Fortschritt verbucht werden, setzte er sich in den Wagen und fuhr los.

Günter Netzer wartete schon im Flur seiner Wohnung. Als Holm ihn sah, erschrak er beinahe zu Tode. Günter Netzer trug einen Stahlhelm auf dem Kopf und hatte seinen Spazierstock wie einen Säbel am Gürtel stecken.

Wir fahren doch nach Polen, oder?, rief er Holm freudig erregt zu. Da muss man schließlich gerüstet sein! Er lachte wie ein Maschinengewehr und machte dabei zackige Marschbewegungen.

Doch noch ehe Holm irgendetwas einwenden konnte, ein Stahlhelm könne in Polen vielleicht missverstanden werden, nahm Günter Netzer den Helm ab und ersetzte ihn durch einen karierten Rentnerhut.

Kleiner Scherz am Rande, sagte er und schien sich köstlich über diesen gelungenen Auftakt zu amüsieren, damit, er deutete auf den Hut, werden die Polen ja wohl keine Probleme haben.

Holm lächelte dankbar.

Entweder Stahlhelm oder Deppenkappe, dazwischen läuft bei uns Deutschen gar nichts.

Er nahm auch den Rentnerhut ab und feuerte ihn rückwärts aufs Sofa.

Ein Geschenk meiner Schwiegertochter, erklärte er abschätzig. Seien Sie froh, dass Sie keine Schwiegertochter haben, die Ihnen solche Hüte schenkt. Unfassbar geschmacklos! Also, gehen wir jetzt, oder wollen wir hier Wurzeln schlagen?

Für einen Moment wäre es Holm sogar lieber gewesen, im Flur Wurzeln zu schlagen, anstatt mit einem unberechenbaren Weltkriegsveteranen nach Polen zu reisen. Er hatte die schlimmsten Befürchtungen.

Sie verließen das Altersheim. Günter Netzer setzte sich, ohne zu zögern, gleich auf den Beifahrersitz.

Eine Limousine ist das ja nicht gerade, bemerkte er enttäuscht, offenbar hatte er mit einem Auto der S-Klasse gerechnet und nicht mit einem altersschwachen Volkswagen. Hoffentlich hält die Karre bis Polen durch.

Die Frage war, ob es Holm unter diesen Umständen bis Polen durchhielt. Vielleicht hätte er ihm ein Kreuzworträtsel mitbringen sollen, damit er sich unterwegs beschäftigen konnte. Denn während sie durch die Stadt fuhren, sehr langsam und vorsichtig, ja bedächtig, ließ Günter Netzer kaum eine Gelegenheit aus, die aktuelle Verkehrslage zu kommentieren. Wir haben Rot, sagte er, als Holm fast im Schritttempo auf eine gut hundert Meter entfernte Ampel zusteuerte. Oder: Sehen Sie denn nicht, dass da vorne jemand rechts abbiegt, an Ihrer Stelle würde ich abbremsen. Dabei fuhr das Auto vor ihnen bereits minutenlang mit angezeigtem Blinker, sodass sich Holm seit einiger Zeit fragte, wo und vor allem wann dieses Auto nun endlich abbiegen würde.

Günter Netzer kommentierte aber nicht nur das Verkehrsgeschehen, sondern beschrieb nebenbei auch noch die Umgebung, als wäre Holm ein weitgehend erblindeter Fahrer, der auf solche Beschreibungen dringend angewiesen war, damit er wusste, wo er sich gerade befand. Eine Reklametafel für eine bekannte Berliner Biermarke wurde genauso detailgetreu beschrieben wie eine Tankstelle, die sie passierten (»Wir fahren gerade an einer Esso-Tankstelle vorbei«), eine Kirche (»Rechts die Kirche«) oder eine unscheinbare Eckkneipe (»Schräg links ein Lokal namens Doris«).

Langsam verstand Holm auch Günter Netzers Schwiegertochter. Der geschmacklose Rentnerhut war nichts anderes als der Versuch, ihn für seine dauernden Kommentare heimlich zu bestrafen.

Doch glücklicherweise fuhren sie nicht alleine nach Polen. Als Nächstes war Heinz Jaletzke an der Reihe. Holm parkte auf dem Bürgersteig direkt vorm Haus, das Günter Netzer vor Schreck über das verkehrswidrige Parken ganz zu beschreiben vergaß.

Hier wollen Sie ja wohl nicht stehen bleiben?, meinte er irritiert.

Aber da war Holm bereits ausgestiegen.

Noch ehe er überhaupt klingeln konnte, ging schon der Türsummer.

Kommt etwa noch jemand mit zum Kongress?, fragte Heinz Jaletzke in einem dunklen, etwas zu großen Anzug im Türrahmen seiner Wohnung stehend und blickte Holm vorwurfsvoll an. Tatsächlich hatte Holm es versäumt, ihn über die weiteren

Fahrgäste zu informieren. Das heißt, eigentlich hatte er es nicht versäumt, sondern vielmehr verheimlicht, um seine Zusage nicht zu gefährden. Einen Augenblick schien Heinz Jaletzke zu schwanken, ob er unter dieser Voraussetzung die Reise zum Kongress für Zahnpflege und Zahnhygiene nach Neubrandenburg überhaupt antreten wollte. Immerhin war ursprünglich von einer Einzelfahrt die Rede gewesen, und über zusätzliche Fahrgäste hätte man ihn wenigstens in Kenntnis setzen können. Dies erkannte in diesem Augenblick auch Holm, und ehe sich Heinz Jaletzke beleidigt und womöglich unwiderruflich zurückziehen konnte, griff er zu einer Notlüge.

Herr Netzer würde Ihrem Vortrag gerne beiwohnen, falls Sie nichts dagegen haben.

Daraufhin sah Heinz Jaletzke nachdenklich zu Boden, als wäre er sich noch nicht hundertprozentig sicher, ob und wie er auf diese zweifellos schmeichelhafte Anfrage reagieren sollte, willigte dann aber widerstrebend ein und fügte hinzu, dass dieser Herr Netzer keinen Anspruch auf eine Gasthörer- oder gar Freikarte besitze und wie jeder andere auch eine Karte erwerben müsse, was Holm selbstverständlich bejahte.

Würden Sie mir tragen helfen, bat Heinz Jaletzke nun wieder im regulären Tonfall und deutete auf zwei hinter ihm stehende Aktenkoffer und eine Plastiktüte, die er sicherheitshalber selbst in die Hand nahm.

Ich habe alle verfügbaren Aufsätze über Zahnheilkunde der letzten fünfzig Jahre dabei, erklärte Heinz Jaletzke ernst, falls es Nachfragen gibt, und dann verunsichert zu Holm aufblickend: Meinen Sie, dass überhaupt jemand zu meinem Vortrag kommt? Ich habe ja schon lange nichts mehr publiziert.

Eine Sekunde ahnte er wohl das Unwahrscheinliche des ganzen Unternehmens, doch als Holm ihm schließlich gut zuredete und meinte, dass er sich keine Sorgen zu machen brauche, eine Koryphäe wie ihm sei eine Hundertschaft Zuhörer so gut wie sicher, strahlte er erleichtert übers ganze Gesicht, dass Holm fast neidisch wurde auf seinen glücklichen Wahn. Er wäre auch gerne so vollständig in einem Fachgebiet aufgegangen. Leider hatte er niemanden, der ihm gut zuredete.

Unten im Wagen setzte sich Heinz Jaletzke mit seiner Tüte hinter den Fahrersitz.

Holm stellte ihn Günter Netzer vor. Das ist Dr. Jaletzke, ein bedeutender Zahnmediziner.

Aber Günter Netzer dachte gar nicht daran, sich vorzustellen, und blickte stattdessen weiter aus dem Fenster. In meinem ganzen Leben war ich noch nie beim Zahnarzt, erklärte er rüde, und das wird hoffentlich auch so bleiben.

Heinz Jaletzke wusste überhaupt nicht, wie ihm geschah. Zunächst schockiert über diese unfreundliche Begrüßung, fasste er sich jedoch schnell wieder.

Ich dachte, Sie interessieren sich für meine Arbeit, sagte er beleidigt. Meinetwegen brauchen Sie nicht mitzukommen.

Dabei sah er zu Holm, als hoffte er, dass er diesen unflätigen Kerl rasch aus dem Auto entfernte.

Ich habe nie etwas Derartiges gesagt, meinte Günter Netzer jetzt ebenfalls zu Holm blickend, ich kenne den Herrn ja nicht mal. Oder muss man sich etwa für Zahnklempner interessieren, um sich hier als Fahrgast zu qualifizieren?

Beim Wort Zahnklempner drohte die Stimmung nun vollständig umzuschlagen, ein vorzeitiges Ende der Reise war nicht mehr auszuschließen, sodass Holm, Schlimmstes befürchtend, hektisch auf die Straße zurücksetzte.

Unter diesen Umständen werde ich nicht mitfahren, kam es auch just von Heinz Jaletzke, der, als er merkte, dass er nicht mehr aussteigen konnte, zu einem Gegenschlag ausholte. So was muss ich mir in meinem, begann er schwungvoll, stockte dann aber abrupt, als fragte er sich, wie er diesen Satz, dessen zweite und zweifellos entscheidende Hälfte er eigentlich kennen musste, so zu Ende brachte, dass sein Widersacher angemessen berührt, ja besser noch erschüttert wurde, um seine eigene Integrität wiederherzustellen. Je länger er darüber nachdachte, desto schwächer wurde allerdings seine Stellung, sodass er, um überhaupt noch etwas zu sagen, den Satz mit einem irgendwie seltsam klingenden Schluss, dafür aber umso energischer beendete. So was muss ich mir in meinem – Zustand nicht bieten lassen! Dabei wollte er genauso energisch nach seiner Tüte greifen, in diesem Moment fuhr Holm jedoch plötzlich an, wodurch sein Arm wie zum Hitlergruß nach oben schnellte. Sie passierten gerade eine Kreuzung, an der eine Gruppe Schüler mit ihrer Lehrerin stand. Als die Lehrerin Heinz Jaletzke mit erhobenem Arm vorbeifahren sah, schüttelte sie angewidert den Kopf.

Haben Sie eigentlich gedient?, fragte Heinz Jaletzke prompt zu Günter Netzer gewandt, der Arm brachte anscheinend lange verschüttete Erinnerungen zum Vorschein, die seine Empörung über den Zahnklempner umgehend verdrängten.

Diese Frage machte Günter Netzer gleich ein wenig zugänglicher. In einem schneidigen Tonfall nannte er Regiment und Dienstgrad, was Heinz Jaletzke mit wohlwollendem Kopfnicken quittierte.

Es war ja auch nicht alles schlecht, bemerkte er, den Arm hatte er als Beweismittel auf der Rückbank drapiert, um ihn jederzeit schnell wieder verwenden zu können.

Und Sie sind Zahnarzt?, fragte Günter Netzer etwas ungläubig.

Seit mehr als fünfzig Jahren!, erwiderte Dr. Jaletzke.

Gibt es für Zahnärzte denn gar keine Pensionsgrenze?

Er praktiziert seit kurzem privat, griff Holm nun vorsorglich in die Diskussion ein. Dies schien Günter Netzer allerdings keineswegs zu beeindrucken.

Er bohrt zuhause?, rief er und machte ein entsetztes Gesicht. Ist das denn überhaupt erlaubt?

Ich habe eine Praxis, erklärte Heinz Jaletzke leicht düpiert, was haben Sie denn geglaubt?

Übrigens wird gleich noch Frau Schlemm zusteigen, versuchte Holm das Gespräch auf ein anderes Thema zu lenken.

Die Dame ist mir unbekannt, bemerkte Günter Netzer.

Ist sie bei mir in Behandlung?, fragte Heinz Jaletzke wieder in einem sachlichen Ton. Anscheinend konnte er sich an Menschen nur aufgrund ihres Gebisses erinnern.

Am besten, Sie fragen sie das gleich selber, sagte Holm.

Sie hielten vor ihrer Wohnung. Als er ausstieg, dachte er einen Moment, ob es nicht zu gefährlich war, zwei alte Männer alleine in einem Auto zu lassen. Womöglich beleidigten sie sich so lange, bis einer von ihnen einen Herzinfarkt bekam.

Elfriede Schlemm hatte sich extra feingemacht für ihren großen Tag. Im fliederfarbenen Kleid und weißer Bluse saß sie auf einem Stuhl am Esstisch und wartete, dass man sie abholte. Der ganze Raum roch nach Rosen, obwohl Rosen nirgends zu entdecken waren. Als sie Holm sah, erhob sie sich feierlich und lächelte schüchtern wie ein junges Mädchen, das ihre erste Verabredung hatte.

Und, gefalle ich dir so?, fragte sie und schob keck ein Bein nach vorne, was Holm etwas unangenehm war. Ihr Gesicht war stark geschminkt, es wirkte fast maskenhaft, und das Rouge auf Wangen und Lippen betonte ihre wächserne Hautfarbe noch.

Ganz ausgezeichnet, antwortete Holm. Er musterte sie wie ein Möbelstück, was Frau Schlemm sofort zu bemerken schien. Wie man auch guckt, man guckt Frauen eigentlich immer falsch an, dachte Holm.

Ausgezeichnet?, fragte sie beinahe verärgert. Das Kleid habe ich damals auf der Hakenterrasse getragen, erinnerst du dich denn nicht mehr daran? Es ist sozusagen mein Verlobungskleid!

Holm erinnerte sich an alles Mögliche. An Häuser, Straßenkreuzungen und Plätze. Menschen kamen in seinen Erinnerungen nur selten vor. Nur so war es ihm möglich, das tägliche Chaos des Lebens zu verarbeiten. Und natürlich konnte sich Holm auch nicht an die Zeit erinnern, als sich Elfriede Schlemm mit einem Mann namens Karl auf der Hakenterrasse verlobt hatte.

Selbstverständlich erinnere ich mich daran, erklärte er nachdrücklich, so was kann man unmöglich vergessen.

Elfriede Schlemm lächelte zufrieden. Ich freue mich so, dass wir noch mal gemeinsam dorthin fahren.

Dies war der Zeitpunkt, ihr mitzuteilen, dass zwei weitere Personen diesem wichtigen Ereignis beiwohnen würden.

Wir sind übrigens nicht ganz allein, bemerkte Holm vorsichtig. Er überlegte, wie er es am besten verpackte. Hatte er sich womöglich doch etwas zu viel zugemutet?

Nicht allein?, fragte sie enttäuscht. Wer kommt denn noch mit?

Sie blickte ihn ernst an, was die Antwort noch schwieriger machte.

Na ja, sagte er, Holm bedauerte, dass es ihm so schwerfiel zu lügen, im Grunde konnte er nämlich überhaupt nicht lügen. Er war verdammt dazu, immer nur die Wahrheit zu sagen, als hoffte er, die Welt dadurch wohlwollender zu stimmen. Leider nahm das die Welt nicht zur Kenntnis.

Ich habe, begann er erneut, nun musste irgendetwas kommen, damit die Sache nicht vollends unglaubwürdig wurde, ich habe noch einen Journalisten und einen Fotografen dazu geladen. Und als er merkte, dass ihm, einmal in Schwung gekommen, die Lügerei gar keine so große Mühe bereitete, fügte er hinzu: Es soll einen Bericht in der Zeitung geben, »Rückkehr in die alte Heimat«. Holms Mundwinkel zitterten, als könne er es kaum glauben, was da so leicht über seine Lippen kam.

Elfriede Schlemm stutzte einen Moment, mit der Presse hatte sie anscheinend nicht gerechnet, fing dann aber offenbar an, sich an den Gedanken zu gewöhnen.

Ja, warum eigentlich nicht, sagte sie schließlich geschmeichelt und zupfte ihren Kragen zurecht, als bereitete sie sich schon für die Aufnahmen vor.

Holm fühlte sich schäbig. Am liebsten hätte er die ganze Reise abgeblasen. Aber dafür war es inzwischen zu spät.

Im Auto nahm Elfriede Schlemm neben Heinz Jaletzke auf der Rückbank Platz. Nach einer knappen Begrüßung fuhren sie los.

Holm steuerte am Schloss Charlottenburg vorbei Richtung Autobahn. Eine Zeitlang blieb es beunruhigend still, als hätten alle Angst, wegen der intimen Raumverhältnisse ein persönliches Gespräch zu beginnen.

Holm schaltete das Radio ein. Es lief gerade ein Ratespiel. Die Zuhörer mussten nach kurzem Anspielen eines Musikstücks erraten, um welches Lied es sich handelte. Wer es herausfand, bekam tausend Euro und durfte die Sendeanstalt besichtigen.

Ich würde das Geld nehmen und auf die Sendeanstalt verzichten, erklärte Günter Netzer, das Schweigen als Erster brechend.

Wahrscheinlich bekommt man das Geld nur dann ausgehändigt, gab Heinz Jaletzke zu bedenken, wenn man auch den Sender besucht. Ich würde mir den Sender bei Gelegenheit ansehen.

Dafür müssten Sie aber zuerst das Lied erraten, meinte Günter Netzer, und ich glaube kaum, dass Sie sich in der Popmusik so gut auskennen.

Abba, erwiderte Heinz Jaletzke, Abba macht ja wohl auch Popmusik.

Machte, korrigierte ihn Günter Netzer, machte!

Im Radio werden sie aber immer noch gespielt.

Im Radio wird auch Mozart gespielt, wandte Günter Netzer ein, trotzdem macht er schon lange keine Musik mehr.

Das schien auch Heinz Jaletzke einzuleuchten.

In diesem Moment tippte ein Zuhörer auf Elton John, was der Moderator bedauernd verneinte.

Kennt hier jemand Elton John?, rief Günter Netzer in die Runde.

Holm nickte. Er hatte auf einmal das Gefühl, sich irgendwie beteiligen zu müssen, schließlich war er der Organisator und Leiter dieser Reise. Vielleicht sollte er auch einmal etwas in die Runde fragen.

Meinen Sie Johnny Cash?, fragte Heinz Jaletzke.

Günter Netzer schüttelte den Kopf. Elton John, es war von Elton John die Rede!

Aber das war doch falsch, wetterte Heinz Jaletzke. Deshalb könnte es auch Johnny Cash gewesen sein.

Ist der nicht längst tot?, entgegnete Günter Netzer.

Ich meine, ihn neulich im Radio gehört zu haben, sagte Heinz Jaletzke nachdenklich.

Auf einmal mischte sich Elfriede Schlemm in die Diskussion ein.

Mir hat Heintje immer gut gefallen, erklärte sie lächelnd.

Das ist doch dieser Holländer!, rief Heinz Jaletzke aufgebracht.

Schrecklich, pflichtete Günter Netzer ihm bei. Heidschi Bumbeidschi, dafür sollte man ihn erschießen.

Holm zuckte zusammen. Aber entweder hatte Elfriede Schlemm nicht mitbekommen, was Günter Netzer gesagt hatte, oder sie nahm ihn einfach nicht ernst.

Wir haben ihn immer gerne gehört, nicht wahr, Karl?, sagte sie völlig unbeeindruckt und wandte sich vor zu Holm, der in diesem Augenblick starr auf die Straße sah und so tat, als müsse er sich auf den Verkehr konzentrieren.

Ich tippe auf Johnny Cash, beharrte Heinz Jaletzke ungeachtet der Tatsache, dass sich inzwischen die Bee Gees als eigentliche Urheber des Liedes durchgesetzt hatten.

Karl?, fragte Günter Netzer und blickte erstaunt zu Holm.

Holm konzentrierte sich weiter auf den Verkehr. Er musste aufpassen, dass er den Abzweig Richtung Hamburg nicht verpasste, sonst würden sie automatisch im Wedding landen, obwohl dort ja auch eine Menge Polen leben sollten.

Ich dachte, Sie heißen Felix mit Vornamen, wunderte sich Günter Netzer.

Karl Schlemm, rief Elfriede Schlemm, mein Mann heißt Karl Schlemm!

Holm wurde plötzlich ganz heiß im Gesicht.

Sie sind verheiratet? Günter Netzer sah ihn schockiert an.

Seit siebenundvierzig Jahren!, kam es prompt von hinten.

Donnerwetter, meldete sich nun auch Heinz Jaletzke wieder zu Wort, ich hätte Sie viel jünger eingeschätzt.

Jaja, machte Holm, er raste über die Autobahn, als wollte er das Thema rasch hinter sich lassen.

Dann ist Holm wohl Ihr Mädchenname, wie?, meinte Günter Netzer schnippisch. Offenbar hatte er die Lage durchschaut, was Holm sofort erleichterte.

Ich bin eine geborene Ungereit, erklärte Elfriede Schlemm, obwohl sie gar nicht gefragt worden war. Meine Eltern hießen Frieda und Walter Ungereit.

Meine Eltern hießen Martha und Hans Jaletzke und stammten aus Bernau bei Berlin, sagte Heinz Jaletzke und fing an, in seiner Tüte nach etwas zu suchen.

Und wie heißen Sie jetzt?, fragte Elfriede Schlemm neugierig.

Wissen Sie, wandte sich Günter Netzer zu Holm, was das Schlimmste in meinem Leben ist?

Holm schüttelte den Kopf.

Dass ich Günter Netzer heiße, obwohl ich Fußball zum Kotzen finde. So was versaut mir einfach die Lust am Leben.

Sie sind Günter Netzer, der Fußballer Günter Netzer?, fragte Elfriede Schlemm aufgeregt.

Sehen Sie, sagte Günter Netzer angewidert zu Holm blickend, genau das meine ich.

Ich habe alle Ihre Spiele verfolgt, rief Elfriede Schlemm zunehmend begeistert, sie schien sich regelrecht hineinzusteigern in ihren alten Fußballenthusiasmus, was in diesem Alter zweifellos nicht ganz ungefährlich war, obwohl ich immer fand, dass Sie zu lange Haare hatten. Der andere, wie hieß der noch gleich, der sah immer viel properer aus.

Sie meinen Beckenbauer, sagte Günter Netzer fast beleidigt, als ärgerte er sich, dass er nicht wenigstens Beckenbauer hieß.

Ja, Beckenbauer. Dass ich das noch erleben darf! Günter Netzer.

Derweil hatte Heinz Jaletzke ungerührt eine Banane aus seiner Tüte geholt und fing an, sie schmatzend zu verzehren. Bald roch der ganze Wagen so stark nach Banane, dass Günter Netzer, davon offensichtlich angeekelt, ein Fläschchen Jägermeister aus seiner Jackentasche zog und einen kräftigen Schluck trank.

Auch ein Schlückchen gefällig?, fragte er zu Elfriede Schlemm gewandt, die von dieser Geste offensichtlich so überrascht war, dass sie augenblicklich bejahte und ebenfalls einen kräftigen Schluck aus der Flasche nahm.

Ich heiße immer noch Heinz Jaletzke, antwortete Heinz Jaletzke endlich auf Elfriede Schlemms Frage, anscheinend hatte das Kauen sein Erinnerungsvermögen wiederbelebt, und er erkannte, dass da noch eine offene Frage im Raum schwebte.

Elfriede Schlemm hatte ihre Frage dagegen längst vergessen und brach, angeregt sowohl durch den prominenten Fahrgast wie den Alkohol, zu ganz neuen Ufern auf.

Dann müssen Sie der Fotograf sein, sagte sie in freudiger Erregung zu Heinz Jaletzke, der vor Schreck ein viel zu großes Stück von der Banane abbiss.

Welcher Fotograf?, fragte er, nachdem er die Banane hinuntergewürgt hatte.

Holm wäre gerne dazwischengegangen, um eine Katastrophe zu verhindern. Aber wie so oft, wenn eine spontane Reaktion gefragt war, versagte er schmählich.

Na, der Fotograf eben, sagte sie schon etwas verhaltener, Sie wollten mich doch fotografieren? »Rückkehr in die alte Heimat« oder so ähnlich.

Heinz Jaletzke sah sie eine Weile mit starrem Blick an. Dabei wurde sein Kopf immer röter, bis er ihr schließlich mit hochrotem Kopf antwortete:

Ich werde Sie weder fotografieren noch mit Ihnen in die alte Heimat zurückkehren! Er warf die Bananenschale wütend zurück in die Tüte, um seinen Entschluss zu bekräftigen.

Daraufhin wandte sich Elfriede Schlemm aufgebracht vor zu Holm.

Nun sag doch auch mal was, forderte sie ihn auf, warum will er mich denn auf einmal nicht mehr fotografieren?

Günter Netzer reichte ihr stumm die Flasche, aus der Elfriede Schlemm beiläufig einen Schluck trank.

Nun hieß es, nicht die Nerven zu verlieren.

Er ist eben ein Künstler, erwiderte Holm gefasst, vielleicht will er was anderes fotografieren.

Ich werde überhaupt nichts fotografieren, erklärte Heinz Jaletzke aufgebracht, ich bin Zahnarzt und halte in Neubrandenburg einen Vortrag, zu dem Sie nicht eingeladen sind.

Das ist ja ungeheuerlich, so eine Unverschämtheit, entgegnete Elfriede Schlemm und zupfte hektisch an ihrem Kragen, ich habe Sie ja nur freundlich gefragt, ob Sie mich fotografieren!

Ich denke gar nicht daran, setzte Heinz Jaletzke nach.

Und damit Sie es gleich wissen, fügte sie mit bebender Stimme hinzu, vor Aufregung wischte sie sich mit einem Taschentuch über Gesicht und Hals, ich habe keinesfalls vor, mir Ihren Vortrag in Neubrandenburg anzuhören. Ich fahre nämlich nach Polen!

Im Kofferraum habe ich noch jede Menge Tempotaschentücher, versuchte Holm die Lage zu retten.

Sie können hinfahren, wo Sie wollen, rief Heinz Jaletzke, wir fahren nach Neubrandenburg zum Kongress für Zahnheilkunde.

Wie zum Beweis holte er Zahnbürste und Zahnpasta aus seiner Tüte und fing an, sich die Zähne zu putzen.

Das ist ja ein dolles Ding, bemerkte Günter Netzer schon leicht angeheitert und nahm einen weiteren Schluck aus der Flasche.

Man fängt oben an, erläuterte Heinz Jaletzke mit offenem Mund, er war kaum zu verstehen, geht dann mit kreisenden Bewegungen nach rechts, es dauerte eine Weile, bis er rechts angekommen war, und macht dann das Gleiche noch einmal unten.

Ich werde nach Stettin fahren, erklärte Elfriede Schlemm hörbar betrunken und weigerte sich, Heinz Jaletzkes Vorführungen auch nur zur Kenntnis zu nehmen, was Heinz Jaletzke jedoch nicht im Geringsten zu stören schien. Wohin Sie fahren, ist mir egal!

Von Polen war nie die Rede gewesen, herrschte Heinz Jaletzke sie an. Er holte eine Wasserflasche aus der Tüte und gurgelte mit zurückgeworfenem Kopf. Dann kurbelte er kurzerhand die Scheibe herunter und spuckte das Wasser zum Fenster hinaus.

Also, mir gefällt der Ausflug, sagte Günter Netzer fröhlich, meinetwegen können wir auch nach Dänemark fahren.

Inzwischen hatten sie den Berliner Ring erreicht und fuhren in nordöstlicher Richtung weiter.

Nach diesem Schlagabtausch herrschte Waffenruhe. Während Heinz Jaletzke stumm aus dem Fenster blickte, saß Elfriede Schlemm, den Kopf gegen die Stütze gelehnt, reglos da und wischte sich immer wieder über die Stirn.

Nur Günter Netzer sah vergnügt auf die vorbeifliegende Landschaft und schlug seinen Fuß im Takt zur Musik.

Holm musste plötzlich an Sylvia und Zarah denken. Er hätte ihnen vorher Bescheid geben sollen. Wenn ihnen nun etwas zustieß. Alles Mögliche konnte in Polen passieren. Überfallen und ausgeraubt konnten sie werden oder gegen einen Baum fahren. Als Deutsche waren sie im Osten hoffnungslos verloren. Kein Pole würde für einen Deutschen auch nur einen Finger rühren oder gar helfend die Hand reichen. Im Grunde waren sie im Ausland nirgends gerne gesehen, weshalb Holm, bis auf eine unfreiwillige Reise nach Kärnten mit seinen Eltern, nie das Bedürfnis verspürt hatte, Deutschland zu verlassen. War denn Deutschland nicht auch schön? Gab es nicht Berge, Seen und das Meer? Verwunschene Wälder und schroffe Natur? Groß- und Kleinstädte? Warum sollte er Stunden auf Flughäfen und in der Luft verbringen, in überteuerten Hotels übernachten und von unfreundlichem Personal bedient werden, nur um sich eine Stadt anzusehen, in der es die gleichen Geschäfte gab wie auf der Wilmersdorfer Straße? Etwas erleben konnte man auch zuhause.

Dass er an Sylvia und Zarah dachte, nicht aber an die Tante

oder seine Eltern, kam Holm auf einmal wie ein gewaltiger Fortschritt vor. Mehr noch, er hatte zum ersten Mal das Gefühl, eine eigene Familie zu haben. Eine Familie, die ihn nicht aus verwandtschaftlichen Gründen duldete, sondern aus freien Stücken ausgewählt hatte, weil man ihn brauchte. Bei dem Gedanken, persönlich ausgewählt worden zu sein, bekam Holm sogar im Nachhinein ein flaues Gefühl, als würde ihm erst jetzt mit aller Deutlichkeit bewusst werden, dass er eine schwere Prüfung bestanden hatte, für die er sich zuvor niemals zu qualifizieren geglaubt hätte.

Holm musste lächeln, und während er lächelte, meinte er plötzlich, dass ihm das Leben freundlich zuzwinkerte.

Sind wir bald da?, fragte Heinz Jaletzke, der langsam nervös zu werden schien. Er sah aus dem Fenster und versuchte die Ortsnamen auf den Verkehrsschildern zu entziffern. Wenn wir noch länger fahren, sind wir ja gleich an der Grenze.

Tatsächlich war Stettin keine achtzig Kilometer mehr entfernt, und Holm fragte sich besorgt, wie Heinz Jaletzke wohl reagierte, wenn sie wirklich die Grenze überquerten.

Ich glaube, es ist nicht mehr so weit, sagte Holm.

Sie glauben es nur?, entgegnete er entrüstet. Ich muss in Neubrandenburg einen Vortrag halten, die warten da sicher nicht auf mich.

Wenn ihr mich fragt, erklärte Günter Netzer, ich habe Hunger auf eine Currywurst mit Pommes.

Aber wir haben nicht mal halb elf, bemerkte Holm, dem der Gedanke, um diese Uhrzeit eine Currywurst zu essen, gar nicht behagte. Außerdem hatte er einen Imbiss erst in Stettin vorgesehen. Wenn sie jetzt hielten, würde das seinen ganzen Plan umwerfen. Und was dann passierte, wollte er sich lieber gar nicht erst vorstellen.

Um elf muss ich meinen Vortrag halten, beharrte Heinz Jaletzke.

Wenn man Hunger hat, sagte Günter Netzer, soll man was essen. Und ich habe jetzt Hunger!

Ich kann mich nicht erinnern, fügte Heinz Jaletzke mit schneidendem Ton hinzu, dass Sie hier die Hauptperson sind.

Ich sitze aber im Gegensatz zu Ihnen vorne, entgegnete Günter Netzer gelassen, worauf Heinz Jaletzke zunächst nichts erwidern konnte, er schnaufte stattdessen einige Mal, um sein grundsätzliches Missfallen über die allgemeine Lage wenigstens nicht gänzlich unkommentiert zu lassen, ehe er ihn auf der fachlichen Ebene zu fassen versuchte.

Wissen Sie eigentlich, bemühte er sich ebenso gelassen zu wirken, wie schädlich Currywurst und Pommes für Ihre Zähne sind?

Günter Netzer zuckte mit den Schultern. Ist mir völlig egal, erklärte er, wenn es danach ginge, dürfte man ja fast gar nichts mehr essen. Diesen Quatsch mach ich nicht mit.

Dieser Quatsch, antwortete Heinz Jaletzke erstaunlich gefasst, ist aber medizinisch erwiesen. Die Zusatzstoffe in der Soße zerstören den Zahnschmelz und können später Karies und Parodontose verursachen. Ich habe darüber bereits vor dreißig Jahren im Fachblatt für Zahnhygiene geschrieben.

Ich habe schon Currywurst gegessen, erwiderte Günter Netzer, da konnten Sie noch überhaupt nicht schreiben.

Wenn Sie sich ruinieren wollen, sagte Dr. Jaletzke, bitte schön. Ich habe Sie nur gewarnt.

Ich danke auch für die Fürsorge, sagte Günter Netzer und wandte sich zum Fenster.

Mir ist schwindelig, kam es auf einmal mit schwacher Stimme von Elfriede Schlemm. Sie hatte den Kopf immer noch abgestützt und hielt sich ein Taschentuch an die Schläfe. Ihr Gesicht war kreidebleich. Womöglich war alles ein bisschen zu viel für sie. Die Aufregung über den bevorstehenden Besuch in der alten Heimat und der Alkohol hatten sie offenbar stark mitgenommen.

Noch ein Schnäpschen gefällig?, fragte Günter Netzer und streckte ihr den Jägermeister hin.

Ich glaube kaum, dass mehr Alkohol in diesem Fall das Richtige ist, bemerkte Heinz Jaletzke.

Ach was, entfuhr es Günter Netzer, ich hab unseren Hunden auch immer Schnaps eingeflößt, wenn es ihnen nicht gutging. Danach waren sie wieder putzmunter.

Heinz Jaletzke beschloss, darauf nicht zu antworten und schüttelte nur seinen Kopf.

Ich habe Wasser im Kofferraum, sagte Holm, wollen Sie etwas Wasser?

Ach Karl, seufzte Elfriede Schlemm, es geht nicht, ich kann nicht nach Stettin. Die vielen Erinnerungen …

Ihr Zustand wirkte ausgesprochen besorgniserregend.

Wir fahren ja auch nach Neubrandenburg, erklärte Heinz Jaletzke und blickte sie irritiert an.

Aber ich dachte, hob Elfriede Schlemm an, sie kam jedoch nicht weiter und sah mit halbgeöffnetem Mund verwundert zu Heinz Jaletzke, der nicht anders konnte und sofort einen fachlichen Blick auf ihre Zähne warf.

Bei welchem Arzt sind Sie in Behandlung?, fragte er und holte im selben Moment den Zahnspiegel aus seiner Brusttasche. Da Elfriede Schlemm nicht darauf antwortete, setzte er seine Untersuchung fort. Machen Sie bitte den Mund weit auf, sagte er und machte ein lang gezogenes A, worauf Elfriede Schlemm ihren Mund tatsächlich ein wenig mehr öffnete.

Günter Netzer kippte sich den Rest Jägermeister in den Rachen. Zerstört den Zahnschmelz, murmelte er vor sich hin, dass ich nicht lache!

Unterdessen hatte Holm einen Hinweis auf eine nahegelegene Raststätte gesehen. Er fuhr schneller. Bei fast hundertfünfzig Stundenkilometern begann der Wagen bedrohlich zu schlenkern. Doch anstatt vom Gaspedal zu gehen, drückte er es noch weiter runter, bis es nicht mehr ging. Holm raste mit einem altersschwachen VW auf der Überholspur und erkannte verblüfft, dass selbst Sportwagen vor ihm zur Seite ausweichen mussten.

Kurz darauf erreichten sie die Raststätte Finowfurt und parkten etwas abseits hinter großen Müllcontainern.

Holm sprang aus dem Auto und holte eine Wasserflasche aus dem Kofferraum. Als er die Seitentür aufriss, sah er Heinz Jaletzkes betrübtes Gesicht.

Da ist nichts mehr zu machen, erklärte er und säuberte den Zahnspiegel an seinem Revers. Ich fürchte, die dritten Zähne sind unausweichlich.

Holm, dem schon der Schweiß auf der Stirn stand, atmete kurz auf und führte die Flasche vorsichtig an Elfriede Schlemms Mund. Während sie langsam trank, merkte er, wie er, ohne sich dessen bewusst zu sein, selber Schluckbewegungen machte. Obwohl es gar nichts zu schlucken gab, schluckte irgendetwas in ihm solidarisch mit. Und in diesem Augenblick dachte Holm, dass er im Grunde ein ganz normaler Mensch war. Ein Mensch wie Milliarden andere Menschen auch. Menschen in China oder Indien, die ebenfalls mitschlucken würden, wenn sie einer alten, hilflosen Dame Wasser einflößten. Und so seltsam die Vorstellung sein mochte, fühlte sich Holm auf einmal mit Chinesen und Indern solidarisch, er fühlte, dass er gar nichts Besonderes war, und das erleichterte ihn so sehr, dass er plötzlich eine große Dankbarkeit gegenüber dem Leben empfand. Hier, auf einer Autobahnraststätte kurz vor Polen, wurde ihm klar, dass er längst Teil der großen Weltgemeinschaft war und eigentlich nichts anderes tun musste, als mitzuschlucken, selbst wenn es gar nichts zu schlucken gab.

Ich hol mir eine Currywurst, sagte Günter Netzer, er war ausgestiegen und auf dem Weg zum Restaurant. Wenn jemand mitkommen will?

Zahnhygiene ist das A und O für ein langes Leben, bemerkte Heinz Jaletzke, der immer noch auf der Rückbank saß und prüfend den Zahnspiegel vor seinen Augen drehte. Schlechte Zähne sind oft ein Hinweis auf einen schlechten körperlichen Allgemeinzustand. Wenn Sie mich fragen, er machte ein bedenkliches Gesicht, ich sehe hier keine Zukunft mehr.

Holm hatte inzwischen Elfriede Schlemms Hand genommen und hielt sie fest gedrückt. Dass sie seinen Druck nur schwach erwiderte, wertete er als kein gutes Zeichen. Sie hatte ihm den Kopf zugewandt und blickte ihn unentwegt an, als wollte sie sich sein Gesicht noch einmal ganz genau einprägen. Aber warum bloß?, dachte Holm, dem plötzlich klar wurde, dass sein Gesicht womöglich das Letzte war, was Elfriede Schlemm von dieser Welt sehen würde. Keine Blumen, keinen blauen Himmel, sondern das durchschnittliche Gesicht eines gewöhnlichen Mannes, der dazu noch außerordentlich besorgt aussah, weil er sich gerade überlegte, was passierte, wenn dies wirklich ihre letzte Erinnerung sein würde. Es war beinahe zu viel für ihn, dass nach einem achtzigjährigen Leben voller Ereignisse ausgerechnet ein Mann wie Holm vor ihr sitzen musste. Denn viel zu sehen gab es eigentlich nicht. Einen Moment dachte er sogar darüber nach, zur Seite zu treten, aber dann wäre ihr Blick auf die Müllcontainer gefallen, und er hätte sich den Rest seines Lebens Vorwürfe gemacht. Dass man sich den ersten wie den letzten Blick auf die Welt nicht selber aussuchen konnte, war eine Zumutung, und Holm fragte sich, wen oder was er am liebsten zuletzt sehen würde. Am besten man hatte immer ein Foto mit seinem Lieblingsmotiv parat, das man sich im Notfall vor die Augen halten lassen konnte. Beizeiten müsste er sich mal ein geeignetes Motiv überlegen. Er fotografiere gerade Motive, die für seinen letzten Blick auf die Welt infrage kämen, das konnte man allerdings auch niemandem erzählen.

Auf einmal wurde ihr Händedruck schwächer. Holm blickte sie ängstlich an, besann sich aber im letzten Augenblick und fing an zu lächeln.

Da haben wir es, meinte Dr. Jaletzke und sah nervös auf den leblosen Körper.

Haben wir was?, fragte Holm aufgeregt.

Heinz Jaletzke nahm ihre andere Hand und fühlte den Puls. Sie ist betrunken, erklärte er fachmännisch, als könnte man über den Pulsschlag auch ihren ungefähren Promillewert bestimmen.

Betrunken?, fragte Holm. Auf einmal wurde ihm bewusst,

dass er sich gerade ein großes Problem mit noch unabsehbaren Folgen aufgehalst hatte.

Ihm wurde übel.

Dann kann ich meinen Vortrag ja wohl vergessen, sagte Heinz Jaletzke beleidigt und steckte den Zahnspiegel in seine Brusttasche.

Die haben hier nicht mal Pommes, sagte Günter Netzer verärgert, der mit einem Sandwich zurückkam, so ein Saftladen!

Während er kaute, blickte er neugierig über Holms Schulter in den geöffneten Wagen.

In diesem Moment wurde ihm die Situation klar. Ach du Scheiße, sagte er und schluckte den Bissen runter. Der Jägermeister?

Und was machen wir nun?, fragte Dr. Jaletzke verzweifelt.

Holm dachte einen Augenblick nach. Dann erklärte er unmissverständlich: Wir fahren nach Hause!

Günter Netzer aß in Ruhe sein Sandwich zu Ende. Nur weil sie betrunken ist, brechen wir unseren Ausflug ab?

Heinz Jaletzke sackte lethargisch auf seinem Platz zusammen. Man muss sich von Frauen eben fernhalten, murmelte er und sah angewidert aus dem Fenster.

Ich habe den Eindruck, fuhr Günter Netzer erklärend fort und blickte dabei zu Holm, dass Sie das Ganze hier ohne jede Zustimmung eingefädelt haben, stimmt's oder habe ich Recht?

Im Prinzip ist es jetzt auch egal, dachte Holm und nickte stumm.

Sehen Sie!, sagte Günter Netzer und lächelte zufrieden. Ich bin zwar alt, aber nicht blöd.

Heinz Jaletzke war indes aus seiner Lethargie erwacht und ausgestiegen.

Was haben Sie denn vor?, fragte Günter Netzer, der sich inzwischen als Krisenmanager zu profilieren versuchte. Anscheinend gefiel ihm die Rolle.

Ich werde mir ein Taxi nehmen, erwiderte Heinz Jaletzke und

wollte gerade den Kofferraum öffnen, als ihn Günter Netzer zurückpfiff.

Sie werden sich überhaupt nichts nehmen, stellte er klar. Sie werden uns helfen, die Frau wieder nach Hause zu bringen!

Heinz Jaletzke sah ihn verblüfft an.

Sie haben richtig gehört, nach Hause. Er blickte triumphierend zu Holm, als sei das im Grunde seine Idee gewesen. Und deshalb brauchen wir hier jeden Mann.

Wir werden alle mit anpacken und Frau Schlemm wieder in ihre Wohnung bringen, befahl Holm, der seine Führungsposition damit weiter ausbaute.

Alle nickten stumm, was Holm mit großer Zufriedenheit erfüllte.

Und Sie sind dafür verantwortlich, erklärte er streng zu Heinz Jaletzke gewandt, dass Frau Schlemm dahinten nichts passiert.

Dr. Jaletzke sah ihn unschuldig an wie ein Kind und lächelte verlegen.

Nachdem sie wieder ins Auto gestiegen waren, fuhren sie langsam los.

Holm fuhr vorschriftsmäßig. Keinen Stundenkilometer zu viel, aber auch keinen zu wenig. Er fuhr exakt das vorgegebene Tempo, als könnte er damit ausschließen, dass sie entdeckt wurden. Andererseits, dachte er, war es ja nicht verboten, betrunkene ältere Damen auf dem Rücksitz zu transportieren. Und als ihm das klar wurde, beschleunigte er das Tempo und erreichte schließlich mit hoher Geschwindigkeit die Stadtgrenze.

Während sie durch mehrere Tunnel fuhren, überlegte Holm, ob es nicht besser wäre, bis zum Einbruch der Dunkelheit zu warten. Neun Stunden waren allerdings eine lange Zeit, und bis dahin könnte die Tochter das Fehlen ihrer Mutter längst bemerkt haben. Womöglich wartete sie schon in der Wohnung und hatte die Polizei informiert. Während sie tränenüberströmt auf ihren selbst gebackenen Streuselkuchen starrte, durchsuchten die Beamten sämtliche Räume und stellten Fingerabdrücke sicher. Vielleicht war auch der Name Holm gefallen, der als Einziger außer der Tochter einen Schlüssel zur Wohnung besaß. Nicht mehr lange und die Polizei klingelte bei seinen Eltern im Rudower Klettenweg, ob ein gewisser Felix Holm zu sprechen sei.

Vor dem Haus von Frau Schlemm war kein Polizeiauto zu sehen. Holm parkte schräg gegenüber vom Eingang.

Wir nehmen sie auf beiden Seiten unter dem Arm, wies Holm den ob dieser Anweisung leicht verdutzt wirkenden Günter Netzer an, und tragen sie nach oben. Und Sie, wandte er sich an Heinz Jaletzke, machen uns die Türen auf.

Da sich der Fahrstuhl für zwei ausgewachsene Männer und eine betrunkene Frau als zu klein erwies, mussten sie die Treppe nehmen, wo sie knapp an einer Katastrophe vorbeischrammten. Im zweiten Stock kam ihnen eine Frau mit Einkaufskorb entgegen, die die zwei schwer wuchtenden Männer feindselig musterte. Während Holm sofort einen heißen Kopf bekam, bewahrte Günter Netzer die Nerven.

Ohne ihr Mittagsschläfchen bleibt sie eben nicht lange wach, rief er der Frau ächzend entgegen, die daraufhin erleichtert lächelte und den Männern freundlich zunickte.

In diesem Moment war Holm froh, dass er so unverdächtig aussah wie ein Versicherungsvertreter.

In der Wohnung legten sie Elfriede Schlemm aufs Sofa. In diesem Augenblick rutschte ihr Rock so weit nach oben, dass ihre Unterwäsche sichtbar wurde.

Tragen eigentlich alle Frauen senffarbene Unterhosen?, fragte Heinz Jaletzke erstaunt.

Günter Netzer blickte ihn mitleidig an.

Von Frauen haben Sie keine Ahnung, wie?

Holm war plötzlich froh, dass er in Sachen Frauen gerade noch die Kurve gekratzt hatte und seine zweite Lebenshälfte nicht als Jungfrau beginnen musste. Und obwohl er nicht wusste, welche Farbe Sylvias Unterhose hatte, war er sich inzwischen relativ sicher, später nicht auf fingierte Vorträge nach Neubrandenburg eingeladen zu werden.

Holm stellte ihre Schuhe ordentlich in die Mitte vors Sofa, sodass sie gleich reinschlüpfen konnte, wenn sie aufstand.

Als Holm sah, dass ihn Günter Netzer beobachtet hatte, blickte er verlegen lächelnd zu Boden.

Heinz Jaletzke, der zwischenzeitlich verschwunden war, kehrte mit einer stark zerrupften Zahnbürste aus dem Badezimmer zurück.

Ich frage mich, sagte er empört und hielt die Bürste für alle gut sichtbar in die Höhe, wie man damit so lange überleben kann.

14

Noch am selben Tag berichtete er Sylvia telefonisch von seinem unerlaubten Ausflug. Holm hatte die Belastung einfach nicht mehr ertragen. Er war in seinem Zimmer auf und ab gelaufen und hatte keinen zusammenhängenden Gedanken mehr fassen können, ohne dass sich Elfriede Schlemm und die abgebrochene Polenreise dazwischendrängten.

Sylvia reagierte zunächst ungehalten, wie man derart unverantwortlich handeln könne, erklärte sie, und ob er zumindest gewartet habe, bis sie ihren Rausch ausgeschlafen habe. Als Holm verneinte, daran hatte er überhaupt nicht gedacht, forderte sie ihn auf, noch heute bei ihr vorbeizuschauen und nach dem Rechten zu sehen. Ein Blumenstrauß sei ja wohl das Mindeste, was sie von ihm erwarten könne, fuhr sie aufgeregt fort, worauf Holm, der auf solch einen heftigen Angriff nicht gefasst gewesen war, sie bat, ihn zu begleiten, am besten zusammen mit Zarah, um Frau Schlemm notfalls gleich ein wenig milder stimmen zu können.

Zu seiner Überraschung willigte Sylvia sofort ein.

Zwei Stunden später trafen sie sich vor Elfriede Schlemms Wohnung. Zarah hatte ein hübsches, gelbes Kleid angezogen, während Sylvia eine eher geschäftsmäßige graue Hose trug, als wolle sie ihrem Besuch einen offiziellen Anstrich verleihen, der allerdings durch Holms von der Reise immer noch stark zerknittertes Hemd sofort wieder zunichtegemacht wurde. Bei einer Tankstelle hatte er einen Strauß Rosen erworben, der bereits nach wenigen Minuten ohne Wasser derart mitgenommen aussah, als habe er ihn schon seit Stunden durch die Stadt getragen.

Hoffentlich ist nichts passiert, meinte Sylvia, als sie in den Fahrstuhl gestiegen waren und nach oben fuhren. Sie wirkte so besorgt, dass Holm gleich mehrere Sorgen mit voller Wucht auf einmal befielen: erstens, dass Elfriede Schlemm wirklich etwas passiert war, was könnte nicht alles passieren, zweitens hoffte er, dass sie immer noch alleine war und ihre Tochter die Abwesenheit der Mutter nicht mitbekommen hatte, und drittens wäre es ihm am liebsten, dass Frau Schlemm den ganzen Ausflug vergessen hatte, um nicht unangenehme Fragen beantworten zu müssen.

Als er die Wohnungstür öffnete, horchte er zunächst, ob verdächtige Geräusche zu hören waren. Wenn jedoch tatsächlich etwas passiert war, gäbe es solch verdächtige Geräusche natürlich nicht mehr, sodass gegenwärtig von weiteren verdächtigen Geräuschen eigentlich nicht auszugehen war.

Vorsichtig ging er durch den Flur ins Wohnzimmer. Sylvia und Zarah folgten ihm. Zarah schlich geduckt durch den Flur, als erwartete sie jeden Moment wilde Tiere, die ihr hinter Schränken und Vorhängen auflauerten.

Im Wohnzimmer saß Elfriede Schlemm kerzengerade auf dem Sofa und blickte die Gäste vorwurfsvoll an, sie schien schon die ganze Zeit auf sie gewartet zu haben.

Ich dachte, ihr kommt gar nicht mehr, sagte sie prompt und schüttelte beleidigt den Kopf. Ihre Stimme klang rein und klar, ein Lallen war zum Glück nicht festzustellen. Und abgesehen von ihren unordentlichen Haaren und der verrutschten Bluse gab es keinen Hinweis, dass sie bis vor wenigen Stunden noch betrunken auf dem Sofa gelegen hatte.

Als sie Zarah bemerkte, hellten sich ihre Gesichtszüge sofort auf.

Ach, rief sie und schlug die Hände vor ihrem Gesicht zusammen, du hast ja unsere Enkelin mitgebracht, wurde auch langsam mal wieder Zeit, sie blickte streng zu Sylvia, schien jedoch im selben Moment zu erkennen, dass es sich nicht um ihre Tochter handelte.

Wer ist das denn?, fragte sie Holm flüsternd, dem die Lage zusehends zu entgleiten drohte. Beinahe hätte er mit den Schultern gezuckt.

Eine… Bekannte, antwortete er stockend. Als er Sylvias erschrockenen Gesichtsausdruck bemerkte, fügte er jedoch schnell hinzu, dass es sich um eine sehr gute Bekannte handelte, um ihre zart keimende Freundschaft nicht zu gefährden.

Margot hat wohl mal wieder keine Zeit, wie?, bemerkte Elfriede Schlemm ein wenig beleidigt.

Margot?, flüsterte nun auch Sylvia und sah beunruhigt zu Holm.

Margot hieß offenbar ihre Tochter, Holm kannte sie lediglich mit ihrem Nachnamen Klemke.

Elfriede Schlemm schien trotz ihres Alters noch sehr gut zu hören, denn ehe Holm auf diese knifflige Frage antworten konnte, erklärte sie: Margot ist unsere Tochter, das sollten Sie eigentlich wissen! Dabei sah sie Sylvia beleidigt an und zupfte ihre Bluse zurecht, während Sylvia überrascht zu Holm blickte.

Wie darf ich das denn verstehen?, fragte sie, nun wieder in voller Lautstärke.

Elfriede Schlemm hob ihren Kopf und streckte das Kinn weit nach vorne.

Das ist ja wohl nicht schwer zu verstehen, oder? Karl ist mein Mann, ein kurzer Seitenblick deutete an, dass sie zweifellos Holm damit meinte, und Margot ist unsere Tochter.

In diesem Augenblick fiel bei Sylvia der Groschen.

Natürlich, entgegnete sie und sah verständnisvoll lächelnd zu

Holm, jetzt habe ich es begriffen. Manchmal dauert es bei mir eben ein bisschen länger.

Elfriede Schlemm nickte zufrieden.

Eine Sekunde sah es so aus, als wäre die Sache gerade noch glimpflich abgelaufen, als sich Zarah zu Wort meldete.

Aber er heißt doch gar nicht Karl, sagte sie trotzig zu Frau Schlemm.

Holm hielt den Atem an. Und dann tat er das einzig Richtige. Er riss den Blumenstrauß hoch und streckte ihn Elfriede Schlemm entgegen.

Ich wollte mich bei dir entschuldigen, erklärte er.

Frau Schlemm sah ihn erstaunt an.

Entschuldigen?, fragte sie. Wofür denn entschuldigen?

Holm blickte hilfesuchend zu Sylvia, die ihm aufmunternd zunickte.

Er holte tief Luft. Dass unsere Reise, also, dass wir es nicht ganz geschafft haben.

Aber das war doch eine wundervolle Reise, meinte Elfriede Schlemm und nahm beglückt die Blumen in Empfang. Ich hätte nie geglaubt, dass ich vor meinem Tod noch mal nach Stettin komme.

Sie hielt die Blumen unter ihre Nase und roch daran.

Holm dachte nach und kam schon nach wenigen Sekunden zu dem überraschenden Ergebnis, dass Elfriede Schlemm den Abbruch der Reise anscheinend überhaupt nicht mehr mitbekommen hatte und stattdessen in Gedanken einfach weitergereist war. Ein Vorgang, der allerdings auch Holm nicht ganz fremd war. Wie oft war er in Gedanken irgendwo hingereist, ohne sein Kinderzimmer zu verlassen. Vielleicht reiste man im Alter nur noch in der eigenen Vorstellung, ein Umstand, der ihm das Alter gleich ein wenig sympathischer machte. Am liebsten wäre er sofort alt gewesen, dann könnte man sich die ganze Reiserei ersparen.

Sterben Sie denn gleich?, fragte Zarah plötzlich, gerade als sich die Lage ein wenig zu entspannen begann.

Holm erstarrte. Das Thema Tod war das Letzte, was hier zur Sprache kommen durfte. Er sah beunruhigt zu Elfriede Schlemm, die aber keineswegs schockiert wirkte.

Nein, nein, entgegnete er rasch, so schnell stirbt man nun auch wieder nicht.

In meinem Alter, erklärte Elfriede Schlemm außerordentlich gefasst und blickte milde lächelnd zu Zarah, muss man ständig damit rechnen.

Holm versuchte das Gespräch auf ein harmloses Thema zu lenken, damit Zarah keinen Schaden davontrug. Am Leben zu sein war schon verstörend genug, da brauchte man nicht auch noch zu wissen, dass das Ganze ein schreckliches Ende nahm.

Warum gehen wir nicht alle zusammen in den Zoo?, fragte er aufgekratzt in die Runde nachdenklicher Gesichter.

Doch Zarah schien Holms Angebot überhaupt nicht zu interessieren. Selbst die Aussicht, noch heute Abend mit ihm ins Weltall fliegen zu dürfen, hätte sie vermutlich komplett ignoriert. Stattdessen bohrte sie weiter nach. Offenbar hatte sie ihr Thema gefunden.

Haben Sie Angst vorm Tod?, fragte sie todernst.

Holm lächelte verlegen Richtung Sylvia, die ihn jedoch ebenfalls ignorierte.

Ach, weißt du, sagte Frau Schlemm und blickte versonnen zu Holm, der sich bereits vorstellte, wie sie vor ihren Augen verschied, am besten war es, man ging, ehe es wirklich ungemütlich wurde, solange es jemand gibt, der sich an mich erinnert, bin ich ja nicht gestorben. Und nach einer kurzen Pause: Jeder bezeugt das Leben des anderen, das ist der Grund, warum wir mit jemandem zusammenleben.

Zarah ließ nicht locker. Was ist bezeugen?

Elfriede Schlemm steckte ihre Nase tief in die Blumen. Dann blickte sie auf.

Wenn du jemanden so gut kennst, dass er immer da ist, auch wenn er gerade nicht vor dir steht.

Dann kann man also gar nicht richtig sterben?, hakte Zarah verblüfft nach.

Frau Schlemm schüttelte den Kopf.

Nein, sagte sie und wirkte dabei außerordentlich entschlossen, wenn du es erst auf die Welt geschafft hast, hast du eigentlich schon gewonnen.

Als sie die Wohnung etwas später verließen, wandte sich Sylvia zu Holm um.

Ich finde es toll, erklärte sie sichtlich beeindruckt, dass du ihr den Glauben an Karl nicht genommen hast. Ich hätte das nicht gekonnt.

Holm lächelte stolz. Na ja, meinte er wie nebenbei, so was muss man in diesem Beruf eben aushalten können.

Auf einmal war er froh, dass er es auf die Welt geschafft hatte. Und noch glücklicher stimmte ihn die Aussicht, dass er mit Hilfe von Sylvia und Zarah auch so schnell nicht wieder von ihr verschwinden würde.

Die Zukunft in seinem Elternhaus schien indessen auf wenige Stunden geschrumpft zu sein. Inzwischen waren die Bauarbeiten in seinem Zimmer beendet. Die Küchenzeile strahlte in einem frischen Orange. Zusammen mit den gelb gestrichenen Wänden und den Kunstdrucken, auf denen Kornfelder wogten und Meere gegen steil aufragende Klippen brandeten, ergab sich der Eindruck einer heiteren, mediterranen Ferienwohnung, in der jeden Augenblick zahlende Pensionsgäste eintreffen konnten. Holms Möbel, die in diesem südlichen Ambiente wie Sperrmüll wirkten, standen zusammengerückt in der Ecke, sodass die Fortführung alter Gewohnheiten beinahe unmöglich war. Zwar hatte er aus Trotz zunächst versucht, so weiterzuleben wie bisher und diesen mediterranen Alptraum weitgehend zu ignorieren. Er hatte sich in seinen Sessel gesetzt und die Zeitung aufgeschlagen, war dabei allerdings gegen den brusthohen Bücherschrank gestoßen, was ein bequemes Weiterlesen nicht mehr zuließ, denn Holm hätte sich dermaßen schräg in den

Sessel setzen müssen, dass er mit seinen Füßen wiederum gegen eine Kiste gestoßen wäre, auf der sich der Fernseher befand, der, was Holm erst beim verärgerten Zusammenfalten der Zeitung feststellte, so dicht vor ihm stand, dass sich Holm in der Mattscheibe spiegelte und bei dieser Gelegenheit sein veritables Doppelkinn bemerkte, welches ihm im Badezimmerspiegel seiner Eltern noch nie aufgefallen war, da er seit seiner Jugend täglich in ebendiesen Badezimmerspiegel gesehen und die jugendlichen Gesichtszüge derart verinnerlicht hatte, dass er den äußerlichen Alterungsprozess nicht mehr mitbekam. Von dieser dicklichen, fast krötenhaften Erscheinung entsetzt, ja abgestoßen schaltete er hektisch den Fernseher ein, wo zu dieser Uhrzeit, es war Samstagmittag, ausschließlich Sendungen für die ganz alten und ganz jungen Zuschauer liefen, also Gerichtsshows mit angemessenem Erregungspotential, Heimatfilme aus den fünfziger Jahren und Zeichentrickserien, in denen es vor Monstern und sprechenden Haushaltsgeräten nur so wimmelte. Ob die jüngeren Zuschauer bei diesem Anschauungsmaterial später auch zufriedene Konsumenten von Heimatfilmen wurden, konnte Holm nicht beurteilen. Nachdem er den Fernseher wieder ausgeschaltet hatte, sprang er sofort auf, kollidierte allerdings beim Zurücktreten mit seinem Schreibtisch, auf dem jetzt der Plattenspieler stand. Um sich selbst nicht das Gefühl zu vermitteln, in die Enge getrieben worden zu sein, legte er rasch eine frühe Reinhard-Mey-Platte auf und lauschte, die Arme ineinander verschränkt, eine Hand nachdenklich am Kinn, eine Zeitlang im Stehen der jungenhaft frischen Stimme Meys. Sei es, dass er die Platte schon lange nicht mehr gehört hatte oder er einfach nicht in entsprechender Stimmung war, jedenfalls hörte sich Reinhard Mey inmitten der mediterranen Zimmerfarben auf einmal wie Julio Iglesias an, der zeitkritische deutsche Texte im Stile des frühen Reinhard Mey sang. Holm hob augenblicklich den Tonarm von der Platte. Stattdessen schlenderte er rüber zur neuen Küchenzeile und der weißen Eckbank und setzte sich an den Tisch, in der Hoffnung, ein wenig in Ferienlaune zu kommen. Weil er im Süden seines Zimmers aber nicht recht wusste, was er dort sollte, und Ferien ohnehin ein Graus für ihn waren, ging er hinunter zu seinen Eltern. Auf dem Flur grüßte ihn knapp sein Vater, als würde er ihn für einen Handwerker halten. Im Wohnzimmer drehte er eine Runde. Da er sich aber nicht traute, sich irgendwo hinzusetzen, so alleine im Wohnzimmer zu sitzen kam ihm nach der Begegnung mit seinem Vater im Flur etwas merkwürdig vor, ging er weiter in die Küche, wo seine Mutter gerade das Mittagessen zubereitete. Was es denn heute zu essen gebe, fragte er neugierig in die Töpfe blickend, worauf seine Mutter zunächst erschrocken zusammenfuhr und ihn ansah wie ein Gespenst. Sie habe gar nicht gewusst, sagte sie schnippisch, dass er sich noch im Haus aufhalte. Sein Name sei Felix, erklärte Holm, er wohne bereits seit einigen Jahrzehnten im Haus seiner Eltern.

Mittagessen sei für ihn leider nicht mehr vorgesehen, meinte Hella Holm, aber ohne jegliches Bedauern, wie ihm schien, und wandte sich wieder den Töpfen zu.

Dies war der Moment, da sich Holm endgültig von seinen alten Gewohnheiten verabschiedete und beschloss, ein neues Leben zu beginnen. Und wo anders konnte dieses Leben neu begonnen werden als bei Sylvia und Zarah! Es konnte Holm jetzt gar nicht mehr schnell genug gehen mit dem gegenseitigen Bezeugen. Gleich am Montag würde er einen Möbelwagen mieten und seine Sachen zuhause abholen. Allerdings gab es ein Problem: Er hatte Sylvia noch nichts von seinen Umzugsplänen erzählt.

Das ist ja eine Überraschung, rief Sylvia verblüfft, als sie ihre Wohnungstür öffnete und Holm mit mehreren Tüten bepackt im Hausflur stehen sah.

Holm hatte den verrückten Gedanken gehabt, Sylvia nachmittags unangekündigt zu besuchen, was ihn eine so große Überwindung gekostet hatte, dass er eine geschlagene Stunde durchs Hansaviertel gelaufen war, weil ihm ein stichhaltiger

Grund für einen spontanen Besuch nicht einfallen wollte und er sogar mehrmals kurz davor war, wieder zurück nach Hause zu fahren, da er befürchtete, Sylvia könnte ihm seinen Überfall krummnehmen und ihn gar nicht erst in die Wohnung lassen. Nachdem er schließlich zum dritten Mal den Supermarkt am Hansaplatz passiert hatte, kam ihm plötzlich die Idee, etwas zu essen einzukaufen und für Sylvia und Zarah zu kochen. Obwohl Holm in seinem ganzen Leben noch nie gekocht hatte, selbst an Spiegeleier traute er sich nicht heran, erschien ihm dieser Einfall so großartig, dass ihn Sylvia unmöglich abweisen konnte. Allerdings hatte er keine Ahnung, was er kochen sollte. Auf die Frage an eine Verkäuferin, Holm war inzwischen so souverän, er erkannte sich selbst kaum wieder, was sowohl Kindern wie Erwachsenen schmeckte, antwortete sie prompt Spaghetti Bolognese. Es würde also Spaghetti Bolognese geben und dazu einen gemischten Salat, um die Sache nicht zu armselig aussehen zu lassen. Da durfte man ruhig ein wenig protzen. Nudeln und Soße waren schnell gefunden, und beim Salat waren Tomaten und Zwiebeln zwingend erforderlich. Und wer Spaghetti Bolognese sagte, der sagte automatisch auch Rotwein. In der Getränkeabteilung packte er vorsichtshalber gleich drei Flaschen Rotwein in den Wagen, natürlich nur aus italienischen Anbaugebieten. Als er am Kühlregal vorbeikam, landete noch eine Auswahl Joghurts im Einkaufswagen, denn auch eine Nachspeise durfte bei so einem Essen nicht fehlen. In der Süßwarenabteilung griff er schließlich nach mehreren Tafeln Schokolade und einer Packung Gummibären. An der Kasse bemerkte er vor sich einen Mann, der aussah wie ein hässliches altes Kind. Trotz sommerlicher Temperaturen trug er einen gestreiften Pullover mit V-Ausschnitt. Er blickte sich immer wieder nervös um, als schämte er sich nicht nur für seine hässliche Erscheinung, sondern auch für den mageren Einkauf. In seinem Korb befanden sich Toastbrot, Schmelzkäse und Eierlikör. Da wusste Holm, wie weit er es im Leben inzwischen gebracht hatte.

Du kannst froh sein, fuhr Sylvia fort, dass du mich noch erwischst. Ich muss nämlich gleich noch zu einer Besprechung wegen Zarahs Einschulung im Herbst. Was hast du denn da in den Tüten?

Einen Moment verließ Holm der Mut, ihr mitzuteilen, dass er eigentlich vorgehabt habe, für sie zu kochen. Andererseits wäre es auch seltsam gewesen, wenn er erklärt hätte, dass er lediglich zufällig in der Gegend eingekauft habe.

Wenn du nicht zu spät wiederkommst, nahm er all seinen Mut zusammen, könnte ich für euch kochen.

Eine Weile blickte sie Holm beunruhigend ernst an, und Holm hatte schon Sorge, etwas Falsches gesagt zu haben. Womöglich war sie beleidigt, weil sie annahm, dass er glaube, es gebe bei ihr nichts Ordentliches zu essen. Doch dann verwandelte sich ihr Gesicht in ein strahlendes Lächeln.

Das ist wirklich süß von dir, sagte sie, und während sie ihm eine Tüte abnahm und in die Wohnung ging, stellte sie kategorisch fest, dass sie spätestens in zwei Stunden wieder zurück sein werde und sich schon sehr auf das Abendessen freue. Zarah könne ihm ja dabei helfen.

In diesem Augenblick kam Rolf in den Flur und sprang erregt immer wieder an Holm hoch, als wollte er ihm in die Nase beißen. Dabei verspritzte er seinen Urin in alle Richtungen, unter anderem auch auf Holms Hose. Als Sylvia die Bescherung sah, machte sie ein verblüfftes Gesicht. Das hat er ja noch nie gemacht, meinte sie verwundert. Vielleicht hat er Angst vor mir, bemerkte Holm, der sich auch keinen Reim darauf zu machen wusste.

Sylvia lachte laut auf, als wäre das völlig undenkbar, was Holm dann doch etwas unpassend fand. Sie überreichte ihm einen nassen Lappen, damit er seine Hose saubermachen konnte.

Wenig später eilte Sylvia aus der Tür und ließ Holm und Zarah alleine in der Wohnung zurück.

Du willst für uns kochen?, brach es plötzlich aus Zarah heraus, nachdem sie eine Zeitlang gar nichts gesagt hatte, und blickte Holm besorgt an, als wäre sie, seit sie davon erfahren hatte, innerlich nicht mehr zur Ruhe gekommen.

Vermutlich wäre sie weniger beunruhigt gewesen, wenn er ihr mitgeteilt hätte, dass er plane, mit einem Fallschirm vom Balkon zu springen. Tatsächlich erschien Holm das für einen Augenblick sogar die vernünftigere Idee zu sein.

Warum denn nicht, sagte er schließlich mehr zu sich selbst, auch Männer können kochen!

Während sich Holm, nun doch ein wenig verunsichert, an seinem neuen Arbeitsplatz in der Küche orientierte, blieb Zarah vorsorglich in der Nähe und spielte, Holm immer im Blick, mit ihren Dinosauriern im angrenzenden Esszimmer auf dem Boden. Dass ihn auch Rolf nicht aus den Augen ließ, machte die Lage nicht einfacher.

Die Küche war relativ klein, sie war sogar ausgesprochen klein, dass Holm sich fragte, wie er unter diesen beengten Verhältnissen seine Kochkünste überhaupt frei entfalten konnte. Wenn er hier versagte, hätte er in Zukunft einen schweren Stand im Hause Röschmann. Denn Holm konnte weder mit einer Führungsposition in einem angesehenen Unternehmen punkten, noch war sein Gehalt als Altenunterhalter so üppig, dass er Sylvia später bei einem Glas italienischen Rotwein ganz nebenbei eine Venedig-Reise anbieten konnte. Viel mehr als sein freundliches, ehrliches Wesen hatte er im Grunde nicht zu bieten, und das kam Holm auf einmal etwas dürftig vor. Eine Frau, die als Rheumaforscherin an einem der berühmtesten Krankenhäuser Europas arbeitete, erwartete von einem Mann sicherlich mehr als ein freundliches Wesen. Da musste es dann wenigstens in der Küche klappen.

Bloß nicht den Eindruck erwecken, dass man Küchen bisher nur als stiller Beobachter kennen gelernt hat, dachte Holm, als er die Schubladen und Schränke öffnete, um nach Töpfen und Tellern zu suchen, die für so ein Nudelgericht plus Salatbeilage zweifellos notwendig waren. Obwohl er natürlich nicht wissen konnte, wo sich Töpfe und Teller befanden, vielleicht hätte er sich vorher von Sylvia einweisen lassen sollen, wirkte die Sucherei dermaßen konfus, dass der Eindruck auf Zarah verheerend sein musste. Wenn er nicht einmal die Töpfe findet, wird er auch keine Nudeln kochen können. Deshalb fing Holm an, laut mit sich selber zu reden, hier herrscht ja das reinste Chaos, sagte er laut genug, dass es auch Zarah hören konnte, da muss wirklich mal aufgeräumt werden, fügte er verärgert hinzu, als wäre er als Fachmann eigentlich etwas anderes gewohnt.

Welchen Eindruck Zarah von ihm hatte, war leider nur schwer feststellbar, da nur noch ihre Füße zu erkennen waren. Anscheinend hatte sie sich bereits nach zwei Minuten endgültige Gewissheit über seine Unfähigkeit verschafft und genervt abgewendet. Das gab Holm Zeit, um sich über seine grundsätzliche Vorgehensweise klarzuwerden. Zum Beispiel, ob er erst den Salat und dann die Nudeln zubereiten sollte. Bei dieser Gelegenheit fiel ihm ein, dass er die Salatsoße vergessen hatte. Dank seiner regelmäßigen Besuche im »Maredo« erinnerte er sich aber noch gut daran, dass auch ein hochwertiges Olivenöl eine geeignete Salatsoße abgab. Hier wurde nun der Blick in den Kühlschrank unumgänglich. Aus nicht nachvollziehbaren Gründen hatte Holm den Kühlschrank stets als intimsten Ort in der Wohnung empfunden, noch vor dem Schlafzimmer oder dem Bad. Vielleicht deshalb, weil Nahrungsmittel immer auch etwas mit Nahrungsaufnahme zu tun hatten und somit zwangsläufig der menschliche Körper in den Vordergrund rückte. Wenn Holm eine Scheibe Salami sah, hatte er gleichzeitig den Weg der Salami vom Mund in die Gedärme vor Augen, weshalb er sich lange Zeit geweigert hatte, in den Kühlschrank seiner Tante zu sehen, damit er nicht mit Tantes Gedärmen konfrontiert wurde. Und weil sich Holm Sylvias Gedärme im gegenwärtigen Stadium ihrer Beziehung noch nicht vorstellen mochte, bedeutete der Blick in den Kühlschrank für ihn eine große Überwindung. Als Koch war dieser Schritt natürlich naheliegend, und er bemühte sich, die Sache rein professionell zu betrachten. Als er den Kühlschrank öffnete und ohne innere Genehmigung sofort auf ein großes Stück Käse blicken musste, war der Weg in Sylvias Magen jedoch vorgezeichnet, sodass er sich, erst nachdem er alles genauestens durchdacht hatte, wieder frei dem Salatöl widmen konnte. Immerhin kannte man sich bereits etwas besser, wenngleich das Kennenlernen bislang ein wenig einseitig verlaufen war.

Holm griff nach einer Mazolaflasche und machte den Kühlschrank schnell wieder zu, ehe es zu weiteren Zwangsvorstellungen kam. Rolf, der im Gegensatz zu Zarah offensichtlich einen sehr guten Eindruck von Holm als Koch hatte, saß jetzt dicht hinter ihm und beobachtete neugierig die Zubereitung des Salates. Um diesen Eindruck auf Holm zu verfestigen, man konnte nie wissen, zu was die Freundschaft mit einem Hund noch gut war, ließ Holm ein Stück Tomate zu Boden fallen, das Rolf augenblicklich verschlang. Prompt ermahnte ihn Zarah, Rolf auf keinen Fall außerhalb der Mahlzeiten zu füttern, sonst werde er zu dick und müsse früher sterben. Obwohl sie Holm gar nicht sehen konnte, bekam sie alles mit, was in der Küche passierte, und wartete nur darauf, dass Holm einen schwerwiegenden Fehler beging, der ihn fürs Kochen disqualifizierte. Holm aber tat ihr diesen Gefallen nicht. Er blieb ruhig bei der Sache und arbeitete alles nacheinander ab.

Während er die Tomaten und Zwiebeln in mundgerechte Stücke zerschnitt, merkte er, dass ihm die Handarbeit großen Spaß bereitete. Holm fühlte sich vom Denken regelrecht beurlaubt, und dieser Urlaub gefiel ihm so sehr, dass er sich gut vorstellen konnte, in Zukunft nur noch mit den Händen zu arbeiten und sich ganz auf den häuslichen Bereich zu konzentrieren. Langsam ahnte er, warum seine Mutter nie schlecht gelaunt war. Sie hatte einfach keine Zeit für schlechte Laune. Und selbst ihre Neigung, beim Staubwedeln fröhliche Lieder zu summen, verstand er auf einmal. Es war nicht mehr auszuschließen, dass er bald auch anfing zu summen.

Vorher stellte er Zarah noch eine Frage, um ihr zu zeigen, dass er alles im Griff hatte.

Und du willst also im Herbst in die Schule gehen?, sagte er beiläufig und goss großzügig Öl über den Salat.

Eine geraume Zeit blieb es sehr still im Esszimmer. Mit so einer lockeren Frage hatte sie wohl nicht gerechnet.

Schließlich raffte sie sich doch zu einer Antwort auf.

Ich bin eigentlich viel zu alt dafür, meinte sie etwas gequält.

Um in die Schule zu gehen?, fragte Holm überrascht. Du bist doch erst sieben!

Eben, sagte sie, das ist viel zu alt, um in die Schule zu kommen.

Man ist nie für irgendetwas zu alt, erklärte Holm. Es war schon bemerkenswert, dass er plötzlich redete wie seine Mutter, kaum dass er in der Küche stand und das Abendessen zubereitete. Wenn er das regelmäßig machte, wäre er von seiner Mutter demnächst nicht mehr zu unterscheiden.

Du willst später sicher einmal was Anständiges werden, oder?, fragte Holm.

Hmm, kam es aus dem Esszimmer.

Ohne Schulabschluss, fuhr er fort und salzte kräftig nach, kannst du heute nicht mal Gärtner werden.

Ich will aber gar kein Gärtner werden, widersprach Zarah empört.

Und was willst du dann werden, wenn ich fragen darf?

Wieder blieb es eine ganze Weile still. Holm war plötzlich froh, dass er nichts mehr zu werden brauchte. Er brauchte sich nicht zu überlegen, welche Arbeit seinem Talent am förderlichsten wäre, weil er längst erkannt hatte, dass er keinerlei Talente besaß. Nicht einmal der Ansatz einer Begabung konnte ihm bislang schlüssig nachgewiesen werden, und das machte sein Leben um einiges leichter. Denn wo nichts war, konnte auch nichts entwickelt werden. Holm hatte seit Jahren kein anderes Ziel mehr vor Augen gehabt als den Tod, und das erschreckte ihn so, dass er befremdet auf die Salatschüssel sah.

Interessiererin, kam es auf einmal aus dem Esszimmer.

Wie bitte? Es dauerte einen Moment, bis Holm die Salatschüssel wieder akzeptiert hatte und klar denken konnte.

Ich möchte Interessiererin werden, wiederholte Zarah und trat, sichtlich beglückt über diese ihrer Meinung nach famose Berufsidee, in die Küche.

Interessiererin?, fragte Holm und blickte sie irritiert an, bemühte sich aber, darauf einzugehen, um ihre Hoffnungen nicht zu enttäuschen.

Dafür braucht man sicher einen Abschluss?

Nein!, rief Zarah begeistert, anscheinend hatte sie bereits feste Vorstellungen von diesem Beruf. Eben nicht. Das ist ja das Tolle daran.

Kann man sich denn da, also, irgendwie bewerben? Wahrscheinlich gibt es viele Interessierte.

Zarah schüttelte energisch den Kopf. Aber nicht solche, die sich für alles interessieren.

Für alles?, fragte Holm. Für alles kann man sich gar nicht interessieren!

Doch, erwiderte Zarah, ich interessiere mich aber für alles.

Nun musste Holm doch ein wenig den Spielverderber geben, damit sie nicht von der Bahn abkam und sich irgendwann auch für Drogen interessierte.

Du interessierst dich jetzt zum Beispiel für Dinosaurier, aber nicht für Pferde, versuchte er den Fall aufzudröseln. Damit interessierst du dich nicht für alles.

Doch, entgegnete Zarah stur, ich interessiere mich auch für Pferde.

Aber nicht hauptsächlich, setzte er nach.

Eigentlich schon, antwortete sie.

Du spielst aber mit Dinosauriern und nicht mit Pferden, oder?, hakte er nach. Er war beeindruckt, wie logisch er manchmal denken konnte. Leider schien er das nicht beeinflussen zu können.

Die Dinos interessieren mich gar nicht so doll, sagte sie schon etwas nachdenklicher.

Wenn du dich für alles interessieren willst, kannst du dich nicht nur für Dinosaurier interessieren.

Hmm, machte Zarah.

Holm sah sie ernst an. Und warum spielst du dann nicht mit Pferden, wenn dich Pferde eigentlich viel mehr interessieren?

Zarah blickte zu Boden. Offenbar dachte sie intensiv über ihre bisherigen Vorlieben nach. Dabei verfinsterte sich ihr Gesicht immer mehr, als würde ihr langsam klarwerden, dass sie sich monatelang in die falsche Richtung interessiert hatte. Schließlich sah sie bedrückt zu Holm auf.

Weil sich alle meine Freundinnen für Pferde interessieren, und das finde ich irgendwie blöd.

Ehe er die Nudeln ins Wasser gab, deckte er den Tisch im Esszimmer. Als er den Tisch begutachtete, stellte er fest, dass irgendetwas fehlte. Mehrmals ging er alles durch, und obwohl tatsächlich nichts zu fehlen schien, blieb der Eindruck, dass der Tisch noch nicht vollständig war. Erst als er in die Küche und wieder zurück ins Esszimmer gegangen war und wie nebenbei einen Blick auf den Tisch geworfen hatte, wurde ihm klar, was hier fehlte: Es fehlte schlicht etwas Dekoratives, eine Vase mit Blumen oder ein mehrarmiger Kerzenständer. Weil es aber weder Blumen noch einen mehrarmigen Kerzenständer gab, stellte er schließlich eine große Schüssel mit den restlichen Zwiebeln und Tomaten in die Mitte des Tisches. Während er dastand und sich über seinen gelungenen Einfall freute und so zufrieden war mit sich und der Welt wie schon lange nicht mehr, war Zarah mit dem Ergebnis anscheinend nicht hundertprozentig einverstanden.

Liebst du Mama eigentlich?, fragte sie und betrachtete verwundert die Schüssel mit den Tomaten und Zwiebeln, als wären sie ein Zeichen der Zuneigung unter Erwachsenen, das Zarah nicht kannte.

Holm wusste darauf jedoch nicht so schnell etwas zu antworten. Für ein kleines Mädchen war diese Frage ja beinahe zu groß.

Was denkst du denn?, fragte er, um ein wenig Zeit zu gewinnen.

Zarah neigte den Kopf zur Seite und musterte ihn. Er war sich nicht sicher, ob man ihm äußerlich irgendetwas ansehen konnte, zumal die karierte Schürze vor seinem Bauch den Eindruck ein wenig verfälschte.

Als die Musterung beendet war, reckte sie ihr Kinn nach oben und erklärte fachmännisch: Ich glaube schon.

Daraufhin nickte er langsam und dann immer schneller, als wäre er jetzt auch vollständig davon überzeugt.

Eine halbe Stunde vor der Zeit kehrte Sylvia zurück. Holm hatte gerade das Nudelwasser aufgesetzt und beeilte sich, Sylvia vom Esszimmer fernzuhalten. Erst als die dampfende Schüssel Spaghetti und der Salat auf dem Tisch standen, bat er sie feierlich herein. Ihm war selbst so feierlich zumute, dass ihm vor Aufregung ganz schlecht wurde.

Spaghetti Bolognese, rief Sylvia und klatschte begeistert in die Hände, was Holm nun doch etwas übertrieben fand. Es war eben nur schwer vorhersehbar, wie Frauen reagierten. Er kannte das bereits von seiner Tante. Den schönsten Blumenstrauß ignorierte sie, aber ein Prozente-Gutschein von Miederwaren Schulze versetzte sie in anhaltende Begeisterung.

Woher wusstest du, fragte Sylvia, dass ich so gerne Spaghetti esse?

Holm dachte kurz nach. Dann erklärte er ernst: Man hat es mir im Supermarkt mitgeteilt.

Sylvia lachte laut auf, und dann musste selbst Holm lachen. Es war ja auch wirklich ein bisschen komisch.

Nach dem Essen wollte Zarah fernsehen. Aber nur bis acht, ermahnte sie Sylvia, dann geht es ab ins Bett. Holm pflichtete ihr nickend bei. Und obwohl sich niemand dafür interessierte, hatte er das Gefühl, die Entscheidung mitzutragen und buchstäblich abgenickt zu haben. Daraufhin entkorkte er schwungvoll die zweite Flasche Wein und roch kennerhaft am Korken, ehe er die Gläser bis zum Rand auffüllte.

Sie saßen auf der Couch und sahen fern. Zarah in der Mitte zwischen Holm und Sylvia. Holm hielt das Weinglas in der Hand, während sein anderer Arm über der Rückenlehne lag. Zarahs Schulter befand sich so dicht an Holms Hand, dass sie sich fast berührten. Wie eine kleine Familie, dachte er, selbst Rolf lag unter dem Couchtisch und schlief. Holm versuchte sich nicht zu bewegen, um diesen friedlichen Eindruck ein wenig länger auszukosten. Wenn er sich alles genau einprägte, hätte er im Alter eine schöne Erinnerung an gemeinsam verbrachte Fernsehabende auf der Couch. Er sah sich schon im Lehnsessel vor dem Fenster sitzen und die Vögel in den Bäumen beobachten, und dabei konnte man dann immer wieder besonders berührende Momente seines Lebens einfließen lassen. Leider gab es bislang noch nicht allzu viele berührende Momente in Holms Leben, jedenfalls nicht genug, um damit sein Alter vor dem Fenster auszufüllen. Nur auf Vögel wollte man schließlich auch nicht angewiesen sein.

Auf einmal hatte er eine verwegene Idee. Er hatte die Idee, seinen Arm auf Zarahs Schulter zu legen, ganz leicht und vorsichtig, aber deutlich genug, dass es für eine spätere Erinnerung reichte. Doch er zögerte. Holm wusste nicht, ob es für so eine Berührung vielleicht noch zu früh war. Womöglich erschrak sie und blickte Holm empört an, was das denn solle und überhaupt, er sei schließlich nicht ihr Vater. Aber je länger er darüber nachdachte, desto stärker wurde sein Wunsch, sie zu berühren, wenigstens mit einem Finger oder dem Ballen seiner Hand.

Und dann, ohne sein Zutun, rutschte der Arm mit einem Mal abwärts, und seine Hand landete sanft auf ihrer linken Schulter.

Holm erstarrte und sah geradeaus. Jede einzelne Muskelfaser wartete gespannt auf eine Reaktion. Doch nichts geschah. Auch nach einer Minute geschah nichts. Nach zwei Minuten wagte Holm einen kurzen Blick zur Seite. Zarah saß ungerührt und völlig entspannt neben ihm und verfolgte aufmerksam das Fernsehprogramm. Und das berührte Holm auf einmal so sehr, dass er ihr am liebsten einen großen Eisbecher versprochen hätte oder Schokolade, so viel sie wollte. Stattdessen lächelte er nur still vor sich hin und wusste kaum, wo er anfangen sollte mit dem Genießen.

Hast du das gesehen?, rief Sylvia plötzlich aufgeregt zu Holm gewandt. Prompt riss er seine Hand von Zarahs Schulter, als wäre er ertappt worden. Aber Sylvia meinte gar nicht seine Hand, sondern das Fernsehprogramm, wo gerade ein Bericht über den hundertsten Geburtstag des KaDeWe lief. Man sah Menschenmassen zu beiden Seiten des Haupteingangs, einen langen roten Teppich, über den Prominente schritten und vom Direktor des Hauses per Handschlag begrüßt wurden. Vermutlich eine Wiederholung. Denn neben dem Direktor sah man jetzt auch Holm, der in diesem Moment seine Hand ausstreckte, um den Regierenden Bürgermeister zu begrüßen.

Das ist ja verrückt, rief Sylvia zunehmend begeistert über die Tatsache, dass der Mann, der neben ihr auf dem Sofa saß, in solch prominenter Stellung im Fernsehen zu sehen war. Tatsächlich war es verrückt, hier zu sitzen und gleichzeitig im Fernsehen zu sein. Holm bemerkte, dass ihm dieser Anblick nicht unangenehm war, er fühlte sogar so etwas wie Stolz, den Regierenden Bürgermeister persönlich begrüßen zu dürfen. Holm lächelte überlegen, als würde er derlei nicht zum ersten Mal machen.

Woher kennt dich der Bürgermeister eigentlich?, fragte Sylvia sichtlich beeindruckt.

Anscheinend wurde ihr langsam klar, welche Ehre es war, neben Holm zu sitzen. Dass er ihr zusätzlich noch Spaghetti Bolognese gekocht hatte, durfte sie als besondere Auszeichnung werten.

Vielleicht konnte er vor Sylvia wenigstens damit punkten. Wenn er schon keinen hochdotierten Job in einem Weltunternehmen hatte, war er zumindest eine bedeutende Persönlichkeit des öffentlichen Lebens. Man kannte sich eben in diesen Kreisen und hatte auch die entsprechenden Geheimnummern stets abrufbereit.

Doch eine innere Stimme sagte in diesem Augenblick Nein. Und diesmal war es nicht die Stimme seines Vaters oder irgendeine andere Stimme, die ihm ein deutliches Nein zurief. Es war seine eigene Stimme, und diese Stimme teilte ihm unmissverständlich mit, dass er bei der Wahrheit bleiben sollte. Und die Wahrheit war, dass Holm insgesamt nicht viel mehr als zwanzig Personen kannte und sich darunter kein einziger Bürgermeister befand. Von einer angesehenen gesellschaftlichen Stellung konnte demnach überhaupt keine Rede sein.

Reiner Zufall, erklärte Holm abwiegelnd, ich weiß auch nicht, wie ich da hineingeraten bin.

Er kennt dich also gar nicht?, hakte Sylvia nach.

Holm schüttelte den Kopf.

Du willst mich auf den Arm nehmen, oder? Sylvia schien es unbegreiflich, wie man auf dem roten Teppich zufällig vom Regierenden Bürgermeister begrüßt werden konnte.

Nein, antwortete Holm todernst.

Sylvia blickte ihn mit hochgezogenen Augenbrauen an.

Ich finde das toll, platzte Zarah auf einmal in das Gespräch.

Holm sah sie fragend an. Was findest du toll?

Dass du im Fernsehen bist!, sagte sie anerkennend.

Na ja, meinte Holm und wandte sich sowohl Zarah wie auch Sylvia zu, jeder kommt nun auch wieder nicht ins Fernsehen.

Später, nachdem Zarah ins Bett gegangen war, saßen sie zu zweit auf dem Sofa und unterhielten sich bei der Musik von Reinhard Mey. Die ganze Zeit rutschte Holm nervös auf seinem Platz hin und her, weil er Sylvia etwas Wichtiges mitzuteilen hatte und nicht wusste, wie er damit am besten herausrücken sollte. Immer wieder war er kurz davor, die entscheidende Mitteilung zu platzieren, neigte sich schon mit geöffnetem Mund zur Seite, um bei passender Gelegenheit, wenn Sylvia einmal kurz Luft holte, seine Nachricht rasch vortragen zu können. Das heißt, genau genommen waren es zwei Mitteilungen, erstens, dass er nur wenig Geld zur Verfügung hatte und weite Reisen beziehungsweise Fernreisen deshalb für ihn nicht infrage kämen, und zweitens, dass er nächste Woche endgültig aus seinem Elternhaus ausziehen musste. Doch Sylvia ließ Holm einfach nicht zu Wort kommen. Während sie noch ein Thema bearbeitete, kündigte sie bereits in einem Nebensatz ein neues an und sprang dann übergangslos zum nächsten, sodass Holm irgendwann seinen Mund wieder schloss und sich frustriert zurücklehnte.

Die Rutscherei war indes auch Sylvia nicht entgangen, und sie unterbrach ihren Monolog, das Thema lautete zu diesem Zeitpunkt autoritäre oder antiautoritäre Kindererziehung vor dem Hintergrund eines zunehmenden Werteverfalls und der gleichzeitigen Verrohung der Sitten.

Hörst du mir eigentlich zu?, fragte sie. Ich habe das Gefühl, dass du ganz woanders bist.

Ja, sagte Holm völlig ungeniert, auch bei ihm begannen langsam die Sitten zu verrohen, ich wollte nur mitteilen, dass ich mit dir leider nicht nach Venedig reisen kann.

Du kannst was nicht? Sylvia sah ihn verblüfft an.

Mein Geld reicht dafür einfach nicht aus, fügte er erklärend hinzu.

Aber das brauchst du doch gar nicht, sagte sie mit einem irritierten Lächeln. Offenbar nahm sie ihm seine Absage nicht übel.

Wir könnten höchstens mal in den Spreewald fahren, fuhr er fort, anschließend lade ich euch natürlich zum Essen ein.

Der Spreewald ist doch auch sehr hübsch, meinte sie, außerdem, sie beugte sich verschwörerisch zu ihm rüber, ich habe auch noch ein bisschen Geld auf der Kante.

Holm überlegte, ob er ihr jetzt sofort eine Fahrt in den Spreewald versprechen sollte, damit auch ja nichts mehr schiefging. Wenn er frühzeitig Bahntickets kaufte, könnte er außerdem etwas Geld sparen, und das wäre bei seinem jetzigen Kontostand durchaus bedenkenswert.

Derweil blickte ihn Sylvia eine Weile stumm an, als machte

sie sich so ihre eigenen Gedanken zu diesem Thema. Und je länger sie ihn ansah, desto unsicherer wurde er.

Felix, sagte sie endlich, mit seinem Vornamen hatte ihn bislang nur seine Mutter angesprochen, wenn sie etwas an ihm auszusetzen hatte, Felix, du bist manchmal echt seltsam. Aber ich fühle, dass du ein lieber Kerl bist, und deshalb hab ich dich auch so gern.

Holm war dankbar, dass er mitunter seltsam war, das heißt, er war dankbar, dass er endlich auch bei einer Frau, die weder Hede noch Hella hieß, völlig unbekümmert Holm sein durfte. Auch er fing an, Sylvia richtig gern zu haben.

Zur zweiten wichtigen Mitteilung kam es jedoch nicht mehr, denn auf einmal gähnte Sylvia und sah auf die Uhr.

Bereits Viertel vor elf, sagte sie beunruhigt, ich glaube, wir sollten langsam ins Bett gehen.

Viertel vor elf, dachte Holm. Das war auch seine Zeit, langsam ins Bett zu gehen. Allerdings fragte er sich, wie Sylvia das wohl gemeint hatte. Meinte sie damit, dass beide jeweils in ihre eigenen Betten stiegen, Holm also die Rückfahrt nach Hause antreten sollte? Andererseits kannten sie sich nun schon eine ganze Weile, und da wäre es nach Holms Berechnung an der Zeit, einmal zusammen in ein Bett zu steigen, um ihre Beziehung auch auf dieser Ebene zu vertiefen. Dabei war er froh gewesen, dass es nicht gleich dazu gekommen war. Die Lust verflog, und übrig blieben zwei Menschen, die ein Leben lang miteinander auskommen mussten. Da erschien es ihm sinnvoller, erst seine Interessen abzugleichen.

Um nichts falsch zu machen, Holm hatte inzwischen gelernt, dass man als moderner Mann bei Frauen praktisch dauernd etwas falsch machen konnte, beschloss er, abzuwarten und zu sehen, wie sie reagierte. Wenn sie im Schlafzimmer erschrocken merkte, dass er ihr dicht auf den Fersen war, könnte er sich immer noch entschuldigen und verabschieden.

Sylvia stand auf, löschte die Lichter im Wohnzimmer und marschierte Richtung Schlafzimmer. Holm und Rolf folgten ihr unauffällig. Im Schlafzimmer knipste sie ihre Nachttischlampe an und schlug die Bettdecke zur Seite. Bis dahin gab es keinen Grund, sich zu entschuldigen. Denn als sie Holm im Schlafzimmer stehen sah, erschrak sie keineswegs, sondern lächelte milde, was Holm darin bestätigte, die richtige Entscheidung getroffen zu haben. Doch als Rolf aus alter Gewohnheit sofort auf die andere Bettseite sprang, fragte er sich, ob für ihn überhaupt noch genügend Platz blieb. Nachdem Sylvia ihre Strickjacke ordentlich in den Schrank gehängt hatte, verschwand sie im Badezimmer. Holm wartete mit verschränkten Armen neben dem Bett und betrachtete zunehmend nervös den Hund. Ans Ausziehen war unter diesen Bedingungen gar nicht zu denken. Aber auch Rolf merkte langsam, dass es nicht sonderlich gut für ihn aussah. Er hob seinen Kopf und blickte zu Holm, als machte er sich ganz ähnliche Sorgen.

Endlich kam Sylvia zurück aus dem Bad. Sie trug eine weiße Nachtbluse und eine senffarbene Unterhose, wie Holm einigermaßen erstaunt feststellen musste. Ob Frauen ab vierzig prinzipiell senffarbene Unterhosen trugen?

Holm ging nun ebenfalls ins Bad. Und weil er natürlich keinen Schlafanzug dabei hatte, ließ er Unterhemd und Unterhose vorsichtshalber an, wusch sich flüchtig das Gesicht, spülte den Mund und kehrte zurück ins Schlafzimmer.

Sylvia lag im Bett, und da sie immer noch nicht erschrak, schien die Entwicklung eindeutig auf die erste gemeinsame Nacht hinzuweisen. Sie schlug ihre Bettdecke auf und deutete neben sich, was in Anbetracht des Hundes auch der einzig mögliche Schlafplatz war.

Sie lagen hintereinander. Sylvia hatte ihren Arm um ihn geschlungen und die Hand so fest gegen seine Brust gepresst, dass er sein eigenes Herz laut pumpen hörte, was eine derart beruhigende Wirkung auf beide zu haben schien, dass sie rasch müde wurden. Er war schon fast eingeschlafen, als ihn Sylvia mit schwerer Stimme etwas fragte.

Willst du nicht bei mir einziehen?

Und da Holm kaum mehr zu denken in der Lage war, antwortete er ihr mit ebenso schwerer Stimme: Wenn du mich so fragst.

15

Am Montag mietete Holm einen kleinen Transporter und holte Sylvia am frühen Nachmittag von der Arbeit ab. Sie hatte darauf bestanden, mitzukommen und ihm beim Umzug zu helfen, was Holm zunächst vehement abgelehnt hatte. Eine Begegnung mit seinen Eltern und seinem früheren Leben wollte er unbedingt verhindern, um ihr gemeinsames neues Leben nicht zu belasten. Doch Sylvia ließ sich von ihrem Vorhaben nicht abbringen, und so parkten sie zur besten Kaffeezeit im Rudower Klettenweg vor seinem Elternhaus.

Und hier willst du wirklich ausziehen?, fragte Sylvia. Sie stand am Gartentor und wirkte beunruhigend begeistert, nicht nur vom Haus, sondern auch vom üppigen Pflanzenwuchs im Vorgarten. Wenn sie erst Vaters Rasen sieht, dachte Holm, dem die ganze Sache nicht geheuer war, wird sie gleich hier einziehen wollen. Am besten, sie bekam seine Eltern gar nicht zu Gesicht oder höchstens von ferne, damit auf den letzten Metern nichts schiefging. Wenn sie erst seinen Vater persönlich kennen lernte, würde sie seine Beziehung zu Holm vielleicht noch einmal überdenken. Und auch bei seiner Mutter konnte man nie genau vorhersagen, wie sie sich Fremden gegenüber verhielt. Seine Eltern lebten einfach schon zu lange in Rudow.

Was meinte Sylvia überhaupt mit der Frage? Stellte sie ihr gemeinsames Leben kurz vor seinem finalen Auszug etwa infrage? Plante sie gar ihren Einzug in sein Elternhaus? Das junge Paar Holm im Kinderzimmer unter dem Dach – diese Idee musste er ihr dringend austreiben.

Vierzig Jahre sind genug, erklärte Holm, dem schon der

Anblick des äsenden Bronze-Rehs im Blumenbeet schlechte Laune bereitete. Dieses Reh äste nun schon seit fünfundzwanzig Jahren an derselben Stelle, und ein Ende war nicht abzusehen.

Aber das ist doch ein herrliches Anwesen, meinte Sylvia.

Das Wort Anwesen für diesen fantasielosen Kasten inmitten von Blumenrabatten und Blautannen kam Holm etwas übertrieben vor.

Ich weiß nicht, entgegnete er zögernd und blickte angewidert zu der Vogeltrinkschale, die seine Mutter ihren »gefiederten Gesellen« nannte und zur Erfrischung hingestellt hatte. Weil sich monatelang allerdings kein einziger gefiederter Geselle daran erfrischt hatte, hatte sie kleine Lockvögel aus Kunststoff dazugestellt, die nun jedoch in großer Zahl streunende Katzen anlockten, sodass seine Mutter die Trinkschale schließlich in eine Blumenschale umgewandelt hatte.

Du weißt es nicht?, fragte Sylvia empört. Also ich würde hier sofort einziehen! Ein Haus im Grünen war schon immer mein Traum.

Es gibt aber jede Menge Fliegen, versuchte sie Holm zum Umdenken zu bewegen, und nachts hat man dauernd Mücken im Zimmer.

So ist das eben in der Natur, erwiderte Sylvia störrisch, man kann die Tiere ja nicht bitten, sich woanders aufzuhalten.

Ich würde mit Fliegen gar nicht erst diskutieren, sagte Holm.

Guck mal, das Reh dort, ist das nicht reizend? Sie deutete zum Bronze-Reh, ohne auf Holm überhaupt zu reagieren. Sylvia war schon wie seine Mutter, missliebige Aussagen wurden von ihr einfach ignoriert. Übrig blieb ein Mann, den sie als ihren Partner gerade noch akzeptieren konnte.

Erich, bemerkte Holm.

Erich? Sylvia sah ihn erstaunt an.

Erich Honecker, ergänzte Holm.

Das Reh heißt Erich Honecker? Offensichtlich überlegte sie, ob er es ernst meinte oder nicht. Aber Holm meinte es ernst.

Er hatte es immer ernst gemeint. Vierundzwanzig Stunden am Tag, obwohl das kaum jemand verstanden hatte.

Ja, antwortete Holm, es steht für Starrsinn und Unbeweglichkeit.

Vor vielen Jahren hatte er das namenlose Reh auf Erich Honecker getauft, weil sein Elternhaus im Grunde eine Art DDR war. Jahrzehntelang hatte sich kaum etwas geändert, und nur die Blautannen warfen immer größere Schatten aufs Anwesen. Im Haus war die Zeit stehengeblieben, und Holm hatte nicht bemerkt, wie er älter geworden war. Der Auszug war nichts anderes als seine persönliche Wende, und wie Helmut Kohl den historischen Augenblick zur Wiedervereinigung genutzt hatte, so würde sich auch Holm die Chance nicht entgehen lassen, sich mit dem Leben zu vereinigen.

In diesem Moment geschah etwas, das Holm eigentlich hatte verhindern wollen. Seine Mutter kam aus der Tür und starrte Sylvia an wie ein exotisches Tier, das sich zufällig in den Rudower Klettenweg verirrt hatte. Seine Mutter hatte noch nie Probleme damit gehabt, Menschen minutenlang grundlos anzustarren.

Wir wollten nur schnell meine Sachen abholen, beeilte sich Holm, ehe seine Mutter irgendetwas Peinliches sagen konnte. Das ist übrigens Dr. Röschmann, stellte er seine neue Partnerin vor, sie hilft mir ein bisschen beim Auszug.

Mutter durfte ruhig erfahren, dass ihm eine Frau mit akademischem Grad zur Seite stand und nicht irgendeine Blusenverkäuferin.

So ein Zufall, rief Hella sichtlich angetan von dieser offenkundig schicksalhaften Verknüpfung zweier wichtiger Ereignisse, wir haben gerade Dr. Schächter zu Gast. Er ist Ingenieur beim neuen Großflughafen und möchte für einige Monate in deinem Kinderzimmer wohnen.

Holm lächelte gequält. Ob seine Mutter wohl annahm, dass alle Menschen mit Doktorgrad, die hier auftauchten, automatisch Ingenieure beim neuen Großflughafen waren? Holm schwieg. Er wollte seiner Mutter den Glauben in ihrem Alter nicht mehr nehmen.

Ihr Garten ist wirklich wunderschön, meinte Sylvia anerkennend zu seiner Mutter. Das hätte sie besser nicht gesagt, denn sobald das Wort Garten in Mutters Gegenwart fiel, verwandelte sie sich in einen anderen Menschen und bekam etwas glühend Leidenschaftliches, das Holm immer ein wenig unheimlich war. Ein schneller Auszug war jedenfalls in weite Ferne gerückt.

Ach, sagte seine Mutter, finden Sie?

Ihr Blick glühte bereits, obwohl sie sich ansonsten noch nichts anmerken ließ.

Man merkt gleich, fügte Sylvia hinzu, dass Sie einen grünen Daumen haben.

Seine Mutter strahlte, was nichts Gutes versprach.

Dann müssen Sie unbedingt mit nach hinten kommen, schlug sie erwartungsgemäß vor, wir sitzen auf der Terrasse und trinken Kaffee. Wenn Sie Lust haben, zeige ich Ihnen meinen Kräutergarten, ein Stück Kuchen ist sicher auch noch für Sie da.

Holm war bei diesem unerfreulichen Gespräch praktisch nicht mehr vorhanden. Ein Stück Kuchen war für ihn wahrscheinlich nicht vorgesehen.

Sylvia sagte unvorsichtigerweise sofort begeistert zu. Kurz darauf saßen sie schon um die große Kaffeetafel unter der grünen Markise.

Dr. Schächter kommt aus Rostock und plant die Entwässerungsanlage für den neuen Flughafen, erklärte seine Mutter Sylvia stolz, als würde die Planung demnächst größtenteils in ihrem Haus stattfinden.

Wider Erwarten war Dr. Schächter kein Mann um die fünfzig, der seit Jahrzehnten Entwässerungsanlagen plante und über die zahllosen bürokratischen Vorschriften früh gealtert war. Dr. Schächter war nicht älter als fünfunddreißig, braungebrannt und wirkte ausgesprochen dynamisch. Er sah aus wie ein Mann, der zukünftig noch in ganz anderen Dimensionen entwässern wollte.

Holm fühlte sich plötzlich grau und hässlich. Er wusste, dass er nie so braungebrannt und dynamisch aussehen würde, selbst wenn er vierundzwanzig Stunden unter der Höhensonne verbrachte und sich einen ebenso flotten Kurzhaarschnitt verpassen ließ. Holm würde immer aussehen wie Holm. Durchschnittlich und irgendwie beleidigt. Dass er mitunter auf roten Teppichen anzutreffen war, war Dr. Schächter vermutlich egal. Holm konnte froh sein, dass er überhaupt in dieser Runde sitzen durfte und nicht an einem Nebentisch Platz nehmen musste wie früher als Kind, wo er mit den Kindern der anderen Erwachsenen am Katzentisch saß und verzweifelt hoffte, dass der Nachmittag schnell zu Ende ging.

Ich plane die Anlagen natürlich nicht alleine, gab sich Dr. Schächter bescheiden, sondern zusammen mit einem Büro. So was Großes geht nur in einem Team von Dutzenden Mitarbeitern.

Aber es ist doch toll, versuchte seine Mutter ihren Stolz vor den anderen und insbesondere vor Sylvia zu retten, dass Sie mitverantwortlich sind. Man kann doch sagen, dass Sie mitverantwortlich sind, oder?

Das klang fast wie eine Drohung, als wollte Hella ihrem zukünftigen Mieter indirekt zu verstehen geben, dass sie nur Mitverantwortliche, gleichgültig für was, über sich dulden würde.

Ich könnte das jedenfalls nicht, fügte sie Richtung Sylvia hinzu. So was muss ja irgendwie funktionieren.

Es stimmt schon, meinte Dr. Schächter, dass ich auch was zu sagen habe, aber …

Na also!, fiel ihm Hella ins Wort und sah zufrieden lächelnd in die Runde. Womöglich bekam Dr. Schächter demnächst ein lebenslanges Wohnrecht zugesprochen und wurde als Sohn adoptiert.

Und Sie sind eine Arbeitskollegin von ihm?, fragte sein Vater auf einmal ungewöhnlich interessiert zu Sylvia blickend. Mit »ihm« meinte er offenbar Holm, der sich hier zunehmend überflüssig vorkam.

Sylvia verneinte. Ich arbeite als Rheumaforscherin an der Charité.

Was Sie nicht sagen, sagte sein Vater und nickte wohlwollend. Plötzlich wandte er sich zu Holm. Wo hast du denn die her?, flüsterte er ihm aufgeregt ins Ohr und sah ihn sichtlich beeindruckt an. Holm kam es auf einmal so vor, als habe ihm sein Vater in diesem Augenblick offiziell erlaubt, am Erwachsenentisch sitzen zu dürfen. Er wollte ihm gerade antworten, als sich sein Vater schon wieder zu Sylvia drehte und ihr die Hand auf den Arm legte.

Dann könnte ich also bei Ihnen vorbeikommen, wenn mir die Gelenke schmerzen? Er grinste, und es war klar zu erkennen, dass er auch ohne Gelenkschmerzen gerne einmal bei ihr vorbeikommen würde.

Holm war sprachlos. So hatte er seinen Vater noch nie erlebt. Der Mann, der seit Jahren in verschlissenen Kleidern durchs Haus lief, als wollte er damit gegen die Ordnung und Sauberkeit seiner Frau protestieren, auch jetzt trug er ein ausgeblichenes kariertes Hemd, das über seinem kugelförmigen Bauch stark spannte, dieser Mann, dessen Männlichkeit sich im Zuge des Rentnerlebens längst aufgelöst zu haben schien, nahm in diesem Augenblick in aller Öffentlichkeit Kurs auf seinen zweiten Frühling und flirtete ungehemmt mit der Partnerin seines Sohnes. Holm war auf einmal so sauer, dass er am liebsten in sein Zimmer gelaufen wäre.

Sie können natürlich gerne einmal bei mir vorbeikommen, meinte Sylvia mit einem herzlichen Lächeln, allerdings bin ich keine Ärztin, sondern eine Rheumaforscherin.

Ob sie die Frühlingsluft, die seinen Vater umwehte, ebenfalls wahrnahm, konnte Holm zu diesem Zeitpunkt nicht erkennen.

Das macht ja nichts, wischte sein Vater jeden Zweifel an der Ernsthaftigkeit seines Anliegens beiseite, die Hand lag nach wie vor auf ihrem Arm, das Thema interessiert mich schon sehr lange. Ich würde mich gerne noch intensiver damit beschäftigen.

Seinen Vater interessierte schon sehr lange überhaupt nichts mehr. Dass er sich plötzlich für Rheumaforschung begeisterte, registrierte auch Holms Mutter mit leichtem Befremden.

Ach, sagte Sylvia, das freut mich, dass sich mal jemand für die Rheumaforschung interessiert. Rheuma wird heutzutage immer noch unterschätzt.

Holm fragte sich, ob dies ein heimlicher Seitenhieb gegen ihn war. Hätte er sich vielleicht auch für Rheumaforschung begeistern sollen? Dafür war es nun allerdings zu spät.

Ich finde, wir sollten uns duzen, sagte sein Vater hart Kurs haltend, ich bin Walter.

Sylvia, sagte Sylvia erfreut. Sie wollte ihm die Hand reichen, als Walter Holm ihr prompt einen Kuss auf die Wange drückte.

Darauf müssen wir einen trinken, rief sein Vater. Er sprang auf und verschwand mit großen Schritten im Haus.

Na dann, schaltete sich seine Mutter zwischenzeitlich wieder ein, um Sylvia nicht ganz an ihren Mann zu verlieren, ich heiße Hella. Sie wollte aufstehen und Sylvia ebenfalls küssen, als ihr Mann mit fünf Sektgläsern und einer Flasche Champagner zurückkehrte, worauf sie sich wieder in den Stuhl fallen ließ. Beim Anblick der Flasche verfinsterte sich ihr Gesicht.

Die hatten wir eigentlich für Hildegard zu ihrem Siebzigsten vorgesehen, meinte Hella mit vorwurfsvollem Blick, was ihren Mann jedoch nicht im Geringsten beeindruckte.

Man muss die Feste feiern, wie sie fallen, erklärte er und köpfte die Flasche. Und weil die Duzerei schon im Gange war, wurde nun auch Holms Nachfolger Dr. Schächter mit einbezogen. Wie sich herausstellte, hieß er Martin. Die Gläser klirrten, nur Hella weigerte sich beharrlich, ihr Glas auch nur anzuheben, und während Walter Holm sein Glas in einem Zug leerte und sich danach wieder Sylvia zuwandte, saß seine Frau zusehends unbehaglicher zwischen Martin Schächter und ihrem Sohn und verfolgte nervös das auftrumpfende Gebaren ihres Mannes, der in Sylvias Gegenwart wieder zu einem pubertierenden sechzehnjährigen Jungen wurde.

Holm hatte das Gefühl, auch mal etwas sagen zu müssen, merkte aber sehr schnell, dass ihm nichts einfiel, worüber er mit seinen Eltern sprechen wollte. Seine Eltern kamen ihm vor wie Menschen, die er seit vielen Jahren nur vom Sehen her kannte. Man grüßte sich freundlich auf der Straße, wusste aber bis heute nicht genau, wer sie waren.

Die Lage wurde immer auswegloser, denn sein Vater hatte Sylvia inzwischen so in Beschlag genommen, dass die anderen zu stillen Zuschauern eines zum intimen Vorspiel entgleisten Gesprächs geworden waren. Indes floss der Champagner in Strömen, allerdings nur in die Gläser von Sylvia und seinem Vater. Sylvia schien die Aufmerksamkeit zu genießen, Komplimente fielen quasi im Minutentakt, dass es nur noch eine Frage der Zeit schien, wann sich die beiden in den ersten Stock verabschiedeten. Wie sich eine gebildete Frau von solch plumpen Komplimenten derart verführen ließ, war für Holm schwer begreiflich. Vielleicht lag es auch nur am erhöhten Alkoholkonsum, der Sylvia in einen Zustand versetzt hatte, wo selbst sein Vater reüssieren konnte. Und sein Vater reüssierte in einer Weise, dass sich Holm ernsthaft fragte, ob seine eigene Zurückhaltung beim Alkohol der Grund für seinen jahrzehntelangen Misserfolg beim weiblichen Geschlecht war. Als schwerer Alkoholiker wäre er womöglich längst verheiratet gewesen.

Während er noch überlegte, ob er rasch mehr trinken sollte, um seinem Vater Paroli bieten zu können, griff Hella ein und beendete dieses unwürdige Schauspiel.

Ich zeige Ihnen jetzt meinen Kräutergarten, erklärte sie ungeachtet der Tatsache, dass sie Sylvia ihr Du angeboten hatte, und erhob sich im selben Moment.

Ihr Mann nahm diese unvermittelte Wendung zunächst jedoch gar nicht zur Kenntnis und plauderte unverdrossen weiter. Erst als Sylvia sich bei ihr über das Sie beschwerte, wandte sich Walter in einem verärgerten Tonfall zu seiner Frau.

Aber du siehst doch, fuhr er sie an, dass wir gerade etwas zu besprechen haben!

Frau Dr. Röschmann, entgegnete seine Mutter unbeirrt beim Sie bleibend, als verschaffte sie sich dadurch auch die nötige Distanz zu ihrem betrunkenen Mann, möchte aber unbedingt meinen Kräutergarten sehen.

Frau Röschmann heißt Sylvia und gehört zur Familie, bestimmte ihr Mann.

Deshalb kann sie sich ja trotzdem meinen Kräutergarten ansehen, bemerkte Hella kühl.

Sylvia, erklärte Walter, ist bald unsere Schwiegertochter, da kann sie sich deine Gewürze noch lange genug ansehen.

Unsere Schwiegertochter? Hella wandte sich mit einem Mal erschrocken zu Holm, der darüber mindestens genauso erschrocken war.

Nein, nein, winkte er sofort ab, worauf ihn Sylvia mit glasigem Blick und schwerer Zunge fragte, weshalb er eigentlich so uncharmant wäre, von seinem Vater könne er das jedenfalls nicht geerbt haben.

Na ja, bemühte er sich um Schadensbegrenzung, grundsätzlich könnte ich mir das, also prinzipiell, warum denn nicht?, was Sylvia aber nicht mehr mitbekam, denn sie hatte sich inzwischen ebenfalls erhoben und wankte unsicher Richtung Rasen, wo sie von Hella abgefangen und zum Kräutergarten umgeleitet wurde.

Derweil war auch sein Vater wieder verschwunden, den Geräuschen aus der Garage nach zu urteilen, plante er mit seinem Aufsitzmäher der Marke Fort Lawn Boss eine Großoffensive auf der Grünfläche, offenbar um Sylvias Aufmerksamkeit wieder zurückzuerobern. Die ganze Geschichte drohte zu einem furchtbaren Desaster zu werden, denn wenn sein betrunkener Vater erst auf dem Lawn Boss saß, gab es für ihn kein Halten mehr.

Dein Zimmer ist übrigens sehr gemütlich, wandte sich Martin Schächter plötzlich an Holm. In dem Durcheinander hatte er ihn fast schon vergessen gehabt.

Als es noch nicht im Süden lag, war es gemütlicher, bemerkte Holm, dem es sehr unangenehm war, von einem Mann, der sein Kinderzimmer bewohnte, zusätzlich geduzt zu werden. Konnte man sich eigentlich auch das Sie anbieten? So etwas war in diesem Kulturkreis jedoch leider nicht vorgesehen.

Im Süden?, fragte Martin Schächter. Wie meinst du das denn?

Holm fragte sich, ob es möglich war, mit einem Menschen zu kommunizieren, ohne ihn direkt anzureden.

Das Zimmer sieht jetzt aus wie eine Ferienwohnung auf Mallorca, antwortete Holm.

Eben, sagte Martin Schächter, deshalb gefällt es mir ja, ich liebe Mallorca.

Holm war klar, dass er mit diesem Mann niemals Freundschaft schließen würde. Wer Mallorca liebte, konnte gar nicht sein Freund sein.

Magst du den Süden etwa nicht? Martin Schächter sah ihn an, als wäre es eine Sünde, den Süden nicht zu mögen.

Es war an der Zeit, diesem dynamischen Mallorca-Liebhaber endlich die ganze Wahrheit über den seit vielen Jahrzehnten maßlos überschätzten Süden zu offenbaren. Das Land, wo die Zitronen blühen, war ein Land, in dem hauptsächlich Korruption und Misswirtschaft blühten. Ein Land, in dem lauter abbruchreife Häuser standen, die beim leisesten Windhauch in sich zusammenfielen und hinterher von geschniegelten Geschäftsmännern mit großer Geste an verträumte Nordeuropäer verkauft wurden. Ein Land, das bei der nächsten Erdverschiebung ohnehin zu Afrika gehören würde.

Der Süden ist laut und heiß, und beim Baden im Meer kommt einem die Scheiße entgegen, sagte Holm. Zweifel an seiner Aussage waren nicht hinnehmbar.

Martin Schächter brauchte eine Weile, um sich von dieser Offenbarung zu erholen. Dann meinte er beinahe entschuldigend, er wollte sich Holms Sympathie anscheinend nicht völlig verscherzen, dass der Süden fröhlicher und irgendwie auch lebendiger sei als der Norden. Wie zum Gegenbeweis schoss sein

Vater in diesem Moment auf dem Lawn Boss mehr hängend als sitzend aus der Garage, knatterte laut mähend über die Waschbetonplatten ins angrenzende Blumenbeet hinein, stutzte im Umkreis von drei Metern sämtliche Blumen auf Bodenniveau und erreichte schließlich nach mehreren fehlgeschlagenen Anläufen, die unter anderem zur totalen Vernichtung erst kürzlich gesetzter Apfelbaumsprösslinge führte, die Rasenfläche, auf der er zunächst wild gestikulierend und ohne erkennbare Methode in Schlangenlinien herumkurvte, als verfolge er einen imaginären Feind.

Deine Eltern sind übrigens angenehm zurückhaltende Menschen, sagte Martin Schächter und nippte in aller Ruhe an seinem Sektglas, während der Fort Lawn Boss mit seinem übergewichtigen Vater im Hintergrund zickzack fuhr, ich glaube, wir werden uns gut verstehen.

Vermutlich ahnte Herr Schächter nicht einmal, dass sein Vater dabei war, seine jahrzehntelange Zurückhaltung aufzugeben, und sich vor seinen Augen in einen wütenden Stier verwandelte, der alles niedermähte, was ihm in den Weg kam. Und Walter Holm kam eine Menge in den Weg. Der gesamte Garten schien ihm auf einmal im Weg zu sein. Eine Spur der Verwüstung zog sich hinter dem Aufsitzmäher her. Inzwischen hatte er den Rasen verlassen und pflügte begeistert durch die Rosensträucher, die entweder gleich umknickten oder den Großteil ihrer Blütenblätter verloren. Danach rammte er zwei halbhohe Koniferen, die seiner Attacke jedoch gewachsen waren, und nahm Kurs auf den künstlichen Teich, den er so lange umrundete, bis das Schilf vollständig zerhäckselt war.

Na, da ist aber einer gründlich, meinte Martin Schächter, dem langsam dämmerte, dass hier gerade etwas gewaltig schieflief.

Erstaunlicherweise blieb Holm bei alldem bemerkenswert gefasst. Der Amoklauf vom Klettenweg kam ihm wie die logische Folge eines lebenslangen Stillhaltens im Rudower Einfamilienhausidyll vor. Dass sich nicht mehr Männer an ihren Rasenmähern vergingen und ihre Gärten verwüsteten, konnte sich Holm eigentlich nicht erklären. Er war froh, diesem Pulverfass noch rechtzeitig zu entkommen, sonst hätte er womöglich wie sein Vater auf dem Lawn Boss geendet. Ihr Sohn war doch immer ein so angenehm zurückhaltender Mensch gewesen!

Unterdessen hatten Sylvia und seine Mutter die Kräutergartenbesichtigung längst abgebrochen und besichtigten stattdessen wie gelähmt die Gewaltorgie von Walter Holm, der nach der Zerstörung des Schilfgürtels laut lachend und mit erhobener Faust auf den Rasen zurückrumpelte. Starr vor Entsetzen stand Hella zwischen Lavendel und Salatköpfen und konnte nicht glauben, was sie da sah. Noch weniger glauben konnte sie es, als ihr Ehemann jetzt mit seinem Lawn Boss direkt auf sie zuhielt. Windschnittig nach vorne gebeugt, mähte Walter mit einem breiten Grinsen, das, je näher er kam, immer mehr ins Irre abglitt, auf die beiden Frauen zu, als wollte er sie tatsächlich über den Haufen fahren. Doch während Sylvia, offenbar wieder stocknüchtern, keine Sekunde zögerte und aus dem Beet flüchtete, versuchte seine Mutter die Situation noch zu retten, indem sie ihren Mann heftig winkend von seinem zerstörerischen Kurs abzubringen versuchte.

Nun sprangen auch Holm und Martin Schächter von ihren Stühlen auf, blieben jedoch wie angewurzelt stehen, denn jede Hilfe schien in diesem Moment zu spät zu kommen. Der Lawn Boss mit seinem Vater hatte die ersten Lavendelbüsche bereits erfasst und eine Reihe Salatköpfe unter sich begraben. Jeden Augenblick konnte seine Mutter, die ihre Hände jetzt abwehrend vorgestreckt hatte, als könnte sie die Maschine damit noch stoppen, auf der Kühlerhaube landen. Holm sah seine Mutter schon bäuchlings über dem Mäher liegen, als sie, quasi in der letzten Sekunde, laut schreiend zur Seite sprang, dabei aber stolperte, der Länge nach zwischen die Tomatensträucher fiel und für eine Weile völlig aus dem Blickfeld verschwand. Ihr Mann ruhte indes nicht eher, bis auch die letzte Basilikumpflanze vernichtet war, wurde beim Wenden jedoch schlagartig von einem großen Findling aufgehalten, der ihn schließlich zum Aufgeben zwang.

Wir werden wohl langsam einpacken, sagte Holm, nachdem Sylvia wieder auf die Terrasse zurückgekehrt war. Eine Weile standen sie nur da und sahen stumm in den Garten. Sein Vater war inzwischen vom Mäher gestiegen und begutachtete wie ein Feldherr umherschreitend sein Zerstörungswerk, während sich seine Mutter mühsam aus den Tomaten hervorarbeitete und ihr Kleid abklopfte.

Holm zog Sylvia langsam ins Haus. Auf der Treppe ins obere Stockwerk blieb sie abrupt stehen und blickte ihn erschrocken an.

Was war denn mit deinem Vater los?

Holm, der in Gedanken längst ausgezogen war und die technische Seite schnell hinter sich bringen wollte, antwortete beiläufig, als würde ihn inzwischen nichts mehr wundern: Auf seine alten Tage wird er noch ein richtiger Abenteurer.

Oben in seinem Zimmer sah er sich um und überlegte, was alles mitkommen sollte. Der Schreibtisch, das Bett, der Bücherschrank mit der Karl-May-Gesamtausgabe und den zahllosen Tierbüchern, darunter Einzeldarstellungen über Olme und Spatzen. Eine Zeitlang hatte er ernsthaft erwogen, Spatzenforscher zu werden, da er die Arbeit bequem im elterlichen Garten hätte betreiben können, war dann aber eines Tages auf den Grottenolm gestoßen, der ihn noch mehr gefesselt hatte. Bei der Sichtung der Bücher stellte er fest, dass gut achtzig Prozent Kinder- und Jugendbücher waren. Als Kind und Jugendlicher hatte er Bücher verschlungen, mit der Erwachsenenliteratur war er nie richtig warm geworden. Was waren Böll oder Handke gegen die Bücher um den pfiffigen Dackel Haidjer? Wenn er es sich recht überlegte, waren die Haidjer-Romane sogar bis heute seine Lieblingsbücher, obwohl er sie seither nicht wieder angerührt hatte. Alles, was danach kam, waren im Grunde nur Variationen dieses Themas. Zum Beispiel die Bücher des Verhaltensforschers Konrad Lorenz. Nachdem er sein Buch über die Graugans gelesen hatte, wollte er auch in der Wiese liegen und Vögel beobachten.

Und hier bist du aufgewachsen?, fragte Sylvia, die vor der Küchenzeile stand und ihn ansah, als könnte sie sich nur schwer vorstellen, wie Holm in dieser Umgebung zu Holm geworden war.

Nein, wehrte er sofort ab und verwies auf das zusammengestauchte Mobiliar unter der Dachschräge. Eigentlich mehr in diesem Bereich.

Auf einmal konnte sich Holm jedoch genauso wenig vorstellen, wie er es jahrzehntelang unter dieser Dachschräge hatte aushalten können. Wie er inmitten von Möbeln, die bis auf den Fernseher so alt waren wie er selber oder sogar noch älter, überhaupt ein Mann geworden war. Wenn auch nur ein Mann wie Holm, aber immerhin ein Mann, der von einer Frau wie Sylvia akzeptiert wurde. Und es war ein Fortschritt in die richtige Richtung. Wenn es ihm zudem gelang, seine zweite Lebenshälfte in ordentliche Bahnen zu lenken, und er ein halbwegs zufriedenes Mitglied der menschlichen Gemeinschaft wurde, und es sah ganz so aus, als würde es ihm diesmal gelingen, hätte er es geschafft und könnte den Rest seines Lebens ein wenig entspannter angehen.

Allerdings war es dafür unerlässlich, sein altes Leben komplett hinter sich zu lassen und ganz von vorne zu beginnen. Dies bedeutete, dass er seine Möbel, die ihm plötzlich wie Belastungsmaterial vorkamen, in seinem Elternhaus zurücklassen musste, damit sie seinen Neuanfang nicht behinderten. Trotzdem brauchte er keine Angst davor zu haben, dass er seine Vergangenheit vergaß, denn schließlich nahm er sich selber mit in das neue Leben. Es war nur so, dass die Vergangenheit Holm vergessen musste, um ihn auf seinem neuen Weg nicht zu beschweren.

Kaum war er zu dieser zweifellos revolutionären Erkenntnis gelangt, tat er etwas Ungeheuerliches: Mit einer Handbewegung riss er das Reinhard-Mey-Poster von der Dachschräge und zerknüllte es unter den schockierten Blicken Sylvias.

Was soll das denn jetzt?, rief sie und sah ihn einen Moment an, als befürchtete sie, Holm könnte ebenso zum Abenteurer werden wie sein Vater.

Dafür gab es derzeit aber nicht den leisesten Hinweis.

Ich werde nichts mitnehmen, sagte er sachlich.

Was?

Nichts, wiederholte er, gar nichts!

Auch nicht deine Unterwäsche? Offenbar hatte sie Sorge, dass Holm demnächst ihre senffarbenen Unterhosen mitbenutzte.

Doch, erwiderte er ruhig, die Kleidung nehme ich mit. Holm war die Ruhe selbst, dass es ihm fast schon ein wenig unheimlich war.

Und die Reinhard-Mey-Platten?, fragte sie, immer noch nicht ganz überzeugt von seinem radikalen Schritt.

Holm zögerte keine Sekunde. Irgendwann ist auch mal genug, erklärte er, man kann nicht ewig nur Reinhard Mey hören. Außerdem, fügte er hinzu, hast du ja auch noch deine Sammlung.

Der Gedanke, dass er etwas, das ihm gar nicht selber gehörte, zukünftig einfach mitbenutzen könnte, beeindruckte Holm so stark, dass er eine Sekunde brauchte, bis er ihn vollständig begriffen hatte.

Und während Sylvia noch nachdachte und möglicherweise zu dem Ergebnis kam, dass sie ihre Mey-Sammlung nicht mit ihm teilen wollte, schaffte Holm Tatsachen, indem er den Schrank und die Schubladen leerte und auf zwei Taschen und eine Tüte verteilte.

Hast du dir das auch gut überlegt?, fragte Sylvia und blickte ihn ernst an.

Holm schüttelte den Kopf. Nein, erklärte er, und es erschien ihm wie ein grandioser Beginn seines neuen Lebens, dass er erst mal bedenkenlos anfing zu leben.

Sie verließen das Haus, ohne sich von seinen Eltern zu verabschieden. Als er am Briefkasten vorbeikam, warf er entschlossen seinen Haustürschlüssel in den Briefschlitz, und auf einmal war es, als hätte er sich endgültig von einer schweren Last befreit.

Holm nahm einen anderen Weg zurück in die Stadt. Er fuhr nach Gefühl Richtung Innenstadt, und das begeisterte ihn, und Holm freute sich heimlich, als er nicht mehr wusste, wo er sich genau befand.

Irgendwann erkannte er über den Häuserdächern die silberne Kugel des Fernsehturms. In der Abendschau hatte er mal einen Bericht über das Telecafé gesehen. Es hieß, dass es sich in einer dreiviertel Stunde einmal um die eigene Achse drehe und man bei guter Sicht bis zu achtzig Kilometer weit blicken könne. Es war ein klarer, heller Sommertag, und Holm hatte eine ganz und gar verwegene Idee.

Was hältst du davon, sagte er, er war plötzlich so aufgeregt, dass er Mühe hatte, das Lenkrad gerade zu halten, wenn wir Zarah abholen und auf den Fernsehturm fahren?

Sylvia, die seit der Abfahrt geschwiegen hatte, schwieg zunächst übergangslos weiter und sah aus dem Fenster, als habe sie seine Frage überhaupt nicht gehört.

Schließlich hielt sie es nicht mehr aus.

Das war eben nicht nett von dir, meinte sie und blickte ihn böse an.

Holm war nicht ganz klar, worauf sie damit anspielte. Immerhin fuhren sie bereits eine ganze Weile durch die Stadt, und da konnte »eben« vieles bedeuten.

Er sah ratlos zu ihr hinüber.

Na, dass du deinen Eltern nicht auf Wiedersehen gesagt hast!, fügte sie verärgert hinzu.

Ach so, sagte er, als wäre das nur eine Lappalie, die nicht weiter der Rede wert war. Um sie nicht weiter zu verärgern, erklärte er: Hätte ich machen müssen, stimmt.

Das schien Sylvia wieder zu beruhigen, sodass sie sich endlich seinem Vorschlag widmen konnte.

Was willst du denn jetzt auf dem Fernsehturm?

Tatsächlich wurde ihm langsam klar, wie verrückt diese Idee im Grunde genommen war. Ein Mann, dem schon beim Anblick kleiner Sandhügel schwindelig wurde, hatte in einem zweihundert Meter über der Erde gelegenen Café, das sich zusätzlich noch drehte, nicht das Geringste verloren. Aber da Holm nun einmal beschlossen hatte, seine Vergangenheit hinter sich zu lassen, musste er auch seine Höhenangst hinter sich lassen.

Wir könnten dort alle zu Abend essen, sagte er tief durchatmend.

Zu Abend essen?, fragte Sylvia. Ich habe Wurst und Käse eingekauft, wir können doch auch gemütlich zuhause zu Abend essen.

Wir könnten meinen neuen Lebensabschnitt feiern und dabei achtzig Kilometer ins Land sehen, beharrte er.

Ich möchte beim Abendessen aber nicht achtzig Kilometer weit ins Land gucken, wenn es im Fernsehen einen schönen Film gibt.

Du könntest mir auch mal einen Gefallen tun, sagte Holm ungewöhnlich scharf. Ich ziehe ja nicht täglich aus meinem Elternhaus aus.

Dieses Argument überzeugte sie schließlich. Also gut, gab Sylvia nach, meinetwegen essen wir da zu Abend.

Sie fuhren ins Hansaviertel und holten Zarah ab. Als sie den Transporter sah, erschrak sie.

Wollen wir auswandern?, fragte sie und blickte dabei zu Holm, als wäre er als Fahrer für diese Entscheidung hauptverantwortlich.

Nein, nein, beruhigte er sie. Wir wollen nur auf den Fernsehturm.

Wozu man dafür einen Transporter brauchte, blieb ihr allerdings unverständlich.

Die ganze Fahrt über sagte sie kein Wort, als habe sie Sorge, dass man ihr nicht die ganze Wahrheit gesagt hatte. Als sie in der Nähe des Fernsehturms parkten, brach es schließlich aus ihr heraus.

Ich möchte eigentlich nicht so gerne auf den Fernsehturm, meinte sie verschüchtert.

Du hast doch nicht etwa Höhenangst, oder?, fragte Holm.

Sie sah ihn fragend an. Was ist Höhenangst?

Wenn man Angst hat, oben zu sein, erklärte Holm. In diesem Augenblick erkannte er, dass seine eigene Höhenangst nichts anderes war als die Angst vor dem Leben. Hatte er nicht immer unten gestanden und ängstlich hinaufgesehen, wo seiner Meinung nach das eigentliche Leben stattfand?

Zarah nickte.

Warte mal ab, sagte er, wenn du erst mal oben bist, kannst du unglaublich weit gucken.

Achtzig Kilometer ins Land, fügte Sylvia schnippisch hinzu.

Bis nach Polen, ergänzte er lächelnd.

Genau, meinte Sylvia, Felix möchte beim Abendessen gerne nach Polen sehen.

Und was kann man da sehen?, fragte Zarah.

Die Frage war nicht ganz unberechtigt, das musste er zugeben.

Das wirst du sehen, wenn wir oben sind, bemerkte er geheimnisvoll. Und jetzt war er selbst gespannt, was es in Polen Besonderes zu sehen gab. Vielleicht führten die Polen ja seltsame Volkstänze auf, die man auf diese Weise entdecken konnte.

Als sie ins Turmfoyer traten, bemerkte Holm an der Seite einen kleinen Souvenirshop. Um den Beginn seines neuen Lebensabschnittes in schöner Erinnerung zu behalten, kaufte er sich eine Ansichtskarte vom Fernsehturm.

Von irgendwoher kam eine Durchsage: »Herr Löhlein wird von Frau Dierks am Ausgang erwartet.« Wie ein Mann mit dem Namen Löhlein wohl aussieht, fragte sich Holm unweigerlich.

Nachdem sie das Eintrittsgeld entrichtet hatten, Holm hatte natürlich für alle drei bezahlt, passierten sie ein Stockwerk höher eine Sperre. Auf dem Weg zum Fahrstuhl wurde ihm mulmig zumute. Hatte er sich doch zu viel zugemutet? Für seine Ängste war es jetzt aber zu spät. Im Übrigen durfte Zarah nicht merken, dass er ebenfalls an Höhenangst litt.

Wie lange dauert es denn?, fragte Zarah, während sie dicht neben ihm herlief, als wäre er im Notfall der geeignete Ansprechpartner.

Wie lange dauert was? Holm war unkonzentriert und fragte sich, wer im Notfall für ihn der geeignete Ansprechpartner war. Dass man als Mann im Notfall auf sich alleine gestellt war, während Frauen und Kinder ihre jeweiligen Ansprechpartner hatten, war nicht hinnehmbar.

Als er vor dem Fahrstuhl nur zehn Leute warten sah, wusste er gleich, dass der nächste Fahrstuhl bereits ihrer war. Holm wurde plötzlich leichenblass, denn er hätte gerne noch ein bisschen gewartet und anderen, gerne auch Frauen und Kindern, den Vortritt gelassen, um zu sehen, ob der Fahrstuhl auch richtig funktionierte. Je öfter so ein Fahrstuhl hoch und runter fuhr, desto unwahrscheinlicher wurde nach Holms Meinung eine Katastrophe, weil sich nämlich die Katastrophe bei diesem andauernden, störungsfreien Betrieb nicht mehr getraute, einzugreifen. Hier läuft ja alles wie am Schnürchen, da habe ich gar keine Chance. Dabei war der Fahrstuhl zu diesem Zeitpunkt bereits seit den frühen Morgenstunden im Dauereinsatz, sodass es auch für eine Katastrophe wieder interessant werden konnte. Wäre es vielleicht besser gewesen, mittags hinaufzufahren? Von einer Mittagskatastrophe hatte Holm jedenfalls noch nie etwas gehört.

Wie lange dauert die Fahrt denn nun?, quengelte Zarah und nahm jetzt sogar seine Hand, obwohl eine vergleichbare Hand auch bei ihrer Mutter zur Verfügung stand.

In fünf Minuten sind wir oben, erklärte Holm und heimste sich daraufhin bei einem vor ihm stehenden Mann ein hämisches Grinsen ein.

Sind fünf Minuten sehr lange?, ließ Zarah nicht locker.

Fünf Minuten sind eben fünf Minuten, dachte Holm ein wenig ratlos. Da er nur selten Fahrstuhl gefahren war, wusste er über die Schnelligkeit von Fahrstühlen nicht viel zu berichten. Krampfhaft suchte er nach einem passenden Beispiel, um Zarah deutlich zu machen, wie wenig fünf Minuten bezogen auf die Gesamtzeit alles Irdischen waren.

Wenn das Leben eines Menschen in Minuten berechnet werden sollte, sagte er schließlich, wärst du gerade mal fünf Minuten alt.

Zarah blickte ihn entsetzt an. Das ist ja ewig, nörgelte sie, so lange möchte ich aber nicht damit fahren.

In diesem Moment öffnete sich die Fahrstuhltür, und ein Stoß Menschen drängte heraus. Keiner von ihnen wirkte besonders verängstigt, was Holm jedoch nur kurze Zeit beruhigte, denn als sie nun umgekehrt in den Fahrstuhl hineindrängten und er den Fahrstuhlführer zu Gesicht bekam, war er sofort in allergrößter Sorge. Der Mann trug einen gemütlichen Vollbart, und unter seiner Dienstweste lugte ein Teil seines Unterhemdes hervor. Bei einer Katastrophe wäre dieser Mann sicher heillos überfordert. Insgeheim dachte er schon an sein Feierabendbier und nicht mehr daran, dass hier gleich ein Dutzend Menschen von wenigen Stahlseilen gehalten durch eine dunkle, enge Röhre zweihundert Meter in die Höhe schossen.

Als sich die Türen schlossen, drückte der Vollbart wie selbstverständlich den obersten Knopf.

Herzlich willkommen im höchsten Bauwerk Berlins, leierte er tonlos, allerdings in breitem Berlinisch, was die Situation keineswegs entspannter machte, sein Sprüchlein herunter. Unser Fahrstuhl wird Sie mit sechs Metern pro Sekunde auf die in zweihundertdrei Meter befindliche Aussichtsplattform befördern. Die Fahrtzeit beträgt vierzig Sekunden, wir wünschen Ihnen viel Spaß dabei!

Gab es etwa eine Kamera, damit die anderen Mitarbeiter sehen konnten, ob die Fahrgäste auch wirklich Spaß dabei hatten, mit sechs Metern pro Sekunde durch die Luft zu fliegen?

Vierzig Sekunden nur, flüsterte Zarah und stieß Holm mit dem Ellenbogen an.

Holm hatte seine Augen indes geschlossen und versuchte nicht an den Vollbart zu denken, was jedoch dazu führte, dass er den Vollbart in Großaufnahme vor sich sah und sich zusätzlich vorstellen musste, wie der Mann, als der Fahrstuhl nach zwanzig Sekunden abrupt stehen blieb, panisch sämtliche Knöpfe hinauf und hinunter drückte, um den Gästen schließlich schweratmend mitzuteilen, dass er normalerweise unten an der Kasse sitze und lediglich für einen erkrankten Kollegen eingesprungen sei.

Als kurz darauf die Türen zur Seite glitten, verließ Holm völlig versteift den Fahrstuhl. Zarah rannte sofort zum Fenster.

Wow, rief Sylvia, während sie ihrer Tochter zum Panoramafenster folgte.

Wie auf dünnem Eis gehend, balancierte Holm langsam hinter ihnen her. Dass hier Kinder ausgelassen herumsprangen, kam ihm außerordentlich bedrohlich vor. Unter ihnen befand sich zweihundertdrei Meter Leere, und niemand schien sich groß darum zu kümmern. Diese Sorglosigkeit empörte ihn.

Andererseits existierte der Turm nun schon seit vierzig Jahren, und seitdem war noch nie irgendetwas passiert. Die Menschen, die diesen Turm erbaut hatten, waren Experten, sie wussten demnach genau, was sie taten. Aber waren nicht in Indien oder der Türkei Häuser ohne Ankündigung in sich zusammengefallen? Doch sie befanden sich nicht in Indien, und es gab keinen Grund zur Annahme, dass ausgerechnet in dem Moment, da sich Holm auf diesem Turm befand, indische Verhältnisse eintreten würden.

Mit fast vierzig Jahren bestieg Holm einen beinahe ebenso alten Turm. Das Schicksal musste ihm einfach gnädig sein.

Der Blick ist ja echt super, meinte Sylvia sichtlich beeindruckt, als Holm endlich am Panoramafenster angekommen war.

Man kann sogar unser Haus sehen, rief Zarah begeistert, ihre Angst war wie weggeblasen. Auch Holm wurde nach und nach wieder selbstsicherer.

Von hier oben kann man wirklich alles sehen, bemerkte Holm zunehmend überwältigt von der Aussicht. Er wagte sogar einen Blick nach unten. Die Autos waren so klein wie Spielzeuge. Überhaupt sah alles ein wenig wie ein Spielzeugland aus. Die Menschen waren bloße Spielzeugfiguren, die von unsichtbaren Händen gelenkt zu sein schienen. Dieser Gedanke hatte etwas merkwürdig Beruhigendes, und Holm fragte sich, ob sie alle nicht doch Teil eines großen Planes waren. Es gab im Leben einfach zu viele Zufälle, irgendetwas musste doch dran sein an der Geschichte.

Ich habe Hunger, erklärte Zarah, nachdem sie genug gesehen hatte.

Auch Holm verspürte auf einmal Hunger. Er war sogar ausgesprochen hungrig, als zöge die nachlassende geistige Anspannung der letzten Tage und Wochen heftige körperliche Begierden nach sich.

Das Restaurant befand sich eine Etage höher, die sie über eine Treppe erreichten.

Eine dicke Kellnerin geleitete sie zu ihrem Tisch, der die Nummer neununddreißig trug, wie Holm amüsiert erkannte, und verteilte die Menükarten.

Gibt's hier auch Currywurst?, fragte Zarah, ihre Kartenlektüre war offenbar erfolglos verlaufen.

Sogar Panorama-Currywurst, bestätigte Holm, der sich fragte, ob man nach dem Verzehr einer solchen Wurst wohl besonders weit sehen konnte.

Ich nehme die Königsberger Klopse, beschloss Sylvia.

Holm entschied sich spaßeshalber ebenfalls für die Panorama-Currywurst. Man konnte ja nie wissen. Dazu bestellten sie eine Flasche Rheingauer Riesling und für Zarah Fassbrause.

Holm merkte, wie sie sich langsam um die eigene Achse drehten. War eben noch der Dom im Blickfeld, konnte man jetzt schon die Hackeschen Höfe sehen. Sogar Freddy Karsunkes Haus war zu erkennen. Das alles war plötzlich sehr weit weg. Es lag in so ferner Vergangenheit, dass Holm es kaum noch mit sich selbst in Verbindung brachte.

Zarah hatte die Bewegung nun auch bemerkt und blickte neugierig zu Holm.

Wie lange dreht sich das Lokal eigentlich?

Holm brauchte keine Sekunde zu überlegen. Immer, antwortete er, solange wir da sind, und auch noch, wenn wir nicht mehr da sind. Seit vierzig Jahren dreht es sich andauernd im Kreis, ist das nicht völlig verrückt?

Zarah nickte beeindruckt, schien das Verrückte daran jedoch nicht ganz zu begreifen.

Auf einmal hatte Holm eine Idee. Er holte die Ansichtskarte aus der Tasche und adressierte sie an seine Eltern.

»Liebe Eltern«, schrieb er, »wir sitzen gerade hier oben in zweihundert Metern Höhe und warten auf unser Abendessen. Zarah und ich haben eine Panorama-Currywurst bestellt und Sylvia Königsberger Klopse. Mir geht es ausgezeichnet, ich bin glücklich, dass ich zwei Menschen gefunden habe, die ihr Leben mit mir teilen wollen. An dieser Stelle möchte ich mich noch einmal herzlich für alles bedanken, denn es war trotz allem eine gute Zeit. Ich hoffe, dass wir uns irgendwann unter anderen Voraussetzungen wiedersehen. Schöne Grüße, Holm.«

Und dann zögerte er einen Augenblick, strich kurzerhand das »Liebe Eltern« durch und schrieb »Lieber Felix« darüber.